LES OMBRES DE LA VALLÉE

Après une brillante carrière juridique, Viveca Sten s'est lancée dans l'écriture. Véritable phénomène en Suède, sa série mettant en scène l'inspecteur Andreasson et Nora Linde a été publiée dans une quinzaine de pays, vendue à plus d'un million d'exemplaires et adaptée à la télévision. Diffusée en France sur Arte sous le titre *Meurtres à Sandhamn*, la série a réuni plusieurs millions de téléspectateurs.

Paru au Livre de Poche :

Au cœur de l'été

Au nom de la vérité

Dans l'ombre du paradis

Du sang sur la Baltique

Les Nuits de la Saint-Jean

La Reine de la Baltique

Retour sur l'île

Les Secrets de l'île

Sous protection

Une écharpe dans la neige

VIVECA STEN

Les Ombres de la vallée

ROMAN TRADUIT DU SUÉDOIS
PAR AMANDA POSTEL ET ANNA POSTEL

ALBIN MICHEL

Titre original :

DALSKUGGAN
Publié chez Forum Bokförlag, Suède.

Publié avec l'accord de Nordin Agency AB, Suède.
ISBN : 978-2-253-25017-3 – 1re publication LGF

À mon père
Tord Bergstedt
1933-2020

SAMEDI 22 FÉVRIER 2020

1

Anna Larsson roule par moins douze degrés sur l'étroite route Tångbölevägen avec Hugo, son fils de sept ans, assis à l'arrière dans son épaisse combinaison. Tous deux sont en chemin vers Duved pour le cours de ski du garçon qui démarre à huit heures le samedi matin.

L'aube commence à poindre, mais la pénombre enveloppe encore le paysage.

Un mouvement au loin incite Anna à ralentir. L'autre jour, elle a vu un renne en plein virage – il s'agit de rester en alerte. Cette fois, ce n'est qu'un petit lièvre, qui sautille sur le bas-côté, s'arrête, fait volte-face et disparaît entre les arbres.

« Maman. J'ai envie de faire pipi ! fait Hugo d'une voix fluette.

— Tu ne peux pas attendre ? On est presque arrivés.

— Non, j'ai très très envie. »

Anna soupire. Duved n'est qu'à un quart d'heure de route et il fait un froid de canard. Mais quand l'envie se fait trop pressante, Hugo n'arrive pas toujours à se retenir.

Dès que la route s'élargit, elle se gare sur l'accotement.

« Allez, dépêche-toi », dit-elle à son fils qui détache déjà sa ceinture.

Hugo a sauté de la voiture et s'est éloigné dans la neige vers un buisson à quelques mètres de la route. Un instant plus tard, la portière s'ouvre en grand.

« Il y a un monsieur par terre ! fait Hugo d'une voix inquiète.

— Comment ça ?

— Il est allongé. Il s'est fait mal. »

C'est impossible, pense Anna. Aller vérifier les mettrait encore plus en retard. Hugo a rendez-vous au bas des pistes, skis aux pieds, dans une demi-heure. Il n'est pas du genre rapide et Anna a horreur de le brusquer.

Mais son fils n'a pas non plus l'habitude de dire n'importe quoi.

Et s'il y avait vraiment quelqu'un là-bas ?

Dans le rétroviseur, elle voit bien que son fils n'est pas lui-même, avec ses yeux écarquillés.

« Bon. Ne bouge pas, je reviens. »

Ouvrant la portière, elle sent immédiatement la morsure du froid. Ses narines se glacent et son haleine forme un nuage blanc devant sa bouche. Les bouleaux ont l'air de statues de givre.

Anna s'avance dans les pas d'Hugo. À quelques mètres de la voiture, elle dérape dans la neige et s'agrippe à une branche.

Un homme gît à terre, sous les buissons. Les mains nues, attachées derrière le dos. Le visage en sang.

Anna regarde fixement le corps.

La neige, qui s'est déposée sur lui comme une couverture poudreuse, ne suffit pas à masquer la plaie profonde à l'arrière de son crâne.

Le cri d'Anna est englouti par l'ouate blanche qui noie le paysage.

Réprimant un haut-le-cœur, elle titube jusqu'à la voiture pour appeler les secours.

2

L'inspectrice Hanna Ahlander est brusquement tirée de son sommeil par une sonnerie stridente.

Elle tâtonne pour trouver son portable. Son drap est trempé de sueur ; elle a encore rêvé de l'agression de Barcelone. Treize années ont passé et elle a beau s'être spécialisée dans les violences faites aux femmes, les cauchemars continuent de la hanter.

Qui appelle un samedi aux aurores ? Hanna avait espéré profiter d'une grasse matinée après être sortie la veille au soir. Demain, sa sœur Lydia doit débarquer avec sa famille pour les vacances. Ça sera le tourbillon à la maison – les gosses de Lydia s'en assureront personnellement.

Pourvu qu'il ne lui soit rien arrivé !

Elle décroche le téléphone à l'aveuglette, le souffle court.

« Tu es réveillée ? »

C'est Daniel Lindskog, son plus proche collègue. Tous deux se connaissent bien, même si leur relation reste strictement professionnelle. Techniquement, ils appartiennent l'un comme l'autre à la section criminelle d'Östersund, mais Daniel, qui a quelques années de plus qu'elle, est plus haut gradé. C'est d'ailleurs grâce à lui qu'elle a été mutée à Åre/Östersund.

« Hum », répond Hanna, encore somnolente.

Elle se force à ouvrir les paupières et s'affale dans le grand lit. Depuis son arrivée, elle ne baisse jamais le store, pour profiter dès le réveil de la vue splendide sur le lac Åresjön.

Aujourd'hui, le store aurait aussi bien pu être descendu. Le soleil est certes en train de se lever, mais le versant de Renfjället, en face, est noyé dans une brume morne et grise. D'épais flocons tombent du ciel, et le sapin devant la fenêtre est recouvert d'un manteau blanc.

Hanna cligne des yeux, le regard dans le vide.

« On a trouvé un corps, annonce Daniel d'une voix tendue. Sans doute un homicide.

— Quoi ? »

Le dernier mot la tire définitivement du sommeil. Elle s'assied dans son lit et dégage les mèches brunes en désordre qui lui barrent le visage. Un homicide ? Leur dernière enquête de grande ampleur ne remonte qu'à deux mois…

« On vient juste de nous alerter, poursuit Daniel. Le corps a été découvert à proximité de Tångböle, au bord de la route qui mène à la Norvège. »

Hanna cogite un instant. Elle vit à Åre depuis peu et ne connaît pas encore le nom de tous les hameaux.

« Qu'est-ce qui s'est passé ? »

Sa voix est sourde et enrouée. Hier, elle a dîné au Vinbaren – le Bar à vin – avec Karro, sa nouvelle amie d'Åre. Elle n'est pas rentrée très tard, mais regrette désormais d'avoir accepté ce dernier verre. Elle n'est même pas sûre de pouvoir prendre le volant à cette heure-ci.

Et ça, elle n'a aucune envie de l'expliquer à Daniel.

« Il paraît que le corps est dans un sale état. Une exécution en bonne et due forme. Ça ne sent pas bon du tout. »

Cela ne fait que quelques mois qu'Hanna travaille avec lui, mais cette angoisse qu'elle perçoit, elle la connaît bien.

Une porte claque, le vent rugit dans le micro de Daniel.

« Je passe te chercher ; tu peux être prête dans un quart d'heure ? »

D'évidence, elle peut dire adieu à son week-end. Mais au moins, elle n'aura pas à conduire.

« Sans problème, fait-elle en ramassant son jean et son tee-shirt au pied du lit. À tout de suite. »

Hanna se débarbouille, s'attache les cheveux en queue-de-cheval, s'habille à la hâte et monte dans la cuisine de l'opulent chalet de montagne où elle s'est installée en décembre, après avoir quitté Stockholm. Il appartient à Lydia et son mari.

Ses pensées se bousculent. Un nouveau crime à Åre…

Un frisson lui parcourt l'échine.

Elle allume la cafetière, se prépare un expresso serré qu'elle avale d'un trait avant d'apercevoir par la fenêtre de la cuisine la voiture de Daniel. Il s'arrête sur le grand parking, klaxonne plusieurs fois. Lançant un dernier regard à la vaisselle qui s'amoncelle dans l'évier – il faudra vraiment qu'elle range avant l'arrivée de sa sœur –, Hanna attrape son manteau et sort.

L'air glacé lui coupe le souffle. Elle songe à faire demi-tour pour chercher un autre pull, mais son collègue a déjà assez attendu. Elle se hâte vers le véhicule.

Daniel se penche sur le siège passager pour lui ouvrir, le visage fermé.

En dépit de la gravité de la situation, elle est heureuse de le voir. Comme toujours.

3

Daniel et Hanna arrivent sur les lieux. Les gyrophares des véhicules de secours lancent des taches bleues dans le paysage enneigé. Daniel embrasse du regard les voitures de police garées le long de la route. Le périmètre de sécurité a déjà été circonscrit par un ruban de signalisation rouge et blanc.

Les informations transmises par le centre de commandement d'Umeå ne sentent pas bon – la femme qui a donné l'alerte a décrit un cadavre sévèrement mutilé et défiguré.

Daniel ne peut s'empêcher de repenser à l'enquête de décembre dernier, qui l'a tant ébranlé. Au corps livide près de la remontée mécanique VM6, dont l'image est restée gravée sur sa rétine.

Prenant une profonde inspiration, il descend de la voiture. Son visage est immédiatement frigorifié, malgré la protection que lui apporte son épaisse barbe brune.

Ils se dirigent vers le fourré dans lequel gît le corps recouvert de neige. Pour éviter de contaminer la scène, tous deux s'efforcent de garder leurs distances. Les techniciens de la police scientifique ne sont pas encore sur place : la plus proche, Carina Grankvist, habite à Mattmar, à une cinquantaine de kilomètres de là.

Quant à la présence d'un légiste, ils peuvent toujours rêver. Dans cette circonscription policière du nord de la Suède, les ressources sont très centralisées – c'est à Umeå que se trouve l'institut médico-légal où sera envoyée la dépouille lorsque la police scientifique aura terminé son travail.

Le jour s'est suffisamment levé pour que Daniel distingue les détails : pas étonnant que le centre de commandement ait réagi avec autant d'empressement. L'homme étendu dans la neige présente une plaie béante à l'arrière de la tête. Ses mains sont ligotées derrière son dos par un collier de serrage. Ses doigts gelés semblent collés ensemble. On discerne à peine l'alliance en platine sur sa peau bleutée.

« On dirait qu'on lui a enfoncé le crâne », constate Hanna.

Sa chevelure est maculée de sang séché. Malgré la neige, on devine des fragments d'os au milieu de la chair sanguinolente.

« Il faut vraiment être enragé pour faire ça », poursuit-elle à voix basse.

Le vent s'est levé, les cimes des sapins tanguent. Une bourrasque remontant de la route s'engouffre dans les branches et fait tomber la neige en petits flocons.

Le corps repose sur le côté, une joue tournée vers le ciel. Il a clairement été passé à tabac. Le nez a l'air cassé. Une longue coulée de sang séché s'étire depuis les narines de la victime sur ses lèvres et son menton, et jusqu'au col de son pull.

Daniel note une très légère repousse de barbe : l'homme a dû être agressé plusieurs heures après s'être rasé.

« Il doit avoir dans les trente-cinq ans, dit Hanna. Un peu plus grand que la moyenne, au moins un mètre quatre-vingts. Environ quatre-vingt-cinq kilos. »

La victime ressemble à un Suédois lambda. Peau pâle, cheveux châtains coupés court. Ça pourrait être moi, se dit Daniel.

Il suffirait d'une mauvaise rencontre…

Daniel examine de loin les vêtements du mort. Il porte un jean et un pull, mais ni manteau, ni gants, ni chaussures : il devait être à l'intérieur lorsqu'on s'en est pris à lui.

Comment s'est-il retrouvé là ? Le village le plus proche n'est pas tout près. Si on l'avait emmené jusqu'ici pour l'agresser ensuite, il y aurait davantage de sang et d'empreintes de pas, ou d'autres signes de lutte.

D'un autre côté, les chutes de neige de la nuit ont tout enseveli. La forêt est tapissée de blanc, on ne voit que les traces fraîches des petites pattes d'un lièvre.

Hanna lève les yeux, livide.

« Encore un homicide », murmure-t-elle.

Daniel croise le regard de sa collègue. Eh oui. À peine sont-ils sortis de la précédente affaire qu'ils doivent déjà remettre les mains dans le cambouis.

Hanna désigne un objet à demi dissimulé par la neige, sous un sapin.

« Qu'est-ce que c'est ? »

Elle avance à pas légers, s'agenouille et tend la main vers l'objet – un portefeuille élimé en cuir noir.

« On ne l'a pas tué pour le dépouiller, visiblement », constate Daniel.

Hanna examine le contenu de l'étui, exhibe un permis de conduire rose.

« Johan Lars Andersson. Né en 1986. Tu sais s'il est de la région ? »

Daniel réfléchit : le nom lui dit vaguement quelque chose. Mais son patronyme comme son prénom font partie des plus courants en Suède. Et son visage est tellement amoché que l'homme est méconnaissable.

« Aucune idée. »

Hanna se lève et balaie la neige de ses jambes, chassant quelques flocons qui tombent doucement au sol.

« Je me demande ce qu'il a bien pu faire pour s'attirer un tel déchaînement de violence », dit Daniel dans sa barbe.

Rebecka
2012
septembre

Rebecka Ekvall est installée, genoux remontés contre la poitrine, sur le large rebord intérieur de sa fenêtre.

Un courant d'air s'y engouffre, mais elle s'en moque. C'est l'endroit qu'elle préfère dans sa chambre – c'était déjà le cas lorsqu'elle était une petite fille aux tresses blondes. Elle a toujours aimé s'asseoir là à l'heure bleue, quand la lueur du soir est la plus douce.

Une voiture approche sur la route à travers champs. Deux phares éclairent la cour, jetant leur lumière sur les plates-bandes et les derniers asters de la saison. Il a fait frais cet été, et l'hiver s'annonce déjà. Sous ces hautes latitudes, la neige tombe souvent dès le mois d'octobre.

Rebecka se penche pour mieux voir.

Deux hommes descendent de la voiture ; le premier est le pasteur Jan-Peter Jonsäter, dont elle écoute les sermons depuis sa plus tendre enfance. Elle tressaille en reconnaissant le second. Ole Nordhammar, le pasteur assistant qui accompagne les jeunes. Les mardis, il anime les soirées de réflexion biblique pour les lycéens et les jeunes adultes. Rebecka ne manque jamais une séance.

Que fait-il ici ?

Un doux frisson lui parcourt le corps. Ole est un personnage que les garçons admirent et qui fait fondre les filles ; il est beau, charismatique, et donne toujours l'impression à son interlocuteur d'être unique, différent. Rebecka l'adore en secret, mais n'a jamais osé prononcer plus de quelques mots en sa présence. Elle est bien trop timide : elle rougit et devient muette dès qu'il pose les yeux sur elle.

Ole se dirige à grands pas vers la porte d'entrée. Il porte une belle veste en tweed bleu foncé qui épouse à merveille ses larges épaules. Le père de Rebecka sort sur le perron et serre chaleureusement la main des deux hommes.

Rebecka plisse les paupières pour mieux voir. Sa curiosité est piquée. Il est rare qu'ils reçoivent de la visite ici, à Storvallen. Leur ferme est plutôt isolée, à quelques kilomètres de la frontière norvégienne. Le premier voisin se trouve à bonne distance. Depuis qu'elle a terminé le lycée en juin et commencé à aider son père avec les brebis et la petite laiterie familiale, elle passe le plus clair de son temps à la maison. Ce n'est qu'au moment du culte ou des études bibliques à Snasadalen, où se situe la maison paroissiale, qu'elle rencontre du monde.

Ce qui n'est pas pour la gêner. Ses parents ont toujours strictement contrôlé ses fréquentations. Il était important qu'elle ne côtoie que les autres enfants de la communauté. Lorsqu'elle est entrée au lycée municipal de Järpen, filière « Petite enfance », elle avait déjà l'habitude d'éviter le contact avec *les gens du monde*. « Les brebis égarées », comme disait son père. Les pécheurs.

Rebecka éprouvait surtout de la compassion pour eux. Ils étaient perdus. Ils n'avaient pas compris que le salut vient de l'amour de Dieu.

Quelle chance d'avoir grandi dans cette communauté ! Ses parents étaient déjà membres de Lumière de vie avant sa naissance. Tout comme leurs propres parents avant eux.

Ils ont tous eu le bonheur de marcher dans la vallée du Seigneur.

Des voix indistinctes montent depuis le rez-de-chaussée. Rebecka s'approche de la porte pour écouter discrètement. Son père prononce une phrase inaudible, puis les voix s'éloignent. Ils ont dû entrer dans le séjour.

Rebecka s'allonge sur son lit en se demandant si elle devrait lire les Saintes Écritures en préparation de la prochaine soirée biblique avec Ole, mais à peine quelques minutes plus tard, son père l'appelle du bas de l'escalier.

« Rebecka, peux-tu descendre ? »

Elle hésite. D'habitude, il ne veut avoir affaire ni à elle ni à sa mère lorsque le pasteur Jonsäter est ici. Dans la communauté, ce sont les hommes qui travaillent ; les femmes sont chargées du foyer et de la famille. C'est une répartition naturelle : la Bible le dit bien.

« Rebecka ? »

Elle embrasse du regard sa chambre tapissée de papier peint à rayures jaunes. Elle n'a pas de miroir – qui pourrait encourager la vanité –, mais prend néanmoins le temps de lisser sa tresse et de rentrer son chemisier dans sa jupe.

Les trois hommes sont installés dans le salon, à boire un café accompagné de biscuits. Sa mère

Ann-Sofie s'affaire dans la cuisine ; elle adresse un timide sourire à sa fille lorsqu'elle passe.

« Bonjour, messieurs, bonjour, père », dit Rebecka en entrant.

Doit-elle esquisser une révérence ou tendre la main ? Son père hoche la tête, encourageant.

« Approche. Prends place. »

Il désigne le canapé, invitant Rebecka à s'asseoir à côté d'Ole. Son cœur bat la chamade tant elle est nerveuse. Seuls une dizaine de centimètres les séparent ; ils n'ont jamais été aussi proches. Elle hume son après-rasage, une odeur masculine exhalant quelque chose d'assuré, de palpitant. Ses cheveux bruns sont un peu plus longs au niveau de la nuque, son cou est large et solide.

Difficile de croire qu'il a bientôt trente-cinq ans. Il est vraiment beau, malgré son âge.

Ole lui sourit. À son corps défendant, Rebecka s'empourpre et détourne le regard.

Sa mère passe la tête, cafetière à la main.

« Souhaitez-vous un peu plus de café ? »

Son père fronce les sourcils.

« Pas maintenant. Tu vois bien que nous sommes occupés. »

Les excuses ne se font pas attendre.

« Je vous prie de me pardonner. Je ne vous dérangerai plus. »

Elle disparaît dans la cuisine.

Comment se fait-il que sa mère ne sente pas quand les hommes veulent être tranquilles ? Rebecka ne les importunerait jamais de cette façon. Prudente, elle reste assise en silence sur le canapé. Elle a déjà vu le visage dur de son père les fois où sa mère s'est mal comportée devant des invités. Combien de fois Rebecka l'a-t-elle entendue sangloter après avoir essuyé ses remontrances.

Les trois hommes continuent de converser. Rebecka garde les mains posées sur ses genoux ; il n'y a pas de tasse de café pour elle. De temps en temps, Ole lui adresse un sourire chaleureux, et chaque fois elle sent ses joues s'échauffer. Il lui décoche même un clin d'œil, mais il parle surtout avec son père et le pasteur.

Elle n'en a cure. Cela lui suffit d'être assise à côté de lui, si proche. Comme elle a hâte de raconter à Lisen, sa meilleure amie, qu'Ole est venu chez elle !

Le pasteur finit par se lever.

« Je suis heureux que ces jeunes gens aient eu l'opportunité d'apprendre à se connaître », déclare-t-il avec satisfaction.

Rebecka est décontenancée. Ole et elle se sont à peine parlé. Mais il sourit, et Rebecka se sent défaillir.

« Je t'ai remarquée pendant les soirées d'études bibliques, dit-il. J'ai vu à quel point tu t'impliques dans l'exégèse du texte sacré. »

Rebecka rougit de plus belle. Les questions lui brûlent la langue lorsqu'ils prennent congé dans l'entrée, mais elle n'ose ouvrir la bouche. Elle remonte dans sa chambre.

Quel était l'objet de cette rencontre ?

Une voix intérieure lui murmure ce qu'elle-même n'ose pas exprimer. Que Dieu a un projet pour elle. Qu'Ole, le pasteur, souhaiterait la prendre pour épouse.

Rebecka fêtera ses dix-neuf ans en novembre : il est temps pour elle de trouver un époux. Quand ses parents se sont dit oui, sa mère avait dix-huit ans, l'âge auquel la plupart des filles se marient dans la communauté. Si Rebecka n'avait pas fréquenté le lycée, elle aurait sans doute déjà été fiancée.

Elle ne sait que croire. Il lui semble prétentieux ne serait-ce que de formuler cette pensée – qu'un homme comme Ole puisse s'intéresser à elle, la petite Rebecka, si timide, si jeune, si insignifiante.

Mais tout à l'heure, il a posé sur elle un regard si chaleureux !

Elle tombe à genoux, ferme les yeux et joint ses mains en prière. Elle voit sous ses paupières les yeux bleu-gris d'Ole, ses traits harmonieux et son menton décidé.

Elle ressent des picotements dans tout le corps.

Dieu lui montrera la voie, elle en est persuadée.

4

En s'éloignant de la scène du crime, Daniel songe à l'homme assassiné. Sur le siège passager, Hanna reste silencieuse.

Ils roulent vers Staa, un village si minuscule qu'il figure à peine sur les cartes, surtout connu pour sa déchetterie ; c'est là que la victime, Johan Andersson, vivait avec son épouse, Marion Weiss Andersson. Elle ignore encore ce qui est arrivé à son mari.

Il est mort. Sauvagement assassiné – avec une brutalité qui évoque à Daniel ses années de service dans les banlieues défavorisées de Göteborg. Là-bas, la violence faisait partie du quotidien. Ici, à Åre, on ne connaît pas cette délinquance crue et impitoyable.

C'est bien pour cette raison qu'il a demandé à y être muté il y a bientôt trois ans.

Mais l'image de Johan ne le quittera pas de sitôt. Son visage en charpie, sa plaie béante au crâne, son corps ligoté et jeté au sol comme une bête à l'abattoir.

Ça avait tout l'air d'une vengeance, un acte d'une sauvagerie inouïe. Qu'avait pu faire ce pauvre diable pour subir pareilles représailles ?

« Tu tiens le choc ? » demande Hanna en levant les yeux de son téléphone. Elle épluche les registres pour tenter d'obtenir une photographie de la victime.

Daniel, pris d'un frisson, remonte la fermeture Éclair de sa veste.

« Ce n'est pas vraiment comme ça que j'avais prévu de passer mon week-end.

— J'imagine bien… »

Hanna esquisse un sourire triste.

« Ça fiche un coup au moral, un nouvel homicide aussi peu de temps après… »

Elle n'éprouve pas le besoin de terminer sa phrase.

« Johan était plombier, préfère-t-elle ajouter en consultant son écran. Il avait sa boîte, qu'il gérait avec son associé, Linus Sundin. L'entreprise s'appelle Andersson & Sundin ; c'est la femme de Johan qui s'occupe de la compta. »

Daniel salue l'empressement avec lequel Hanna rassemble des informations sur Johan.

Elle continue à faire défiler les documents.

« Ah, quand même ! lâche-t-elle.

— Quand même quoi ?

— Il y a une sacrée différence d'âge entre lui et sa femme : elle a quarante-quatre ans, et lui en avait trente-quatre. »

Dix ans d'écart. Comme Daniel et sa petite amie Ida. Il a trente-six ans et elle vingt-six. Ils se sont rencontrés il y a un an et demi au Bygget, l'une des boîtes de nuit emblématiques d'Åre. Ils ont instantanément été attirés l'un par l'autre, comme deux aimants. Il en est tombé fou amoureux.

Mais en matière de différence d'âge, la société est bien plus indulgente lorsque l'homme est l'aîné que l'inverse : il a pu le constater par lui-même.

« Apparemment, Marion et Johan se sont mariés à trente-quatre et vingt-quatre ans respectivement, poursuit Hanna. C'est plutôt jeune pour un Suédois. Et ça faisait déjà un moment qu'ils étaient en couple.

— En effet, acquiesce Daniel. Des enfants ?

— Non. Aucun, malgré leurs dix ans de mariage. »

Elle esquisse un petit sourire.

« Rien à voir avec toi et Ida. »

Les deux collègues se connaissent bien, désormais. Daniel a confié à Hanna qu'Ida était tombée enceinte au tout début de leur relation. C'était un accident, mais ils avaient gardé l'enfant. Quand la petite Alice avait vu le jour, cela faisait à peine un an qu'ils se fréquentaient.

Daniel revoit le visage de sa fille. Alice a maintenant cinq mois. Elle est née en septembre dernier. Comme il était impatient ! Cela faisait des années qu'il rêvait de fonder une famille. À l'heure qu'il est, la petite est probablement en train de babiller dans sa chaise haute pendant qu'Ida prend son petit déjeuner. Si ses sentiments pour sa compagne n'ont pas faibli, devenir père s'est avéré bien plus ardu qu'il ne l'avait imaginé.

Un panneau indiquant « Staa » se profile ; Daniel bifurque à gauche pour s'engager sur une étroite route de campagne, très semblable à celle où a été découvert le corps de Johan Andersson. On a peine à croire que la déneigeuse est passée tant la neige est épaisse. Heureusement qu'il a quatre roues motrices !

La famille Andersson vit sur la route Dalövägen.

De sa main droite, Hanna repousse quelques mèches brunes. Elle est clairement tendue par la situation. Sa bouche affiche un rictus pincé, ses épaules sont visiblement crispées.

« J'ai horreur de ce moment, soupire-t-elle. J'ai hâte d'en avoir fini. »

Daniel acquiesce. Annoncer la mort d'un être cher à ses proches est probablement l'une des pires facettes de leur métier.

« Je sais bien. Mais il faut bien que quelqu'un s'y colle. »

Hanna ronge un bout d'ongle, et lance un regard par la fenêtre.

« Quand bien même, je ne m'y ferai jamais. »

Hanna a beau n'être arrivée qu'en décembre dernier, elle est de loin la collègue dont Daniel se sent le plus proche. Tous deux vivent à Åre, et covoiturent fréquemment pour se rendre à Östersund. C'est devenu leur petite habitude, d'y aller ensemble deux à trois fois par semaine. Ces trajets leur ont donné l'occasion d'apprendre à mieux se connaître. Le plus souvent, ils parlent de la pluie et du beau temps, mais il leur arrive d'aborder des sujets plus profonds ou personnels. Daniel a longuement entendu parler de Christian, l'ex d'Hanna, et du conflit autour de leur appartement pour lequel elle n'a pas perçu un centime.

Daniel, quant à lui, ne s'est pas confié aussi ouvertement sur les accrocs qui minent parfois sa relation avec Ida, en particulier quand son travail l'accapare un peu trop. Il ne rechigne pas cependant à parler d'elle et d'Alice.

Mais Hanna doit bien se douter que les choses ne sont pas toujours roses à la maison. Il est rarement facile d'être l'épouse d'un policier.

Elle a repris sa lecture sur l'écran de son téléphone.

« Ça y est, je comprends mieux, lance-t-elle soudain. Son épouse est d'origine allemande. Elle est née à Ramsau. C'est une station de ski en Bavière, non ? »

Daniel n'en a pas la moindre idée. La géographie allemande est loin d'être sa spécialité.

« Je me disais bien qu'elle avait un nom à consonance germanique.

— Et Johan, il vient de quel coin ?

— Il est d'ici. Il est né et a grandi à Duved ; il a fait son lycée à Järpen, en sport-étude ski. C'était apparemment un excellent skieur ; il a fait quelques années de compétition, vers dix-huit, dix-neuf ans. C'est peut-être dans ce contexte qu'ils se sont rencontrés ? Dans les Alpes ? »

À ces mots, tout s'éclaire. Daniel voit très bien qui est la victime. C'est ce Johan Andersson-là ! Le jeune espoir de Duved qui a intégré l'équipe suédoise de ski alpin dans les années deux mille. Il n'avait pas du tout fait le rapprochement.

Il arrive désormais à raccrocher les wagons. D'une certaine manière, ça rend la situation plus compliquée. Ce meurtre va faire les gros titres, à coup sûr.

« Pourquoi irait-on liquider un type ordinaire comme ça, un plombier ? murmure Hanna d'une voix sombre. Quel peut bien être le mobile ?

— Ça, il est encore trop tôt pour le dire.

— Une histoire d'argent ? s'entête-t-elle. Une forme de vengeance ? On peut supposer que le meurtrier faisait partie de ses connaissances, c'est le plus probable. »

Elle pousse un soupir à peine étouffé.

« Les femmes sont tuées par des hommes ; et les hommes sont tués par d'autres hommes. »

Les statistiques donnent raison à sa collègue. Et après sept années de spécialisation dans les violences intrafamiliales, Hanna sait de quoi elle parle. Ses compétences en la matière ont été d'une aide précieuse dans la résolution du crime de décembre.

La maison de Johan Andersson apparaît devant eux. Un pavillon en bois brun, flanqué d'un garage de la même couleur. La cour est déneigée, une Volkswagen Passat est garée dans l'allée.

Daniel a lui aussi envie de faire demi-tour.

Il s'en passerait bien, de cette conversation. Il n'y a rien de pire que d'annoncer un décès.

5

Daniel vient à peine de frapper à la porte qu'elle s'ouvre en grand sur une femme vêtue d'un jean et d'un polo noir. Ses cheveux noisette grisonnent sur les tempes ; ses yeux sont cernés.

C'est sans aucun doute Marion, l'épouse de Johan.

Daniel tente prudemment de se présenter, en prenant garde à ne pas l'effrayer. Mais en apprenant qu'ils sont de la police, Marion se fige, la main devant la bouche.

« Il lui est arrivé quelque chose ? » souffle-t-elle.

Elle s'exprime avec un accent allemand prononcé.

« Pouvons-nous entrer ? demande doucement Hanna. Nous devrions peut-être nous asseoir. »

Daniel lui lance un regard reconnaissant. Sa collègue est plus à l'aise que lui dans ce genre de situation.

Marion est devenue blême.

« Venez dans la cuisine », dit-elle en prenant les devants.

Ils lui emboîtent le pas, et entrent dans une grande pièce aux murs blancs, dont les placards et les plans de travail ne sont plus de la première jeunesse. En enfilade, on peut apercevoir le salon, situé un demi-palier plus bas, dans une extension de la bâtisse.

« Nous avons une mauvaise nouvelle à vous annoncer », commence Daniel, à peine se sont-ils installés à la table ovale.

Il prend une inspiration et voit les yeux de Marion s'embuer de larmes. Elle a bien évidemment compris qu'il est arrivé quelque chose de grave. Daniel la plaint. Mais il doit passer outre.

« Malheureusement, votre mari est décédé, poursuit-il. J'en suis sincèrement désolé. »

Marion le dévisage sans un mot ; un son aigu s'échappe de sa gorge. Elle plaque la main sur sa bouche, sans parvenir à étouffer un gémissement désespéré.

Daniel jette un regard à Hanna, assise près de l'évier.

« Voulez-vous un peu d'eau ? » demande-t-elle doucement, en allant chercher un verre sur l'égouttoir.

Elle le remplit et le pose sur la table. Marion fixe le verre pendant une seconde, puis le porte à ses lèvres d'une main tremblante.

« Johan ne peut pas être mort, dit-elle, la voix brisée, comme si elle n'avait pas tout à fait enregistré ce que Daniel vient de lui annoncer. On doit aller skier à Trillevallen aujourd'hui. »

Elle est en état de choc – rien de surprenant. Daniel cherche les mots justes, même s'il sait bien que, dans ce genre de situation, tous les mots semblent inutiles. Aucune parole ne saurait apaiser sa souffrance.

« Le corps de votre mari a été découvert ce matin par une automobiliste, au bord de la route Tångbölevägen », explique-t-il.

Il peut difficilement enjoliver la réalité.

« Il a été violemment frappé. Son nez était cassé, et il présentait une blessure importante à l'arrière du crâne. »

Le visage de Marion se contracte en une grimace de détresse. Les larmes coulent désormais sans qu'elle puisse les arrêter.

« Vous voulez dire qu'on l'a battu à mort ? hoquette-t-elle.

— Je suis vraiment navrée, reprend Hanna, mais beaucoup d'éléments semblent l'indiquer.

— Je comprends que ce soit très dur pour vous, poursuit Daniel. Si vous vous en sentez la force, nous avons quelques questions à vous poser. »

Marion déglutit et penche la tête en avant, ce que Daniel interprète comme un assentiment.

« Quand avez-vous vu votre époux pour la dernière fois ? demande-t-il.

— Hier soir, vers dix-neuf heures, avant qu'il ressorte. Il n'est jamais rentré, et sa voiture a disparu. J'ai passé la nuit à essayer de l'appeler sur son portable. Je me suis tellement inquiétée… »

Marion renifle, plonge son visage entre ses mains.

« Je m'étais dit qu'il avait peut-être fini tellement tard hier soir qu'il ne pouvait plus conduire… Qu'il allait arriver bientôt. »

Daniel et Hanna échangent un regard : l'interrogatoire de Marion risque d'être difficile.

Après une minute de silence, Daniel reprend :

« Savez-vous où votre mari est allé hier ?

— Il… Il est sorti prendre quelques bières avec sa bande de copains. Ils font souvent ça le vendredi soir.

— Ils vont à un endroit en particulier ? »

Marion sanglote. Daniel a la sensation qu'elle est à deux doigts de s'effondrer.

« Je ne sais pas trop, dit-elle, la voix brisée. Chez Pigo peut-être ? Ou Jemten. »

Daniel connaît bien les lieux ; ce sont deux restaurants à Duved.

« Comment s'appellent ses amis ? demande Hanna. Nous allons devoir les contacter.

— Je sais qu'il devait voir Carl, bredouille Marion, les mains nouées sur les genoux. Carl Willner : l'un de ses plus vieux copains. »

Hanna prend son nom en note.

« Pourriez-vous nous parler de votre mari ? demande Daniel. Savez-vous s'il avait des ennemis, des personnes qui lui voulaient du mal ? »

Marion se fige ; elle semble anéantie.

« Pourquoi aurait-il eu des ennemis ? finit-elle par souffler.

— Nous posons cette question à tout le monde », explique Hanna d'une voix douce.

Marion secoue la tête, l'air perplexe.

« Tout le monde aimait Johan. Il était tellement gentil… Quelqu'un d'adorable, vraiment ! »

Elle esquisse un faible sourire entre ses larmes.

« Johan était tout le temps enjoué ; il riait du matin au soir. Quand je l'ai rencontré, c'est la première chose qui m'a frappée, son optimisme, sa joie de vivre contagieuse. »

Elle se lève et se dirige vers le salon, d'où elle revient un cadre à la main. Sur la photographie, Johan en tenue de ski, debout sur un podium, exhibe fièrement une médaille de bronze.

Son bonheur ne fait aucun doute.

Marion caresse le cliché du bout des doigts.

« C'est ma photo préférée de Johan, dit-elle, avec dans la voix une tristesse à fendre le cœur. Il était arrivé troisième au super-G de Val-d'Isère, aux championnats du monde de 2009. C'était… une journée incroyable. On était ensemble depuis tout juste un an, et j'étais tellement fière de lui. »

Elle prend une inspiration saccadée.

« Pendant combien d'années a-t-il fait de la compétition ? » interroge Daniel.

Il ne se souvient pas bien de ce qu'il était advenu de la carrière de Johan. À cette époque, c'étaient les femmes qui raflaient toutes les médailles en ski alpin. Anja Pärson était alors la grande star de l'équipe de Suède.

Marion secoue la tête, abattue.

« Il s'est cassé une jambe lorsqu'il préparait les JO de 2010, juste après notre mariage. Il ne s'est jamais vraiment remis de sa blessure. On s'est installés ici en 2011 ; il venait de mettre fin à sa carrière. »

Elle observe de nouveau la photographie, en serrant le cadre dans ses mains. Les larmes s'écrasent sur l'image, formant de petites flaques transparentes qui glissent le long du verre.

« Il n'était en conflit avec personne ? » hasarde Hanna.

Marion semble à peine avoir entendu la question.

« Je suis désolée, murmure-t-elle. Je n'y arrive plus… »

Il faudra revenir plus tard. La pauvre femme n'est plus en état de leur parler.

Marion détourne la tête et lance :

« J'ai besoin d'être seule, maintenant. »

Rebecka
2012
décembre

Tout le monde a les yeux rivés sur Rebecka, assise à la place d'honneur aux côtés d'Ole. Les convives applaudissent sans discontinuer. Ole vient de prononcer un discours poignant sur leur avenir commun au sein de la communauté, sur le chemin qu'ils parcourront ensemble, main dans la main, dans la vallée du Seigneur.

Il a décrit avec éloquence combien leur amour pour Lui est grand, combien est bénie son union avec Rebecka ; il a évoqué avec tendresse leurs futurs enfants, qu'il lui tarde d'élever en Jésus-Christ.

Rebecka n'est pas la seule à avoir les larmes aux yeux.

Ole accueille l'émotion de l'assistance d'un « Amen » désarmant. Rebecka sourit d'un air gauche, les joues écarlates. Elle n'a jamais été celle que l'on regarde, et peine à se défaire de sa gêne. Pour Ole, tout cela est naturel. Il est habitué à être au centre de l'attention, et affiche une assurance qui attire à lui tous les regards.

Maintenant qu'elle est son épouse, elle devra apprendre à faire avec.

Rebecka sent bien, posés sur elle, quelques regards féminins emplis de jalousie.

Elle est désormais une femme mariée. Cela lui semble encore irréel – que Dieu l'ait choisie entre toutes pour être l'épouse d'Ole. C'est un immense honneur ; puisse-t-elle seulement répondre à ses attentes ! Elle espère seulement qu'il partage le même bonheur. Qu'il est heureux d'être devenu son mari, de l'avoir prise pour femme.

Qu'elle sera à la hauteur.

C'est sur elle, et personne d'autre, qu'il a jeté son dévolu, se dit-elle pour se rassurer. Il faut qu'elle se montre digne de cette chance, dont elle n'aurait pourtant jamais osé rêver.

Son père et sa mère sont immensément fiers. Lisen, sa meilleure amie, est elle aussi impressionnée : Rebecka, épouser quelqu'un d'aussi important qu'Ole, l'assistant pasteur qui a étudié à Umeå, et qui occupe en outre un poste prestigieux dans un grand cabinet d'audit !

Les convives rient, discutent. Leurs sourires entendus font rougir Rebecka de plus belle. Des plats entrent, puis sortent.

Ole glisse quelques mots à son voisin de table. Rebecka observe ses lèvres bien dessinées en s'imaginant ce qu'elle ressentira, le soir même, quand elles toucheront les siennes. Seront-elles chaudes ou froides ? Sèches, ou humides de salive ?

Cette pensée réveille chez elle une impatience mêlée d'angoisse. Ce soir, ils se retrouveront ensemble pour la première fois. Il touchera les parties les plus intimes de son corps ; ils s'uniront comme doivent le faire deux époux.

Rebecka peine à arracher son regard de son nouveau conjoint. De son sourire charismatique, qu'il prodigue avec tant de générosité. Il est vraiment bel homme, et plus grand que la moyenne : il fait presque une tête de plus qu'elle. Et il est promis à un brillant avenir, son père l'a répété maintes fois. Il fait partie de ceux qui pourraient un jour succéder au pasteur Jonsäter. Si c'est le cas, ce sera son mari à elle qui dirigera la communauté !

La pièce bourdonne de voix. Pas moins de quatre-vingts personnes sont rassemblées dans la salle paroissiale attenante à l'église. Un mariage est un événement important : ses parents n'ont pas regardé à la dépense.

Une perle de sueur roule le long de son dos. Rebecka se redresse sur son siège. Il fait chaud, même si dehors le froid de décembre a pris en tenaille toute la région du Jämtland.

Tout est allé à une vitesse ! Elle se sent un peu ivre, bien qu'elle ait à peine trempé les lèvres dans son verre de vin.

Dès le lendemain de leur première entrevue, son père avait demandé à lui parler. Avec gravité, il lui a annoncé qu'Ole souhaitait la prendre pour épouse, que cette union avait la bénédiction du pasteur Jonsäter. En expliquant que, pour une jeune femme, le mariage était une prescription divine.

Car Dieu a dit à l'homme et à la femme d'être féconds et de remplir la terre.

Rebecka avait écouté avec attention, comme toujours quand son père lui explique quelque chose.

Le soir, chose inhabituelle, sa mère était entrée dans sa chambre et s'était assise sur le rebord de son lit.

« Dire qu'Ole va devenir ton époux, avait-elle murmuré en lui caressant la joue. Quel honneur ! Je me souviens encore du jour où j'ai épousé ton père comme si c'était hier.

— Ça t'a rendue heureuse, maman ? avait osé demander Rebecka, bien que les mots peinaient à passer ses lèvres.

— Nous t'avons eue, toi. Et rien ne m'a rendue plus heureuse que ça. »

Rebecka sait que sa mère a souffert de n'avoir eu qu'un seul enfant – d'autant que la communauté tient en haute estime les femmes qui donnent naissance à une large fratrie. Mais l'accouchement avait été particulièrement difficile. Et sa mère n'était plus retombée enceinte.

« C'est la volonté de Dieu », répondait toujours sa mère quand Rebecka, enfant, demandait pourquoi elle était fille unique.

Après ce soir-là, les choses s'étaient accélérées. Elle s'était fiancée à Ole, et le temps avait filé à toute allure. En trois mois à peine, la jeune fille innocente s'était changée en une femme mariée enviée et admirée de tous.

Rebecka lance à son époux un nouveau regard plein de déférence.

Il est encore absorbé dans une conversation. Son interlocuteur semble boire ses paroles. Personne n'interrompt jamais Ole – il jouit d'une autorité naturelle.

Rebecka veut se montrer rayonnante, qu'il comprenne à quel point elle saura le rendre heureux. Il n'aura jamais à regretter sa décision.

Comme il l'impressionne ! C'est Ole qui a planifié toute la cérémonie. Aucun détail ne devait lui échapper. Il a même choisi la robe et la coiffure qu'elle allait porter. Ainsi que leurs alliances, bien entendu.

Elle a promis de lui obéir et de le servir devant Dieu. Dès cet instant, elle lui appartient.

Pour toute la vie.

6

Quelques heures après la visite chez Marion, Hanna s'installe dans la grande salle de réunion du commissariat d'Åre. La faim lui tord le ventre ; elle n'a mangé qu'une malheureuse banane depuis ce matin.

Les murs blancs de la pièce se confondent avec la neige qui tombe dru par la fenêtre. Seules les chaises rouges, disposées autour de la table, dessinent des touches de couleur. Anton Lundgren et Rafael Herrera, deux de ses collègues, y sont assis. Tous les deux sont basés à Åre, et ont été convoqués spécialement pour enquêter sur le meurtre. Carina Grankvist, la technicienne qui a examiné le lieu où l'on a découvert le corps, est là elle aussi.

Rafael – ou Raffe, comme on le surnomme – s'apprête à lancer une visioconférence avec l'équipe d'Östersund, où se trouve le siège de la brigade criminelle à laquelle sont intégrés Hanna et Daniel. Raffe entre le code d'accès.

« Johan Andersson ! lâche-t-il en secouant la tête. Je n'en reviens pas.

— Tu le connaissais ? demande Hanna.

— Un peu. On fréquentait le même lycée, en sport-étude ski ; il avait un an de plus que moi. Un mec très sympa. Il n'a vraiment pas eu de chance : il s'est blessé en tout début de carrière. Mais ça ne l'a pas aigri, il n'était pas du genre à se plaindre. »

Raffe vit à Kall avec sa petite amie. Fou de snowboard, il est encore capable d'exécuter des figures qui font pâlir d'envie les adolescents.

« Qui aurait pu imaginer qu'il allait finir comme ça ? » soupire-t-il au moment où l'écran s'anime.

Le visage de la commissaire Birgitta Grip, cheffe de la section criminelle, apparaît à l'écran. Elle est entourée d'autres enquêteurs d'Östersund et du procureur de garde. Grip dirigera l'enquête préliminaire jusqu'à ce que l'affaire soit transmise au procureur.

L'air préoccupé, elle passe une main dans ses cheveux gris acier, coupés court.

« Où en est-on ? L'identité de la victime est confirmée ? C'est bien Johan Andersson, le skieur ? »

Daniel hoche la tête.

Grip le connaît de nom, bien sûr, comme la plupart des habitants d'Åre. Hanna était la seule à qui cela avait échappé. Cela dit, Daniel ne semblait pas avoir percuté non plus – en tout cas pas ce matin, lorsqu'ils s'étaient rendus sur le lieu du crime.

« La famille est avertie ? » poursuit Grip.

Daniel confirme avoir prévenu Marion, l'épouse de la victime. Ses parents l'ont été par les collègues d'Östersund et son frère Pär, qui vit à Strömsund, par une autre équipe.

« La presse va vouloir fourrer son nez dans cette affaire, souligne Grip. Je compte sur vous pour rester discrets. »

Depuis l'écran, elle lance aux participants un regard autoritaire.

« Que sait-on des causes du décès ? »

Daniel feuillette son bloc-notes.

« Il a vraisemblablement été tué par des coups répétés à l'arrière du crâne, répond-il. Après avoir mis fin à sa carrière dans le ski en 2011, il dirigeait une entreprise de plomberie, avec un associé. Sa femme ne lui connaît pas d'ennemis.

— J'ai du mal à réaliser que Johan est mort, dit Raffe. C'était vraiment quelqu'un de bien. »

Hanna repense au corps enseveli sous la neige, aux traces de sang sur la joue livide.

« Il avait les mains ligotées dans le dos, poursuit Daniel. Ça ressemble à une exécution. »

La description de Daniel est dénuée d'affect, mais c'est la règle. Son objectif n'est évidemment pas de rabaisser le défunt. Mais il semble toujours un peu irréel de voir une personne de chair et d'os, une personne qui la veille encore riait comme tout le monde, se changer soudain en un chiffre anonyme venant grossir les statistiques de meurtres.

Grip se tourne vers Carina Grankvist.

« Carina, qu'est-ce que tu peux nous dire ? »

La technicienne a l'air frigorifiée, emmitouflée dans un gros pull en laine, écharpe autour du cou. Elle a quelques années de moins que Grip, qui va fêter ses soixante ans cet été. À la différence de sa collègue, elle n'assume pas ses cheveux gris, et porte un carré blond foncé qui lui encadre le visage. Avec ses rondeurs, elle dégage une aura presque maternelle. On l'imagine plus facilement avec ses petits-enfants que penchée sur un cadavre mutilé.

« J'aimerais vous donner plus de détails, commence-t-elle, mais la grosse chute de neige de cette nuit complique vraiment la situation.

— Tu crois que Johan Andersson a été tué à l'endroit où on l'a retrouvé ? s'enquiert Grip.

— J'en doute, fait Carina en ajustant son châle – l'électricité statique fait voleter ses cheveux. Il n'y avait aucune trace de lutte, pas de branches cassées ou d'autres signes de violence. Mais il y a eu tellement de passage autour du corps avant mon arrivée que je n'ai pas pu prélever d'empreintes. »

Hanna revoit la scène. Anna Larsson, la femme qui a fait la découverte macabre, avait fait le tour de la victime avant l'arrivée de la police. Puis ce sont Daniel et elle-même qui n'avaient pu éviter de multiplier les empreintes.

« On a dû transporter le corps en voiture, intervient Hanna. Il n'y avait pas de traces de motoneige, n'est-ce pas ? »

Carina confirme d'un hochement de tête.

« L'assassin a pu utiliser le véhicule de la victime, suggère Anton. On ne l'a pas retrouvé. »

C'est vrai. D'après sa femme, Johan avait pris le volant de sa camionnette de fonction vendredi soir pour aller boire un verre à Duved avec des amis. Les policiers de la région ont reçu le signalement du véhicule : une fourgonnette blanche au flanc barré du nom de son entreprise.

« Possible », dit Grip.

Elle s'adresse de nouveau à Carina :

« As-tu pu relever des traces de pneus intéressantes ? »

Carina retourne un de ses documents.

« Malheureusement non, à cause de la neige. Mais nous pouvons contacter le service de déneigement pour savoir si l'un des chauffeurs aurait pu remarquer quelque chose en passant sur les lieux.

— Je m'en occupe », dit Anton.

Il habite à Duved et connaît bien la région – il doit d'ailleurs être le seul de l'équipe à être né et à avoir grandi à Åre. L'orientation en montagne n'a pas de secret pour lui, et c'est d'ailleurs un grand sportif, adepte du fitness et de la salle de sport.

« Voyons voir, poursuit Grip. Quelles conclusions pouvons-nous tirer à ce stade sur l'identité de l'agresseur ? »

Hanna pose son stylo.

« Soit c'est une personne suffisamment forte pour soulever le corps de Johan Andersson, répond-elle. Soit ils étaient deux, voire plus.

— Si c'était une personne seule, c'était sans doute un homme, renchérit Daniel. Une femme seule serait incapable de porter ce poids. »

Hanna lui décoche un regard éloquent. Les préjugés ont la vie dure.

Avec un petit rictus, il lève les mains devant lui pour se faire pardonner.

« Tu peux nous en dire plus sur l'arme du crime ? demande Raffe.

— C'est plutôt au légiste de trancher, rétorque Carina.

— Tu dois bien avoir une petite idée ? »

Il lui adresse un grand sourire, mi-encourageant, mi-provocateur. Il joue de son charme, Hanna le voit bien.

C'est vrai qu'il est plutôt beau gosse avec sa peau hâlée et ses cheveux longs attachés en queue-de-cheval. Raffe est d'origine chilienne : ses parents ont fui le pays dans les années soixante-dix, sous la dictature de Pinochet.

« La victime présente une profonde blessure à l'arrière du crâne, répond Carina. Elle peut avoir été causée par une masse ou un gros marteau. »

Qu'est-ce que ça dit de l'agresseur ? Un marteau, une masse… la plupart des gens ont ça chez eux. Ce sont des outils de base dans cette région rurale. Statistiquement, l'arme la plus utilisée pour perpétrer un meurtre est le couteau de cuisine. Ici, les coups violents portés à la tête indiquent autre chose. Une réelle volonté de blesser.

Qui voulait tant de mal à Johan ?

Hanna se rappelle la photo que leur a montrée Marion : Johan sur le podium, les yeux rieurs et débordant de joie de vivre. Elle avait décrit son mari comme une personne « adorable ».

Que lui était-il donc arrivé ?

« Bon, fait Birgitta Grip. Daniel, tu prends la direction du groupe SMP. Ça s'était bien passé en décembre. »

Le groupe SMP est une équipe *ad hoc* mise sur pied pour ce type d'enquête. SMP renvoie à un manuel, « Soutien méthodologique de la police en vue d'une enquête sur un crime violent », surnommé la « bible de l'homicide » en interne, et qui sert de référence.

Le groupe se compose de Daniel, Hanna et deux enquêteurs d'Östersund, assistés d'Anton et Raffe, habituellement chargés des délits à Åre.

L'annonce suscite chez Hanna une désagréable sensation de déjà-vu : c'est la même constellation qu'en décembre, après la disparition d'Amanda. Hanna venait alors de prendre son poste à Åre après son licenciement et son départ humiliant de Stockholm.

Les événements tragiques de Noël dernier ne la quittent toujours pas.

Grip attribue à chacun une mission : cartographier en profondeur la vie de Johan Andersson ; passer en revue ses finances, son entreprise, ses amis, ses contacts privés et professionnels. Comme son portable a disparu, il faudra contacter les opérateurs pour obtenir ses relevés téléphoniques.

« Essayez de ne pas faire d'heures sup, précise Grip. On ne veut pas exploser les compteurs dès le premier trimestre. »

Hanna aurait préféré des encouragements, mais ce n'est sans doute pas la faute de Grip si elle est obligée de leur faire ce rappel : elle subit probablement elle aussi la pression de ses supérieurs.

Hanna jette un coup d'œil à Daniel, qui affiche un air concentré. Il travaille déjà tellement qu'il peine à trouver du temps pour Ida et la petite Alice. Un nouveau meurtre à élucider, ça ne va certainement pas arranger la situation.

Comme s'il avait lu dans ses pensées, Daniel lève les yeux et croise son regard.

« Alors, allons-y », dit-il en quittant son siège.

7

Les joyeux gazouillis d'Alice résonnent dès le couloir, quand Daniel regagne son appartement rue Granlidsvägen.

Il est près de dix-sept heures. Il a passé tout l'après-midi à planifier le déroulement de l'enquête et à discuter en interne des ressources mobilisables.

Une équipe de collègues en uniforme a été sollicitée ; ils font actuellement du porte-à-porte à Tångböle, le hameau où Johan a été découvert. Les services de déneigement ont été contactés, et le corps est en route vers Umeå pour l'autopsie. Hanna travaille à identifier les membres du cercle proche de Johan.

Daniel se réjouit que ses collègues se soient mis au travail aussi rapidement. Il ne peut pas se permettre de bosser jour et nuit sur cette nouvelle affaire : Ida ne le lui pardonnerait pas.

Demain, ils doivent se réunir au poste à la première heure. La demande de Grip – limiter les heures supplémentaires – va devoir attendre.

« Bonsoir, ma chérie », lance Daniel.

Il entre dans la cuisine, où Ida est installée avec leur fille, tentant d'attirer son attention sur une cuillerée de purée de carottes. La tresse blonde d'Ida est en désordre, et on distingue un petit amas orange à la racine de ses cheveux.

« Comment vont mes filles ? »

Daniel embrasse le front d'Alice.

Ida soupire et tend la joue pour recevoir un baiser.

« Visiblement, ce n'est pas sa préférée », constate-t-elle.

Alice a recraché avec enthousiasme la majeure partie de sa purée sur le parquet blanc lasuré. Daniel déchire une feuille d'essuie-tout pour nettoyer le désastre.

« Je prends le relais ? » demande-t-il.

Ida secoue la tête.

Daniel se sert un verre d'eau, s'installe à table pendant qu'Ida met fin à ses expérimentations culinaires.

« J'ai entendu à la radio qu'un homme avait été assassiné à Tångböle, lance-t-elle par-dessus son épaule.

— Oui. »

Cela ne fait que huit heures que l'alerte a été donnée. L'affaire a déjà fuité dans les médias. Daniel espère qu'ils n'ont pas encore eu vent de tous les détails. Dieu merci, ils ont eu le temps d'informer Marion, qu'elle ait au moins eu quelques heures pour digérer la terrible nouvelle. Elle est déjà anéantie – quand les journaux apprendront l'identité de la victime, elle risque d'être harcelée.

« Oui, malheureusement, c'est vrai, poursuit-il. C'est pour ça que j'ai dû partir aussi tôt ce matin. »

Alice et Ida dormaient encore quand il avait été convoqué par le SMP.

« Tu as bien vu mon mot ? » ajoute-t-il par prudence.

Ils avaient prévu une petite excursion à skis, au départ de la station d'Edsåsdalen. L'idée était de gagner le restaurant d'altitude Vita Renen – le Renne blanc – pour y déjeuner.

Ce sera pour une autre fois.

Ida repose la petite cuillère sur la table.

« C'était quelqu'un d'Åre ?

— Je ne peux pas te le dire. »

Ida demande souvent à Daniel de lui parler de son travail quand il rentre le soir. Elle dit que ça l'aide à se sentir moins seule. Ses journées passées à la maison avec Alice lui pèsent. D'autant que Daniel a tendance à se fermer comme une huître dès qu'il est fatigué ou stressé – une mauvaise habitude qui n'améliore pas les choses.

Mais on ne transige pas avec le secret professionnel.

« Je suis désolé, je n'ai pas le droit, s'excuse-t-il. Nous n'avons pas encore annoncé le nom de la victime. »

Il fait un geste de la tête en direction de la cuisinière, et tente de changer de sujet.

« Que dirais-tu de spaghettis *alle vongole* pour le dîner ? Avec un petit verre de rouge ; c'est samedi soir après tout. Je crois qu'il nous reste une bouteille de ce barolo que tu aimes bien. »

La cuisine est l'un de ses passe-temps favoris. Il n'est pas rare qu'au saut du lit Daniel songe déjà au repas du soir. Ce n'est peut-être pas sans lien avec les origines italiennes de sa mère.

« Ça me semble parfait. »

Ida a l'air exténuée et Daniel est assailli par la mauvaise conscience : rester seule avec un bébé de cinq mois n'est pas de tout repos, surtout quand une sortie tant espérée vient de tomber à l'eau.

Il se lève et saisit Alice pour l'extraire de sa chaise haute. Il adore sentir le poids de sa toute petite fille, sa peau douce et son cou potelé contre son torse.

« Je peux m'occuper d'Alice, dit-il. Tu es seule avec elle depuis ce matin.

— Je vais prendre une douche pendant ce temps.

— Oui, vas-y, lui répond-il, en soufflant dans la nuque d'Alice pour la chatouiller et la faire rire. Je peux ranger un peu en attendant. »

Ida le remercie d'un baiser dans l'air et disparaît en direction de la salle de bain.

Tout va bien. Le mois dernier, les choses se sont améliorées, avec Alice comme avec Ida. Il faut que ça fonctionne.

Pourvu que cette nouvelle enquête ne vienne pas tout foutre en l'air.

Comme celle de décembre.

Rebecka
2013
novembre

Seule derrière la porte blanche de la salle de bain, Rebecka pleure doucement.

Elle venait de s'installer avec Ole à la table du petit déjeuner quand elle a senti quelque chose de chaud lui couler entre les jambes. Elle a bredouillé une excuse avant de se précipiter aux toilettes.

Sa culotte tachée de sang, jetée au sol, est la preuve que ce mois-ci encore, elle n'est pas parvenue à tomber enceinte.

Une crampe lui tord le bas-ventre. Dès le réveil, elle a ressenti une douleur sourde, mais n'a rien osé dire. Elle a préféré ignorer la sensation, en l'espérant passagère.

Elle se masse le ventre pour apaiser les tiraillements.

Cela fait près d'un an qu'ils sont mari et femme. Pourtant, toujours aucun enfant en vue. Lisen, qui a épousé Isak juste avant le mariage de Rebecka et Ole, va accoucher d'un moment à l'autre.

Rebecka est la seule à garder un ventre désespérément plat.

Elle qui désire tant devenir mère ! Qui a insisté pour suivre la filière « Petite enfance » au lycée tellement elle aime les bébés. Elle sait à quel point Ole sera déçu.

Il est si proche des enfants, si attentif à toutes les femmes de la communauté qui attendent un heureux événement ; il évoque fréquemment le bonheur d'être parent. Il ne tarit pas d'éloges sur Lisen et Isak ; l'autre jour, il a même dit à Lisen qu'elle était devenue une vraie femme. Qu'elle était bénie de Dieu et faisait la joie de son époux.

Rebecka souhaiterait l'entendre s'exprimer avec autant de sollicitude à son égard.

Elle plonge la tête dans ses mains. Elle avait espéré que cette fois-ci serait la bonne. En comptant sur ses doigts, elle s'était persuadée que la dernière nuit passée ensemble avait enfin porté ses fruits.

Les larmes coulent sans discontinuer. Elle déchire quelques feuilles de papier-toilette pour s'essuyer le nez. Son regard se fixe au sol sur la tache écarlate.

Si seulement elle pouvait tomber enceinte, si seulement ils pouvaient avoir un tout petit bébé. Ole serait si heureux, si fier. Elle est désespérée de voir sur son visage cette déception, qu'il parvient difficilement à dissimuler. Ça la mine. Elle comprend à quel point il souffre, combien ça lui fait mal.

Qu'elle soit incapable de lui donner un enfant.

Tous les soirs, elle implore Dieu d'exaucer ses prières. De faire grandir une vie en elle.

Elle le désire avec tant d'ardeur.

« Tu viens ? » lance Ole depuis la cuisine.

Il répugne à manger seul, et exige toujours qu'elle s'asseye en face de lui. Lisen trouve ça romantique, et Rebecka ne peut que le reconnaître. C'est un privilège d’avoir un mari qui se languit de sa femme dès qu’elle quitte son champ de vision.

« J’arrive », répond Rebecka à toute vitesse, pour ne pas éveiller ses soupçons.

Elle passe rapidement sous l’eau son visage empourpré. Ole n’aime pas la voir maquillée. Elle ne met presque plus jamais de mascara, ni même de crème pour le visage. Il dit que ce genre de vanité est un péché. Elle parvient pourtant à trouver un vieux poudrier, et se tamponne en hâte le dessous des yeux pour dissimuler les traces de ses larmes.

Ça ne servirait à rien de lui expliquer ; cela ne ferait que l’attrister. Il a des choses plus importantes auxquelles penser : demain, il doit prononcer un sermon auprès de la paroisse de Trondheim.

Elle ne voudrait pas le déconcentrer à cause de son échec.

Rebecka inspire profondément et ouvre le loquet. Elle force un sourire et se dirige vers la cuisine.

Dieu ne peut pas avoir la cruauté de leur refuser un enfant. Pour le bien de leur mariage, elle doit tomber enceinte, pour qu’ils forment enfin une véritable famille.

Ne serait-ce que pour prouver à Ole qu’elle est une vraie femme, qu’elle mérite son respect et son amour.

8

En ce samedi soir, le commissariat est désert et silencieux. Hanna apprécie le calme après les échanges intenses de ces dernières heures. Elle a encore du mal à croire qu'un nouvel homicide ait été commis à Åre.

L'image du cadavre de Johan Andersson n'a plus quitté son esprit. Qui peut faire une chose pareille ? Elle est rentrée dans la police à vingt-cinq ans, et même si cela fait maintenant neuf ans, certaines scènes restent encore difficiles à encaisser. Hanna tente de se ressaisir. Il faut qu'elle arrive à prendre sur elle pour aller au bout de cette enquête.

En décembre, elle a elle-même frôlé la mort, et ces derniers mois n'ont pas été de trop pour s'en remettre. Beaucoup de sommeil, et un rythme de travail moins soutenu. Depuis, elle s'occupe surtout de rixes dans des bars et d'une affaire d'escroquerie à Krokom.

Or, si elle veut une chance d'obtenir un poste permanent, il faut qu'elle fasse ses preuves. Pour le moment, son affectation est provisoire, mais elle se plaît vraiment ici, et rien ni personne ne l'attend à Stockholm. Certainement pas après ce qu'il s'est passé avec Manfred, son ancien supérieur qui avait classé sans suite une affaire de violences conjugales mettant en cause un de ses collègues. Hanna ne l'avait pas supporté, et l'avait poursuivi pour faute professionnelle. Manfred avait fini par lui passer un savon, et lui avait ordonné de prendre ses cliques et ses claques.

Elle pouvait tirer un trait sur sa carrière dans la police.

Si sa sœur Lydia n'était pas intervenue en tant que conseillère juridique pour contraindre Manfred à recommander Hanna, elle n'aurait jamais été embauchée ici. Elle éprouve une reconnaissance infinie à l'égard de sa sœur mais aussi de Daniel, qui lui avaient dégoté ce poste au moment où elle en avait le plus cruellement besoin.

N'ayant nulle part où aller, Hanna s'était installée dans le chalet de Lydia, perché dans le quartier cossu de Sadeln, à Åre.

À Stockholm, elle vivait chez Christian, son compagnon, mais il l'avait quittée le jour où Manfred lui avait notifié son licenciement. Ça avait été la pire journée de sa vie. Elle n'avait pas d'économies, et l'appartement appartenait à Christian.

Avec un soupir, Hanna reprend ses recherches dans divers dossiers, avec l'espoir de voir apparaître le nom de Johan. Elle a déjà tenté de contacter Carl Willner, l'ami d'enfance avec qui il avait passé la soirée, mais il est injoignable.

À dix-huit heures quinze, son téléphone vibre. Un SMS de Karro :

Une virée au Bygget, ça te dit ?

Le Bygget est la boîte de nuit la plus prisée d'Åre. Nul doute qu'elle sera pleine à craquer ce soir – le premier samedi des vacances de février pour les Stockholmois. Mais Hanna n'est pas d'humeur. Impossible de laisser derrière elle les événements de la journée.

Sans compter qu'elle doit récurer la maison : Lydia et Richard arrivent demain avec les enfants.

Elle éteint son ordinateur et répond à Karro :

Merci, mais je ne vais pas pouvoir ce soir... Une autre fois ! :)

Espérons que Karro ne le prendra pas mal. C'est vraiment quelqu'un d'adorable, et Hanna s'en est fait une véritable amie. Il se trouve qu'elle est la sœur cadette d'Anton. Elle est très proche de son frère, et aime bien l'entraîner dans des sorties : peut-être tentera-t-elle sa chance avec lui ce soir ?

Hanna s'apprête à ranger son portable dans son sac quand elle reçoit un appel. Le nom de sa mère s'affiche. Elle envisage un instant de ne pas répondre : Ulla, qui vit dans le sud de l'Espagne, lui téléphone rarement – et jamais simplement pour prendre des nouvelles. La dernière fois qu'elles se sont parlé, la conversation n'a tourné qu'autour de sa rupture avec Christian, qui chagrinait tant sa mère.

Et si elle laissait sonner dans le vide ?

Le sens du devoir prend le dessus.

« Bonjour, Hanna, fait la voix d'Ulla à l'autre bout du fil. Ça fait longtemps que tu ne m'as pas appelée ! »

Peut-être parce que ça me fait plus de mal que de bien de te parler, pense Hanna, sans oser le dire tout haut.

« On a énormément à faire en ce moment, se contente-t-elle de répondre.

— Je ne comprends pas comment c'est possible, répond Ulla. Tout est tellement calme et tranquille à Åre. Quand vous étiez petites, toi et Lydia, c'était toujours idyllique chaque fois qu'on allait au ski là-bas ! »

Hanna repense à Johan. À quoi bon lui en parler ? Sa mère serait incapable de comprendre ce qu'elle peut ressentir après une telle journée.

« Les temps changent, fait-elle laconiquement.

— Tu ne me demandes pas comment va ton père ? »

Personne n'arrive à susciter la culpabilité aussi vite et efficacement que sa mère.

« Comment va papa ? demande-t-elle, conciliante.

— Il va bien, mais on sent qu'il vieillit. »

Olof va fêter ses quatre-vingt-sept ans cet été ; il est bien plus âgé que sa femme et n'a jamais été particulièrement bavard. Au fil du temps, il semble se replier de plus en plus sur lui-même.

Mais de ses deux parents, c'est toujours lui qui s'est le plus soucié d'Hanna.

« Tu appelais pour une raison particulière ? » lance-t-elle, alors qu'elles n'ont échangé que quelques phrases.

Aujourd'hui, elle n'a pas vraiment l'énergie de gérer sa mère. Ou de s'entendre dire qu'elle est une mauvaise fille qui ne donne jamais de nouvelles.

« Oui… Il y a une chose dont je voulais te parler, maintenant que j'arrive enfin à t'avoir. »

Elle paraît… embarrassée. Ça ne lui ressemble pas.

Hanna devient tout de suite méfiante.

« Je voulais juste te dire que Christian et Valérie, sa nouvelle compagne, viennent dîner chez nous demain soir. Ça ne te dérange pas, j'espère ? »

Hanna manque de lâcher le téléphone. Sa mère compte garder le contact avec Christian, après ce qu'il a fait ?

« Il est descendu à Nerja pour les vacances et m'a passé un coup de fil, poursuit Ulla. Tu sais que nous aimons beaucoup Christian : je n'ai pas pu m'empêcher de les inviter.

— T'es pas sérieuse, maman ? s'étrangle Hanna d'une voix criarde qu'elle ne parvient pas à maîtriser. Tu te souviens de ce qu'il m'a fait, quand même ! »

Ulla soupire.

« Ma petite Hanna, je comprends que tu vois plein d'horreurs dans ton travail, mais tous les hommes ne sont pas des monstres, tu sais. Même si c'est bien triste que ça n'ait pas marché entre vous deux, on considérera toujours Christian comme un membre de la famille, ton père et moi. Ça ne pouvait pas être uniquement sa faute à lui si votre couple n'a pas tenu… »

Christian m'a trompée ! voudrait-elle hurler. Il m'a menti, il est allé voir ailleurs derrière mon dos. Ce n'est pas comme si nous avions rompu d'un commun accord ! C'est *lui* qui m'a quittée.

« Il aurait fait un si bon père si vous aviez eu des enfants, reprend Ulla, une pointe de mélancolie dans la voix. J'imagine qu'à ce stade, je vais devoir me contenter des petits-enfants que j'ai déjà ? »

Oh non, ça ne va pas recommencer. Ce radotage sur son âge, sur son horloge biologique qui tourne… Hanna n'a plus la force d'écouter un mot de plus.

Surtout pas ce soir.

« On se reparle plus tard », lance-t-elle avant de raccrocher.

Elle ne devrait pas être affectée ; elle sait bien que sa mère est comme ça. Pourtant, une boule s'est formée dans sa gorge, qu'elle n'arrive pas à déloger, alors qu'elle enfile sa parka et prend sa voiture pour rentrer chez elle.

9

La file d'attente pour entrer au Bygget, la boîte de nuit au bas du télésiège VM8, serpente jusqu'au parking couvert de neige. Il est vingt et une heures quand Anton arrive sur place.

Ce soir, la boîte a programmé l'un des rappeurs les plus populaires de Suède, qui se trouve habiter à Åre. Sa présence est la garantie d'une foule compacte. Les vacances de février viennent juste de commencer, et la station est pleine de jeunes Stockholmois avides de faire la fête.

Anton ne sort qu'assez rarement – avec son travail, il peut difficilement faire autrement. Il est souvent reconnu par les locaux, qui savent qu'il est policier : ça passerait mal qu'on le voie en public titubant, une bière à la main. Non qu'il ait l'habitude de prendre des cuites : ça collerait difficilement avec son hygiène de vie – cinq séances de sport par semaine et un régime strict, hyperprotéiné et pauvre en graisses.

Ce soir, il a beaucoup de mal à lâcher prise. Le meurtre de Johan lui a mis un sacré coup. L'homme n'avait que quelques années de plus que lui, et était considéré par tous comme un héros local. Durant son adolescence, il avait gagné plusieurs fois d'affilée la coupe d'Åre. Même si sa carrière n'avait pas survécu à sa blessure, Johan avait tout de même gravé son nom dans l'histoire du ski alpin.

Et surtout, c'était l'enfant du pays qui avait rapporté une médaille aux championnats du monde.

Difficile de se faire à l'idée qu'il est parti. Quand son nom sera rendu public, ça risque de faire du bruit. Et les parents d'Anton connaissent bien ceux de Johan – la ville de Duved est encore plus petite qu'Åre.

N'étant pas d'humeur particulièrement festive, Anton était à deux doigts d'écrire à Karro qu'il comptait rester tranquillement chez lui ce soir. Mais elle avait finalement su le convaincre de les accompagner. « Pour une fois », avait-elle insisté.

« On est là ! » lance une voix familière depuis le milieu de la file.

Sa sœur lui fait un signe de la main. Anton se dirige vers le groupe de copines.

« Salut ! » fait-il à Karro en la serrant dans ses bras.

Elle n'a que quelques années de moins que lui. À la différence d'Anton, qui est célibataire, elle a un compagnon et deux enfants. L'aînée va bientôt entrer au collège : Karro n'avait que vingt ans quand elle est tombée enceinte pour la première fois – ce qui ne l'a pas empêchée de continuer à faire la bringue. C'est une bonne fêtarde, qui sort encore aujourd'hui bien plus qu'Anton ne l'a jamais fait lui-même. Ce soir, elle a passé sa chevelure blonde au fer à friser et a soigné son maquillage. Elle est à croquer.

Anton salue les amies de sa sœur, qu'il connaît également.

Il s'efforce de chasser de son esprit le meurtre de Johan. C'est samedi soir. Il n'a ni le droit ni l'envie de parler de ce qui s'est passé.

Il sourit d'un air décidé.

« Je sens qu'on va passer une bonne soirée. »

Une heure plus tard, la discothèque tout entière vibre au son de la musique. La fosse est pleine à craquer. La sueur perle sur le visage du chanteur, qui interprète l'un de ses morceaux les plus connus.

Anton est resté à bonne distance de la piste de danse ; les bains de foule, très peu pour lui. Aux infos, on a parlé d'une grippe virale venue de Chine, qui semble vouloir gagner l'Europe… Il toise les spectateurs, en espérant qu'aucun d'entre eux n'a eu la bonne idée de faire un tour en Asie ces derniers temps.

« J'adore ce morceau ! » lance une voix près de son oreille.

Anton sursaute.

« Hein ? »

La musique est si forte que le jeune homme posté près de lui doit crier pour se faire entendre. Si les fêtards sont bien plus nombreux à avoir l'accent de Stockholm que celui du Nord, celui-ci semble bien être du coin.

« Il est vraiment bon !

— Oui. »

Anton sourit, sans lâcher la scène des yeux.

Le hip-hop n'est pas son genre de prédilection : à ses heures perdues, il joue du saxo dans un groupe de jazz local. Mais les textes de cet artiste le touchent profondément : il arrive à mettre le doigt sur quelque chose de précis – à décrire cette sensation d'être au fond d'un gouffre, de ne jamais se sentir tout à fait à sa place.

Anton lui-même connaît bien ce sentiment. Duved comme Åre sont de toutes petites villes, où chacun sait tout des faits et gestes de ses voisins.

Quand on habite un village, ne pas entrer dans le moule peut être difficile à vivre ; d'autant qu'il n'a jamais aimé attirer l'attention.

« Tu viens souvent ici ? » demande l'inconnu.

Il éclate aussitôt de rire.

« Désolé, reprend-il. Je crois que je n'ai jamais prononcé une phrase d'approche aussi ridicule ! »

Anton tourne la tête pour mieux le voir.

L'homme semble avoir la petite trentaine, comme lui. Ses cheveux blonds sont coupés très court, presque à ras. Il porte une chemise bleu ciel, aux manches élégamment retroussées.

Lorsqu'il sourit, une fossette se creuse sur une de ses joues.

Avant qu'Anton n'ait eu le temps de lui répondre, le jeune homme lui tend la main pour la serrer. Son nom est englouti par la musique.

« *C'est maintenant qu'il faut vivre !* » entend-il chanter depuis la scène.

« Ça te dit, une clope ? » propose l'inconnu.

Anton ne fume pas, c'est incompatible avec ses entraînements. Et puis il a toujours eu horreur du goût de la cigarette. Un peu d'air frais, en revanche, ne lui ferait pas de mal. Il fait une chaleur à crever là-dedans : des centaines de spectateurs agglutinés se balancent au rythme de la musique en chantant à pleins poumons.

Il dévisage celui qui l'a interpellé, et ce qu'il voit n'est pas pour lui déplaire.

« Avec plaisir », répond Anton en gagnant la sortie.

10

Malgré tout le mal que ça lui fait, Marion ne peut s'empêcher de se représenter le visage sans vie de Johan.

La description que lui en ont donnée les policiers tourne en boucle dans son esprit. Leurs mots se répètent, encore et encore, c'est une véritable torture. *Passé à tabac, nez cassé, blessure importante à l'arrière du crâne. L'agonie a pu durer un certain temps. Beaucoup de sang...*

Allongée dans son lit, Marion est vidée.

Elle a passé la journée à arpenter la maison tel un zombie, l'angoisse comme une masse de plomb logée dans la poitrine. Elle se frotte les yeux pour tenter de chasser ces images cauchemardesques, mais rien n'y fait. Rien.

Il n'est plus là, et la douleur est déchirante.

Jamais plus elle n'entendra son rire insouciant. Il aimait tant la vie, alors même qu'elle n'avait pas toujours été tendre à son égard. La fracture qui avait anéanti sa carrière ne lui avait causé aucune amertume. Au contraire, il était allé de l'avant, s'était formé au métier de plombier et avait tout recommencé.

Que va-t-elle devenir ?

Après douze ans ensemble, dont une décennie de mariage, sa vie était auprès de lui. Sa timidité n'avait plus aucune importance à ses côtés : il avait même réussi à la rendre plus ouverte et optimiste – plus joyeuse, en somme.

Auprès de Johan, elle se révélait. Il avait un don pour faire ressortir les qualités de tous ceux qu'il croisait.

Mais il est parti. Pour toujours.

Marion presse son visage contre l'oreiller jusqu'à en avoir le souffle coupé. Puis elle s'assied sur le matelas, le dos appuyé contre la tête de lit. Les bras serrés autour de sa poitrine, elle se balance d'avant en arrière.

Comment vivre sans lui ?

Après de longues minutes, elle trouve la force de se lever et enfile sa robe de chambre. Pieds nus, elle descend à la cuisine. Toutes les lampes sont restées allumées, elle n'a pas osé éteindre en allant se coucher. La vérité, c'est qu'elle a toujours eu peur du noir. Quand Johan sortait le soir, elle restait souvent à l'attendre sans dormir : seule, elle peinait à trouver le sommeil.

Elle va chercher la photo qu'elle a montrée aux policiers, et contemple le visage rayonnant de son mari.

Elle la garde en main un long moment, les yeux rivés sur l'homme de sa vie. Les secondes, les minutes passent, comme dans un rêve.

Puis elle repose le cadre et ouvre le buffet.

Ils n'ont jamais eu beaucoup d'alcool à la maison, mais il lui semble qu'il y a quelque part une bouteille d'Asbach Uralt, un brandy allemand que son frère

Florian lui a apporté la dernière fois qu'il est venu lui rendre visite. Asbach Uralt, la référence qu'il préfère.

Il faudrait qu'elle l'appelle, qu'elle lui raconte ce qui est arrivé, mais elle sait qu'elle s'effondrera, sans réussir à le dire à voix haute.

À dire : *Johan est mort.*

Tant qu'elle n'en parle à personne, elle peut toujours faire comme s'il allait revenir, comme si ces dernières vingt-quatre heures n'avaient jamais eu lieu.

La bouteille de brandy à la main, elle se dirige vers la chambre d'amis près de la buanderie. Il est trop difficile de retourner dans leur chambre conjugale, où tout lui évoque Johan.

La première gorgée est si forte que Marion manque de s'étouffer. Mais elle porte une nouvelle fois le goulot à ses lèvres et continue de boire.

Rebecka
2015
décembre

En entendant la voiture d'Ole s'arrêter dans la cour, Rebecka se hâte.

Debout dans la cuisine, elle prépare le plat favori de son époux, un ragoût d'élan aux carottes et aux panais. C'est vendredi, et elle s'est pliée en quatre pour lui faire plaisir.

La porte d'entrée s'ouvre ; Rebecka entend Ole suspendre sa veste et ranger ses chaussures. Il ne plaisante pas avec le rangement : rien ne doit dépasser dans la maison.

Il parle au téléphone avec quelqu'un, d'une voix chaleureuse – probablement un fidèle à qui il prodigue son aide. Ole est si intelligent et perspicace ! Les paroissiens sont nombreux à solliciter ses conseils et son soutien quand ils traversent un moment difficile.

Lorsqu'il apparaît dans l'encadrement de la porte, elle l'accueille avec un sourire.

« Le dîner est bientôt prêt, annonce-t-elle. Un ragoût d'élan comme tu les aimes. »

Ole hoche la tête et s'installe à table. Il attrape un journal et se plonge dedans, en passant la main dans son épaisse chevelure. Son air concentré lui ride légèrement le front. Rebecka aimerait qu'il lui adresse au moins quelques mots : après avoir passé la journée seule entre quatre murs, elle aimerait avoir une conversation. Et puis les silences l'oppressent. Comment décrypter un homme qui se renferme ainsi sur lui-même ?

C'est un sujet qu'elle a essayé d'aborder une seule fois avec son époux. Elle lui avait dit qu'elle souhaiterait plus de discussions avec lui. Plus de tendresse. Son regard glacial l'avait fait taire. Elle venait de commettre une lourde faute : si elle avait été une meilleure épouse, elle aurait compris ce qu'il voulait sans qu'il ait à lui signifier.

Rebecka égoutte les pommes de terre. Pour avoir son amour, elle doit le mériter – c'est une chose à laquelle elle pense souvent. Ole, lui, a énormément de mérite, et les membres de la communauté l'adorent – à commencer par ses parents à elle.

Mais elle se sent si seule. Pendant la journée, il est au bureau. Il consacre en outre plusieurs soirées par semaine au travail communautaire, et rentre alors sur le coup de vingt-trois heures.

Ils sont mariés depuis trois ans, et elle n'est toujours pas enceinte. Elle le déçoit, c'est évident. Ole avait le choix entre une infinité de jeunes filles : pour son plus grand malheur, il est tombé sur une femme stérile.

Rebecka passe le temps en faisant le ménage et la cuisine. Le congélateur déborde de plats en sauce ; la remise est pleine à craquer de pots de confiture et de biscuits.

L'envie d'occuper un emploi est de plus en plus forte. Elle aimerait tant mettre sa formation à contribution en travaillant dans une école maternelle ! Dieu la destine à être entourée d'enfants, elle en a la profonde conviction – qu'importe si ce ne sont pas les siens !

Mais ça, Ole ne veut pas en entendre parler. L'idée qu'elle doive quotidiennement côtoyer *les gens du monde*, les gens extérieurs à la communauté, le rebute. Il lui est déjà suffisamment pénible de les fréquenter dans son cabinet d'audit ; il ne veut pas faire subir cette épreuve à Rebecka.

Et puis, elle doit éviter les efforts. Le stress pourrait nuire à ses chances de concevoir. Son rôle est de rester à la maison, d'entretenir un foyer heureux dans l'amour et la crainte de Dieu.

L'œuvre que fait tous les jours Ole au nom du Seigneur est tellement plus importante que ce qui lui incombe à elle. Et pourtant, il prend la peine de l'appeler plusieurs fois par jour pour prendre de ses nouvelles, lui demander ce qu'elle fait. Si elle avait un emploi, elle serait bien moins joignable.

Rebecka pose la marmite sur la table et sert son mari en premier. Elle commence ensuite à remplir sa propre assiette, mais interrompt son geste en croisant le regard d'Ole. Un regard qui lui intime de se restreindre pour ne surtout pas grossir.

Il est très à cheval sur le poids, et a une sainte horreur des personnes obèses – ces gens-là, dit-il, ne savent pas se contrôler. Il fait lui-même preuve d'une grande modération, n'abusant ni du sucre ni de l'alcool.

Rebecka esquisse un sourire confus et repose la louche. À côté de la portion qu'elle a servie à son mari, la sienne paraît ridicule. Mais ça ne la dérange pas : c'est le signe qu'Ole se soucie de son apparence.

Combien d'hommes sont à ce point prévenants ?

À peine ont-ils prononcé le bénédicité qu'Ole lève sa fourchette. Rebecka prend une bouchée de viande et la mâche consciencieusement : elle s'attelle à savourer ce maigre repas aussi lentement que possible, en remerciant Dieu de lui avoir donné un époux aussi consciencieux.

DIMANCHE 23 FÉVRIER

11

Hanna s'installe à côté de Daniel dans la voiture de police banalisée. Il est neuf heures du matin, et le soleil peine à se montrer derrière les nuages. Elle est rompue de fatigue, frigorifiée après une nuit de sommeil agité. Elle pousse un lourd soupir qui ne tarde pas à faire réagir Daniel.

« Mal dormi ? »

Hanna hoche la tête.

« Ouais, c'était dur hier, répond-il en lui donnant une tape amicale sur l'épaule. Figure-toi que j'ai fait un rêve bizarre : le corps de Johan avait disparu, et on était partis le chercher dans la forêt au milieu de la nuit… »

Ils sortent tout juste d'une réunion expéditive au poste. L'ambiance était tendue. Sur Internet, les spéculations allaient bon train quant à l'identité de la victime. Raffe avait vu apparaître le nom de Johan Andersson à plusieurs reprises.

Ils sont désormais en route vers le domicile de Linus Sundin, l'associé de Johan. Daniel bifurque sur la E14 et part vers l'ouest. Sundin et sa famille habitent dans la campagne, à quelques kilomètres de Duved.

Hanna laisse échapper un bâillement. Le grand ménage lui a pris un bon moment hier soir ; elle n'a terminé qu'autour de minuit. Au moins, la maison est rutilante : même quelqu'un d'aussi maniaque que sa sœur devrait être satisfait du résultat.

Une vague de stress la submerge. Elle attendait avec impatience la visite de sa sœur et de ses enfants, qu'elle aime beaucoup. Mais entre-temps, leur mère a probablement appelé Lydia pour lui raconter leur conversation, et qu'Hanna lui a plus ou moins raccroché au nez.

Est-ce qu'elle doit donner à sa sœur sa version des faits, avant que Lydia n'aborde elle-même le sujet ? Elles ont de leur mère une image diamétralement opposée. Pas étonnant, Lydia a toujours été la chouchoute.

Sans compter le timing assez catastrophique de leur venue : comment auront-elles le temps de se voir avec cette nouvelle enquête qui promet de la solliciter nuit et jour ?

Hanna se reprend.

Elle aurait sans doute mieux fait de trouver son propre logement. Elle aurait pu voir Lydia et sa famille de temps en temps, puis rentrer chez elle : elle aurait passé moins de temps à gamberger. Mais il lui avait semblé idiot de prendre une location avant d'être assurée de la pérennité de son poste – et à plus forte raison de signer un bail à long terme avec ses finances précaires.

Au point où elle en est, il est de toute manière trop tard pour songer à déménager : il s'agit de se concentrer sur le travail, et sur les missions du jour.

« Tu crois que Linus Sundin est au courant ? demande-t-elle à Daniel.

— J'imagine que oui, répond-il sans quitter la route des yeux. Tu ne penses pas que Marion l'a contacté ?

— Ça doit dépendre de leurs relations. Mais c'est vrai que Marion gérait la comptabilité de leur boîte : ils devaient plutôt bien se connaître. »

Hanna s'enfonce dans son siège et laisse le silence s'installer. Elle prie pour qu'ils n'aient pas à annoncer le décès une nouvelle fois. La détresse de Marion, hier, était éprouvante.

« Comment a réagi Ida par rapport à l'enquête ? » lance-t-elle, pour tenter de se changer les idées.

Sa question se voulait anodine, mais Daniel devient grave.

« On n'en a pas trop parlé, tu sais. J'espère qu'elle est consciente que je vais devoir beaucoup bosser. »

Quelque chose dans la voix de Daniel indique plutôt que ce n'est pas le cas, ou du moins, trahit une certaine inquiétude.

Ils sont forcés de ralentir à l'approche de Duved. Un embouteillage bloque l'entrée de la station de ski, où une file de voitures attend pour tourner à droite. Hanna constate que le parking, tout en longueur, est déjà plein à craquer. De longues files se sont également formées devant les télésièges, malgré l'heure matinale.

À croire que la moitié de la capitale a décidé d'envahir le Jämtland.

« Stockholm est en vacances, on ne peut pas le louper, lance-t-elle à Daniel.

— Humm. »

Dans les huit jours qui viennent, la région promet d'être noire de monde, que ce soit sur les pistes ou dans les restaurants. Les soirées after-ski se prolongent toujours jusqu'au petit matin : la police a généralement fort à faire face aux hordes de touristes enivrés qui regagnent leurs chalets en titubant.

C'est probablement la pire semaine de l'année pour enquêter sur un homicide.

12

C'est finalement à Daniel que revient la tâche d'annoncer à Linus Sundin que son ami et collègue vient de mourir.

Ils sont installés dans la grande cuisine familiale aux murs gris, quand il explique la raison de leur venue. Si Daniel fait de son mieux pour amener la nouvelle avec douceur, celle-ci vient manifestement heurter Linus en pleine face.

« Johan a été… assassiné ? bafouille-t-il. Ce n'est pas possible, vous devez faire erreur…

— Marion ne vous a pas contacté ? demande Hanna.

— Non. »

Linus se recroqueville sur sa chaise. Vêtu d'un simple peignoir noué à la taille, il a l'air d'un somnambule.

« J'ai entendu qu'on avait retrouvé le corps d'un homme à Tångböle, fait-il en prenant une grande inspiration. Mais je n'aurais jamais pu imaginer que… c'était Johan. »

Daniel lui laisse une minute pour recouvrer ses esprits.

« Qu'est-ce qui s'est passé ? » finit par demander Linus.

Ils lui parlent de la découverte macabre de la veille. Daniel prend soin d'éluder les détails les plus sordides, comme ils l'avaient fait avec Marion. Quel intérêt de leur décrire dans quel état Johan a été retrouvé ? Un cadavre à moitié enfoui sous la neige, raidi par le gel, ligoté et sanguinolent, les yeux figés comme des billes de verre ?

« C'est… inconcevable, se lamente Linus en joignant les mains sur ses genoux. Pourquoi aurait-on voulu le tuer ?

— C'est ce que nous essayons de comprendre, répond Hanna. Nous aurions des questions à vous poser, si vous le voulez bien ? »

Linus hoche la tête en silence. Ses cheveux bruns sont emmêlés, et son visage poupin porte encore la marque de l'oreiller. Daniel commence à se demander s'il n'a pas fait la fête la veille au soir : avec ses mains flageolantes et ses yeux rougis, il a l'air d'avoir une petite gueule de bois.

« Tout le monde parle de ce meurtre, marmonne Linus. Puisque ça vient d'arriver… Mais se dire que c'était Johan… Je ne peux pas imaginer qu'il soit… parti. »

Il finit sa phrase d'une voix étranglée, déglutit.

« Vous le connaissiez bien ? l'interroge Daniel.

— On était amis depuis longtemps. On a fait notre scolarité ensemble, à Duved. Et puis il est parti quelques années, à l'époque où il enchaînait les compétitions en Europe. Mais on a repris contact dès qu'il est revenu s'installer ici. Vous savez, j'imagine, qu'il a dû mettre fin à sa carrière à cause d'une blessure ? »

Daniel hoche la tête. Maintenant qu'il s'est un peu documenté sur les exploits à skis de Johan, il comprend mieux le coup dur qu'a dû représenter cette fracture de la jambe. Johan s'était blessé pendant les ultimes entraînements avant les JO de Vancouver, alors qu'il tutoyait les sommets. Le rêve olympique mis en pièces en une fraction de seconde.

Linus recule sa chaise. Les pieds crissent contre le parquet et il bascule un instant, comme s'il allait perdre l'équilibre. Il tend une main vers la table pour se stabiliser.

Daniel n'a plus aucun doute : il a bu et n'a pas entièrement dessaoulé.

« Johan était un mec en or. Généreux, jovial. Il voyait toujours le bon côté des choses… »

C'est peu ou prou ce que Marion avait dit de lui.

« Depuis quand étiez-vous associés ?

— Eh bien… on a monté la boîte il y a bientôt cinq ans. À l'origine, on bossait ensemble dans une autre société, mais on ne s'entendait pas très bien avec le patron, ni lui ni moi. On a évoqué l'idée de se mettre à notre compte, et c'est comme ça que l'aventure a commencé.

— Quels étaient vos rapports, professionnellement parlant ? demande Hanna. Comment vont les affaires ?

— Plutôt bien, je dirais. On a pas mal de clients, et Marion gère toute la partie administrative.

— En dehors du travail, vos familles se fréquentent ?

— Pas particulièrement. »

Quelque chose dans l'expression de Linus fait tiquer Daniel – Hanna semble l'avoir remarqué aussi.

« Et pourquoi donc ? insiste-t-il.

— J'appréciais beaucoup Johan, mais disons que… je n'ai pas beaucoup d'atomes crochus avec sa femme.

— Mais vous travaillez avec elle ?

— Oui. »

Il n'en dit pas plus. Daniel laisse le silence s'installer – il est parfois plus fructueux d'attendre que l'interlocuteur, sous le coup du stress, reprenne la parole.

Ça ne manque pas.

« Disons que Marion n'est pas spécialement facile à vivre, reprend-il. Elle vient d'Allemagne, et elle est extrêmement méticuleuse… rigide, même. Tout doit être fait à sa sauce, si vous voyez ce que je veux dire. Avec Johan, ça marchait comme sur des roulettes, mais avec elle il y a souvent des embrouilles. Elle cherche toujours la petite bête. Sur la gestion de l'entreprise, par exemple ; elle a un avis sur tout.

— Je comprends, répond Daniel. Pour tout vous dire, nous avions l'intention de retourner voir Marion après être passés chez vous. Hier, elle était tellement choquée qu'elle a eu beaucoup de mal à exprimer son point de vue.

— Ce serait vraiment la première fois ! »

Le sarcasme de la remarque surprend Daniel.

« Je ne veux pas dire de mal de Marion dans ces circonstances, fait Linus. Mais vraiment, ce n'est pas facile d'avoir affaire à elle. »

Il pousse un lourd soupir, et son haleine avinée atteint les narines de Daniel. Il faudra peut-être se pencher sur les habitudes de Linus en matière d'alcool…

Il n'y est pas allé de main morte concernant Marion. Assez étonnant, vu les circonstances.

« Pourriez-vous me dire quelques mots du couple qu'ils formaient ? hasarde Hanna. Savez-vous pourquoi ils n'ont pas eu d'enfants ? »

Linus réfléchit un temps.

« Je ne pense pas que c'était par choix, mais je n'en ai jamais discuté avec Johan. Il aimait beaucoup les enfants. Mon fils, Lukas, est très attaché à lui – il l'emmenait souvent faire un tour à motoneige. »

Un silence s'installe. On n'entend plus que le petit bruit du robinet qui goutte dans l'évier. Même chez un plombier, la tuyauterie fait des siennes ? L'atmosphère est plus que tendue. Il est temps de changer de sujet. Le mode opératoire interroge particulièrement Hanna : la mort de Johan Andersson n'est ni un accident ni un acte précipité. Cette violence brutale et gratuite, déchaînée contre une victime aux mains attachées, semble suggérer une véritable furie.

Quelqu'un s'est senti profondément lésé, et sa vengeance s'est manifestée de la pire manière possible.

« Savez-vous si Johan avait des ennemis ? demande Daniel. S'il était brouillé avec quelqu'un ?

— Un accrochage avec un client, peut-être ? suggère Hanna.

— C'est vous les policiers, rétorque Linus. Mais personnellement, ça me semble très improbable. Personne n'irait tuer quelqu'un pour un tuyau mal vissé ! »

Il détourne la tête et semble réprimer un bâillement mal à propos.

« Tout le monde l'adorait, ajoute-t-il. Je sais que c'est très banal à dire, mais c'était le genre de mec qu'on apprécie tout de suite, dès la première rencontre. Quelqu'un de fondamentalement gentil, prévenant, plein d'égards pour les autres… La seule chose qui m'embêtait chez lui, si je peux être honnête, c'est qu'il acceptait que Marion le mène par le bout du nez. »

Daniel a remarqué que la voix de Linus change radicalement lorsqu'il évoque Marion. Aurait-elle été une source de conflit entre les deux associés ?

Ne jamais perdre de vue que, dans les affaires d'homicide, le coupable fait presque toujours partie du cercle proche de la victime – les statistiques ne mentent pas.

« Y avait-il eu des frictions entre Johan et vous ? s'enquiert-il. Étiez-vous d'accord sur la manière de gérer l'entreprise ? »

Linus laisse vagabonder son regard vers la fenêtre. Daniel fait de même. Des cristaux de neige se sont collés à la vitre ; une longue stalactite tombe depuis la gouttière. On voit sur le verre de petites traces de doigts – sans doute le fils de Linus qui y a pressé sa paume.

« Entre Johan et moi, tout se passait bien. Ce qu'en pense Marion, par contre, je n'en sais rien. »

La réponse est lapidaire. Linus semble redevenu sobre, comme s'il s'était soudainement ressaisi.

Daniel voit bien qu'Hanna a un truc en tête. Elle est dotée d'un instinct très sûr – c'est l'une des grandes qualités qu'il admire chez elle.

« On a retrouvé Johan à Tångböle, commence-t-elle. Mais il vivait à Staa, à une petite dizaine de kilomètres de là.

— Oui.

— À votre connaissance, avait-il un lien avec Tångböle ?

— Je ne crois pas », répond Linus.

Daniel comprend où Hanna veut en venir.

« Nous aurions besoin d'une liste de vos clients, avec leurs coordonnées, explique-t-il. De tous les déplacements qu'a faits Johan ces derniers temps. Le plus vite possible.

— Pas de souci. Je m'en occupe dans la journée. »

On entend alors la porte s'ouvrir ; un petit garçon aux cheveux hirsutes, vêtu d'un pyjama en flanelle, passe la tête par l'ouverture. Il doit avoir dans les cinq ou six ans. Daniel peine à s'imaginer Alice à cet âge, devenue une petite fille qui parle et qui marche.

« Papa ? fait-il d'une petite voix. J'ai faim. »

Linus se tourne vers Daniel.

« Je vous présente Lukas. Je vais devoir lui préparer son petit déjeuner… »

Il attire son fils à lui pour le prendre dans ses bras. Daniel s'aperçoit que le garçon fronce lui aussi le nez devant l'odeur d'alcool de son père. Personne n'aime voir ses parents saouls…

Il va falloir conclure, mais Daniel a encore des questions à poser.

« Quand avez-vous vu Johan pour la dernière fois ? demande-t-il à Linus, alors que le petit Lukas le tire par la manche.

— Il est passé ici vendredi soir, vers huit heures. »

Daniel jette un œil à ses notes : ça devait être juste après son dîner chez Pigo.

« Vous aviez prévu de vous voir ?

— Non, pas du tout. Sandra et moi, on était encore à table quand Johan a frappé à la porte. Il était venu m'annoncer qu'il allait devoir s'absenter une semaine. »

En voilà une information intéressante… Daniel voit le front d'Hanna se plisser.

« Il vous a dit où il comptait partir ? demande-t-elle.

— Non. Il n'avait jamais évoqué de congés. Et on avait pas mal d'interventions prévues, justement. On arrive sur une semaine particulièrement chargée, avec tous les gens de Stockholm qui débarquent en même temps. C'est une grosse semaine de sports d'hiver, vous savez comment c'est : il n'y a plus un chalet libre à Åre ou à Duved.

— Et quelle a été votre réaction lorsqu'il vous a annoncé son départ ? » demande Daniel.

Linus soulève son fils pour l'asseoir sur ses genoux.

« Ça paraît bête maintenant, mais sur le moment ça m'a fichu en rogne. Je ne m'y attendais vraiment pas, il mettait la boîte en difficulté.

— A-t-il précisé la raison de son départ ? »

Linus secoue la tête.

« Il a refusé de me donner des explications. »

Daniel jette à Hanna un bref coup d'œil : il se doute qu'elle a tiré les mêmes conclusions que lui. Johan Andersson aurait-il pris peur au point de vouloir déguerpir sur-le-champ ?

Quelqu'un l'aurait-il menacé ?

Rebecka
2017
août

« Qu'est-ce que tu es douée avec les petits ! s'exclame Maria en voyant Rebecka sortir de la cuisine du jardin d'enfants. Ils t'ont déjà adoptée. »

Ce compliment lancé par sa nouvelle collègue l'embarrasse un peu. Maria a plusieurs années de plus qu'elle et travaille depuis des années au jardin d'enfants Perce-neige, à Ånn. Rebecka, elle, n'est là que depuis quelques jours. Elle n'a pas l'habitude d'évoluer dans le monde du travail, ni parmi *les gens du monde*. Tout ou presque lui semble inconnu, différent.

Il y a maintenant cinq ans qu'elle s'est mariée, et c'est la première fois qu'elle est autorisée à travailler pour de bon – ça lui semble irréel. Quand Ole s'est fait licencier de son cabinet d'audit, ils n'ont pas eu le choix – Rebecka retournera au foyer dès qu'il aura trouvé un nouveau poste, mais pour le moment ils ont besoin d'argent. Par ailleurs, Ole n'a jamais été aussi occupé au sein de la communauté… Toutes les heures qu'il y consacre sont malheureusement bénévoles et ne lui rapportent pas un sou.

Cela n'a pas d'importance, tant que les tâches sont accomplies au service du Seigneur.

« C'est génial de s'occuper des tout-petits, répond Rebecka en désignant de la tête la salle de sieste où se reposent actuellement la plupart des bambins.

— Un beau jour, tu seras une maman formidable toi aussi, tu verras ! »

Rebecka sent sa gorge se nouer. Ça n'arrivera jamais. À quoi bon rêver ? Elle n'est que la moitié d'une femme. Si la communauté ne voyait pas le divorce d'un si mauvais œil, Ole l'aurait déjà répudiée depuis longtemps.

« Tiens, d'ailleurs, reprend Maria en écartant une mèche décolorée, avec les filles, on a prévu une petite virée ce week-end. Ça te dit de nous accompagner ? »

Rebecka reste interdite devant cette idée profondément inconvenante : Maria lui propose de sortir s'amuser – sans son époux ? Une femme comme il faut ne fait pas ça, pas de sa propre initiative !

« Je ne peux pas, bredouille-t-elle, une gêne palpable dans la voix.

— Tu penses que ton mec va t'en vouloir, c'est ça ? »

Maria lui lance un petit clin d'œil.

« Moi aussi, je vis avec quelqu'un, tu sais. Mais on ne peut pas passer tout son temps l'un sur l'autre ! »

Rebecka tente d'esquisser un sourire, même si les mots de Maria lui paraissent presque… insultants. L'homme et la femme n'ont pas la même vocation dans l'existence, elle doit bien en être consciente – et celle de la femme n'est certainement pas de délaisser son foyer ! Mais il lui semble malvenu de commencer à critiquer d'emblée sa nouvelle collègue. Hors de la communauté, le monde est régi par des règles différentes, elle le sait : les gens n'interagissent pas de la manière dont elle a été éduquée.

En tant qu'épouse de pasteur, elle se doit d'être irréprochable. Jamais il ne lui viendrait à l'esprit de se promener seule en ville ou, pire, de boire de l'alcool en public. Ole, d'ailleurs, ne le lui permettrait pas. Il sait mieux que quiconque ce qu'il convient de faire et supervise ses choix de vêtements et les couleurs qu'elle porte.

Il a bien plus d'expérience qu'elle : le laisser décider lui procure un sentiment de sécurité, de confiance.

Bien que Rebecka ait son permis de conduire, Ole a fait preuve à son égard d'une sollicitude infinie en insistant pour l'accompagner au travail tous les matins et venir la chercher lorsqu'elle finit sa journée.

Rebecka lance à Maria un regard compatissant. Si seulement sa collègue savait combien elle est dans l'erreur ! Si elle ouvrait son cœur, Maria serait peut-être elle aussi en mesure de rencontrer Dieu ? Il lui faudrait en revanche transformer de fond en comble son mode de vie – à commencer par abjurer toutes ses mauvaises habitudes.

Un cri d'enfant retentit, et Elsa, petit bout de trois ans, se précipite brusquement vers elle, le visage baigné de larmes. Rebecka la soulève pour la prendre dans ses bras.

« Ce sera pour une autre fois, peut-être ! » lance Maria en s'éloignant.

13

Marion est brusquement arrachée de ses pensées par la vibration de son portable. Elle est assise à la table de la cuisine, une tasse de café froid, encore pleine, posée devant elle, et serait bien incapable de dire à quelle heure elle l'a préparée.

Le temps semble lui filer entre les doigts.

S'emparant du téléphone, elle voit « LINUS » affiché sur l'écran. Ce nom suffit à provoquer en elle un profond malaise : elle lui a à peine adressé la parole depuis la vive altercation qu'ils ont eue au bureau il y a quelques semaines, et s'est depuis efforcée de l'éviter.

Au même moment, une voiture se gare devant la maison. Par la fenêtre, elle voit en sortir les policiers d'hier.

Marion rejette l'appel de Linus et fourre le portable dans sa poche. Elle n'aurait de toute façon pas eu la force de lui répondre. Tout lui semble encore atrocement dur : elle flotte dans un état d'irréalité, l'oreille toujours à l'affût des pas de Johan dans l'entrée, ou de son rire si irrésistible. La maison lui paraît vide, terriblement vide.

Se lever pour aller ouvrir lui demande un effort considérable.

« Bonjour, fait la policière qui s'était présentée sous le nom d'Hanna. Nous avons encore quelques questions à vous poser, si vous le voulez bien. Pouvons-nous entrer ? »

Elle pose sur Marion un regard compatissant, puis ajoute :

« Si vous vous en sentez la force… »

Marion acquiesce puis tourne les talons. Elle s'est déjà regardée dans le miroir de l'entrée : elle a vu son visage au teint cireux, ses yeux cernés de bleu. Le brandy allemand a laissé des stigmates… S'il lui a permis d'oublier l'horreur des événements pendant quelques heures, à peine avait-elle ouvert les yeux ce matin que la réalité lui est revenue en pleine face.

Ils retournent s'installer dans la cuisine ; Marion se laisse tomber sur l'une des chaises.

« Comment allez-vous ? » demande Hanna.

La voix de la policière est douce et empathique, bien qu'elle ne la connaisse qu'à peine. Ça fait probablement partie du job de s'adresser ainsi aux victimes. Mais elle ne peut pas savoir ce que ça fait de perdre la personne que l'on aime le plus au monde…

« Pas très bien, souffle Marion.

— Vous n'avez personne qui pourrait venir vous épauler pour les jours qui viennent ? Vous ne devriez pas rester seule en ce moment. »

Marion joint les mains ; il ne faut pas qu'elle perde le contrôle, qu'elle s'effondre. Pas devant les deux policiers. La vérité, c'est qu'elle n'a pas vraiment d'amis proches en Suède. Elle n'en avait d'ailleurs pas beaucoup en Allemagne non plus. Elle a toujours été taciturne et solitaire.

Et puis ce n'est pas si simple de nouer de nouvelles connaissances ici, à Åre. Les Suédois ont tendance à rester entre eux, et invitent difficilement les nouveaux venus dans leur cercle. Elle connaît ses voisins, bien sûr, pour les avoir parfois conviés pour le dîner, mais cela n'allait pas plus loin. Aux yeux de Marion, Johan était bien plus que son mari : il était son meilleur et unique ami. Elle avait trouvé en lui une âme sœur.

« Ma famille habite en Allemagne, répond-elle d'une voix sourde, vaguement distante.

— Vous pourriez peut-être contacter quelqu'un là-bas, dans ce cas ? Un parent proche, par exemple ? »

Marion fait un geste défensif.

« Mes parents sont décédés. J'ai un frère, Florian, qui vit à Stuttgart. Je comptais l'appeler aujourd'hui.

— Et les parents de Johan ? »

Marion n'a pas envie d'expliquer la situation – elle n'a hélas jamais réussi à bien s'entendre avec ses beaux-parents, Tarja et Torsten. Ils n'avaient pas apprécié que Johan se mette en couple avec une femme bien plus âgée que lui. Ni qu'ils se soient mariés en Allemagne, en catimini, en compagnie de leurs seuls témoins.

Marion doit cligner des yeux pour retenir les larmes qui montent.

Dans la chambre à coucher, leur photo de mariage à Ramsau, où elle a grandi, trône en bonne place. Elle a été prise en haut des pistes, juste après la cérémonie en plein air. On voit le soleil scintiller dans la neige printanière ; le ciel est d'un bleu profond. Elle tient à la main un grand bouquet de roses rouges qui se détachent admirablement sur le blanc environnant.

C'était vraiment le plus beau jour de sa vie.

Mais Tarja et Torsten n'ont jamais su lui faire une place dans la famille. Ces dernières années, elle ne les voyait pas plus de deux ou trois fois par an, principalement pour Noël ou pour Pâques. Avec le temps, Johan avait fini par aller leur rendre visite sans elle.

Tarja avait tenté de l'appeler deux fois la veille, mais Marion n'avait pas trouvé le courage de décrocher.

Elle n'a même pas songé à leur proposer de venir.

« Est-ce qu'ils sont au courant que… », commence-t-elle, mais sa voix flanche.

Elle doit se reprendre pour parvenir à formuler les mots qu'elle redoute :

« Est-ce qu'ils savent que Johan est mort ? »

Cette fois, c'est le policier – Daniel – qui lui répond.

« Ils en ont été informés hier, de même que son frère aîné, Pär.

— Johan était très proche de Pär… Il était le parrain de son aîné, Robin. »

Marion peine à articuler les mots. Johan était gaga de son filleul, qu'il voyait aussi souvent qu'il le pouvait. Le garçon de dix ans était comme le fils qu'il n'avait jamais eu.

Cette pensée lui fait toujours aussi mal. Pendant des années, elle avait essayé de tomber enceinte, le souhaitait de toutes ses forces. Maintenant, c'est trop tard. Elle vient d'avoir quarante-quatre ans, et Johan est parti pour toujours. Elle doit tirer un trait sur son désir d'être mère – et celui de voir Johan, qui aurait fait un si bon père, avec leur enfant dans les bras…

En entendant Daniel se racler la gorge, Marion s'aperçoit qu'elle s'est de nouveau égarée dans un dédale d'idées noires.

« Certains éléments indiquent que votre époux se serait senti menacé, explique Hanna. Est-ce que ça vous parle ?

— Comment ça, menacé ?

— Nous venons de discuter avec son associé, Linus Sundin, explique Daniel. Il nous a dit que Johan était passé chez lui vendredi soir, et qu'il lui avait annoncé son intention de quitter la région dès le lendemain. »

Une nouvelle fois, le nom de Linus fait ressurgir chez elle une vague de malaise.

Marion est perdue.

« Il comptait partir ?

— D'après Linus, Johan prévoyait de s'absenter au moins une semaine, alors qu'ils avaient un planning plutôt chargé, précise Hanna.

— Oui, c'est l'une des plus grosses semaines de l'année qui commence. Ils avaient énormément de travail prévu.

— Vous n'étiez donc pas au courant que Johan avait l'intention de s'en aller ? » s'enquiert Daniel.

Mais de quelle menace parlent-ils ? Marion s'efforce de se concentrer, mais peine à garder le fil.

« Nous cherchons à savoir si la raison de ce voyage aurait pu être une menace concrète, poursuit Daniel, en prenant des notes sur son carnet.

— Votre mari avait-il reçu des lettres étranges, ou des appels téléphoniques inhabituels ? suggère Hanna. Quelqu'un serait-il venu le trouver sur son lieu de travail pour l'intimider ? »

Marion secoue la tête, sans savoir quoi répondre. La seule personne menaçante qui lui vienne à l'esprit, c'est Linus…

« J'ai une autre question, poursuit Daniel. Nous avons retrouvé le portefeuille de votre mari, mais pas son téléphone. Vous savez peut-être où il est ? »

Marion secoue de nouveau la tête.

Chaque fois qu'elle l'appelait, Johan répondait toujours par un « Coucou, mon cœur ! » enjoué. Ces mots qui ne manquaient jamais de la faire sourire, elle ne les entendra plus…

La voix de Daniel la ramène à la réalité.

« Bien. Maintenant, concernant les amis de votre mari : nous avons tenté en vain de joindre Carl Willner, dont vous nous aviez parlé. Savez-vous s'il est en déplacement ?

— Non, je ne pense pas. Ils devaient passer la soirée ensemble vendredi, chez Pigo. »

Ils étaient meilleurs amis au lycée, et le sont restés depuis, bien que leurs vies aient pris des directions différentes. Pendant que Johan enchaînait les compétitions, Carl suivait des études d'économie à l'université de Gävle. Il a vécu là-bas quelques années avant de revenir s'installer à Duved assez récemment.

Marion l'a toujours apprécié.

« Quelle relation entretenait Johan avec son associé ? demande Hanna. Tout allait bien entre eux ?

— Nous savons que vous vous occupez de la comptabilité de l'entreprise », complète Daniel.

Marion hésite. C'est probablement le bon moment pour raconter l'histoire avec Linus – mais elle ne sait pas si elle osera…

Son portable vibre une nouvelle fois dans sa poche. En le sortant, elle constate que c'est encore lui, justement ; il a tenté de l'appeler à quatre reprises.

Son pouls s'accélère. Lui parler est au-dessus de ses forces. Il doit être furieux, et Dieu sait de quoi il est capable dans un état pareil.

Et Johan n'est plus là pour s'interposer.

Avant que Marion n'ait le temps de s'exprimer, Hanna insiste :

« Toutes les informations que vous nous donnerez pourraient nous être précieuses. Le principal, maintenant, c'est de retrouver la personne qui a tué votre mari. »

À la manière dont Hanna a formulé sa phrase, Marion comprend ce qu'il lui reste à faire. Elle doit raconter aux policiers pour Linus, même si ça lui répugne.

Il faut qu'elle y arrive.

« Johan et Linus étaient-ils d'accord, par exemple, sur la gestion des comptes ? » insiste Daniel.

Marion ne répond pas tout de suite. Les dernières discussions entre Johan et Linus ont été épouvantables… Linus avait accusé Marion d'être à l'origine du différend : mais elle n'avait eu d'autre choix que d'expliquer à son mari ce qui se tramait, et de se ranger ouvertement de son côté.

« Ils se sont disputés, finit-elle par lâcher. Alors que Johan avait horreur des conflits. »

Elle se rappelle à quel point ça l'avait miné. Il détestait les prises de bec. Johan laissait le bénéfice du doute à tout le monde, et Linus exploitait cela à fond. Même si Johan voulait croire en la bonne foi de son collègue, il devenait de plus en plus clair que Linus ne pensait qu'à lui.

« Quel était le sujet de la dispute ? demande Hanna.

— Des questions… financières.

— Pouvez-vous préciser ? » fait Daniel.

Marion passe la langue sur ses lèvres. Elle ne veut pas formuler les choses de manière erronée – ou enfoncer plus encore Linus. Mais il n'y a pas d'autre choix : il faut qu'elle leur donne cette information, qui pourrait être déterminante pour toute l'enquête.

« Linus ne travaille pas correctement, explique-t-elle. Et dans le même temps, il insistait pour faire augmenter son salaire, plus que ce que la boîte pouvait supporter. Johan et moi y étions opposés. »

Malgré la réticence qui transpire dans sa voix, elle poursuit :

« Je gérais la comptabilité. Je connaissais les fonds disponibles et l'état des liquidités.

— Pouvez-vous nous en dire plus sur cette dispute ? intervient Hanna. Ils en sont venus aux mains ?

— La dernière fois, la situation était vraiment tendue. C'était il y a trois semaines, vers la fin du mois de janvier, au bureau, à Duved. Linus m'a fait très peur, j'ai sincèrement cru qu'il allait devenir violent. Et puis, ses exigences n'avaient aucun sens, dans la mesure où il est lui-même à l'origine de nos problèmes financiers.

— En quoi Linus cause-t-il ces problèmes ? » demande Daniel.

Marion souhaiterait pouvoir en rester là. Linus serait furibond s'il apprenait ce qu'elle est en train de raconter. Que ferait-il s'il le découvrait ?

« Il… Il boit, finit-elle par lâcher. Il a toujours été porté sur la boisson, mais ça a empiré ces dernières années. Avant, ça se limitait aux week-ends, mais maintenant il boit même en semaine. »

Elle détourne les yeux, regarde par la fenêtre la cour enneigée où la camionnette blanche de Johan aurait dû être stationnée.

Elle sent sa poitrine se serrer. *Mon Johan adoré.*

« Quand il est ivre, Linus est incapable de travailler, reprend-elle. Il a manqué des rendez-vous, et cet hiver, ça n'a fait que s'aggraver. Johan essayait de le couvrir, mais il ne pouvait pas travailler pour deux… Et puis nos revenus ont diminué : on ne pouvait pas facturer des interventions que Linus n'avait pas honorées ! L'an passé, on a eu un gros manque à gagner par rapport à l'année précédente.

— Vous pensez que Linus a besoin d'argent ? » demande Hanna.

Marion a la bouche tellement sèche qu'elle peine à articuler. Mais Hanna attend une réponse à sa question.

Elle sent une nouvelle vibration dans sa poche, comme si Linus savait qu'elle se trouvait en face de la police, en train de tout déballer.

Elle rejette l'appel immédiatement en s'excusant. Ses doigts tremblent en effleurant l'écran du téléphone. Pourvu qu'il n'apprenne pas ce qu'elle s'apprête à dévoiler.

« Je… Je soupçonne Linus d'avoir une dépendance au jeu, explique Marion. Au bureau, je l'ai surpris plusieurs fois devant l'ordinateur, alors qu'il me croyait partie. J'ai vu qu'il traînait sur des sites de casinos en ligne. »

Son regard se fixe sur le verre d'eau ; elle revoit toute la scène. Si Linus avait obtenu ce qu'il voulait, l'entreprise aurait pu péricliter. Heureusement, Marion avait fini par demander à Johan de l'affronter.

Marion explique tout aux inspecteurs : Linus n'avait jamais été aussi agressif que ce jour-là, face à l'interrogatoire de Johan. Il avait aussi dit des horreurs sur elle, en insinuant qu'elle avait ruiné l'amitié entre Johan et lui. Dans sa bouche, le prénom de Marion sonnait comme la pire des insultes.

Hanna l'écoute attentivement, la tête inclinée sur le côté.

« Que deviendra l'entreprise, maintenant que Johan n'est plus là ? interroge-t-elle. Vous allez en hériter ? »

Marion secoue la tête.

« Je n'hérite que de cinquante pour cent de la part de Johan. L'autre moitié revient à Linus. Ils ont fixé cette répartition au tout début, quand ils ne savaient pas comment l'entreprise évoluerait. Ils voulaient que le survivant reste gérant majoritaire. »

Daniel regarde sa collègue, puis Marion.

« Linus aura donc toute liberté de s'augmenter ?

— Oui, confirme Marion, en revoyant son visage rouge de colère. Plus rien ne l'en empêche. »

Rebecka
2018
avril

Ole a déjà garé sa voiture sur le parking quand Rebecka sort du jardin d'enfants. Elle s'installe à la hâte sur le siège passager et boucle immédiatement sa ceinture. Il n'aime pas devoir l'attendre.

Maria les regarde depuis la porte d'entrée ; Ole lui fait un signe de main avec un sourire charmeur. Il n'est jamais entré, mais il lui arrive d'échanger deux mots avec la collègue de son épouse les jours où elles terminent toutes les deux à la même heure.

La mâchoire contractée d'Ole met Rebecka en état d'alerte.

« Tout va bien ? » demande-t-elle.

En guise de réponse, Ole appuie brusquement sur l'accélérateur, malgré la pluie. La voiture manque de déraper sur l'asphalte mouillé, et Rebecka doit se tenir à la portière pour ne pas vaciller.

Elle sent une boule grossir dans son estomac, et se repasse mentalement la journée écoulée pour y déceler un éventuel faux pas. Ce matin, tout était comme d'habitude : elle avait préparé le petit déjeuner de son mari avant de partir travailler, et ils avaient échangé quelques banalités sur la route.

Elle examine sa tenue : aurait-elle choisi des vêtements inconvenants ? Pourtant, elle a déjà porté ce pull bleu ciel plusieurs fois avec la bénédiction d'Ole, et son pantalon est relativement ample.

Elle n'a rien changé à ses habitudes. À moins que…

L'autre jour, à la pause déjeuner, elle s'est laissé offrir un café par Maria dans le petit restaurant situé à deux pas du jardin d'enfants – une chose qu'elle n'a faite qu'à quelques rares occasions par le passé. Sa collègue lui propose régulièrement de l'accompagner, et Rebecka ne veut pas passer pour une ingrate en refusant systématiquement l'invitation. Maria est toujours si gentille et prévenante – Rebecka la considère désormais comme une amie, bien qu'elle ne fasse pas partie de la communauté Lumière de vie.

Un membre de la congrégation a certainement dû l'apercevoir, et être allé le raconter à son mari aujourd'hui. C'est probablement ça.

Fébrile, Rebecka s'efforce de se remémorer la scène pour retrouver les éléments pouvant jouer contre elle. Toutes deux sont restées attablées une demi-heure à peine. Maria est tellement drôle qu'il est difficile de ne pas rire à ses histoires : c'est peut-être ça qui a été remarqué – ses éclats de rire indiscrets ont pu attirer l'attention.

Ils font route vers la maison des parents de Rebecka, chez qui ils sont invités à dîner, mais Ole bifurque pour s'engager sur un chemin forestier avant de freiner d'un coup sec. Dans la voiture à l'arrêt, Rebecka reste pétrifiée.

« Tu me dois le respect, tu le sais. »

Il parle d'une voix basse, glaciale.

« Le Seigneur ordonne à la femme d'obéir à son mari.

— Je sais, souffle Rebecka.

— Il n'est pas question que tu sortes en ville sans moi. »

C'était donc ça : quelqu'un de la communauté l'a aperçue… Mais comment a-t-elle pu être aussi bête, aussi imprudente ?

« Ça ne se reproduira plus, promet Rebecka. Je te demande pardon. »

Elle comprend qu'il soit contrarié – elle connaît pourtant les règles. Ole veut que son épouse soit aussi irréprochable que lui, car ils sont à chaque instant soumis au regard de Dieu.

Il agrippe soudain sa main et la serre jusqu'à lui faire mal. Mais sa douleur n'est rien en comparaison de la honte qui la brûle de l'intérieur.

« Si tu t'avises de recommencer, tu peux dire adieu à ton travail. »

Le Seigneur voudrait-il réellement l'empêcher de passer ses journées auprès des enfants ? La punirait-il à ce point ?

Elle adore son emploi. Il n'avait jamais été question qu'elle reste aussi longtemps au jardin d'enfants Perce-neige, mais Ole n'a pas retrouvé de travail. Il se consacre désormais corps et âme à la communauté. Le pasteur Jonsäter lui donne de plus en plus de charges, et Ole doit parfois veiller tard dans la nuit pour préparer ses sermons.

Elle ne l'a jamais vu aussi stressé : la dernière chose dont il ait besoin est une épouse irrespectueuse, ou pire, qui l'entrave dans l'œuvre capitale qu'il accomplit au nom de Jésus-Christ.

« Ole, je te le promets, répète Rebecka. Je ne recommencerai pas. »

14

En revenant de Staa, Daniel distingue depuis la route la chape de brouillard qui s'est posée comme un couvercle sur le lac Åresjön. En un instant, sa voiture se trouve plongée dans une purée de pois opaque. Il tente de se concentrer sur la route, mais ses pensées ne cessent de revenir à la conversation qu'ils ont eue avec Linus. S'il semble peu probable que l'associé de Johan soit l'auteur des menaces, cette hypothèse ne peut être tout à fait écartée : Linus a peut-être su jouer habilement la comédie. Après tout, il est loin de leur avoir tout dit…

Daniel commence à se demander si le récit de Marion n'est pas simplement la partie émergée de l'iceberg.

« Qu'est-ce que tu penses de cette histoire de problèmes financiers ? demande-t-il à Hanna.

— Je ne m'y attendais pas du tout, reconnaît-elle en se grattant le cou. Aussi bien ça que les tensions entre lui et Johan : ça n'était absolument pas ressorti de notre entretien avec Linus. »

Daniel opine du chef. Linus n'avait pas dit un mot d'éventuelles frictions entre lui et son associé. Les éclairages de Marion sur ses difficultés financières et son agressivité donnent à l'affaire un tout nouveau visage.

« On peut se demander à quel point il était désespéré », hasarde-t-il en freinant derrière un camion.

Tout en réfléchissant, Hanna tapote en rythme du bout des doigts contre ses cuisses.

« Il faut qu'on épluche les statuts qu'ont déposés Linus et Johan, suggère-t-elle. Et étudier l'état des finances de Linus. Si Marion dit vrai, ça pourrait constituer un motif pour souhaiter la mort de Johan. »

Elle sort son portable.

« Il faut vraiment que j'arrive à joindre ce fameux Carl Willner, ajoute-t-elle en composant son numéro. Il a peut-être des choses à nous dire sur leur relation. »

Toujours pas de réponse. Elle vient à peine de raccrocher qu'une sonnerie retentit. À la conversation, Daniel comprend que l'appel provient du centre de commandement.

« Bonne nouvelle, fait Hanna en glissant le portable dans sa poche. Une patrouille vient de retrouver la voiture de Johan Andersson sur une petite route entre Tångböle et Staa. Au niveau du lac Gevsjön, si ça te parle. »

Daniel visualise à peu près l'endroit – ils sont passés juste à côté la veille.

« Carina est déjà en chemin avec un collègue », poursuit Hanna.

Daniel jette un œil à sa montre : il est bientôt midi. Il a promis à Ida de ne pas s'absenter toute la journée. Ils doivent passer prendre le café à Järpen chez Elisabeth, la mère d'Ida, en début d'après-midi.

Il s'engage sur une petite route pour faire demi-tour. Il n'a pas le choix, l'affaire est prioritaire…

Un quart d'heure plus tard, Daniel et Hanna sont arrivés au lac Gevsjön. Le ruban bleu et blanc de la police leur indique où aller. Une zone de quelques centaines de mètres carrés a été balisée, et une voiture de police est garée en plein milieu de la route, comme la veille.

Daniel aperçoit la fourgonnette blanche, à moitié dissimulée derrière un vieux bâtiment en bois aux vitres cassées et aux murs en ruine.

Ils s'avancent jusqu'à la camionnette et saluent Carina qui les attendait déjà. Aussitôt, la technicienne ouvre l'une des deux portes arrière.

Une puanteur rance leur monte aux narines.

« Nom de Dieu ! » s'exclame Daniel avec un mouvement de recul.

Carina ouvre en grand les deux portières de manière à faire entrer l'air, mais l'odeur reste difficilement supportable.

La pâle lumière du jour dévoile l'intérieur de la fourgonnette, qui tenait lieu d'atelier mobile pour Johan. Des étagères ont été montées le long des parois, où sont posés en désordre une multitude d'outils. Des câbles noirs sont suspendus à des crochets au plafond, et un dispositif d'aspiration est rangé dans un coin.

Mais le regard de Daniel est immédiatement attiré par de larges taches sombres qui s'étalent sur le revêtement en caoutchouc gris. Il n'a pas besoin d'un chien renifleur ou d'un technicien chevronné pour comprendre de quoi il s'agit : les taches ont l'aspect et l'odeur caractéristiques du sang séché.

« Je crois que nous avons notre réponse sur la manière dont le corps de Johan Andersson a été transporté jusqu'à Tångböle, dit Hanna d'une voix sourde. Je doute qu'il s'agisse du sang de quelqu'un d'autre.

— Tu penses qu'il est mort à l'intérieur de la fourgonnette ? demande Daniel.

— Ça me semble indéniable. »

Daniel scanne du regard les divers outils, parmi lesquels pourrait se trouver l'arme du crime, mais rien ne lui saute aux yeux.

« Résumons ce qu'il a pu se passer…, reprend Hanna, en s'éloignant du véhicule pour respirer plus aisément. Le tueur a abandonné le corps de Johan sur la route de Tångböle, après quoi il a roulé jusqu'ici pour tenter de dissimuler la fourgonnette. Un complice est ensuite venu le chercher en voiture.

— Il y aurait donc deux personnes dans le coup, comme on l'avait envisagé, suggère Daniel. Une pour conduire la fourgonnette, une pour l'autre véhicule. »

Hanna acquiesce, avant de se pencher en avant avec un grognement pour dégager comme elle peut le haut de ses bottes enfoncées sous la neige.

« On ignore si l'homicide était prémédité ou perpétré de manière impulsive, fait remarquer Daniel. L'acte semble avoir été commis de sang-froid, mais ça ne veut pas dire pour autant qu'il ait été préparé à l'avance. On peut imaginer une confrontation qui aurait dégénéré avant que Johan n'ait eu le temps de quitter la région.

— La ou les personnes qui le menaçaient l'ont peut-être retrouvé alors qu'il s'apprêtait à partir avec sa camionnette, ce qui les a incitées à le tuer puis à cacher le véhicule de manière précipitée ? »

Pour Daniel, l'hypothèse se tient.

C'est une bonne chose que le véhicule ait été retrouvé. C'était un heureux hasard – si l'on peut dire –, comme la découverte du corps de Johan. Si cette mère et son fils ne s'étaient pas arrêtés à cet endroit précis hier matin, le cadavre aurait bien pu rester caché sous la neige, et n'être retrouvé qu'au printemps, au moment du dégel.

Pour le moment, la chance leur a permis d'avancer dans leur enquête… Mais ils sont encore loin d'avoir démasqué l'assassin.

15

Le temps que Daniel et Hanna retournent au poste, il est déjà quatorze heures. Daniel a envoyé un SMS d'excuse à Ida pour la prévenir qu'il aura du retard.

Posés tous deux dans la grande salle de réunion avec Anton et Raffe, Hanna vient à nouveau de tenter de joindre Carl Willner, en vain. Ça commence à devenir bizarre. Tous semblent éreintés, sauf Anton qui, étonnamment, a l'air fringant.

Daniel vient de faire un point sur leurs échanges avec Linus et Marion.

Raffe s'adosse à son siège en croisant les bras. Aujourd'hui, il a troqué son catogan contre un chignon tiré, sur lequel se reflète la lueur blafarde du plafonnier.

« La question est de savoir qui, de Linus ou de Marion, est le plus crédible, lance-t-il d'un ton tranchant. C'est assez gênant que les déclarations des deux personnes les plus proches de Johan se contredisent à ce point.

— Il faut faire avec, rétorque Hanna. Linus n'a pas l'air de porter Marion dans son cœur : il lui reproche d'être invivable et de fourrer son nez dans les affaires des autres. Marion, de son côté, estime que Linus boit trop, se montre agressif et fait mal son travail.

— Ils ont peut-être raison tous les deux », réplique Anton avec un sourire.

Daniel lui lance un regard en biais. Ce qu'il est de bonne humeur aujourd'hui ! Le contraste n'est que plus frappant avec la mine lugubre de Raffe. Anton semble presque euphorique malgré la sinistre affaire de meurtre qui les occupe.

« Je me demande comment relier ça à l'info sur le départ imminent dc Johan.

— D'après ses dires, Marion n'était pas au courant qu'il comptait partir, rappelle Daniel. Mais je me demande bien pourquoi Linus serait allé inventer une histoire pareille s'il était derrière le meurtre ?

— Supposons que Linus ait fait le coup, reprend Hanna. Il a pu inventer à l'avance cette histoire de départ précipité dans le but de brouiller les pistes. En apprenant que le corps a été découvert plus tôt que prévu, il a décidé de maintenir sa version des faits – il n'avait sans doute pas envisagé qu'on le retrouve dès le lendemain. Si Johan avait "simplement" disparu, ajoute-t-elle en mimant des guillemets avec les doigts, son récit nous aurait incités à rechercher une personne disparue, pas un meurtrier. L'enquête aurait eu un tout autre point de départ. »

Daniel se caresse le menton ; sa barbe bien taillée est rêche sous sa paume. Il est presque sûr que Linus ne s'attendait pas à recevoir leur visite hier : il avait vraiment semblé choqué quand ils lui avaient annoncé la nouvelle. Et si Linus avait été désarçonné, non pas par l'annonce de la mort de son associé, mais par celle de la découverte prématurée du corps ?

Linus n'avait pas eu le temps de se retourner : s'il avait déjà préparé un scénario, il n'est pas impossible, comme le suggérait Hanna, qu'il ait décidé de s'y tenir malgré les circonstances imprévues.

Daniel a bien envie de lancer une perquisition chez Linus. Mais ils manquent de matière pour justifier une telle décision. Il faut encore vérifier les informations de Marion concernant ses finances, et attendre les résultats de l'expertise technique de la fourgonnette. Carina est l'une des techniciennes les plus minutieuses qu'il connaisse : si le suspect a laissé la moindre empreinte digitale, trace d'ADN ou autre élément suspect dans le véhicule, elle saura à coup sûr démentir ou confirmer leur hypothèse.

« Première chose à faire : un point sur la situation financière de Linus, lance Daniel. Raffe, je te laisse contacter le centre des impôts et les banques.

— Entendu. »

Daniel se tourne vers Hanna.

« Qu'est-ce qu'on fait du meilleur ami de Johan, ce Willner qui a l'air aux abonnés absents ? »

Les coudes posés sur la table, Hanna plante le menton dans ses mains.

« Je pensais passer chez lui dans la foulée. Il habite à Duved, sur la rue principale, Karolinervägen. Quelqu'un a envie de m'accompagner ? »

Daniel regarde sa montre : trois heures moins cinq. Il devrait couper court à la réunion et filer retrouver Ida. Elle n'a pas répondu à ses SMS, sans doute passablement contrariée de le savoir en retard pour aller chez sa mère.

Mais ils doivent impérativement parler à Willner.

« Je peux t'accompagner, fait Anton en levant la main. S'il habite à Duved, on est voisins.

— Parfait ! » répond Hanna.

Daniel est tenté de demander à venir, bien qu'il n'ait absolument pas le temps. Mais Raffe oriente la conversation dans une autre direction.

« Et concernant l'identité de la victime ? Les rumeurs sur Johan Andersson enflent pas mal sur les réseaux sociaux : vous savez quand son nom sera rendu public ?

— Grip doit tenir une conférence de presse vers dix-sept heures, il me semble », répond Daniel.

Il a horreur de ce genre de déclarations officielles. Quand Grip lui avait donné la direction du groupe SMP, il n'avait eu qu'une seule demande : ne pas avoir à monter sur l'estrade pour répondre aux questions ineptes des journalistes.

« C'est sans doute une bonne chose. Ça calmera un peu les spéculations en ligne… »

La réunion est terminée ; Daniel se lève. Il entend Anton et Hanna échanger quelques mots sur Willner et sur la voiture qu'ils prendront pour se rendre à Duved. La mauvaise conscience le taraude : c'est lui qui dirige les investigations ; la raison voudrait qu'il aille lui-même chez le meilleur ami de Johan, un témoin clé dans l'affaire. Mais il est temps de donner la priorité à Ida, qui a passé presque tout le week-end seule avec la petite Alice…

Il veut être un père impliqué et un partenaire fiable, et se montrer présent quand sa famille a besoin de lui. Pourtant, il n'arrive pas à se sortir du crâne l'idée qu'interroger un témoin est autrement plus important que de prendre un café avec sa belle-mère… Mais ça, il serait bien en peine de l'expliquer à Ida.

16

Carl Willner habite dans un appartement à l'est du petit centre-ville de Duved. Il a le même âge que Johan, est célibataire et travaille comme chargé de développement commercial pour la commune d'Åre.

Hanna suit Anton. Comme il vit lui-même à Duved, ils ont pris chacun leur voiture pour lui éviter de devoir refaire l'aller-retour jusqu'à Åre. En tournant dans la rue principale Karolinervägen, qui traverse le centre-ville, Hanna voit apparaître la majestueuse église de Duved : une cathédrale en bois blanc de la fin du XIXe siècle, flanquée de trois hautes tours pointues.

Le soleil a refait son apparition et la lumière se reflète dans les hautes fenêtres cernées de plomb. Le ciel d'un bleu polaire donne à l'endroit un air de carte postale.

Hanna s'aperçoit qu'elle connaît cette église : elle y est déjà venue, enfant, pour l'office du matin de Noël. Elle se souvient, dans l'immense nef, d'une crèche aux couleurs vives, de grands cierges allumés près du chœur, et d'une chorale d'enfants aux joues rondes qui chantaient « Douce Nuit ». Quel âge pouvait-elle avoir ? Sans doute pas plus de six ou sept ans. Sa famille venait généralement à Åre pour les vacances de février, mais cette année-là ils y avaient exceptionnellement passé les fêtes.

Quelqu'un lui tenait la main sur le banc. Ça devait être son père – sa mère, avare en baisers et autres manifestations d'affection, n'avait jamais été tactile avec elle. Lydia était assise à ses côtés ; elle avait apporté des bonbons qu'elle tendait à sa petite sœur dès qu'elle s'agitait.

C'était l'époque bénie de l'innocence, avant qu'elle ne découvre toute la dureté du monde.

Le souvenir s'efface aussi vite qu'il lui est venu. Hanna regarde l'heure sur le tableau de bord. Lydia et sa famille ont pris l'avion depuis Stockholm dans l'après-midi : l'atterrissage est prévu à seize heures ; ils devraient arriver au chalet de Sadeln vers dix-sept heures trente.

Il lui tarde de voir sa sœur, son beau-frère, sa nièce et son neveu. Lydia ne l'a pas seulement épaulée dans le conflit avec son précédent patron ; elle a aussi été d'un grand soutien face à Christian, s'agissant de leur ancien appartement. Le bien avait pris énormément de valeur depuis leur emménagement, cinq ans plus tôt, et Lydia avait plaidé auprès de Christian pour qu'il reverse à Hanna une partie de la plus-value lorsqu'il le mettrait en vente, bien qu'il en soit officiellement l'unique propriétaire.

Comme toujours, penser à son ex-compagnon lui sape le moral. Cela fait deux mois qu'il l'a quittée pour cette Valérie, qu'il fréquentait depuis un moment derrière son dos. Il s'est désormais installé avec elle, et poste régulièrement des photos à faire pâlir d'envie sur les réseaux sociaux, exhibant leurs sorties au restaurant, leurs week-ends romantiques dans des châteaux ou leurs promenades main dans la main au milieu de parcs verdoyants.

Hanna sait bien que c'est une mauvaise idée d'aller fureter sur sa page Facebook, mais parfois – surtout les soirs où elle peine à trouver le sommeil – la tentation est trop forte.

Non qu'elle veuille le récupérer – elle a déjà dépassé ce stade. Mais la rage, elle, est toujours présente : l'infidélité de Christian, sa trahison, lui reste en travers de la gorge. Et pour couronner le tout, sa propre mère l'invite à dîner avec sa Valérie…

Si elle pouvait au moins récupérer une partie du produit de la vente, ça ne serait que justice : après tout, elle a largement contribué à payer les frais de syndic et les charges de copropriété extravagantes durant leurs années de vie commune.

Hanna fait la grimace en songeant à sa grande naïveté. Elle s'est précipitée dans le piège classique où tombent tant de femmes – partager les frais sans récolter les bénéfices de la propriété. Au fond, c'est un peu sa faute si elle se retrouve sur le carreau : elle s'est laissé berner comme une débutante.

Devant elle, Anton a mis son clignotant et s'engage dans un parking au pied d'un petit immeuble rouge. Hanna le suit, se gare et coupe le contact. Ce n'est plus le moment de ruminer sur Christian ; elle doit être toute à son travail.

Pourvu que Carl Willner soit chez lui… et qu'il sache les mettre sur la piste du meurtrier.

Rebecka
2018
août

C'est dimanche, et le dîner organisé par Ole et Rebecka pour le pasteur Jonsäter et son épouse vient de s'achever. Dans le couloir, Rebecka prend congé de Karin, qui lui adresse un dernier remerciement. Les hommes sont déjà sortis et bavardent sous le porche d'entrée. Jonsäter a passé un bras paternel autour des épaules d'Ole. Rebecka se réjouit : elle sait bien l'importance qu'accorde son mari au jugement de cet homme.

Alors que la voiture des invités s'éloigne, Ole la rejoint à l'intérieur. Le sourire qu'il affichait il y a quelques instants a disparu ; son visage est sévère.

Rebecka lui jette un regard inquiet. Le silence qui s'installe la rend nerveuse.

« C'était une bonne soirée, non ? lance-t-elle, pour essayer d'alléger l'atmosphère.

— Tu trouves ? »

Rebecka sent son estomac se nouer : qu'a-t-elle encore fait ? Elle a quelque chose à se reprocher, c'est sûr, mais impossible de mettre le doigt sur son faux pas.

Elle a laissé Ole choisir sa robe et sa coiffure pour cette grande occasion. Rares sont ceux qui peuvent inviter le chef de la communauté à un dîner en tête à tête. Pendant tout le repas, elle s'est efforcée d'acquiescer à ce que disait son mari, et de rire – mais pas trop fort – à tous ses bons mots. Tout le long, elle a fait bien attention à ne pas prendre trop de place.

D'évidence, elle a failli à sa mission.

Le soleil est sur le point de descendre derrière la cime des pins, et une brise fraîche s'engouffre par la fenêtre de la cuisine. Rebecka est saisie d'un frisson. Elle scrute le visage d'Ole pour tenter d'en déchiffrer l'expression – en vain.

Son mari si charmant, qui l'instant d'avant discutait en toute décontraction avec le pasteur, a bel et bien disparu. Elle s'apprête à s'éclipser au prétexte de ranger la cuisine quand Ole lui agrippe le bras.

« Tu n'as pas intérêt à recommencer », lance-t-il. Sa voix est incisive ; il a levé l'index d'un geste menaçant.

Rebecka tente de comprendre.

« Qu'est-ce que j'ai fait ?

— Ne fais pas l'innocente. »

Ole ne lui lâche pas le bras.

« Tu croyais que je te laisserais me couper systématiquement la parole comme ça, devant Jan-Peter ? »

Ses yeux irradient de mépris. Il la pousse devant lui, la fait trébucher vers le salon.

« D'où ça te vient, ce besoin maladif d'être en permanence au centre de l'attention ? Tu crois vraiment que les gens veulent écouter tes sornettes ? »

Rebecka n'a pas le souvenir d'avoir beaucoup parlé. Mais il a probablement raison : elle aurait dû veiller à mieux tenir sa langue.

« Pardon, fait-elle tout bas. Ça n'était pas mon intention.

— Tu imagines vraiment être si intéressante ? » siffle Ole.

Il la bouscule de nouveau, au point qu'elle manque de perdre l'équilibre.

« Je n'ai pas voulu me rendre intéressante, répond-elle d'une voix presque inaudible.

— Tu es une femme vaniteuse, présomptueuse ! éructe-t-il. Tu sais ce que dit Isaïe de ces femmes-là ! »

Rebecka se recroqueville sur elle-même. Elle n'a pas le droit de contredire son mari, elle sait que c'est une faute. Mais elle n'a pas commis ce dont il l'accuse. Elle ne lui a pas coupé la parole, ça ne s'est pas passé ainsi. Au contraire, elle s'est bien assurée de toujours garder profil bas.

Pourquoi est-il aussi furieux contre elle ?

Est-ce à cause de son mariage infertile ? Ou du stress d'être toujours au chômage ? Pour un perfectionniste comme Ole, la situation doit être insupportable.

Mais Rebecka ne peut s'empêcher de réagir. C'est trop injuste.

« S'il te plaît, supplie-t-elle, un sanglot dans la voix. Pourquoi faut-il toujours que tu interprètes de travers… »

Ole reste planté devant elle, la dévisage comme si elle avait proféré une obscénité.

« Tu m'accuses, moi, ton époux, d'être responsable de cette situation ? Après t'être comportée ainsi ? »

Il semble d'abord interloqué, puis sa voix devient tranchante comme une lame.

« Tu ne réfléchis donc jamais, dans ton cerveau de pauvre idiote ? »

Rebecka comprend qu'elle est allée trop loin.

« Ce n'est pas ce que j'ai voulu dire, bredouille-t-elle. Je ne t'accuse pas… »

Ole fait un pas vers elle. Sans sommation, il prend son élan et lui décoche un violent coup de poing dans le ventre. Un coup si brutal que Rebecka en tombe à la renverse. Elle se plie de douleur, peine à retrouver son souffle. La panique l'empêche de maîtriser ses larmes.

Le regard d'Ole est noir, terrifiant. Il hurle :

« Regarde ce que tu me forces à faire ! »

Elle l'entend, plutôt qu'elle ne le voit, agripper sa veste et quitter la maison. La porte claque ; Rebecka est toujours au sol, prostrée sur le tapis. Le choc est presque plus dur encore que la douleur.

Voilà qu'elle a désobéi à Dieu aussi bien qu'à son mari : elle a forcé Ole à la frapper.

Comment a-t-elle pu en arriver là ?

17

L'appartement est situé au deuxième étage, au milieu du palier. Anton s'arrête devant la porte sur laquelle est affiché le nom « WILLNER », et sonne.

« Espérons qu'il est chez lui », lance-t-il à Hanna, postée sur les marches de l'escalier.

Devant la porte qui refuse de s'ouvrir, il donne un nouveau coup de sonnette. Il garde l'index de longues secondes sur le bouton, pour bien s'assurer que la sonnerie soit audible.

« Oui, oui, j'arrive ! entendent-ils à travers la porte. Un peu de patience ! »

Le battant s'ouvre sur un homme au physique imposant d'une trentaine d'années. La simple serviette qui lui ceint la taille laisse apparaître un torse musclé. Il se sèche les cheveux avec une autre serviette.

Il s'immobilise en apercevant Anton, qui le dévisage en retour, pétrifié.

« Oh ! » fait Carl.

Il faut plusieurs secondes à Anton pour se ressaisir. Hanna semble avoir compris que quelque chose clochait : son regard ne cesse de passer de l'un à l'autre des deux hommes.

« Vous vous connaissez ? » demande-t-elle.

Anton reprend ses esprits. Feignant de ne pas avoir entendu la question de sa collègue, il sort sa carte de police et la présente devant lui.

« Vous êtes Carl Willner ? » lance-t-il.

Il s'efforce de ne rien changer à son intonation habituelle. Mais il n'y parvient qu'à moitié – après tout, quelques heures plus tôt, il se trouvait au lit avec l'homme qui lui fait face.

« Euh… Oui. »

Sa réponse est brève. Carl est aussi surpris que lui. Ce silence embarrassé paraît interminable, et Hanna semble à deux doigts de mettre un coup de coude dans les côtes d'Anton pour qu'il s'active un peu.

Pris de court, Anton ne sait pas vraiment comment se comporter. La dernière chose qu'il ait envie de faire est d'expliquer à Hanna qu'il a rencontré Carl la veille au Bygget et qu'il l'a ramené chez lui alors qu'il connaissait à peine son prénom.

Ses paumes deviennent moites. L'heure qui va suivre s'annonce pénible. D'évidence, Carl n'a pas l'air au courant de ce qui est arrivé à son meilleur ami. Hanna avance pour se poster à côté d'Anton.

« Nous aurions quelques questions à vous poser. Pouvons-nous entrer ?

— De quoi s'agit-il ?

— Il vaut peut-être mieux que vous enfiliez quelque chose d'abord, que nous puissions discuter tranquillement. »

Carl hoche la tête et se dirige vers sa chambre, après avoir invité Hanna et Anton à s'installer dans le séjour. Au milieu de la pièce trônent un canapé et un fauteuil en cuir clair. Une pile de magazines de fitness est posée en désordre sur la table basse. Anton les reconnaît – il a les mêmes à la maison.

Hanna lui jette un regard interrogateur.

« Tout va bien ? » fait-elle à voix basse.

Anton force un sourire.

« Oui, pas de souci ! Je suis un peu fatigué, c'est tout. Je suis rentré tard hier, j'étais au Bygget avec Karro. »

Dieu merci, elle ne pose pas d'autres questions.

Au bout de deux minutes, Carl est de retour, pieds nus, en jean et tee-shirt blanc. Ses biceps sont parfaitement dessinés. Il est aussi musclé à la lumière du jour qu'il le semblait dans la pénombre cette nuit… Anton tâche de se montrer professionnel, mais la situation le met franchement mal à l'aise. Il n'a pas du tout l'habitude de draguer en soirée. Åre est trop petite pour qu'il puisse se permettre d'y afficher sa vie privée. Dans les grandes villes, il est peut-être facile d'assumer son orientation sexuelle, mais ici c'est différent. Malgré les touristes, Åre reste une bourgade où règne encore une mentalité de village. Et la police est une institution vieux jeu, avec un esprit de corps particulièrement conservateur.

C'est précisément pour cette raison qu'il n'a toujours pas fait son coming out auprès de ses collègues. Il ne compte même plus le nombre de « blagues sur les pédés » qu'il a pu entendre depuis son entrée à l'école de police il y a dix ans.

« Nous avons essayé plusieurs fois de vous joindre, commence Hanna, un soupçon de reproche dans la voix. Pourquoi n'avez-vous pas répondu au téléphone ? »

Carl affiche d'abord un air perplexe, avant de se frapper le front.

« C'est vous qui m'avez appelé en numéro masqué ?

— Oui.

— Désolé, je ne réponds jamais à ces appels-là.

— Et vous n'avez pas écouté votre répondeur ? »

Carl hausse les épaules.

« Disons que… je suis sorti hier soir. Ça a commencé tôt et ça s'est fini… plutôt tard. »

Il lance un regard lourd de sens à Anton, qui fait de son mieux pour l'ignorer.

« Je viens juste de me lever, reprend Carl, apparemment sans la moindre gêne. Je n'ai pas encore eu le temps d'écouter mes messages. »

Anton se remémore le baiser que lui a donné le jeune homme au moment de quitter son appartement. Il sent les lobes de ses oreilles devenir brûlants. Ce n'est pas le moment, il a un sujet bien plus grave à aborder. La voix d'Hanna se fait plus douce.

« Nous devons vous parler, reprend-elle. Au sujet de votre ami Johan Andersson. »

Carl semble surpris.

« Johan ? Il s'est passé quelque chose ? »

Hanna hésite. Elle a bien remarqué, elle aussi, que Carl ne se doutait de rien. Elle reprend :

« On a retrouvé son corps hier matin. Il a été tué. »

Un silence de plomb s'installe dans la pièce. Les secondes s'étirent douloureusement, tandis que le visage de Carl se métamorphose.

« Qu'est-ce que vous voulez dire ? Johan… Il est mort ? »

Hanna le regarde avec compassion.

« C'est pas possible, ça ne peut pas être vrai !

— Malheureusement si, reprend Hanna. Je suis navrée de devoir vous apprendre une si triste nouvelle. C'est pour cette raison que nous tentions de vous joindre. »

Carl ferme les yeux. Anton aimerait poser une main sur son bras, le toucher, le consoler. Mais la chose est exclue en présence d'Hanna. Alors qu'en temps normal il se montrerait chaleureux et prévenant, il reste raide comme un piquet sur son siège.

Il n'arrive toujours pas à réaliser l'ampleur de la coïncidence : il vient de passer la nuit avec le meilleur ami de Johan – un témoin capital.

« Merde…, reprend Carl après un long silence. Je… je suis sonné, je ne sais pas quoi dire. »

Il prend une grande inspiration.

« Il a été tué, vous dites ? Ce n'est quand même pas lui qu'on a retrouvé hier à Tångböle ?

— Si. Je suis vraiment désolée. »

Carl serre très fort ses deux mains jointes, posées sur ses genoux.

« Je comprends que ça ne soit pas facile, reprend Hanna avec délicatesse. Mais nous devons vous poser quelques questions. »

Les yeux de Carl se sont embués.

« Pourriez-vous commencer par nous raconter comment vous vous connaissiez, tous les deux ? »

Hanna prend la main sur la conversation ; Anton, qui peine toujours à savoir sur quel pied danser, lui en est reconnaissant.

« On est amis depuis l'enfance », commence Carl. Sa voix est hachée, il semble au bord des larmes. « On a fait nos études ensemble. Moi aussi, je skiais en compétition, mais je n'ai jamais atteint le niveau de Johan. On est restés en contact pendant sa période à l'étranger. Dès qu'il est revenu en Suède, c'était comme s'il n'était jamais parti. »

Anton ose à peine le regarder. Il faut qu'il se ressaisisse, il ne peut tout de même pas laisser Hanna gérer l'intégralité de l'entretien.

« Quand avez-vous vu Johan pour la dernière fois ? » interroge-t-il.

Il veut paraître professionnel, mais la question qui sort de sa bouche, avec son vouvoiement artificiel, semble particulièrement guindée.

« Vendredi soir, chez Pigo. »

Anton connaît bien ce restaurant, l'un des plus agréables de Duved, avec son intérieur rustique et son grand four à bois. Il ne compte plus les pizzas qu'il y a dégustées au fil des années.

« Racontez-nous comment s'est déroulée la soirée, poursuit Hanna. Plus vous nous donnerez de détails, mieux ce sera. »

Carl déglutit plusieurs fois.

« On s'était donné rendez-vous vers dix-neuf heures, tous les deux. Johan est arrivé avec du retard.

— A-t-il expliqué ce retard ?

— Il a simplement dit qu'il était un peu sous l'eau en ce moment.

— Est-ce qu'il vous paraissait comme d'habitude ? Comment qualifieriez-vous son humeur ? »

Carl cherche ses mots.

« Johan était presque toujours de bonne humeur. Mais là, il avait l'air, comment dire… dopé à l'adrénaline, si vous voyez l'idée. Il ne tenait pas en place, comme si ses pensées partaient dans tous les sens.

— Avez-vous parlé de quelque chose en particulier ?

— Non, on a discuté de tout et de rien, un peu comme d'habitude, quoi. On a parlé de hockey, de nos pronostics pour le prochain match du Modo… »

Le visage de Carl se contracte en une moue de chagrin qui le coupe dans sa phrase.

« Je suis désolé, souffle-t-il en essuyant une larme. Je n'arrive pas à réaliser qu'il est…

— Ne vous excusez pas, répond Hanna. Prenez votre temps, nous ne sommes pas pressés.

— Johan a expliqué pourquoi il était aussi survolté ? suggère Anton, s'efforçant d'être constructif.

— Non. D'habitude, Johan est quelqu'un de vraiment posé, c'est pour ça que je me suis fait la réflexion. Ça ne lui ressemblait pas trop d'être aussi agité. Et puis il est parti après une vingtaine de minutes seulement, alors qu'on avait prévu de dîner tous ensemble sur place.

— Il vous a expliqué pourquoi ?

— Il a simplement dit qu'il avait beaucoup de choses à faire. Apparemment, il avait prévu de partir quelques jours ; il devait faire ses bagages. »

Hanna se tourne vers Anton. Ce que vient de dire Carl confirme donc la version de Linus : cette histoire de voyage, il ne l'avait pas inventée.

Mais l'épouse de Johan ne savait rien de ses projets de départ… S'il avait bien eu l'intention de l'en informer, peut-être n'avait-il pas eu le temps de rentrer la prévenir avant d'être abattu ?

« Savez-vous où il allait au moment de quitter le restaurant ?

— Chez lui, j'imagine.

— Il ne vous a pas dit où il comptait partir ? demande Hanna. Savez-vous si c'était en Suède, à l'étranger ?

— Aucune idée. »

Un silence s'installe. Carl serre les lèvres, comme noyé dans un trop-plein d'émotions.

« Pour moi, il avait l'air heureux de partir, ajoute-t-il. Mais il était vraiment fébrile, comme s'il avait trop de choses à gérer en même temps. »

Voilà une information importante. Anton constate qu'Hanna s'est mise à cogiter autant que lui. Leur hypothèse initiale, selon laquelle Johan avait fui précipitamment devant une menace, est donc à revoir : dans de telles circonstances, il aurait difficilement pu afficher un air réjoui.

« À quelle heure Johan a-t-il quitté le restaurant ? demande Anton.

— Eh bien… juste avant sept heures et demie. Les autres devaient nous rejoindre à la demie, mais il a filé avant que les premiers arrivent.

— Savez-vous s'il était venu avec sa camionnette ? demande Hanna.

— Je pense que oui. Je me souviens qu'il a commandé une bière légère parce qu'il devait reprendre le volant. »

Anton se remet à gamberger : douze heures se sont écoulées entre ce verre au restaurant et le moment où l'on a découvert le corps de Johan vers la route de Tångböle. Que lui était-il arrivé entre ces deux moments ?

« Vous avez encore beaucoup de questions à me poser ? fait Carl d'une voix étranglée.

— Non, nous avons presque fini », répond Hanna.

Carl s'enfonce dans son fauteuil. Le ciel s'est assombri, bien qu'il soit encore tôt dans l'après-midi. Des nuages noirs obscurcissent le soleil, et on voit par la fenêtre flotter une lueur grise.

Dans l'appartement mal éclairé, Carl semble blafard, accablé – à des kilomètres du jeune homme malicieux qui a abordé Anton hier soir. Il aimerait tant le serrer dans ses bras…

« Vous disiez que Johan et vous étiez amis d'enfance, reprend Hanna. Vous devez donc connaître Linus Sundin, son associé ? »

Carl hoche la tête.

« Il était au lycée avec nous.

— Pouvez-vous nous parler de la relation qu'entretenaient Linus et Johan ?

— Leur relation ? Je dirais… compliquée, fait Carl.

— Pourriez-vous développer ? En quoi était-elle compliquée ?

— Johan et Linus avaient… des conceptions assez différentes de leur activité. »

Hanna reste silencieuse ; elle attend que Carl, manifestement embarrassé, poursuive son explication.

Anton est impressionné par l'impeccable technique d'interrogatoire d'Hanna. Au moindre signe de faiblesse, elle sait creuser là où il faut pour arriver à ses fins.

« Linus a un problème d'alcool, finit par lâcher Carl à contrecœur. Il a toujours beaucoup bu, mais récemment ça a empiré. Tout le monde est au courant, mais vous savez comment c'est… C'est toujours délicat d'aller dire à quelqu'un qu'il devrait y aller mollo sur la bouteille.

— Savez-vous si Johan l'a confronté à ce sujet ? demande Anton.

— Non. Mais ça le tracassait beaucoup, c'est tout ce que je peux vous dire. C'est Marion qui s'occupait des comptes, et ça l'inquiétait. L'entreprise en pâtissait quand Linus loupait des jours de travail parce qu'il avait la gueule de bois. Et de son côté, Johan est très raisonnable ; il boit toujours avec modération. »

Carl marque une pause lorsqu'il s'aperçoit de son erreur.

« Je veux dire, *buvait*… »

Le silence dure quelques secondes de trop, puis Carl toussote et reprend :

« Enfin… Johan est comme moi, on n'aime pas trop se prendre des cuites. Alors que Linus, lui, est incapable de se poser ces limites. »

Carl baisse les yeux et croise les doigts de ses mains jointes. Bien qu'Anton s'efforce de les chasser, il ne peut s'empêcher de revoir les images de la nuit passée, de leurs deux corps enlacés au creux de son lit.

« Avec l'alcool, Linus a toujours été dans l'excès, poursuit Carl. Il voulait toujours aller plus loin que les autres, on plaisantait souvent à ce propos. Mais là, c'est comme s'il avait complètement perdu le contrôle.

— Savez-vous si Linus a d'autres problèmes ? » relance Hanna.

Face à cette question, Carl relève la tête.

« Comment ça ?

— Est-ce qu'il consomme des drogues ? précise-t-elle. A-t-il une autre dépendance, au jeu par exemple ?

— Pas à ma connaissance.

— Linus devient-il agressif ou violent quand il est ivre ? complète Anton.

— Ça a dû arriver », hasarde Carl.

Puis il prend une inspiration. En scrutant son visage, Anton distingue le moment où la conclusion le frappe comme un coup de massue.

« Vous pensez que Linus aurait tué Johan ? »

Rebecka
2019
mai

Quand Rebecka arrive au jardin d'enfants à huit heures du matin, elle se meut péniblement ; le moindre geste lui est difficile. C'est une journée de printemps radieuse qui s'annonce, mais malgré la douceur de l'air chaque muscle de son corps lui fait mal.

Hier, Ole l'a encore battue.

Elle peine à se souvenir depuis combien de temps ça dure, et même comment c'était, entre eux, avant que tout ça commence. Cette fois-ci, elle n'a même pas compris pourquoi il l'avait frappée. Il était simplement rentré de mauvaise humeur : quoi qu'elle dise ou qu'elle fasse, elle a tort. Il avait découvert qu'une de ses chaussettes avait disparu, et cela avait suffi pour le mettre hors de lui.

Lorsqu'il est dans cet état, Rebecka doit se tenir en permanence sur ses gardes – il semble n'attendre qu'un prétexte pour sortir de ses gonds. Mais l'attente est tout aussi terrifiante : parfois, c'est presque un soulagement de voir les coups pleuvoir. Elle sait alors qu'elle aura quelques jours de répit avant la prochaine raclée.

Ole ne s'excuse jamais. La plupart du temps, il fait comme s'il ne s'était rien passé. Il lui dit parfois que c'est elle qui le force à la corriger : elle est une mauvaise épouse, trop indocile. Lui n'est rien d'autre que le jouet du Seigneur.

Elle doit apprendre à craindre Dieu.

Hier soir, quand elle sanglotait en silence dans son lit, Ole l'a rejointe sous la couverture. Dans le noir, il a posé les mains sur son corps, a remonté sa chemise de nuit et s'est allongé sur elle.

Il lui a fait terriblement mal en la pénétrant, mais l'effroi l'a empêchée de protester. Qui sait s'il n'allait pas se remettre en colère, et se défouler sur elle à nouveau ?

Ce matin, Rebecka ne pensait pas être capable d'aller travailler. En apercevant dans le miroir de la salle de bain son visage rouge et bouffi par les larmes, elle avait voulu se faire arrêter, mais Ole se préparait déjà pour la conduire au jardin d'enfants. Elle n'avait plus osé dire un mot de son intention de rester à la maison.

Sans compter qu'ils ont besoin de son salaire : elle n'a pas les moyens de manquer un seul jour de travail.

Ole n'a toujours pas trouvé de nouveau poste ; il est au chômage depuis deux ans. Elle ne sait même pas s'il continue vraiment à chercher un emploi, puisque la communauté occupe désormais le plus clair de son temps.

Rebecka a entendu plus d'une fois son père, comme le pasteur Jonsäter, louer le zèle et le dévouement d'Ole au service des siens. Elle se demande s'ils savent quel traitement il réserve à sa propre épouse quand tout le monde a le dos tourné.

Elle ignore ce qui serait le pire – qu'ils soient pleinement conscients de ce qui se passe, ou qu'ils préfèrent se voiler la face.

Et le Seigneur, qu'en dirait-il ?

De toute évidence, Dieu n'a que faire de ses larmes : autrement, il ne laisserait jamais Ole se comporter ainsi.

Rebecka accroche son manteau à la patère, et voit Maria s'avancer vers elle, une tasse de café à la main. Comme d'habitude, son visage rayonne. Maria est devenue l'une de ses meilleures amies, bien qu'elle n'ait pas la foi.

Pour Rebecka, Perce-neige est une bouée de sauvetage, l'unique endroit où elle se sente réellement en sécurité.

Le grand sourire qui éclaire le visage de Maria s'efface immédiatement lorsqu'elle arrive à sa hauteur.

« Oh, tu n'as pas l'air dans ton assiette ! Tu couves quelque chose ? »

Rebecka se dit qu'elle doit avoir une mine épouvantable, mais ne veut rien laisser paraître. Elle pense avoir une côte fêlée, peut-être même cassée. Impossible d'appeler un médecin : elle n'ose pas, et ne saurait quoi répondre s'il lui demandait ce qui lui est arrivé.

Le Seigneur ne risquerait-il pas de la châtier si elle révélait que son époux l'avait mise dans cet état ?

« Tu n'as vraiment pas l'air bien, continue Maria. Tu devrais peut-être rentrer te reposer ? »

Rebecka se force à esquisser un timide sourire.

« J'ai juste mal dormi cette nuit. Ça ira sans doute mieux avec un café. »

Sa collègue lui lance un regard sceptique.

Au cours de l'année passée, qui a vu Ole devenir de plus en plus imprévisible, Maria lui a demandé à plusieurs reprises comment ça se passait dans son couple – ce à quoi elle avait donné des réponses évasives. Il s'agissait bien sûr d'une main tendue, mais la honte la retient de se confier à sa collègue.

Elle ne peut pas lui raconter ce que lui fait Ole, lui avouer qu'elle a peur de son propre mari.

C'est sa faute à elle, après tout. Si seulement elle était plus attentionnée, moins maladroite, Ole ne la traiterait pas de cette manière.

Elle ne peut s'en prendre qu'à elle-même.

Et puis elle redoute les conséquences. Si Rebecka trouvait la force de tout raconter à Maria, celle-ci lui enjoindrait de se séparer d'Ole. Elle devrait renoncer à tout ce qui constitue sa vie. La communauté, ses amis, ses cousins. Papa et maman l'excluraient de la famille, elle se retrouverait ostracisée. Même Lisen refuserait de la soutenir.

Ole verrait sa carrière de pasteur anéantie. Comment pourrait-elle l'exposer à une telle infamie ?

18

Ida se rend bien compte que Daniel a la bougeotte. Une demi-heure qu'il est arrivé chez sa mère, Elisabeth, et il semble déjà impatient de repartir.

Une vague de déception la submerge.

Il peut tout de même consacrer quelques heures de son temps à sa famille ? Il a passé tout le week-end à travailler, et sa présence lui manque.

Ils sont installés dans la cuisine aux murs jaunes de la mère d'Ida, qui vit dans un appartement à Järpen depuis son divorce. Ida et sa sœur Sara n'avaient que trois et cinq ans à l'époque et elles ont gardé une mauvaise relation avec leur père.

Elisabeth a préparé du café, des roulés à la cannelle et quelques biscuits. Alice, assise sur les genoux de sa mère, joue avec un morceau de pain qu'elle suçote avec enthousiasme.

Sara arrive par la porte d'entrée et se baisse pour embrasser sa nièce.

« Ce qu'elle est mignonne ! glousse-t-elle, en soulevant la petite fille dans ses bras. Tu dis bonjour à tata ? »

Daniel tripote son téléphone dans la poche arrière de son pantalon. Ida fait mine de n'avoir rien vu. Ils sont arrivés avec une heure de retard parce qu'il est resté au boulot plus longtemps que prévu. Il devrait peut-être en profiter pour se détendre ?

Il a besoin de repos, ça saute aux yeux.

« Comment ça va, le travail ? » demande gentiment Elisabeth en se tournant vers Daniel.

Il semble entièrement perdu dans ses pensées et ne répond pas.

« Daniel ! fait Ida en grimaçant un sourire. Ma mère te parle.

— Excuse-moi, tu disais ? se reprend-il brusquement.

— Je demandais juste comment se passait ton travail, répète Elisabeth.

— On a énormément de boulot en ce moment, avec cet homicide…

— C'est ce pauvre homme qu'on a retrouvé hier à Tångböle ? » rebondit Sara.

Daniel hoche la tête. Ida se tortille sur sa chaise – c'est une histoire atroce, elle a beaucoup de peine pour la famille de la victime, mais… on aurait pu confier l'enquête à quelqu'un d'autre qu'à son compagnon.

« Personne n'aurait imaginé qu'une horreur pareille puisse arriver ici », lance Sara.

Alice s'est accrochée aux cheveux de sa tante, et s'amuse à les tirer avec ses petites mains.

« J'ai entendu dire que c'était Johan Andersson, le skieur, avance Elisabeth. Ce garçon de Duved qui avait eu une si belle carrière à l'époque. Si c'est bien lui qui a été tué, c'est vraiment épouvantable… »

Elle se tourne vers Daniel :

« C'est lui ?

— L'identité de la victime n'a pas encore été divulguée, s'excuse Daniel avec un geste de la main. Je suis désolé, je ne peux pas en parler. »

Ida ne comprend pas pourquoi il tient tant à garder cette information secrète. Elle a vu plusieurs publications sur Facebook qui mentionnent le nom de Johan Andersson, assorties de commentaires d'internautes présentant leurs condoléances à coups de petits cœurs et d'émojis tristes. Quelqu'un avait posté la photo du skieur fraîchement médaillé debout sur le podium aux championnats du monde.

Les questions et les spéculations fleurissent, comme toujours sur les réseaux.

« Ce que tu peux être rigide ! déclare-t-elle en posant une main sur le bras de Daniel. Comme si c'était un secret d'État ! »

Sa phrase a probablement semblé plus plaintive qu'elle ne l'aurait voulu. Mais les choses se sont tellement compliquées depuis tout à l'heure. Au moment de partir, alors qu'elle venait tout juste d'enfiler sa combinaison à Alice, celle-ci avait eu la diarrhée. Son adorable petite robe avait fini tout droit dans le panier à linge, et la combinaison avec.

Si Daniel était rentré à l'heure, ils auraient au moins eu le temps d'arriver à Järpen avant la catastrophe.

« C'est le secret professionnel. Ça n'est pas moi qui l'ai décidé, je n'ai tout simplement pas le droit d'en parler. »

Il tend le bras vers les pâtisseries.

« Délicieux, ces roulés à la cannelle, lance-t-il à Elisabeth. C'est toi qui les as faits ? »

Ida voit bien qu'il n'est question que de détourner la conversation, mais sa mère semble ravie du compliment.

« Oui, faits maison ! répond-elle. Mon secret, c'est de les laisser lever longtemps. Et de ne surtout pas lésiner sur le beurre.

— Daniel n'a pas arrêté de bosser ces derniers jours, l'interrompt Ida. Hier, il est parti vers sept heures et demie du matin et n'est pas rentré avant la fin d'après-midi. Même chose aujourd'hui ! C'est pour ça qu'on était en retard. »

Daniel semble déboussolé, il n'a pas l'air de comprendre si elle est fâchée ou si elle plaisante.

« Ah oui ! répond Elisabeth. Ça a l'air contraignant. Tu peux peut-être récupérer en prenant ta journée demain ?

— Ça n'est pas vraiment ainsi que ça fonctionne. »

Daniel a un sourire téméraire. Ida sait exactement ce que cela veut dire : elle l'a appris à ses dépens en décembre, au moment de la disparition de cette pauvre fille. Demain matin, il doit être de retour au commissariat à sept heures. Avant le débrief quotidien de sept heures et demie, Daniel doit se mettre au courant et parcourir tous les rapports des jours précédents.

Son regard est lointain, comme s'il était en train de repartir dans ses pensées.

« Il faut que tu penses à ta famille, lance Elisabeth. Ça n'est pas évident de rester à la maison toute la journée avec un nourrisson. Crois-moi, j'ai dû le faire deux fois. »

Ce que dit sa mère lui fait plaisir : elle a su mettre des mots sur ce qu'éprouve Ida. Elle ne veut pas sembler trop insistante lorsqu'elle demande à Daniel de passer plus de temps à la maison, mais c'est vrai que rester seule des heures durant avec Alice qui hurle non-stop la rend parfois folle – même si elle aime sa fille plus que tout.

D'un autre côté, elle ne veut surtout pas devenir ce genre de femme qui se plaint constamment de son compagnon. Elle est amoureuse de Daniel comme elle ne l'a jamais été auparavant.

Elisabeth passe une main sur sa chevelure au balayage impeccable. Elle est coiffeuse, comme Sara ; l'une comme l'autre se coiffent avec un grand soin. Ida a toujours été très fière de l'élégance de sa mère.

« Je me rappelle comme j'en ai bavé quand les filles étaient petites, reprend Elisabeth. Dieu merci, les temps ont changé : aujourd'hui, les pères assument enfin leur part du travail domestique. »

Daniel a gardé son sourire. Ida voit bien la tension apparue aux commissures de ses lèvres. D'un coup, il se lève et prend Alice des genoux de Sara.

« Je vais la changer », lance-t-il en disparaissant dans la salle de bain.

Ida s'en veut, elle n'avait pas du tout l'intention de tendre l'atmosphère.

Elle aimerait simplement qu'il comprenne ce qu'elle ressent sans qu'elle ait besoin de le formuler.

19

Le chalet est vide et sombre quand Hanna rentre de chez Carl Willner. Elle a fait les courses pour préparer l'arrivée de Lydia ; il est dix-sept heures dix.

Bientôt, l'envahisseur sera à ses portes, se dit-elle en souriant.

Elle se débarrasse de ses chaussures et accroche son manteau, puis fait le tour de la maison pour allumer les lumières. Rien qu'au rez-de-chaussée, elle compte pas moins de douze interrupteurs. Elle commence par allumer les lampes du salon avant de poursuivre dans la bibliothèque et terminer par l'immense cuisine.

La résidence secondaire de sa sœur n'est pas une maison de vacances rustique et sans prétention comme on en trouve souvent en Suède : c'est un authentique chalet de luxe. Son mode de vie est à des années-lumière du sien.

Dans la cuisine, Hanna entreprend de déballer les courses. Elle a suivi à la lettre les instructions de Lydia, qui lui a fait parvenir une liste longue comme le bras du « strict nécessaire ». Le réfrigérateur déborde bientôt de fromages, de charcuterie, de bouteilles de lait et de jus de fruits.

Le supermarché était noir de monde, et de longues files d'attente s'étiraient devant les caisses. Pas de doute, les vacances ont bel et bien commencé !

Tandis qu'Hanna range les victuailles, ses pensées vagabondent et reviennent à l'enquête : elle fait mentalement le point sur les tâches accomplies dans la journée.

Elle se félicite d'avoir enfin pu interroger Carl Willner – même si l'échange n'a guère fait avancer l'enquête. Enfin, Carl a confirmé les problèmes d'alcool de Linus, tout comme ses manquements sur le plan professionnel. C'est déjà ça.

Une question la taraude depuis tout à l'heure : pourquoi Anton s'est-il comporté de manière aussi étrange pendant l'entretien ? Il n'a fait preuve d'aucun engagement, a à peine ouvert la bouche. Une fois l'interrogatoire terminé, il a filé sans demander son reste : ça ne lui ressemble pas…

Hanna referme le réfrigérateur et replie les deux grands sacs en papier. Par acquit de conscience, elle passe un dernier coup d'éponge sur les plans de travail de la cuisine.

Les problèmes d'argent de Linus, qu'avait évoqués Marion, sont une piste intéressante : il pourrait indéniablement s'agir d'un motif pour en vouloir à la vie de son associé. Mais la situation financière de la famille Sundin reste encore à éclaircir.

Un détail, pourtant, laisse toujours Hanna perplexe : Linus et Carl ont indiqué que Johan comptait quitter la région de manière inopinée. Quelle raison pouvait-il avoir de déguerpir aussi précipitamment ? Carl avait précisé que son ami semblait excité, même impatient de partir, ce qui ne colle pas avec l'hypothèse selon laquelle il était menacé. Et quand bien même il l'aurait été, ça n'aurait pas été par Linus, que Johan a justement pris soin de prévenir de son départ.

Quelque chose cloche.

Au moins, l'identité de la victime a enfin été rendue publique. Quand Hanna a pris sa voiture pour rentrer, Grip venait tout juste de terminer sa conférence de presse. À la radio, on parlait déjà du meurtre du célèbre skieur. Ce qui ne réduit pas la pression qui pèse sur les épaules de la police…

Hanna jette un œil à sa montre : dix-sept heures trente. Lydia et Richard ne devraient pas tarder. Tout est prêt pour les accueillir. La maison est bien ordonnée, Hanna a même acheté un bouquet de tulipes aux couleurs vives. Il est temps d'apporter la touche finale. Elle saisit un briquet et allume les nombreuses bougies qui trônent çà et là dans des photophores en verre.

Le bruit d'une voiture qui s'engage dans l'allée brise le silence. Hanna jette un regard par la fenêtre. Un grand SUV noir vient de se garer devant la maison. En apercevant les enfants à l'arrière, Hanna se met à sourire et s'avance vers la porte d'entrée.

« Tata Hanna ! » pépie une voix enjouée.

En un tournemain, la petite Linnéa, dix ans, s'est précipitée dans ses bras. Son frère Fabian l'imite. Il se laisse câliner comme un bambin, malgré ses douze ans. Les parents leur emboîtent le pas, chargés de sacs et de valises.

Lydia semble d'excellente humeur. Richard lève les yeux au ciel devant le tumulte.

Immobilisée par l'étreinte de ses neveux, Hanna fourre son visage dans leurs cheveux. Et dire qu'hier encore ils étaient hauts comme trois pommes ; ils sont presque adolescents désormais ! L'enthousiasme de leurs embrassades lui fait chaud au cœur. Le stress qui la tourmentait commence doucement à se dissiper.

Hanna se redresse et lance un grand sourire à sa sœur aînée.

« Bienvenue chez vous ! » lance-t-elle d'un ton jovial.

D'une enjambée, Lydia rejoint Hanna et la serre dans ses bras. Le temps d'un instant, elles redeviennent deux petites filles.

Quand Lydia est là, tout s'arrange toujours.

20

Le salon d'Anton est plongé dans la pénombre. Enfoncé dans son fauteuil préféré, il a ouvert une bière dont il n'a avalé que quelques gorgées. Il est plus de dix heures du soir : il ferait mieux d'aller au lit pour rattraper les heures de sommeil perdues la nuit dernière. Demain matin, il doit être au commissariat pour la réunion de sept heures trente – autrement dit, il doit se lever à six heures et quart s'il veut avoir le temps de prendre une douche et d'avaler un bol de porridge.

La télévision est allumée ; le journal vient de s'ouvrir sur l'épidémie de coronavirus venue d'Asie, qui a désormais gagné le nord de l'Italie. Il n'entend qu'à peine la voix qui sort du poste. Il ne peut sortir de son esprit la rencontre avec Carl Willner. Le choc qui l'a paralysé au moment où Carl a ouvert la porte d'entrée. Et cette sensation d'irréalité qui grandissait, tandis qu'assis sur le canapé il s'efforçait tant bien que mal de mener l'interrogatoire aux côtés d'Hanna.

Il vient sans doute de vivre l'un des épisodes les plus gênants de son existence. Carl était bien la dernière personne qu'il s'attendait à voir. Hanna a forcément eu la puce à l'oreille.

Ou est-ce seulement une impression ? A-t-il été capable de faire illusion ?

Anton ne sait quoi penser.

Il doit arrêter de songer à Carl, mais c'est impossible. Les images de leur nuit passionnée ne cessent de revenir le titiller. L'alchimie entre eux s'était avérée étonnamment puissante, dès leurs premiers échanges au Bygget. C'était uniquement pour ça qu'il avait invité le jeune homme chez lui : cette idée s'était imposée à lui de manière étrangement naturelle, à rebours de tous ses principes et de toutes ses habitudes.

L'envie lui était venue d'un coup, au moment même où les mots se formaient sur ses lèvres. En voyant les yeux de Carl s'illuminer, Anton avait senti une vague de chaleur le traverser.

Carl avait réveillé chez lui une émotion qu'il n'avait pas ressentie depuis une éternité.

Anton jette un œil dans la chambre. Ils étaient encore étendus tous les deux dans son lit il n'y a pas vingt-quatre heures… Il devrait peut-être rappeler Carl pour s'expliquer, lui dire qu'ils avaient été aussi surpris l'un que l'autre en se retrouvant nez à nez tout à l'heure ?

Non, cela ne ferait que compliquer davantage les choses. Carl intervient comme témoin dans son enquête. Ils ne peuvent entretenir de contacts privés avant la résolution de l'affaire – ou du moins l'approche d'une résolution.

Faire autrement serait une entorse à l'éthique professionnelle.

Hanna lui avait lancé un drôle de regard au moment où ils s'étaient séparés, mais Anton avait feint de l'ignorer. Il s'était contenté de dire qu'il était pressé. Avec un peu de chance, elle n'y pensera plus d'ici demain.

Pourvu qu'il ne se laisse pas influencer, que cela ne nuise pas à l'enquête.

Devrait-il jouer cartes sur table et informer Daniel ? Cela le forcerait à faire son coming out… Anton ne sait pas s'il y est prêt.

C'est une question qu'il s'est posée un nombre incalculable de fois, qu'il ne cesse de ruminer : le moment serait-il venu d'annoncer son orientation sexuelle ? S'il n'en a pas honte et estime n'avoir rien à cacher, quelque chose le retient cependant. Il est plus facile de laisser entendre qu'il n'a pas encore trouvé chaussure à son pied.

Les piques sur son statut de célibataire endurci restent moins désagréables que les plaisanteries homophobes qui circuleraient derrière son dos.

Il sait bien que c'est dommage de se cacher, mais l'appréhension est trop grande.

Il lui a fallu du temps pour se rendre à l'évidence. Pendant ses études, il était même sorti avec des filles. Il n'avait jamais eu à se plaindre de son physique et avait toujours été sportif. Il était plus facile de faire comme les autres et d'embrasser des filles aux soirées, plutôt que d'admettre son attirance pour les garçons.

Il aimerait pouvoir en parler, mais parvient toujours à la même conclusion : ce serait trop dur de se confier à ses parents. Surtout à son père, un ancien militaire.

Et Karro ? Comment le prendrait-elle ? Bien, probablement. Mais elle a du mal à tenir sa langue – il aurait trop peur qu'elle vende la mèche.

Anton revoit devant lui le visage de Carl. Il brûle de lui proposer un nouveau rendez-vous… Mais il n'en est pas question : il ne peut pas risquer sa carrière pour cet homme, si charmant soit-il. Il n'est pas désespéré à ce point.

Anton attrape la bouteille de bière et la serre dans son poing.

Pourquoi la vie est-elle si compliquée ?

Rebecka
2019
septembre

La porte d'entrée du jardin d'enfants Perce-neige s'ouvre au moment où Rebecka, à genoux, s'affaire à essuyer les restes de repas qu'Emmy, trois ans, a vomis dans le couloir. La petite a le front brûlant – sa mère a été contactée, et est déjà en chemin pour venir la chercher.

Mais l'homme aux cheveux bruns qui vient d'entrer n'est manifestement pas venu pour Emmy. La trentaine bien entamée, il est vêtu d'un bleu de travail et porte une grosse boîte à outils. Un plombier, à en croire le logo qui orne sa poitrine.

Rebecka se lève avec une grimace de dégoût et lâche la serpillière souillée dans un seau.

« Bonjour, bonjour ! » lance l'homme.

Il adresse à Rebecka un large sourire, extraordinairement chaleureux. Ses yeux pétillent. Bien que la pensée soit inconvenante, Rebecka ne peut s'empêcher de remarquer qu'il est bâti comme un athlète.

« Je viens pour les toilettes !

— Ah oui, bien sûr ! se ressaisit-elle. Suivez-moi, je vais vous montrer où c'est. »

Les sanitaires du personnel sont hors service depuis une semaine ; il était grand temps que quelqu'un vienne régler le problème.

L'homme la suit jusqu'au fond du couloir. Rebecka ouvre une porte et lui montre les WC défectueux :

« C'est là !

— Je devrais pouvoir vous réparer ça ! fait-il en appuyant, sans effet, sur le bouton de la chasse d'eau. C'est très urgent ? J'espère que personne n'a une envie pressante ! »

Il accompagne sa plaisanterie d'un clin d'œil malicieux.

Il faut quelques secondes à Rebecka pour comprendre qu'il s'agit d'une boutade.

« Non, il n'y a pas d'urgence, répond-elle en laissant échapper un rire nerveux.

— À la bonne heure ! »

Son sourire s'élargit de plus belle.

L'homme soulève le couvercle du réservoir et inspecte le flotteur.

« OK, lance-t-il. Je pense que je sais d'où vient le problème. »

Il y a quelque chose de rare dans son regard d'un bleu intense : une joie sincère semble y résider. Lorsqu'il sourit, de petites rides se forment au coin de ses yeux, comme lorsqu'on les plisse face au soleil.

Rebecka a la curieuse sensation de le connaître – bien qu'elle sache pertinemment qu'elle ne l'a jamais croisé.

« Ça vous prendra combien de temps ? » demande-t-elle.

Il rit. À la différence de celui d'Ole, son rire ne paraît pas condescendant. Il est joyeux, communicatif. Il semble dire que la vie est trop courte pour qu'on soit morose.

Cette gaieté remue singulièrement Rebecka, réveille en elle un sentiment de nostalgie profondément enfoui. Elle se souvient à peine de ce que ça fait, de ne ressentir ni crainte ni tristesse.

« Je ne suis pas devin, je ne suis que plombier ! » répond-il.

Elle reste d'abord perplexe devant sa réponse, avant de comprendre qu'il la fait encore marcher.

« Ah, je vois ! » s'exclame-t-elle, en se sentant rougir d'un coup.

Il doit se dire qu'elle est complètement bouchée.

« Je dois vérifier si j'ai les bons outils dans ma camionnette, reprend-il. Vous m'avez bien dit que ça n'était pas trop pressé ? »

Il sourit une nouvelle fois et Rebecka rougit de plus belle. À ce stade, ses joues doivent être plus écarlates qu'une pivoine. Pour cacher son embarras, elle fait un pas en arrière. Elle devrait retourner vaquer à ses occupations, mais le visage enjoué du plombier l'hypnotise jusqu'à la figer.

Sa simple présence la réchauffe comme un soleil. Elle qui a toujours froid…

« Pardonnez-moi, fait-il en posant une main sur son bras. Je suis quelqu'un de très blagueur. Je ne voulais pas vous embarrasser ! »

Le contact physique produit comme une décharge dans le corps de Rebecka.

Que lui arrive-t-il ?

Elle prend soudain conscience de la proximité de leurs corps, de la douceur que doit avoir sa chevelure brune. Il a une petite cicatrice au coin d'une commissure, qui lui donne un air rieur. Comme s'il attendait constamment une bonne surprise.

Il a toujours la main posée sur son bras. En baissant les yeux, Rebecka aperçoit une alliance en platine.

Il est marié.

Tout comme elle.

« C'est drôle, j'ai l'impression de vous connaître », hasarde-t-il.

Sa voix parle étrangement à Rebecka. Comme si ses mots, bien que tout à fait anodins, lui allaient droit au cœur.

« Il faut que j'y aille », bredouille-t-elle, avant de sortir à pas pressés.

21

Il est vingt-trois heures passées. Ida est au lit à côté de Daniel ; le sommeil ne vient pas, et pourtant elle en a désespérément besoin. Alice la réveille au moins deux fois par nuit pour téter. La nuit dernière, elle n'a dormi que quelques heures. Avec Daniel, ils se sont mis d'accord pour être de garde une nuit sur deux, mais même quand ce n'est pas son tour, Ida est souvent réveillée par les pleurs.

Elle ne peut s'empêcher de penser à la nouvelle enquête de Daniel. Elle a reçu plusieurs messages d'amis qui, apprenant que la victime est Johan Andersson, lui demandent si elle en sait plus sur l'affaire puisque son compagnon est policier.

Le meurtre du champion local déchaîne les spéculations les plus folles quant au mobile. Les vacances d'hiver et l'afflux de touristes n'arrangent rien.

L'inquiétude la taraude, bien qu'elle fasse tout pour la tenir à distance.

Elle tourne la tête vers Daniel. Il est étendu sur le côté, dans un profond sommeil. À côté d'eux, Alice respire doucement, endormie dans son berceau rose pâle.

Ida pourrait mourir pour sa fille. Pour autant, rien ne l'avait préparée à la fatigue qu'implique l'arrivée d'un nourrisson. Ni aux conséquences sur sa relation avec Daniel.

Elle se voyait simplement au creux d'un canapé, un adorable petit être dans les bras. Personne ne lui avait parlé des fuites de lait, des tempêtes hormonales ou des nuits blanches à bercer un bébé secoué de coliques.

Jamais elle n'a aimé un homme autant que Daniel. Pourtant, elle se sent parfois abandonnée. Il avait l'air complètement ailleurs aujourd'hui, chez sa mère ; il n'a presque pas pris part à la conversation.

Pourvu que ça ne finisse pas comme l'année passée, quand la disparition de la jeune Amanda le travaillait jour et nuit. Ida et Alice n'avaient plus semblé compter pour lui. Elle ne se sentait plus en sécurité.

Jamais elle n'avait imaginé qu'elle passerait au second plan.

Au plus fort de l'enquête, il était sur le pont vingt-quatre heures sur vingt-quatre ; il lui arrivait même de ne pas repasser à la maison plusieurs jours d'affilée. Un soir, il était rentré tard, alors qu'elle était encore debout. Ida savait qu'il était lessivé, mais elle l'était tout autant. Les pleurs incessants d'Alice la mettaient à bout, elle se sentait impuissante, comme la pire des mères.

Daniel s'était attablé dans la cuisine pour dîner, et elle s'était sentie incapable de le laisser en paix : il fallait qu'elle lui parle. Elle voulait qu'il comprenne à quel point il les négligeait, Alice et elle.

La soirée s'était terminée en catastrophe. Daniel s'était mis dans une colère terrible et avait fini par fracasser une assiette contre le mur. Puis il avait quitté l'appartement, laissant Ida ramasser les débris de vaisselle.

Cet accès de rage l'avait littéralement terrifiée.

Comment peut-on faire ça à sa compagne et à sa petite fille ? Cette question, Ida se l'est posée plus d'une fois.

Serait-il capable de recommencer ?

Elle ne comprend pas que l'on s'emporte au point d'être incapable de se maîtriser. Même s'il lui arrive d'être furieuse, elle ne se permettrait jamais un geste aussi violent, ni d'abandonner ainsi sa famille.

Daniel est adulte ; il endosse la même responsabilité qu'Ida vis-à-vis de leur fille – il en avait pleinement conscience lorsqu'ils avaient décidé ensemble de poursuivre la grossesse. C'était même lui qui en avait le plus envie – mais ça, Ida n'oserait jamais l'admettre ouvertement.

Quand Daniel avait fini par rentrer, il s'était confondu en excuses. Il avait tout fait pour se faire pardonner. Cet épisode lui donne toujours profondément honte : Ida a bien vu l'angoisse dans ses yeux toutes les fois où ils l'ont évoqué.

Peu à peu, elle a compris d'où cela vient. Daniel lui a parlé de ces sautes d'humeur contre lesquelles il lutte depuis l'enfance. Un tempérament hérité de son grand-père maternel, un Italien. Il avait terrorisé la mère de Daniel jusqu'à lui faire passer toute envie de retourner dans son pays natal, même après qu'elle avait été abandonnée par l'homme qui l'avait mise enceinte.

Ida pousse un grand soupir et cherche à tâtons son portable sur la table de chevet. Elle doit lutter contre la tentation d'aller voir sur les réseaux sociaux ce qui se dit sur le meurtre de Johan.

Elle aimerait soutenir Daniel dans son travail, mais il doit aussi comprendre combien il est difficile pour elle de rester seule avec Alice toute la journée. Surtout à cette période de l'année, où sortir la poussette dans la neige est une vraie gageure. Difficile pour Ida qui, d'habitude, ne tient pas en place… Elle travaille comme monitrice de ski depuis plusieurs saisons : une année ordinaire, elle aurait eu un planning surchargé cette semaine.

Rester ainsi enfermée dans un appartement la rend folle.

Daniel respire profondément et se retourne dans le lit.

Elle ne compte pas le laisser disparaître encore comme ça. Ou devoir subir un autre de ses emportements. Ce n'est qu'un boulot, bon sang ! Elle refuse que son identité de policier en vienne à régir leur existence.

22

Une goutte de sang perle sur le pouce droit de Marion, le long de l'ongle. Installée à la table à manger, elle ne s'aperçoit qu'elle saigne qu'en sentant le liquide chaud couler le long de sa main. Émergeant comme d'un rêve éveillé, elle n'a aucun souvenir de s'être rongé les cuticules, et n'a pas vu filer les heures depuis qu'elle s'est effondrée sur une chaise dans la cuisine.

Elle efface le sang d'un coup de langue ; elle n'a pas la force de se lever pour prendre de l'essuie-tout.

Malgré l'épuisement, impossible de trouver le repos. Chaque fois qu'elle tente de dormir, son pouls s'emballe. Tout lui semble étranger dans la chambre à coucher, bien qu'elle vive ici depuis bientôt sept ans.

Marion saisit son téléphone et fait défiler les photos, elle se perd dans les vieux clichés de Johan pour tenter de s'apaiser.

La pièce est sombre, la seule lumière provient de l'écran de son téléphone. La sonnerie qui retentit soudain la fait sursauter.

Encore Linus.

Un frisson glacé lui parcourt l'échine. Elle a passé la journée à rejeter ses appels jusqu'à ce qu'ils cessent, espérant qu'il la laisserait tranquille.

Mais voilà que ça recommence.

Les mains tremblantes, elle tape sur l'icône rouge pour refuser l'appel. Il veut sûrement lui parler de la visite de la police – il doit craindre qu'elle leur ait révélé son vrai visage.

Penser à la dispute de janvier la plonge toujours dans un profond malaise. Ça lui avait fait froid dans le dos. Surtout quand Linus s'était approché d'elle et lui avait hurlé à la figure de ne pas se mêler des affaires de l'entreprise.

Ni Johan ni elle n'avaient imaginé que Linus puisse se métamorphoser ainsi, et se montrer à ce point agressif.

Même si Johan s'était interposé, Marion était restée ébranlée plusieurs jours après l'incident. Depuis, elle a une peur panique de Linus : elle aimerait ne plus jamais avoir affaire à lui.

Elle sait qu'il la tient pour responsable de ce conflit au sein de la boîte – mais il ne peut s'en prendre qu'à lui-même. Marion avait d'abord tout fait pour gérer la situation avec professionnalisme, sans montrer ses sentiments. Mais à mesure que les négligences de Linus se multipliaient, elle n'avait plus eu d'autre choix que d'en parler à Johan.

Quand le fisc avait demandé des explications, elle n'avait pas pu continuer à se taire.

Tout ce qui s'est passé est la faute de Linus, et de personne d'autre.

Au fond, elle n'avait jamais compris pourquoi son mari accordait une confiance aveugle à son associé. Pas une fois elle n'avait été à l'aise en compagnie de Linus – mais à la création de l'entreprise, elle n'imaginait pas que ça tournerait aussi mal.

Johan était une belle personne, quelqu'un d'intègre, l'exact opposé de Linus, un homme bourru et difficile à percer.

Et de surcroît, particulièrement vindicatif.

Le téléphone de Marion se tait, elle pousse un soupir de soulagement. La trêve est pourtant de courte durée. La petite musique stridente reprend et semble ne plus vouloir s'arrêter ; sa tête est sur le point d'éclater.

Marion manipule l'appareil, et manque de le faire tomber en s'affairant à le passer en mode silencieux. Enfin, elle parvient à couper le son.

Il n'y a que sa respiration haletante et terrorisée qui brise le silence.

L'écran de son téléphone s'éclaire : Linus a envoyé un SMS.

Si tu dis du mal de moi à la police, ça va mal finir.

LUNDI 24 FÉVRIER

23

Il est sept heures trente tapantes quand Daniel se connecte à la réunion du matin avec Östersund.

Cela fait une demi-heure qu'il est arrivé au commissariat et qu'il passe en revue les éléments des dernières vingt-quatre heures – les comptes rendus des échanges avec les témoins et les informations reçues par téléphone. Ils sont au complet autour de la table : Raffe à côté de lui, Anton et Hanna en face.

Carina Grankvist est elle aussi présente depuis Östersund. La technicienne a coiffé de petites lunettes rondes qui lui donnent un air de chouette.

« Bonjour à tous », commence Birgitta Grip depuis son écran.

Elle a l'air éreintée ; ses yeux forment deux fentes sous ses lourdes paupières et les rides sont particulièrement marquées entre les ailes du nez et la bouche. Elle aussi a eu son lot de travail, surtout depuis que les médias se sont emparés de l'affaire. Personne n'a vraiment eu l'occasion de se reposer ce week-end ; Daniel n'a dormi que cinq petites heures cette nuit. Pour apaiser Ida, il s'est dévoué pour le créneau du soir auprès d'Alice – le plus fatigant.

C'était probablement une bonne décision car il risque encore de rentrer à une heure indue aujourd'hui.

Son corps est perclus de fatigue.

Anton n'a pas non plus l'air très frais, bien qu'il vive seul et sans enfant. Lui qui hier encore semblait dans d'excellentes dispositions !

Grip martèle la table de son stylo. Elle vient d'être rejointe par les enquêteurs d'Östersund ainsi que par la procureure à qui l'affaire a été confiée, en pull noir à col roulé. Jenny Ullenius a la quarantaine. Elle a été nommée récemment, et Daniel n'a encore jamais travaillé avec elle.

Ullenius semble satisfaite de laisser Grip animer la réunion. Celle-ci entre dans le vif du sujet :

« Les spéculations vont bon train sur les circonstances de la mort de Johan Andersson. Je ne compte plus le nombre de questions qu'on m'a posées là-dessus à la conférence de presse d'hier. »

Daniel n'est pas particulièrement surpris. Il l'a constaté avec sa belle-mère et sa belle-sœur, qui avaient leur petite idée sur la question.

« Les journaux du soir en font leurs choux gras, poursuit Grip. Sur Internet, on ne parle plus que de ça. Les théories ont commencé à fleurir sur les causes de la mort : ça va de la criminalité organisée à des histoires de recouvrement de dettes. Certains parlent même de suicide.

— Johan mérite mieux que ça », grommelle Raffe.

Daniel repense aux mains de Johan attachées dans son dos. À la vue de son corps mutilé, personne n'aurait pu prononcer le mot « suicide ».

« On a un retour de la légiste ? demande Grip. Des nouvelles de l'autopsie ?

— J'ai envoyé un mail à Ylva Labba, pour voir si elle pouvait s'en occuper en priorité. Mais ça ne sera probablement pas pour tout de suite. »

Ylva Labba est la légiste qu'on avait mise sur l'affaire de décembre. En dépit de sa compétence et de son efficacité, l'unité de médecine légale d'Umeå n'est pas des plus rapides : elle s'occupe de toute la région Norrland, et doit bien effectuer cinq mille autopsies par an.

L'affaire a beau être importante, Daniel ne se fait pas trop d'illusions sur sa place dans la file d'attente.

« Il faudra la presser un peu, suggère Grip, avant de se retourner vers Carina : Où en sont les analyses du véhicule de la victime ? »

Le visage de Carina s'anime sur l'écran.

« On est dessus. Mais ça fait à peine quarante-huit heures qu'on a découvert la camionnette, rappelle-t-elle. J'ai commencé à passer au crible tout son contenu, mais nous n'avons pas encore repéré l'objet qui a pu servir à tuer Johan. »

Daniel avait espéré le contraire. Il le sait bien pourtant : il est rare que le meurtrier abandonne l'arme du crime sur place, même quand il agit sous le coup de la panique. Dans cette affaire, l'agresseur a aussi eu la présence d'esprit de déplacer le corps et de cacher le véhicule.

« On a déjà pu déterminer une chose, poursuit Carina. Le sang retrouvé sur le sol de la fourgonnette est du groupe sanguin B+, le même que celui de Johan Andersson.

— Avez-vous trouvé des traces appartenant à quelqu'un d'autre ? » lance Hanna.

Elle est appuyée contre le dossier de sa chaise, les jambes largement écartées. Son regard est alerte et concentré.

« Oui, confirme Carina. On a recueilli un certain nombre de cheveux qui ne correspondent pas à ceux de la victime. Mais il est impossible de déterminer s'ils se sont retrouvés là au moment du meurtre ou s'ils y étaient déjà. »

Même si l'ADN de Linus est présent dans le véhicule, cela pourra difficilement être retenu contre lui. Il travaillait avec Johan : il va de soi qu'il a lui-même passé du temps dans cette camionnette – n'importe quel avocat de la défense aura beau jeu de le souligner.

« Nous avons envoyé tous les échantillons au centre de médecine légale d'Umeå, explique Carina. On verra ce qu'ils auront à dire une fois qu'ils les auront analysés.

— Dans un siècle ou deux », glisse Hanna.

Raffe a un petit rictus, tandis que le visage de Grip reste de marbre. Daniel comprend sa réaction, mais il faut bien plaisanter de temps en temps, ne serait-ce que pour tenir le coup…

« Comment sont les finances de Linus Sundin ? reprend-elle.

— Ça n'a pas été évident d'obtenir ces informations, vu qu'on était dimanche, s'excuse Raffe, qui était chargé de la question. Mais on a quand même mis la main sur quelques éléments. »

Il s'empare d'une pile de documents posés sur la table.

« On a passé en revue ses dernières déclarations de revenus. Il a déclaré un peu plus de quatre cent mille couronnes par an, soit trente-cinq mille par mois environ, ce qui n'est pas inhabituel pour un plombier. Dans le même temps, il a versé cinquante mille couronnes pour rembourser des arriérés d'impôts qui portaient sur trois années consécutives. Et il a réglé tout ça à la dernière minute.

— Vous savez à quoi est liée cette régularisation ? interroge timidement la procureure. Percevait-il des revenus complémentaires ? Ou alors le montant de son impôt à la source avait-il été sous-évalué ? »

Daniel comprend le sens de la question : si Linus avait une dette fiscale, il est compréhensible qu'il ait eu besoin de plus grandes rentrées d'argent. S'il avait d'autres revenus, en revanche, il s'agit de s'interroger sur leur provenance.

Mais pourquoi un gérant d'entreprise serait-il allé travailler ailleurs ?

« Aucun document n'indique qu'il ait été employé ailleurs en parallèle, répond Raffe.

— Dans ce cas, il a dû payer un montant insuffisant, conclut Ullenius. Intéressant.

— Marion Andersson doit savoir de quoi il retourne, observe Hanna. C'est elle qui s'occupe de la compta. »

Elle griffonne quelques mots sur un coin de feuille avant de se tourner vers Daniel :

C'est pour nous, articule-t-elle en silence.

« Peut-être que Linus et Johan se disputaient aussi sur ce point-là, lance-t-elle en passant.

— J'ai également jeté un œil à la maison de Sundin et de son épouse. Elle est estimée autour de deux millions, mais ils sont encore endettés jusqu'au cou.

— Tu sais s'il a d'autres emprunts ? Des prêts à la consommation ? Une carte de crédit renouvelable ?

— Je vais regarder ça dans la journée.

— Qu'a donné le porte-à-porte ? » questionne Grip.

Daniel a parcouru les rapports des patrouilles qui ont sillonné Tångböle pour rencontrer les villageois – si on peut appeler ainsi les habitants d'une localité aussi clairsemée.

« Rien du tout, soupire-t-il. On dirait bien que personne n'a rien vu ni rien entendu dans la nuit du vendredi au samedi. Il faut dire qu'il faisait un temps épouvantable.

— Vous avez parlé au service de déneigement ? » insiste Grip.

Anton hoche la tête.

« J'ai discuté avec le type responsable du secteur de Tångböle. Il y est passé peu avant six heures samedi matin ; il a fait sa tournée, mais n'a rien remarqué de particulier, malheureusement. »

Daniel s'en doutait un peu : au volant de son camion de déneigement, il est peu probable qu'il ait vu grand-chose.

« À en juger par la couche de neige qui recouvrait le corps, il était sans doute là depuis plusieurs heures, précise Carina. Sachant qu'il est tombé dix virgule neuf centimètres de neige cette nuit-là, le corps a dû être déposé aux alentours de minuit. Pour moi, au vu de la quantité de sang dans la camionnette, il était déjà mort quand on l'a abandonné au bord de la route de Tångböle. »

Cette dernière remarque fait réagir Hanna.

« Carl Willner nous a dit que Johan avait quitté le restaurant Pigo vers dix-neuf heures trente le vendredi soir. Il serait parti de chez Linus peu après vingt heures. Ça nous laisse une fenêtre de quatre heures entre le moment où il a été vu vivant pour la dernière fois et le moment de sa mort. »

Daniel ressent une pointe d'agacement en repensant à Willner – il aurait vraiment souhaité lui parler.

« La grande question, c'est de savoir où Johan s'est rendu après ça, s'interroge Hanna à voix haute.

— Sa camionnette était peut-être équipée d'un journal de bord électronique ? hasarde Raffe. Le cas échéant, on pourra suivre son itinéraire depuis le restaurant. C'est assez courant dans les véhicules de fonction, ça évite d'avoir à tenir un agenda papier de tous ses déplacements professionnels.

— Bien vu, réplique Carina. Je vais vérifier ça.

— Et sinon, Carl Willner vous a donné des infos intéressantes ? » s'enquiert Daniel.

Hanna revient sur leur entrevue de la veille et rapporte ce qu'il leur a dit de la dispute entre Linus et Johan.

« Tu veux ajouter quelque chose ? » lance-t-elle à l'adresse d'Anton.

Il secoue la tête, il n'a encore pas dit un mot.

« Et la liste des clients de l'entreprise de plomberie que Linus Sundin devait nous envoyer par mail ? rappelle Grip.

— On ne l'a toujours pas reçue, rétorque Raffe. Je m'occupe de le relancer. »

Daniel se penche par-dessus la table.

« Pour moi, le gros point d'interrogation, c'est ce voyage que Johan comptait entreprendre, souligne-t-il. Ou plus précisément, le fait qu'il était impatient de partir. »

Ce point est particulièrement déroutant : il contredit la théorie selon laquelle Johan se savait menacé. Il semble indispensable de mener des entretiens avec d'autres de ses proches pour éclaircir la question. Ses parents étaient peut-être au courant ? Samedi, après l'annonce du décès de Johan, ils n'avaient pas eu la force d'échanger avec la police, mais Daniel compte bien les recontacter dans la journée.

Sur l'écran, le visage de Grip se fige avant de disparaître quelques secondes. Sa voix reste audible, bien que hachée :

« On peut conclure ? Un autre point à aborder ? »

La question du renfort, peut-être ? se dit Daniel. Le sous-effectif sur ce dossier commence à se faire criant. Sans compter que Grip les a priés d'éviter les heures supplémentaires – un objectif qui, sans surprise, a été complètement perdu de vue ce week-end.

Daniel lève la main. Il n'a même pas la force de dissimuler son mécontentement. Son corps tout entier est crispé par la frustration et le manque de sommeil.

« Est-ce qu'on pourrait nous affecter des ressources supplémentaires ? suggère-t-il. On est clairement en sous-effectif dans le groupe SPM. »

Grip fronce les sourcils.

« Pour le moment, ça n'est pas envisageable.

— On ne peut pas organiser des transferts provisoires d'un autre département ?

— Je dois vous demander de faire au mieux avec l'effectif actuel.

— Donc on ne peut pas faire d'heures sup, ni recevoir de renfort. Dans ces circonstances, comment est-on censés élucider ce meurtre ?

— Daniel, c'est bon ! modère Hanna. On va se débrouiller.

— D'accord », abdique Daniel en rassemblant ses papiers.

Ils se sont réparti les nouvelles tâches : il reste une longue liste de personnes à interroger. Les proches de Johan figurent en tête.

Daniel se tourne vers Hanna.

« Qu'est-ce que tu dirais d'aller voir les parents et le frère de Johan et de finir par un détour chez Linus ?

— Là, tout de suite ?

— Oui. »

Daniel montre du doigt l'écran d'ordinateur où le visage de Grip s'affichait encore il y a un instant.

« Autant filer *illico*. Histoire de ne pas taper dans les heures sup. »

Rebecka
2019
septembre

Alors que Rebecka vient de finir sa pause déjeuner, elle voit depuis la fenêtre une camionnette blanche s'arrêter sur le parking. La portière s'ouvre et l'homme de l'autre jour en sort, une caisse à outils à la main.

Tout se met brusquement à vaciller.

Depuis leur rencontre, il hante les pensées de Rebecka. C'est de la folie ! Comment réagirait Ole s'il apprenait qu'elle pense à un autre ? Que dirait la communauté ?

Et elle ne connaît même pas son nom.

Ces derniers jours, elle s'est persuadée que cette entrevue n'avait pas la moindre importance. Que ce qu'elle avait cru ressentir n'était qu'une simple illusion. On ne tombe pas amoureuse d'un parfait inconnu en l'espace de quelques minutes !

Mais l'image de son sourire charmeur lui était sans cesse revenue en mémoire. Son rire si contagieux, paré de légèreté et de naturel. Son insouciance qui, le temps d'un instant, l'avait fait redevenir la Rebecka d'autrefois, la jeune femme joyeuse qui aimait tant la vie.

Une vague de chaleur, puis un frisson glacé la parcourent lorsqu'elle entend sa voix résonner depuis le hall d'entrée. Il faut qu'elle aille à sa rencontre, qu'elle revoie son visage.

Impossible de résister.

Rebecka atteint l'entrée au moment où il referme la porte derrière lui.

« Tiens, on se retrouve ! » lance l'homme.

L'ardeur qui anime soudain son visage contraint Rebecka à retenir son souffle. Il a l'air heureux, presque exalté de la voir.

Jamais Ole ne l'a dévisagée de cette manière – pas même aux premiers jours de leur mariage.

« À vrai dire, j'avais l'espoir de vous recroiser », glisse-t-il.

Rebecka déglutit. Elle reste figée, soudain frappée de mutisme.

Il ne s'est pas rasé aujourd'hui. L'ombre brune d'une barbe de trois jours se dessine sur son menton – il n'en est que plus séduisant. Rebecka brûle de tendre la main pour lui effleurer la joue, mais reste droite comme un i.

« Je suis désolé, se reprend-il. Je n'aurais pas dû dire ça, je vous ai encore embarrassée… »

Avec le même rire franc et lumineux qu'à leur première entrevue, il poursuit :

« On dirait que c'est ma spécialité, de vous faire rougir.

— Ça… ça ne fait rien », bafouille Rebecka.

Elle ne comprend toujours pas ce qui lui arrive.

« Je devrais peut-être me présenter ? » poursuit-il.

Son regard lui fait l'effet d'un aimant.

« Je m'appelle Johan. »

Il lui tend la main pour la serrer. Lorsqu'elle la saisit, Rebecka sent une décharge électrique la traverser. Elle n'a jamais rien éprouvé de semblable.

« Rebecka, parvient-elle enfin à articuler, la bouche sèche.

— Enchanté », rétorque Johan.

À le voir, il lui semble qu'il attendait impatiemment cette nouvelle rencontre.

Alors qu'elle cherche nerveusement une phrase à ajouter, le petit Frans, deux ans, sort d'un pas maladroit de la salle de jeux, les yeux mouillés de larmes. Johan s'accroupit pour se mettre à la hauteur du bambin.

« Mais qu'est-ce qui t'arrive, petit bout ? demande-t-il en prenant l'enfant dans ses bras. Les copains t'ont fait des misères ? »

Johan le soulève et le fait tournoyer dans les airs. Le chagrin est vite oublié, et le petit se met bientôt à rire aux éclats. Johan le repose doucement au sol, puis le suit du regard tandis qu'il retourne à la salle de jeux.

« Ils sont tellement chou à cet âge ! » s'attendrit Johan.

Tous deux restent un instant plantés là, en silence.

« Je sais qu'on ne se connaît pas, finit-il par reprendre. Mais je me demandais… »

Il s'interrompt, l'air gêné. Rebecka ose à peine le regarder.

« Si ça vous tente, bien sûr… si vous voudriez qu'on prenne un café ensemble un de ces quatre ? »

Rebecka hésite. C'est un homme marié, elle a bien vu l'alliance à son doigt. Il doit comprendre qu'elle l'est aussi.

Ole la massacrerait si elle acceptait. Elle a encore en mémoire sa rage lorsqu'elle était sortie déjeuner avec Maria, il y a six mois. Un rendez-vous en tête à tête avec Johan irait à l'encontre de l'éducation qu'elle a reçue, et de toutes les règles de la communauté.

Elle ne peut en aucun cas accepter.

Pourtant, elle entend sa propre voix articuler les mots : « Avec plaisir. »

24

Daniel pique du nez sur le siège passager, alors qu'ils font route vers Östersund, où vivent Torsten et Tarja Andersson. Pär, le frère de Johan, sera là lui aussi : sa mère l'a précisé au téléphone quand Hanna a appelé pour annoncer leur visite.

« Tout va bien ? lance-t-elle à son collègue, alors qu'ils arrivent au niveau du bourg de Mörsil. Tu n'as pas ouvert la bouche depuis une demi-heure. Tu en veux toujours à Grip ? »

Daniel a un sursaut.

« Alice n'a pas arrêté de se réveiller cette nuit, dit-il en étirant ses membres pour tenter de stimuler la circulation sanguine.

— Je comprends. »

Elle ne le peut pas, évidemment. Mais Daniel ne prend pas la peine d'expliquer qu'il n'y a pas que le manque de sommeil qui lui pèse. Entre Ida et lui, l'ambiance était glaciale hier après leur visite à Järpen. Malgré toutes ses explications et ses promesses, Ida ne lui avait pas adressé deux mots de toute la soirée.

Qu'est-ce qui lui prend ? Alors que leur relation était au beau fixe il y a une semaine, l'atmosphère a changé d'un seul coup. Cela ne fait que quarante-huit heures que le corps de Johan a été découvert. Daniel comprend qu'Ida soit inquiète, mais il lui a assuré qu'il allait faire de son mieux.

Il jette un regard à Hanna et se demande si elle aurait réagi comme sa compagne dans ce genre de situation. Probablement pas. Hanna est non seulement excellente dans son métier, mais aussi particulièrement empathique. Elle a aussi beaucoup plus confiance en elle qu'Ida.

Hanna a les mains bien placées sur le volant – à « dix heures dix », comme le préconisent les auto-écoles. Quelques mèches rebelles se sont échappées de sa queue-de-cheval négligemment nouée au creux de la nuque.

Daniel apprécie de ne jamais avoir à peser ses mots lorsqu'il est avec elle. Il arrive même qu'elle sache ce qu'il va dire avant qu'il ouvre la bouche. Cela fait tout drôle de penser qu'ils ne travaillent ensemble que depuis deux mois et demi.

En passant le bourg de Mattmar, ils se retrouvent coincés derrière un poids lourd immatriculé à l'étranger. Le chauffeur ne semble pas pressé et roule paresseusement à soixante kilomètres-heure.

« C'est une route à quatre-vingts ici, grogne Hanna entre ses dents. Il ne sait pas lire un panneau, lui ?

— Oh, mais il n'y a pas le feu, tempère Daniel.

— Et dire qu'on lui a donné son permis !

— Profites-en pour admirer le paysage – tu ne vas pas bouder notre unique avantage en nature ! »

Daniel n'a pas pu résister à cette taquinerie, qui finit par dérider sa collègue. C'est la première fois qu'il remarque la petite fossette qui se dessine sur sa joue droite lorsqu'elle sourit.

La voiture s'engage sur une route bordée de grands bouleaux blanchis par le givre. La couverture nuageuse se fend soudain, laissant passer des rayons de soleil qui baignent le paysage d'une lumière étincelante. La cime des arbres s'auréole d'or, et les flocons de neige dansent comme de minuscules fées scintillantes dans le contre-jour.

Daniel se détend. La mauvaise humeur qui le suivait depuis le réveil commence à se dissiper.

Il se laisse aller à la beauté.

25

Il fait grand soleil quand, après une bonne heure de route, Hanna et Daniel arrivent devant l'immeuble de Torsten et Tarja Andersson à Östersund.

Hanna se gare dans la rue. C'est une belle journée d'hiver, le temps parfait pour un premier jour au ski. À l'heure qu'il est, Lydia et sa famille doivent déjà dévaler les pistes.

Ils gravissent les marches jusqu'au troisième étage. Les Andersson ont emménagé là il y a une quinzaine d'années, alors que leurs enfants avaient tous quitté le nid. Avant cela, ils vivaient près de Duved, non loin de la maison de Linus.

C'est Tarja qui leur ouvre. Selon les données de l'état civil, elle est âgée de soixante-six ans et vient de prendre sa retraite, mais on lui donnerait facilement dix ans de plus. Ses yeux sont vitreux, ses joues creusées.

Elle les invite à entrer dans l'appartement coquet et bien ordonné, et à rejoindre Torsten, enfoncé dans un fauteuil du salon.

Il affiche une mine tout aussi abattue, le teint cireux, presque gris.

« Nous vous présentons nos plus sincères condoléances, commence Hanna. Nous aimerions vous poser quelques questions concernant Johan, si vous le permettez. »

Les yeux de Tarja s'embuent aussitôt de larmes.

« C'est incompréhensible, souffle-t-elle. Qui aurait pu vouloir prendre la vie de Johan ? C'était un amour.

— C'est ce que nous essayons de démêler, rétorque Daniel. Je comprends que ça doit être extrêmement dur pour vous. »

Ils s'assoient dans un canapé gris décoré de coussins, face au couple.

« Pourriez-vous nous parler de votre fils ? » demande Hanna.

Tarja tourne la tête en direction de son mari. Celui-ci ne dit pas un mot, le regard perdu dans le vague.

Ce n'est pas la première fois qu'Hanna perçoit cette expression désorientée sur le visage d'une personne qui vient d'apprendre la mort d'un proche. Comme si le chagrin emplissait l'esprit à ras bord – il n'y a de place pour rien d'autre lorsque la douleur en colonise le moindre recoin.

La télévision est allumée, mais les Andersson ne semblent pas y prêter attention. Peut-être ont-ils besoin d'entendre ce bruit de fond, lorsque le silence devient trop difficile à supporter ?

« Johan était notre benjamin, commence Tarja. Son grand frère Pär vit à Strömsund avec sa famille. Ils ont sept ans d'écart. »

Son regard glisse vers une commode placée à l'autre bout de la pièce. Plusieurs photos de famille y sont alignées dans des cadres en bois noir. Tout à droite, on aperçoit Johan, en combinaison de ski, au pied d'un sommet alpin baigné de soleil. Un dossard épinglé sur la poitrine, il offre un grand sourire au photographe.

Il a l'air d'avoir une vingtaine d'années, l'âge de ses premières compétitions dans les Alpes. Il vient probablement de faire une de ses meilleures descentes.

Il rayonne.

Hanna commence à comprendre pourquoi tout le monde insiste tant sur sa joie de vivre et son caractère chaleureux.

Tarja prend une inspiration saccadée.

« Johan était un enfant très désiré, souffle-t-elle. C'était le plus joli bébé du monde.

— Quand lui avez-vous parlé pour la dernière fois ? » interroge Daniel.

Hanna remarque que la voix de son collègue s'est adoucie. Dans certains contextes, Daniel peut sembler très direct, presque bourru. Dans les situations difficiles, il est capable d'une grande empathie. Hanna l'a vu aborder des personnes en état de choc avec une habileté peu commune. Dans son travail, il se montre exigeant, souvent intransigeant – parfois même revêche, comme ce matin face à Grip.

Il l'impressionne par sa capacité d'adaptation. Elle ne s'était encore jamais sentie autant en confiance avec un collègue.

« Ça devait être le week-end dernier, répond Tarja.

— Il vous a paru comment, ce jour-là ? »

Tarja retrousse la manche de son gilet tricoté. La laine est un peu élimée sur le coude, et laisse apparaître le tissu clair de sa chemise.

« Exactement comme d'habitude, répond-elle. Toujours aussi gentil et enjoué.

— Il n'a rien dit qui vous ait fait réagir ? insiste Daniel. Il ne semblait pas préoccupé, ou inquiet ?

— Non, pas du tout. »

Tarja a un petit sursaut.

« Il aurait dû ? Pourquoi cette question ?

— Simple routine, l'interrompt Hanna.

— D'accord. »

Tarja n'a pas l'air particulièrement rassurée par ce commentaire. Elle triture nerveusement ses mains sur ses genoux, comme si l'immensité du chagrin lui interdisait de rester en place.

Hanna se demande comment sa propre mère réagirait dans pareille situation. Serait-elle aussi dévastée en apprenant son décès ? S'il s'agissait de Lydia, elle serait anéantie.

« Vous aviez beaucoup de contacts avec lui ? reprend Daniel.

— Johan donnait très régulièrement des nouvelles. On s'appelait une à deux fois par semaine, je dirais.

— Vous vous voyiez souvent ? »

Tarja se mord la lèvre.

« Une fois par mois, peut-être. Pas aussi souvent qu'on l'aurait voulu. Johan était toujours très occupé, il avait du mal à se libérer. On ne voulait pas non plus s'imposer… »

Sa voix flanche. Elle sort un mouchoir blanc de sa poche et s'essuie doucement les yeux.

« Et professionnellement parlant, l'entreprise de Johan se portait-elle bien ? s'enquiert Hanna.

— Je crois que oui. Il était constamment chez de nouveaux clients, tout le monde l'appréciait. »

La sonnerie de la porte d'entrée interrompt leur conversation. Torsten ne réagit guère, mais Tarja quitte la pièce en s'excusant.

Tarja ouvre la porte et se met à sangloter. Hanna perçoit ensuite des échanges à voix basse. Quelques minutes plus tard, elle revient dans le salon accompagnée d'un homme de grande taille, âgé d'une quarantaine d'années. La ressemblance entre la mère et le fils est frappante : il ne peut s'agir que de Pär, le frère aîné de Johan.

C'est une chance qu'il ait prévu de passer chez ses parents aujourd'hui, se dit Hanna – cela leur évite de devoir pousser jusqu'à Strömsund.

Pär tend la main et se présente. Lui aussi est pâle, le visage fermé, mais semble parvenir à se dominer. Il porte un pull vert foncé et un pantalon chino.

Le frère de Johan est directeur de lycée. Il semble avoir le charisme nécessaire pour ce poste.

« Nous parlions de Johan, l'informe Daniel. C'est une bonne chose que vous soyez là également, car nous avons aussi des questions à vous poser. »

Pär opine. Il soulève une chaise pour la placer près du fauteuil de Tarja.

« Quand avez-vous parlé à votre frère pour la dernière fois ? demande Hanna.

— C'était vendredi dernier. Justement, j'ai songé à vous recontacter pour vous parler de notre dernier échange, mais j'étais tellement sous le choc… Je n'arrivais plus à penser, tout est devenu noir. Je n'ai pas eu la force. »

Rebecka
2019
octobre

Ils ont prévu de se retrouver à l'orée du petit bois situé à quelques centaines de mètres du jardin d'enfants.

Johan l'attend déjà quand Rebecka, le souffle court, le rejoint pour sa pause déjeuner. Elle n'a finalement pas osé prendre un café avec lui ; le risque serait trop grand si Ole venait à l'apprendre. Elle a préféré troquer ce rendez-vous contre une balade en forêt.

La fébrilité fait palpiter son corps tout entier, mais elle s'apaise en apercevant le large sourire de Johan. Il a l'air si joyeux qu'elle ne peut que le suivre. Quelle sensation délicieuse de redevenir pour un instant jeune et insouciante…

Cette fois, il est rasé de près. Elle imagine la douceur de ses joues sous ses doigts.

« Tu es venue ! lance-t-il, l'enthousiasme palpable au ton de sa voix.

— Oui, comme prévu.

— Je craignais que tu ne changes d'avis. Je suis arrivé beaucoup trop tôt, ça fait presque une demi-heure que j'attends. »

Il laisse échapper un rire gêné.

« Par prudence. Je ne voulais pas qu'on se rate. »

Il paraît si ravi, si sincère et spontané, que Rebecka a la gorge serrée. Elle serait bien incapable de se rappeler la dernière fois qu'on lui a parlé sur ce ton-là.

« Tu es ravissante.

— Merci ! »

Rebecka n'a pas osé se faire belle ce matin, de peur qu'Ole ait des soupçons. Mais elle est passée se mettre un peu de mascara et du gloss dans les toilettes du jardin d'enfants. Elle se démaquillera avant que son mari vienne la récupérer cet après-midi.

Elle est heureuse que Johan ait remarqué ce petit effort qu'elle a fait pour lui.

Ils déambulent sur le sentier forestier, qui les éloigne rapidement des regards curieux. Il gèle, et les premiers frimas scintillent dans les branches. Une épaisse couche de glace emprisonne les touffes d'herbe sur le sol. Les feuilles craquent à chacun de leurs pas.

Aux côtés de Johan, Rebecka est détendue.

Elle est souvent timide, n'a jamais été du genre à bavarder naturellement avec les inconnus. Mais Johan enchaîne avec enthousiasme les questions sur son travail. Il l'amène à décrire chacun des enfants, à évoquer son plaisir de les voir se blottir dans ses bras, encore ensommeillés après la sieste. Il semble réellement impliqué, comme Ole ne l'a jamais été – pas même à l'époque où elle prenait encore son désir de contrôle pour de l'amour.

« Tu as toujours voulu travailler avec des enfants ? finit par demander Johan.

— Oui, depuis toute petite. Peut-être parce que je suis enfant unique. »

Il y a une pause dans la conversation, mais ça ne fait rien. Le silence n'est pas gênant avec Johan.

« Et toi, tu as des enfants ? demande Rebecka au bout de quelques pas.

— Non, malheureusement. Alors que j'ai toujours rêvé d'être père. »

Une ombre passe sur le beau visage de Johan – un sérieux qu'elle ne lui connaît pas encore. Il reprend, avec un brin de mélancolie dans la voix :

« Mais la vie ne tourne pas toujours comme on l'aurait rêvé, n'est-ce pas ? »

Rebecka en sait quelque chose.

La discussion se poursuit. Johan l'écoute sans l'interrompre, comme passionné par tout ce qu'elle lui raconte. Tout à coup, elle prend conscience qu'une demi-heure s'est déjà écoulée.

Elle aurait dit cinq minutes.

« Je dois y retourner, annonce-t-elle, regrettant de ne pouvoir prolonger ce tête-à-tête.

— Déjà ? Tu ne peux pas rester un peu ?

— Vraiment pas », fait Rebecka.

Ils se font face, leurs regards plantés l'un dans l'autre. Un petit nuage blanc se dessine devant la bouche de Johan.

Rebecka est comme hypnotisée par ses lèvres. Elles sont d'un rose pâle, douces et désirables.

Elle aimerait les embrasser.

Johan effleure le coude de Rebecka. Puis il enlève ses gants et saisit la main de la jeune femme entre les siennes.

Sa peau est chaude.

Rebecka sent tout son corps pulser.

« Il faut que je te revoie, lui dit-il d'une voix enrouée. S'il te plaît, promets-moi que ce sera bientôt. »

26

Depuis combien de temps fixe-t-elle cet écran d'ordinateur ?

Marion regarde sa montre – onze heures du matin, elle est donc là depuis plusieurs heures. Mais impossible de travailler, de se concentrer.

Les pensées s'insinuent dans son cerveau, l'angoisse envahit son corps, comme des fourmis sur sa peau.

Elle se lève du fauteuil, dans la petite chambre d'amis aménagée en bureau. Un vertige la fait vaciller, l'obligeant à se rattraper à l'encadrement de la porte pour ne pas s'écrouler.

Il faudrait qu'elle mange, mais elle n'a pas faim. Elle a été incapable d'avaler quoi que ce soit les jours passés. Les odeurs de nourriture lui retournent l'estomac, chaque bouchée est un supplice.

Elle n'a pas encore parlé à son frère Florian, impossible de composer son numéro après ce qu'il vient de se passer.

Son portable retentit. Elle répond mécaniquement – même si les trois derniers appels venaient de journalistes.

« Bonjour, dit une voix inconnue. Je m'appelle Rafael Herrera, je fais partie de la police d'Åre. »

Marion sent son cœur bondir dans sa poitrine. Elle ne veut plus entendre parler de tout ça.

« D'accord.

— Avez-vous quelques instants à m'accorder ? »

Elle hoche la tête, bien qu'il ne puisse pas la voir.

« Oui, reprend-elle d'une voix blanche.

— J'ai des questions qui concernent l'entreprise que dirigeaient votre mari et Linus Sundin. »

Marion revient sur ses pas et se rassied devant l'ordinateur. La lumière bleue dessine un halo autour de l'écran, dans lequel se reflète son propre visage dévasté.

Le policier poursuit :

« Nous aurions besoin de récupérer une liste des clients de l'entreprise. L'associé de votre mari avait promis de nous la faire parvenir, mais nous ne l'avons toujours pas reçue. Seriez-vous en mesure de nous la transmettre ?

— Oui, bien sûr. »

Marion prend la demande en note.

« Par ailleurs, nous avons parcouru les déclarations fiscales de Linus des années passées, poursuit le policier. Il semble avoir systématiquement versé un impôt trop faible. Puisque vous étiez responsable de la comptabilité de l'entreprise, en connaissez-vous la raison ? »

Marion se recroqueville sur son siège. C'est précisément ce point qui l'inquiétait.

Plusieurs années de suite, Linus lui avait demandé de sous-estimer les sommes d'impôts à déduire au moment de lui verser son salaire. Ses quelques tentatives de protestation soulignant la légalité douteuse de la chose l'avaient rendu agressif. Il disait toujours que Johan et lui détenaient l'entreprise, et qu'elle devait faire ce qu'on lui ordonnait.

Elle avait tenté d'aborder le sujet avec Johan, mais il n'avait pas voulu envenimer la situation, déjà tendue, avec Linus. Ce n'était pas la fin du monde, disait-il : les arriérés d'impôts retomberaient de toute manière sur Linus. Mais Marion avait insisté : ça n'est pas dans les clous, ils risqueraient de se retrouver avec l'administration sur le dos. Que dirait-elle aux agents du fisc ?

Johan avait fait la sourde oreille. Et voilà qu'elle se retrouve avec la police au bout du fil, qui lui demande des explications.

La tiendront-ils pour responsable de la tricherie, elle qui tenait les comptes de l'entreprise ?

Marion sent son cœur s'emballer. Johan n'est plus là pour attester qu'elle a effectivement tenté de s'opposer aux fraudes de Linus. Et Linus n'admettra jamais qu'il a lui-même insisté pour truquer les chiffres : il ira probablement accuser Marion.

Linus ne peut pas la sentir. Il serait bien content de la voir condamnée.

Des décharges de stress l'assaillent tandis qu'elle tente de formuler une réponse. À l'autre bout du fil, le policier l'écoute en silence.

« Je vous prie de m'excuser, bredouille-t-elle. Je ne me sens pas très bien. Est-ce que je peux vous rappeler ? »

Il y a un petit silence.

« Bien sûr. Le plus tôt sera le mieux. »

Marion pose son portable et fourre la tête dans ses mains.

Dès qu'elle ferme les yeux, elle voit apparaître le corps sanglant de Johan dans la neige. Chacun des mots prononcés par les policiers lui est resté en mémoire. Ces dernières nuits, elle a à peine fermé l'œil.

Ces images atroces la hantent, de jour comme de nuit, reviennent dans ses cauchemars. Johan, qu'elle a aimé si puissamment, avec qui elle imaginait partager sa vie jusqu'à la fin. Ils devaient vieillir ensemble, ne jamais se séparer.

Il était son âme sœur, sa moitié ; pour lui, elle avait choisi de quitter son pays, sa famille, ses amis, et de s'installer à l'autre bout de l'Europe.

Elle est désormais seule, dans le froid glacial de la Suède, sans personne pour la soutenir.

Comment sa vie a-t-elle pu prendre cette tournure ?

Ses yeux tombent sur le portable noir posé près de la souris d'ordinateur. Marion sent la sueur perler sur sa lèvre supérieure. Elle a promis de rappeler le policier, mais elle n'a aucune explication valable à lui donner.

Pourquoi ne peuvent-ils pas la laisser tranquille ?

27

En apprenant que Pär Andersson a parlé à son frère vendredi, Hanna tressaille. Voilà peut-être une pièce importante du puzzle.

Elle ne le lâche pas du regard. Sa stature ne paraît que plus imposante, assis près de sa mère, prostrée. Torsten, le père, semble toujours dans un autre monde. Il a à peine prononcé un mot depuis qu'elle est entrée dans la pièce avec Daniel.

« Vous avez parlé avec Johan ce vendredi ? répète-t-elle. À quelle heure ?

— Vers dix-sept heures trente. J'étais au volant, en train de rentrer du boulot.

— Il vous a semblé comment ? »

Un sourire mélancolique se dessine sur les lèvres de Pär Andersson.

« Enjoué, euphorique. Comme s'il avait un trop-plein d'énergie. »

Hanna reconnaît dans ses mots la description qu'a donnée Carl Willner. Quelque chose avait dû mettre Johan dans un tel état d'exaltation qu'il avait du mal à tenir en place. Mais quoi ?

« Semblait-il effrayé ? » hasarde-t-elle.

Elle regrette immédiatement sa formulation. Règle numéro un : ne jamais suggérer la réponse dans la question.

« Non, pas du tout !

— De quoi avez-vous parlé ? »

Pär détourne le regard. Il a l'air de ressembler à son frère : même carrure d'athlète, mêmes traits réguliers. Mais le chagrin donne à son visage une pâleur brisée.

« Johan nous a demandé si nous pouvions l'héberger, répond Pär.

— Quand comptait-il venir ? enchaîne Daniel.

— Eh bien, dès le lendemain.

— Le lendemain ?

— Oui, il voulait arriver le samedi soir, c'est-à-dire avant-hier. »

Le mystérieux voyage devait donc l'amener chez son frère à Strömsund. Voilà une première réponse, qui apporte à Hanna un sentiment de soulagement.

« J'ai été un peu pris au dépourvu. On a toujours été proches, Johan et moi, mais il n'était jamais venu comme ça, à l'improviste. Je lui ai expliqué que le moment était mal choisi, puisque nous étions invités chez des amis ce soir-là, en famille.

— Qu'a-t-il répondu à ça ?

— Il m'a demandé de lui laisser une clé sous le paillasson, qu'il puisse entrer en notre absence.

— Ça avait donc l'air important pour lui, déduit Daniel.

— Oui, vraiment. Il m'a même demandé s'il pouvait rester au moins une semaine. »

Tout cela colle parfaitement avec les autres témoignages. Linus avait lui aussi parlé d'une absence d'une semaine – la plus grosse semaine touristique, se souvient Hanna.

Mais quelle en était la cause ?

« A-t-il évoqué la raison de sa visite ? » demande Hanna.

Elle nourrit l'espoir secret que le frère de Johan lui dévoilera la clé de l'énigme, l'événement qui a contraint Johan à quitter Duved dans la précipitation.

Cette question semble déterminer tout le reste.

« C'est-à-dire que… » Pär regarde sa mère, comme s'il s'inquiétait de voir sa réaction. « Johan m'a expliqué qu'il n'était pas seul, il y aurait une autre personne avec lui. J'aurais probablement dû vous appeler plus tôt, mais l'annonce de sa mort m'a tellement ébranlé… Les jours qui ont suivi, je n'arrivais pas à avoir les idées claires.

— Qui était cette personne ? demandent Daniel et Hanna d'une même voix.

— Johan n'a pas voulu me l'annoncer au téléphone. Il allait m'expliquer la situation le moment venu. » Pär prend une grande inspiration. « Et puis, vos collègues m'ont contacté avant-hier pour me dire que Johan était… parti. »

Son visage se contracte, il se couvre la bouche d'une main. Tarja lui caresse le bras, et se met elle aussi à sangloter.

Hanna tente d'analyser ces nouvelles informations : Johan s'apprêtait donc à se rendre chez son frère, à Strömsund, en compagnie d'une personne inconnue.

Daniel pose la question qui s'imposait :

« S'agissait-il d'un homme ou d'une femme ?

— Je ne sais pas.

— Ça n'était pas Marion ? risque Hanna, bien qu'elle ait une idée de la réponse – Marion avait bien précisé qu'elle ne savait rien des projets de Johan.

— Ça n'en avait pas l'air.

— Sauriez-vous retrouver la formulation qu'il a utilisée ? insiste Hanna. Essayez de vous souvenir. »

La question incite Pär à fermer les yeux, comme s'il tentait de se replonger dans la conversation.

« Johan m'a dit… que j'allais rencontrer quelqu'un qui comptait beaucoup pour lui. Mais je ne devais raconter à personne que je les hébergeais. Il me l'a fait promettre avant de raccrocher. »

Rebecka
2019
octobre

Quand Rebecka ouvre les yeux, il est un peu plus de quatre heures du matin. La chambre est plongée dans le noir, et Ole est allongé près d'elle, profondément endormi.

Ses côtes lui font terriblement mal. Avant-hier, il l'a poussée contre l'angle d'une table. Chaque respiration d'Ole est un rappel des vœux de mariage qu'elle a prononcés devant Dieu. Elle doit l'aimer et lui obéir jusqu'à ce que la mort les sépare. Il est maintenant un pasteur respecté, officiellement nommé successeur de Jonsäter.

Et pourtant, la voilà qui pense à un autre homme.

Rebecka sent les larmes monter. Elle enfonce son visage dans l'oreiller, pour tenter d'étouffer le bruit de ses sanglots. Elle ne doit pas réveiller Ole, ne doit pas lui donner le moindre soupçon qu'il puisse se passer quelque chose d'inhabituel.

Comment peut-on être à la fois si heureuse et si malheureuse ?

Chaque fois qu'elle pense à Johan, une vague de chaleur lui traverse le corps. Son regard lui fait tout oublier. Elle aimerait simplement se blottir dans ses bras et ne jamais en sortir. La terreur qui la suit partout, qui lui colle au corps comme une seconde peau, s'évanouit lorsqu'il est là. Johan dégage une insouciance, une sérénité qu'elle n'aurait jamais crues possibles auparavant.

Il parvient à lui faire retrouver cette joie de vivre si longtemps oubliée, celle qu'Ole, avec son désir de contrôle et ses accès de violence, lui a arrachée pièce par pièce.

Johan ne lui ferait jamais de mal – elle le sait avec une certitude absolue.

Et pourtant, ils ne se sont encore jamais embrassés. Les quelques instants volés qu'ils ont pu consacrer à une promenade en forêt, ils se sont contentés de se tenir la main, et de s'étreindre.

Elle n'ose pas aller plus loin.

Elle est terrifiée à l'idée qu'Ole découvre ses escapades. Chaque fois, elle s'est promis de couper définitivement les ponts avec Johan.

Et puis elle se trouve incapable de résister. Il a inventé tous les prétextes pour revenir régulièrement au jardin d'enfants et la revoir : une fois les toilettes réparées, il a entrepris de rénover la tuyauterie de la cuisine.

Elle lui a donné son numéro de portable, en lui enjoignant d'être très prudent : il ne peut lui écrire que lorsqu'elle est au travail, et elle se hâte d'effacer le moindre message une fois lu.

Ole connaît son mot de passe : c'est lui qui l'a choisi au moment où elle a décroché son emploi, et qu'elle a eu besoin de son propre téléphone.

Elle n'ose même pas imaginer ce qui se passerait s'il découvrait l'un des messages de Johan.

Rebecka glisse un œil par la fente des persiennes. Les premières neiges ne devraient pas tarder à tomber. Il commence déjà à geler, et la nuit d'octobre est d'un noir de suie.

Bientôt, le long hiver du Norrland les aura engloutis, aussi lourd et sombre que les pensées chaotiques qui viennent l'assaillir tous les soirs.

Il n'y a aucune échappatoire, aucun avenir lumineux qu'elle puisse espérer.

Il faut qu'elle oublie Johan. Peu importe qu'il lui ait dit qu'ils étaient faits l'un pour l'autre, et qu'il n'avait jamais rien ressenti de tel avant elle.

Rebecka ravale ses larmes et ferme les yeux.

Elle n'a plus le droit de le revoir.

Cela ne leur apportera que du malheur.

28

Daniel et Hanna viennent de s'arrêter à un fast-food au bord de la route pour y acheter des hamburgers, des frites et des sodas après leur visite chez les parents de Johan. Lorsqu'ils retournent à la voiture de police banalisée, les mains pleines, Daniel propose de prendre le volant. Après tout, c'est elle qui a fait toute la route jusqu'à Östersund.

Il sort du parking et se dirige vers l'E14. Prochaine étape : retrouver Linus. Il met les gaz à peine engagé sur l'autoroute. Il est déjà midi quarante-cinq et il s'est mis à neiger. Les essuie-glaces balaient le pare-brise à pleine vitesse. Daniel s'empresse de dépasser une Audi avant que l'autoroute se change en nationale à une seule voie.

Hanna semble absorbée dans ses pensées.

« Il faut impérativement qu'on comprenne qui était cette personne que Johan comptait emmener à Strömsund, lâche-t-elle après un long silence.

— Bien vu, l'aveugle ! »

Daniel lui lance un sourire pour essayer de détendre l'atmosphère. L'abîme de douleur dans lequel étaient plongés les parents de Johan s'est incrusté jusque sous sa peau, au point que ressortir à l'air libre a été un vrai soulagement.

« Qui emmènerais-tu chez ton frère comme ça, en secret ? demande Hanna.

— Difficile à dire, je suis fils unique », rétorque Daniel.

Techniquement parlant, ce n'est pas tout à fait vrai : son père a refait sa vie et fondé une nouvelle famille à Umeå après avoir quitté Francesca, la mère de Daniel. Elle qui avait laissé en Italie toute sa famille pour le suivre jusqu'en Suède… Ce qui ne l'avait pas empêché de lui annoncer un beau jour, au téléphone depuis son bureau, qu'il avait rencontré une autre femme.

Le lendemain, il avait disparu.

Daniel était trop petit pour se rappeler le fil exact des événements, mais certaines images lui restent en mémoire.

Il se souvient de sa mère, debout dans le couloir, en larmes, le téléphone à la main. Il y en avait un seul dans l'appartement, fixé au mur près de l'entrée. Il la revoit, adossée à la porte, le visage raidi par la douleur. Et il a un vague souvenir d'avoir couru vers elle pour la consoler, mais ses petits bras lui arrivaient à peine à la taille.

Elle ne l'avait même pas remarqué, trop absorbée par la conversation avec son père.

Ensuite, plus rien. Il a une demi-sœur et un demi-frère, de huit et cinq ans ses cadets, qu'il a vus pour la dernière fois à l'âge de dix ans. C'est là que ses visites sporadiques chez son père se sont interrompues.

Un quart de siècle est passé, et il n'a pas échangé un seul mot avec son père, pas même lorsque sa mère est décédée, tuée par un chauffard qui a pris la fuite, à Sundsvall, il y a de cela dix ans.

Daniel ne sait même pas s'il est encore en vie.

Il s'efforce de chasser l'image de son père – c'est ce qu'il a appris à faire quand les émotions se font trop pénibles.

« Voyons voir, poursuit Hanna. Qui voulait-il emmener à Strömsund ? Ça ne pouvait pas être l'un de ses amis proches. Qu'est-ce que tu en penses ?

— Aucune idée.

— Bon, reprend Hanna. Que dirais-tu d'une maîtresse ?

— Tu veux dire qu'il aurait pris le risque de loger sa maîtresse chez son frère ? Une femme que Marion ne connaissait pas ? »

Daniel dépasse un nouveau véhicule, une Volvo cette fois-ci.

« Honnêtement, dans cette hypothèse, je ne comprends pas l'intérêt qu'il aurait eu à aller chez son frère à Strömsund, réfléchit-il à voix haute. S'il s'agissait d'une escapade amoureuse, il aurait plutôt pris un hôtel. Et si Johan comptait quitter sa femme, il aurait pu le faire sans pour autant s'éloigner d'Åre toute une semaine… Et surtout, pourquoi garder tout cela secret ?

— Il ne voulait pas que Pär vende la mèche à Marion avant d'avoir pu le lui expliquer lui-même ?

— Il n'aurait pas pu confier ça à son frère ?

— Pär nous a dit qu'il ne voulait pas dévoiler l'identité de la personne au téléphone. Ça semblait être un sujet sensible. Il a fait promettre à son frère de ne parler de cette visite à personne. »

Daniel appuie son coude contre la vitre. Il se repasse toutes ces informations en silence.

Et puis il a une fulgurance.

« Ce n'était pas Johan. »

Hanna le dévisage.

« Ce n'est pas lui qui avait besoin de se cacher, s'écrie-t-il. C'était cette autre personne. »

29

Hanna et Daniel arrivent à Duved peu avant quinze heures. L'esprit d'Hanna est toujours occupé par cette mystérieuse connaissance de Johan. Peut-être que Linus aurait des choses à dire à ce sujet, si elle le presse un peu ?

Ils le trouvent dans la cuisine de son pavillon de briques blanches. Personne n'est venu leur ouvrir lorsqu'ils ont frappé, mais la porte d'entrée était déverrouillée. Lorsqu'ils franchissent le seuil, Linus, dans son bleu de travail, est assis à la table à manger, sur laquelle est posé un verre à cocktail rempli d'un liquide transparent.

Linus le vide à la hâte dans l'évier en leur proposant de s'installer. Lorsqu'il passe devant elle, Hanna sent distinctement son haleine chargée d'une forte odeur de vodka. Il a l'air éreinté, ses yeux sont injectés de sang. Juste avant leur arrivée, Raffe s'est manifesté : il a découvert que Linus a souscrit plusieurs prêts par SMS, pour un montant total de plusieurs centaines de milliers de couronnes. Il a aussi atteint le plafond de toutes ses cartes de crédit.

En clair, Linus est gravement surendetté. Il n'en avait pas dit un mot à leur dernière visite.

« Nous avons encore quelques questions à vous poser, commence Daniel. Il faudrait que vous nous répondiez honnêtement. »

Le sous-entendu n'est pas bien difficile à déceler : *contrairement à la dernière fois, où vous nous avez caché des informations capitales*.

« Quand avez-vous parlé à Johan pour la dernière fois ? relance Daniel.

— Vendredi, quand il est passé en voiture.

— Vous en êtes certain ?

— Oui, je vous assure.

— Je vous conseille de bien réfléchir à vos réponses, insiste Hanna.

— Nous avons appris certaines choses sur l'état désastreux de vos finances. Vous avez de grosses dettes et un important crédit sur votre maison. Vous avez également pris l'habitude de minorer le montant de vos impôts sur le revenu, ce qui a donné lieu à un redressement plusieurs années de suite.

— Qui vous a dit ça ? s'étonne Linus.

— Ces informations nous viennent du service des impôts, explique Hanna.

— Quelqu'un m'a balancé, c'est ça ? »

Hanna lui lance un regard glacial.

« J'aimerais que vous me répondiez plutôt que de vous soucier de ça. »

Le ton qu'elle emploie précipite Linus dans un accès de rage.

« Vous m'accusez de quoi, au juste ? »

Il bondit de sa chaise et, penché au-dessus de la table, brandit son poing fermé à quelques centimètres du visage d'Hanna.

« Asseyez-vous ! » lui assène Daniel en s'interposant.

Linus le fusille du regard.

« Vous vous asseyez ! » répète Daniel, le doigt pointé sur la chaise.

Il se tient comme un bouclier humain entre Hanna et Linus. Ce dernier finit par obtempérer, la mine crispée.

Hanna s'efforce de rester de marbre, bien que cette explosion soudaine l'ait prise par surprise. Elle a beau savoir se défendre, la réaction instinctive de Daniel la rassure un peu.

Elle jette à son collègue un regard reconnaissant. L'espace d'un instant, elle a presque cru que Linus allait lui mettre son poing dans la figure.

« Nous savons que vous avez eu une grosse dispute avec Johan sur le sujet des finances, reprend-elle d'un ton neutre. Vous vouliez augmenter votre salaire, d'un montant bien supérieur à ce que l'entreprise pouvait vous verser. D'après un témoin, vous n'étiez pas loin d'en venir aux mains tous les deux. »

Hanna se rappelle les mots qu'avait employés Marion – elle n'avait jamais vu Linus aussi agressif que ce jour-là.

« Comment expliquez-vous ça ? renchérit Daniel.

— C'est des conneries. » Linus croise les bras sur sa poitrine. « J'imagine que c'est Marion qui vous a raconté tout ça ? Elle n'a jamais pu me saquer. »

Il souffle bruyamment par le nez.

« Gardons Marion en dehors de tout ça, voulez-vous ? » l'exhorte Daniel.

Hanna n'a pas l'intention de laisser Linus s'en sortir à si bon compte.

« Vous niez avoir des difficultés financières ?

— Qu'est-ce que ça peut vous faire ? Ça ne regarde que moi. »

Il bafouille sur les derniers mots. L'odeur de vodka devient entêtante. Lors de leur dernier échange, il avait paru plus coopératif, en dépit de sa gueule de bois manifeste. Mais avec une bonne dose d'alcool dans le sang, il devient quelqu'un d'autre.

Si c'est l'alcool qui le rend aussi teigneux, ils ont toutes les raisons de croire les dires de Marion.

« La mort de Johan Andersson signifie que vous héritez de la moitié de sa part dans l'entreprise, déroule Daniel. Ce qui vous accorde une part de soixante-quinze pour cent, et la majorité des actions. En d'autres termes, vous avez votre mot à dire sur l'affectation des recettes générées par l'entreprise.

— Vous comprenez ce que ça signifie ? » enchaîne Hanna.

Linus affiche un air défiant.

« Ça signifie que vous aviez un motif économique de taille pour éliminer Johan Andersson, résume Daniel.

— Vous m'accusez de meurtre ? »

La voix de Linus a tout d'un coup perdu son assurance.

« Où étiez-vous entre vendredi vingt heures et samedi sept heures et demie du matin ? » lance Hanna.

Elle force la dureté de son intonation. Après l'accès de rage de Linus, elle ne compte plus y aller avec des pincettes : s'ils le rudoient suffisamment, il finira peut-être par s'écraser ?

« J'étais ici.

— Est-ce qu'un témoin peut le confirmer ? demande Daniel.

— Ma femme était à la maison, mon fils également.

— Étiez-vous sobre quand Johan est passé vendredi ? » renchérit Hanna.

Linus ne répond pas.

« Je me dis qu'il est fort possible que vous ne l'ayez pas été, poursuit-elle. Que vous ayez été ivre, et furieux au point de vouloir régler vos comptes une bonne fois pour toutes avec Johan. »

Elle laisse le temps aux mots de faire leur effet.

« Et là, tout s'est enchaîné, continue-t-elle. Vous en êtes venus aux mains, et les choses ont dérapé. La mort de Johan a pu être accidentelle. Vous l'avez peut-être poussé, et il s'est fracassé le crâne en tombant… Mais vous deviez effacer les traces. Vous avez mis son corps dans sa fourgonnette, et l'avez caché au bord de la route de Tångböle, histoire que personne ne puisse vous soupçonner. »

Linus est devenu livide. Il fixe Hanna d'un regard rempli de haine, les lèvres pincées.

Plusieurs minutes passent avant qu'il n'ouvre une nouvelle fois la bouche :

« Je ne vous dirai pas un mot sans un avocat. »

Rebecka
2019
novembre

Au volant de sa voiture, Rebecka approche de la maisonnette isolée que leur a prêtée un ami de Johan. La neige scintille dans la lumière dorée de l'après-midi quand elle sort du petit bourg de Kall et s'enfonce dans les bois, en direction de la cabane.

Malgré sa détermination à ne pas revoir Johan, elle n'a pas été capable de résister. Surtout lorsque l'occasion de passer vingt-quatre heures avec lui s'était présentée. Elle avait tant de fois prié, supplié Dieu de lui venir en aide – voilà qu'il semblait enfin l'avoir entendue. De manière inopinée, Ole lui avait annoncé qu'il partait en déplacement avec le pasteur Jonsäter.

Deux jours pendant lesquels elle pourra enfin respirer, sans craindre sa brutalité.

L'autre jour, il lui a décoché un coup d'une telle violence dans le dos qu'elle avait du sang dans les urines le lendemain.

Ça ne fait qu'empirer de jour en jour, comme si Ole comprenait intuitivement qu'elle soupirait pour quelqu'un d'autre – bien qu'il semble impossible qu'il sache ce qui se trame.

Rebecka serre fermement le volant, tentant de repousser ces sombres pensées. Elle aimerait profiter de la beauté du paysage hivernal au lieu de se faire du mauvais sang.

La maisonnette rouge est engoncée dans une couche de neige fraîche d'une blancheur immaculée. Le ciel est d'un bleu presque irréel. Un rayon de soleil ricoche dans le rétroviseur, lui arrachant un sourire.

Tout semble comme dans un rêve. L'idée de passer une nuit avec Johan lui donne le vertige – elle peine à croire que cela va vraiment avoir lieu.

Ici, personne ne peut les surprendre.

Rebecka est prise d'un sentiment de terreur mêlée de jubilation lorsqu'elle se gare et sort dans la neige.

Un bruit de moteur grandit depuis la route, et la voiture de Johan apparaît dans le virage. Rebecka éclate de rire : elle ne peut pas s'en empêcher, sa joie est trop grande. Exaltée, elle rejoint le véhicule à pas pressés dans la poudreuse. Lorsque Johan en descend, elle se jette dans ses bras au point de lui faire perdre l'équilibre, et tous deux tombent à la renverse, serrés l'un contre l'autre.

Ils restent enlacés dans la neige, et Johan l'embrasse avec fougue.

Rebecka se demande si Dieu la regarde. Est-ce lui qui, dans sa miséricorde, lui accorde ce moment ?

Plus tard dans la soirée, ils sont allongés l'un contre l'autre dans l'étroit lit double de l'unique pièce de la maisonnette.

Johan a allumé un feu dans la cheminée, dont les flammes d'un jaune orangé projettent des reflets dansants sur les murs. Ses tempes sont humides et ses cheveux sombres lui dessinent de petites boucles dans la nuque.

Ils ont fait l'amour à plusieurs reprises, d'une manière qu'elle n'aurait jamais crue possible – lentement, avec une infinie tendresse. Johan a tout fait pour que ce moment soit aussi agréable pour elle que pour lui.

Pour la première fois de sa vie, elle a ressenti un plaisir d'une intensité inouïe – un orgasme – qui l'a laissée toute chamboulée.

Johan caresse de son index la peau de sa joue, puis descend le long de son cou, jusqu'à sa clavicule. C'est un geste anodin, mais sa douceur la bouleverse presque jusqu'aux larmes.

Il est tellement attentionné, tellement tendre avec elle, dans le moindre de ses mouvements…

« Je t'aime, l'entend-elle murmurer. Jamais je n'ai été aussi heureux. Pas même quand j'ai remporté la coupe de Suède junior de slalom. »

Il termine sa phrase dans un éclat de rire gêné. Rebecka sourit – Johan lui a parlé de sa carrière sportive : c'est peut-être pour ça qu'à leur première rencontre elle avait eu la vague impression de le connaître.

« Je sais que je vais peut-être un peu vite pour toi, mais… je t'aime », répète-t-il d'une voix trouble.

La véracité de ses paroles ne fait aucun doute. Elle le sait en plongeant dans ses yeux bleus.

Rebecka déglutit.

Moi aussi, je t'aime, aimerait-elle répondre, mais elle est bâillonnée par la peur.

Que se passerait-il si elle venait à l'admettre ? Le Seigneur déciderait-il de la châtier ?

Elle lui caresse la joue pour ne pas avoir à parler.

Un crépitement se fait entendre dans la cheminée, d'où s'envolent de minuscules braises.

« Tu pourrais le quitter », articule Johan lentement.

C'est la première fois qu'il aborde ce sujet. Elle a toujours rechigné à parler d'Ole, mais Johan lui a soutiré des informations en pointillé. Pour le reste, il a lui-même recollé les morceaux.

Ce n'est un secret pour personne dans la région que la communauté religieuse à laquelle elle appartient est fondamentaliste, et que les épouses y sont soumises à leur mari. Rebecka a toujours considéré la différence de traitement entre hommes et femmes comme allant de soi. Ce n'est qu'assez récemment qu'elle a commencé à se demander pourquoi, au juste, les hommes devaient décider et les femmes obtempérer.

Pourquoi elle a si peu de contrôle sur sa propre vie.

Les yeux de Johan parcourent sa peau, et s'arrêtent sur les nouveaux hématomes qui lui couvrent le dos – ceux qu'elle espérait pouvoir lui cacher.

On voit précisément où Ole lui a mis des coups de pied.

« Il n'a pas le droit de te maltraiter comme ça, souffle-t-il. Laisse-moi t'aider…

— Chut… »

Rebecka ne veut pas gâcher ce précieux moment avec Johan en évoquant son mari. Ole lui a déjà tout pris. Ces vingt-quatre heures sont à elle, à elle seule, elle ne veut pas voir son ombre noire planer au-dessus.

« Tu ne lui appartiens pas, tu sais, insiste Johan. Dis-toi qu'on pourrait vraiment être ensemble, toi et moi, construire un avenir tous les deux. »

Il lui pose un baiser sur le front.

« Je vais demander le divorce. Marion et moi, on s'est beaucoup éloignés ces dernières années. On n'a plus vraiment de vie de couple, on se comporte plutôt comme deux amis, ou comme un frère et une sœur. »

Quoi qu'il dise, il est évident qu'il a mauvaise conscience. Rebecka ne l'en aime que davantage, le voyant aussi clairement tiraillé par la culpabilité vis-à-vis de son épouse.

Johan est bienveillant, empathique. Un homme bon, tout simplement.

« J'étais très jeune quand on s'est rencontrés. Vingt-deux ans. Je ne comprenais pas réellement ce qu'était l'amour. »

Il a l'air peiné.

« Si on avait eu des enfants, les choses auraient peut-être été différentes, mais ça ne s'est pas passé comme ça. »

Rebecka se reconnaît, elle aussi, dans ce rêve de fonder une famille.

« Pourquoi vous n'en avez pas eu ? s'entend-elle lui demander.

— Ça n'a pas marché, malheureusement. J'imagine qu'on n'était pas faits pour devenir parents. Maintenant, c'est trop tard : Marion a quarante-quatre ans. »

Il a un sourire triste.

« J'aurais adoré être père, emmener les bambins faire de la luge, leur apprendre à skier… J'ai toujours rêvé d'une famille nombreuse. »

La voix de Johan est douce, veloutée ; Rebecka pourrait rester des heures à l'écouter. Elle se souvient avec quelle douceur il avait consolé le petit Frans, lors de leur rencontre au jardin d'enfants, en le berçant tendrement dans ses bras.

Johan aurait fait un papa merveilleux.

L'image d'Ole lui revient. Pour la première fois, elle se sent réellement soulagée de ne jamais être tombée enceinte de lui.

« Je tiens toujours énormément à Marion, poursuit Johan. Mais ça ne suffit pas. Poursuivre cette relation ne serait juste ni pour elle ni pour moi. Et puis, elle ne se sent pas chez elle en Suède, elle a souvent le mal du pays – je sais qu'elle aimerait retourner vivre en Allemagne. »

Rebecka se presse contre son épaule.

« J'ai envie qu'on soit ensemble, dit Johan d'une voix douce. Je ne pense qu'à ça. C'est toi que j'ai dans la tête en permanence, quand je me réveille, quand je me couche… J'ai toujours envie d'être avec toi. »

Il relève avec précaution le menton de Rebecka avec deux doigts, et laisse ses lèvres effleurer doucement les siennes.

« Rebecka, mon amour, je veux des enfants avec toi… Si tu en as aussi envie, évidemment. »

Rebecka est incapable de répondre. C'est son souhait le plus cher de devenir mère, mais c'est impossible. Elle est infertile.

Johan interprète son silence de travers.

« On pourrait aussi en adopter, vu mon… incapacité, précise-t-il, soudain tendu. On en a parlé avec

Marion, mais elle n'a pas voulu sauter le pas. Pourquoi pas toi et moi ? »

Rebecka bataille contre les larmes. Ce serait si merveilleux qu'il devienne le père de ses enfants. Ils sont faits l'un pour l'autre – elle l'a senti instinctivement, dès leur première rencontre. Comme si le destin avait décidé, contre toute attente, de les réunir.

Elle enfouit son visage contre la poitrine de Johan. Sa gorge est serrée de sanglots retenus. Bien sûr, elle aimerait elle aussi se projeter dans une vie avec lui. Mais ils ne peuvent pas continuer ainsi, ils doivent cesser de se voir.

Ils n'ont pas d'avenir ensemble : il est vain de vouloir rêver à une idylle sans nuage pour le restant de leurs jours.

Elle peut faire croire tout cela à Johan, mais elle n'est pas dupe – et Jésus l'est encore moins. Elle a déjà un avenir tout tracé auprès d'Ole, comme femme de pasteur au sein de la communauté Lumière de vie.

Cette nuit est la seule qu'elle puisse s'offrir à ses côtés.

Demain, elle devra retourner au foyer, poursuivre ses œuvres au milieu des siens et répandre la parole de Dieu sur la terre auprès de ses amis et de ses proches.

Elle ne peut pas rompre avec sa vie, pas même pour suivre Johan.

Ces vingt-quatre heures passées avec lui sont un cadeau précieux, rien de plus : elle devra se contenter d'en chérir le souvenir.

30

Le soleil s'est couché derrière les arbres quand Hanna et Daniel retournent au commissariat pour un rapide débrief.

Daniel s'installe dans la salle de réunion. La journée a été longue, avec de nombreuses heures de route. Il se frotte les yeux. Leur dernier échange avec Linus Sundin l'a totalement vidé de son énergie. Daniel avait espéré que l'homme finirait par craquer sous leurs yeux – au lieu de ça, il a refusé de continuer l'entretien sans la présence d'un avocat.

Dans sa manière de s'exprimer, Linus avait tout d'un coupable.

Par ailleurs, il était clairement loin d'être sobre et s'est montré très agressif – une facette de sa personnalité qu'il s'était bien gardé de montrer jusqu'alors. Ils ont spéculé sur l'éventualité que Linus soit l'auteur du meurtre. Vu la brutalité qu'il leur a donnée à voir, Daniel n'a plus aucun mal à se le représenter.

Linus, en état d'ébriété, pourrait absolument avoir fait le coup.

La porte s'ouvre, et Anton et Raffe entrent dans la pièce. Derrière eux, Hanna apparaît, deux tasses de thé fumant à la main. Elle pose la première devant Daniel et s'installe à ses côtés.

« Je t'ai mis du lait, comme tu aimes », lui dit-elle à l'oreille.

Il lui lance un regard obligé.

Anton sort son carnet de notes.

« Nous avons un témoin crédible qui s'est manifesté au sujet de la fourgonnette de Johan Andersson, révèle-t-il.

— Raconte », enchaîne Daniel.

Une bonne nouvelle ne serait pas de trop.

« Un père de famille l'a aperçue garée au bord de la route Klubbvägen, au sud de la déchetterie de Staa, vendredi vers vingt et une heures. Il conduisait sa fille et une amie à elle à une fête. Quand il est repassé les chercher, vers minuit, le véhicule avait disparu.

— Parfait, s'exclame Hanna. Ça nous confirme le timing. »

Anton poursuit son récit :

« Si la camionnette a attiré son attention, c'est parce qu'il avait fait appel à l'entreprise en novembre, pour réparer des sanitaires. Il a reconnu le nom de la boîte.

— Ça colle parfaitement avec la théorie de Carina, recoupe Hanna. Selon elle, le corps a probablement été abandonné sur la route de Tångböle autour de minuit, au vu de la quantité de neige qui le recouvrait. Après le passage de Johan chez Linus, quelqu'un a donc conduit la fourgonnette à Staa, mais pas jusqu'à la route Dalövägen, où vit Johan. Ils ont fait une halte sur la route Klubbvägen.

— On peut se demander pourquoi cette longue halte là-bas, s'interroge Raffe en fouillant dans sa poche pour en sortir sa boîte de tabac à chiquer.

— Si le véhicule dispose d'un traceur ou d'un journal de bord électronique, on le comprendra peut-être », fait remarquer Daniel.

Carina devait creuser le sujet, mais elle ne s'est pas encore manifestée.

« Le meurtrier a peut-être été pris de panique, et a voulu se poser pour réfléchir ? suggère Hanna. Si c'est Linus qui a tué Johan dans un soudain accès de rage, il n'avait probablement pas de plan précis.

— C'est tout à fait possible », acquiesce Daniel.

L'échange de cet après-midi avec Linus s'est avéré instructif à bien des égards. Il semble avoir du mal à contrôler ses pulsions, surtout s'il a bu.

« On peut se demander si Johan était déjà mort quand la fourgonnette a été garée au bord de la route Klubbvägen, spécule Anton en se caressant le menton. Ou s'il gisait dans une mare de sang sur le sol du véhicule, et qu'il n'est décédé que plus tard ? »

Daniel voit les yeux d'Anton glisser vers les photographies punaisées au mur, où apparaît le visage en charpie de Johan.

« On lui souhaite presque d'avoir été inconscient, le pauvre… Qu'il n'ait pas trop souffert. »

Un silence gêné emplit la pièce.

« Après l'arrêt sur la route de Tångböle, le tueur est vraisemblablement reparti en direction du lac Gevsjön, reprend Hanna après une bonne minute. Pour y cacher le véhicule derrière la grange, là où on l'a retrouvé hier. »

Daniel visualise le trajet : ils commencent désormais à se faire une idée précise du déroulement des événements.

À une exception près, et non des moindres : qui était au volant de la fourgonnette ?

31

À son retour au chalet, Hanna est happée par le fumet divin d'un ragoût de gibier. Un repas fait maison qui l'attend à son retour du travail, c'est un plaisir auquel elle n'est guère habituée.

Lydia s'affaire dans la cuisine, revêtue d'un tablier en cuir brun. Comme à son habitude, elle affiche un look à la fois chic et épuré – un col roulé en tricot gris sur un jean noir de créateur. Tout tombe à la perfection, jusqu'à ses cheveux, qui ont pourtant, selon toute vraisemblance, passé la journée étouffés sous un casque de ski.

Hanna a tout à coup honte de son apparence négligée – ce matin, elle a enfilé les premiers vêtements venus avant de courir au boulot. Elle n'a même pas eu le temps de se mettre un coup de mascara.

« Ah, te voilà ! lance Lydia en la voyant. Tu tombes à pic, le dîner est quasiment prêt.

— Oh, merci, c'est adorable ! s'écrie Hanna. Je meurs de faim. »

Elle hume l'air avec un sourire gourmand.

« Mais tu sais, il ne faut pas que vous m'attendiez pour manger le soir ! ajoute-t-elle par précaution. Je vais avoir des horaires très irréguliers cette semaine. On bosse comme des fous sur cette nouvelle affaire. »

Lydia est avocate : elle sait bien qu'il serait vain de poser des questions sur une enquête criminelle en cours. Au lieu de cela, elle porte à ses lèvres une cuillerée de sauce, qu'elle jauge avec un petit bruit satisfait.

« Les enfants ne sont pas là ? demande Hanna.

— Richard les a emmenés se baigner au Copperhill. Ils ne devraient pas tarder. »

Voilà qui doit être bien agréable. L'hôtel Copperhill est à cinq minutes du chalet en voiture, et dispose d'un extraordinaire complexe aquatique.

« Je peux mettre la table en attendant », propose Hanna.

Elle ouvre un tiroir et en sort cinq grandes assiettes en grès, avant de préparer les verres et les couverts.

« Au fait, maman a téléphoné, lance Lydia en passant.

— Ah oui ? »

Hanna sent une boule soudaine au creux de l'estomac. Qu'est-ce que sa mère est encore allée raconter à Lydia ?

« Elle m'a dit que tu t'étais fâchée quand elle t'a appelée l'autre jour.

— On se demande bien pourquoi », marmonne Hanna.

C'est peut-être rancunier de sa part, mais elle n'a toujours pas digéré que sa mère continue sciemment à fréquenter Christian. Qu'elle prenne son parti plutôt que celui de sa propre fille.

Certes, Hanna n'a pas d'enfants ; mais si elle en avait eu, jamais elle ne leur aurait fait une chose pareille.

« Qu'est-ce que ça peut faire, au fond ? ajoute-t-elle. De toute manière, c'est avec toi qu'elle préfère parler. »

Ce commentaire était inutile – ça n'est pas la faute de Lydia si elle est sa favorite depuis toujours. Leur mère voulait un seul enfant : le triangle familial était parfaitement harmonieux avant qu'Hanna ne vienne tout gâcher en débarquant sans crier gare.

Par ailleurs, mère et fille sont comme le jour et la nuit. Personnalité, valeurs, tout diverge. Le monde de sa mère n'est que paraître : elle est obsédée par la manière dont on la perçoit. Sa vie – y compris celle des membres de sa famille – doit toujours être en tout point parfaite.

Lydia, diplômée du barreau, s'en sort haut la main tandis qu'Hanna, avec sa carrière dans la police et son combat pour la défense des femmes battues, est plutôt source d'embarras.

Même l'agression de Barcelone, qui reste pour elle une blessure encore à vif, a été vécue comme une insulte par sa mère. Non pas parce que Hanna a été blessée et agressée physiquement mais parce qu'au fond Ulla a honte d'être la mère d'une femme violée. Leurs visions respectives des femmes sont profondément irréconciliables, au point qu'Hanna se demande parfois s'il ne vaudrait pas mieux rompre une bonne fois pour toutes avec sa génitrice – peut-être serait-ce plus simple pour tout le monde ?

Lydia soupire et ouvre le four pour surveiller la cuisson des pommes de terre.

« Excuse-moi, se reprend Hanna. Mais tu sais comment elle est. Si c'est moi qui l'appelle, elle trouvera toujours quelque chose à me reprocher. Si je ne l'appelle pas, elle ira s'en plaindre auprès de toi. »

Elle ne mentionne pas le dîner avec Christian, elle n'a pas la force d'évoquer ce sujet pour l'instant.

Elle abat les derniers couverts sur la table d'un coup sec, dans un grand bruit métallique.

« Quoi que je fasse, ça n'est jamais assez bien.

— Ce n'est pas vrai.

— Mais si ! »

La voix d'Hanna se fait tranchante.

« Maman n'aime pas que je sois célibataire, ça n'entre pas dans sa vision de la famille parfaite. Elle se sent personnellement offensée par ma séparation d'avec Christian : il était le gendre idéal, du moins à ses yeux. Elle prend tout ça pour elle, alors que je n'y étais pour rien. »

Rien qu'à repenser à la conversation de samedi, Hanna sent monter une nouvelle vague de colère et de déception. Elle attrape un tas de serviettes en papier, qu'elle dispose sur les assiettes. À son grand agacement, ses yeux s'embuent de larmes.

Sa mère l'a blessée un nombre incalculable de fois. Il lui a fallu des années pour se bâtir une carapace assez solide pour se défendre – et elle se porte d'autant mieux lorsqu'elle ne lui parle pas.

Dieu merci, ses parents sont maintenant installés à Nerja, en Espagne, ce qui rend cette stratégie assez simple à appliquer.

« Tu sais, elle commence à se faire vieille, fait remarquer Lydia.

— Elle n'a que soixante-quinze ans.

— Vous ne devriez pas, quand même, essayer de faire la paix, toutes les deux ? »

Lydia s'approche de sa sœur et lui masse l'épaule.

« On peut changer de sujet ? » fait Hanna d'une voix brisée.

Sa vision s'est troublée ; elle doit cligner des yeux pour voir à nouveau clair.

« Il faut que j'aille aux toilettes », s'excuse-t-elle en quittant la pièce.

32

Anton soupire devant la longue file d'attente à la caisse de la supérette de Duved.

Il a attrapé les premiers aliments qui lui tombaient sous la main : un paquet de spaghettis et des boulettes de viande surgelées qu'il fera revenir à la poêle. Pour une fois, il ne pense ni à ses apports en glucides ni à sa prochaine séance de sport : il veut simplement rentrer chez lui, dîner et se mettre au lit.

Ses oreilles sifflent de fatigue. Il a enchaîné trop de nuits de quatre ou cinq heures de sommeil. Ce soir, il se couche tôt.

Son sac de courses dans une main, il sort du magasin et traverse en biais Karolinervägen. Il ne peut pas s'empêcher de tourner la tête en direction de chez Carl, quelques centaines de mètres plus à l'est. Duved est une toute petite bourgade : il est incroyable qu'ils ne se soient jamais croisés avant cette soirée en boîte. Mais Carl est un peu plus âgé que lui, c'est peut-être l'explication. Par ailleurs, il a vécu plusieurs années à Gävle avant de revenir au bercail…

Il fait nuit noire et un froid glacial ; Anton doit braver les bourrasques de neige pour rentrer chez lui. Tout son corps frissonne de froid et de fatigue.

Pourtant, la tentation est forte de faire un détour pour passer devant l'immeuble de son amant d'un soir.

Ça n'allongerait son trajet que de quelques minutes.

Il hésite un instant, puis fait demi-tour.

Arrivé devant le parking de la résidence, Anton s'arrête et pose son sac de courses sur le sol. Il se frotte les mains pour les réchauffer un peu. Le mercure a encore baissé, il fait moins quinze à présent. Les stalactites s'alignent comme une rangée de longues dents sous le toit surplombant la fenêtre de chez Carl, au deuxième étage. La glace transparente scintille faiblement dans la lueur des réverbères. La lumière est éteinte : il semble n'y avoir personne à l'intérieur.

Il n'est donc pas chez lui ce soir, se dit Anton. Puis il se reprend : ça ne le regarde pas, et d'ailleurs il n'a rien à faire là. Il lui est interdit d'entrer en contact avec Carl tant que l'enquête sera en cours.

Mais qu'est-ce qui lui a pris ?

Il s'apprête à ramasser son sac en soupirant, quand il entend quelqu'un crier son nom.

« Anton ? »

Carl marche vers lui depuis l'église, située un peu plus loin de l'autre côté de la rue. Il porte un bonnet à pompon bleu. Des flocons de neige se superposent au motif tricoté, formant un voile cotonneux qui donne au couvre-chef l'allure d'une peluche.

Il lui fait toujours le même effet que la veille.

« Il me semblait bien que c'était toi », dit Carl, un étonnement joyeux dans la voix.

Anton rougit – il y a une éternité que ça ne lui était pas arrivé.

« Je voulais juste… »

Il perd tous ses moyens. Qu'est-ce qu'il voulait, d'ailleurs ? Il ne trouve aucune explication valable. Tout ce qu'il sait, c'est qu'il ferait mieux de filer au plus vite avant d'être encore plus embarrassé.

« C'était un peu gênant, hier », lâche-t-il, les joues brûlantes.

La mine sérieuse de Carl n'est pas pour arranger les choses.

« Pourquoi tu ne m'avais pas dit que tu étais flic ? »

Là non plus, Anton ne trouve rien à répondre.

Il évite généralement de mentionner son métier lors d'une première rencontre. Il sait d'expérience que les gens prennent alors leurs distances ou posent un million de questions. Il arrive aussi qu'il doive subir un exposé de tout ce que la police fait de travers.

« Je n'avais pas prévu de tomber sur toi dans le cadre d'une enquête pour homicide », lâche-t-il.

Il n'y a dans cette phrase aucune chaleur ni aucune excuse. C'est particulièrement maladroit, surtout sachant que Carl vient de perdre son meilleur ami.

Anton regrette immédiatement ses propos.

Carl semble à la fois surpris et blessé.

« Je veux dire que j'ai été aussi désemparé que toi, ajoute Anton, avec l'impression de ne faire qu'aggraver la situation. Pardon, ce que j'ai dit manque vraiment de tact. »

Il détourne le regard. Le vent s'engouffre dans un emballage en plastique vide posé au sol, qui s'envole dans un tourbillon avant de disparaître au loin dans la nuit noire.

À ce moment précis, Anton aimerait faire exactement la même chose.

« Pardon, répète-t-il. Je ne voulais pas te blesser.

— Il n'y a pas de mal, répond Carl, avant de poursuivre, hésitant. Tu veux… monter discuter un moment ? »

C'est bien la dernière chose qu'il devrait faire.

Pourtant, Anton accepte d'un hochement de tête, et suit Carl jusque dans l'escalier.

Rebecka
2020
janvier

Les vacances de Noël sont enfin terminées. Il fait encore nuit quand Rebecka déverrouille la porte d'entrée du jardin d'enfants Perce-neige. Il règne un froid de canard en cette matinée de janvier ; les fenêtres sont encadrées de givre. Il lui suffit pourtant de franchir le seuil pour sentir un poids immense se soulever de sa poitrine.

Il est enfin temps de reprendre le travail après le week-end de l'Épiphanie. Comme elle a attendu ce moment ! Bien qu'elle ait eu fort à faire au sein de la communauté en cette période de fête – la célébration de la naissance de Notre-Seigneur –, ces congés ont été très éprouvants pour elle. Tous ces regards confiants posés sur Ole lors de ses prêches interminables ! Elle s'est sentie insultée. Sans compter qu'il lui fallait entonner en chœur d'innombrables chants de louanges. L'air dans la communauté Lumière de vie lui est devenu irrespirable.

Chaque seconde qui passe, elle se languit de Johan. Elle a refusé de le revoir depuis leur idylle dans la maisonnette, en novembre, et cela n'a fait que renforcer son obsession. Il lui a fallu une volonté de fer pour réfréner le désir. Il est l'amour de sa vie, elle en est certaine désormais – mais à quoi bon ?

Ils n'ont aucun avenir ensemble. Elle est l'épouse d'Ole.

Johan lui manque tellement que la sensation est physique – comme une plaie béante qui ne pourrait guérir que s'il se trouvait auprès d'elle. Chaque soir, elle supplie le Seigneur de lui venir en aide, et de la libérer de cette vaine passion qui la consume. Mais ses prières ne sont pas entendues.

Elle n'y arrivera pas seule.

Tout, désormais, lui fait penser à Johan. À sa manière de la regarder, de la toucher. À ces heures passées enlacés, au cours de cette nuit délicieuse.

Quand Ole cherche son corps dans la chambre à coucher, elle doit se mordre les lèvres pour ne pas laisser transparaître son dégoût.

Elle se persuade que c'est là sa pénitence, la croix qu'elle devra porter. Elle doit bannir toutes ces pensées interdites concernant Johan : *il le faut*. Chaque jour est une lutte – et la situation ne fait que se dégrader avec Ole. Bien qu'elle fasse de son mieux pour se plier à ses volontés, le ton est monté à plusieurs reprises durant les fêtes. Ole a saisi le moindre prétexte pour la châtier.

S'il apprenait ce qui s'est passé entre elle et Johan…

Elle en a la chair de poule.

Ole serait capable du pire, s'il l'apprenait. Elle a abandonné tout espoir qu'il change. La violence ne fait que s'accroître, comme s'il avait rompu une bride invisible qui jusque-là l'avait retenu.

Elle accroche son manteau à la patère avec un gémissement.

Le haut de son bras la fait souffrir depuis leur dernière dispute. La poigne de fer d'Ole a laissé des traces visibles sur sa peau. La douleur remonte jusqu'aux épaules et à la nuque. Rebecka est dans un état de tension permanente en ce moment. Dès qu'Ole est dans les parages, tout son corps se contracte instinctivement.

Rebecka ôte son bonnet et secoue sa chevelure.

Elle se réjouit d'avoir devant elle une journée entière à Perce-neige. La crèche est pour elle un sanctuaire, la seule chose qui la maintient debout. Elle se surprend parfois à rêver d'une autre vie – une vie comme celle de Maria, où elle aurait le droit de prendre ses propres décisions. Maria peut probablement gérer elle-même son argent, alors que le salaire de Rebecka est versé directement sur le compte d'Ole.

Les mots de Johan lui sont restés en mémoire :

Il n'a pas le droit de te maltraiter comme ça.

C'est facile à dire, mais qu'est-elle censée faire ? Son destin est tout tracé : elle appartient à la communauté Lumière de vie et devra cheminer dans la vallée du Seigneur pour le restant de ses jours.

Dieu la met à l'épreuve.

Et puis, si tant est qu'elle arrive à prendre son courage à deux mains pour raconter ce qu'Ole lui fait subir, expliquer pourquoi elle souhaite le quitter, qui la croirait ?

Aux yeux de tous, c'est un homme exemplaire.

Le silence règne dans le local. Rebecka se détend, pour la première fois depuis des semaines. Les fenêtres sont encore décorées de grandes étoiles lumineuses en papier, dont la douce lueur prolonge encore un peu l'ambiance de Noël. Maria n'arrive que dans une demi-heure ; Rebecka a encore un moment à elle.

Elle se rend dans la salle de repos et se prépare un café. Mais elle lui trouve une drôle d'odeur : elle fait la grimace en reposant la tasse, puis jette un œil au paquet de café moulu. Pourtant, la date de péremption n'est pas dépassée.

Une vague de nausée la traverse brusquement. Elle a tout juste le temps de filer aux toilettes avant de vomir. Il lui faut plusieurs minutes avant de pouvoir se remettre debout, et elle doit s'appuyer au lavabo pour ne pas tomber en se rinçant la bouche.

Dans le miroir, elle est pâle, les yeux creusés, malgré tous les buffets de Noël qui l'ont pourtant bien remplumée. Ole ne s'est pas privé de le faire remarquer une fois ou deux sur un ton acerbe. Son pantalon est serré à la taille, la plupart de ses vêtements la boudinent. Elle s'est déjà promis d'arrêter pour un temps les gâteaux et les sucreries.

Rien que de penser à la nourriture, elle a un nouveau haut-le-cœur.

Ses yeux sont attirés par son bas-ventre, qui s'est légèrement arrondi. Ces derniers jours, même son soutien-gorge était inconfortable, comme s'il était devenu trop petit. Elle n'a tout de même pas pu manger à ce point ?

Une pensée commence à se faire jour, inimaginable au point qu'elle peine à la formuler.

Rebecka pose la main sur sa bouche, et voit dans le miroir son visage hébété.

Se pourrait-il qu'elle soit… enceinte ?

Elle sent ses jambes se dérober, et se laisse tomber sur le sol de la salle de bain. Le front contre les genoux, elle doit prendre quelques profondes respirations pour retrouver ses esprits.

Son pouls s'emballe.

C'est impossible, insensé ! En presque sept ans de mariage avec Ole, elle n'est jamais tombée enceinte. Rien, pas même une fausse couche. Comment pourrait-elle attendre un enfant après des années de tentatives infructueuses ?

À moins que…

C'est la seule explication.

Enfiévrée, elle se met à compter sur ses doigts. Cela fait six ou sept semaines qu'elle a passé la nuit avec Johan. Elle n'avait pas eu l'idée de se protéger, d'autant qu'elle se pensait infertile, et que d'après ses dires Johan semblait l'être lui aussi.

Pourtant, tous les signes concordent.

Elle n'a pas eu ses règles depuis la fameuse nuit. Comme elles sont souvent irrégulières, elle ne s'en est pas inquiétée. Il faut dire aussi que la situation avec Johan a occupé l'essentiel de ses pensées.

Rebecka caresse son bas-ventre du bout des doigts. Serait-il possible qu'un petit être soit en train de grandir là, sous sa peau ?

Elle se lève et observe son reflet. Elle remonte son pull pour s'examiner.

Vu de profil, il est indubitable que son ventre paraît plus gonflé que d'habitude. Ses seins, surtout, ont pris du volume.

C'est une véritable catastrophe, mais la joie prend pourtant le dessus : Rebecka ne peut réprimer un éclat de rire. Cela fait tant d'années qu'elle rêve de devenir mère, d'avoir enfin un bébé à elle. Plus d'une fois, elle s'est cachée pour pleurer en voyant se multiplier autour d'elle les ventres ronds et les nouveau-nés.

Et voilà qu'elle-même s'apprête à devenir maman ! Le Seigneur a finalement décidé de lui accorder ce merveilleux présent.

Mais très vite, l'angoisse la rattrape.

Sans être très à cheval sur les dates, elle peut situer approximativement ses dernières règles. Et les semaines suivant la nuit avec Johan, elle est parvenue à esquiver toutes les tentatives d'approche de son mari – l'idée de le sentir en elle lui paraissait insoutenable.

Johan est le père de l'enfant, c'est certain. C'est la seule explication. Ole et elle ont essayé de concevoir pendant sept ans. La probabilité qu'ils y soient soudainement parvenus est infime, ce serait la plus incroyable des coïncidences. Rebecka se rappelle avoir récemment lu des choses sur ce phénomène : certains couples sont incapables de concevoir ensemble sans qu'aucun des deux soit techniquement stérile. Il suffit qu'ils rencontrent quelqu'un d'autre pour que se produise une grossesse-surprise.

Par extraordinaire, c'est ce qui semble leur être arrivé, à Johan et elle.

Son corps entier se met à trembler. Elle est enceinte de Johan. La panique fait monter des larmes horrifiées ; Rebecka plonge la tête dans ses mains avec un gémissement sonore.

Ole ne doit jamais découvrir qu'elle porte l'enfant d'un autre. Depuis toutes ces années, son désir de contrôle et sa violence n'ont fait que croître. Si son secret était dévoilé, la fureur de son époux n'aurait plus aucune limite.

Il serait capable du pire, elle le sait. Il s'en prendrait à elle aussi bien qu'à Johan.

33

Daniel a à peine terminé de manger qu'Ida se lève, débarrasse son assiette et la range dans le lave-vaisselle. Étant donné l'heure à laquelle il est rentré, c'est elle qui s'est occupée du repas – d'habitude, c'est lui qui est responsable du dîner. Il faut vraiment qu'il rentre plus tôt demain : il tentera de se rattraper en cuisinant des pâtes à la sauce tomate et au basilic frais, l'un de leurs plats préférés.

Ida s'est arrêtée devant l'évier. Elle lui tourne le dos. Elle n'a pas dit grand-chose de tout le repas – et même de toute la soirée.

« Tout va bien ? » demande-t-il d'une voix prudente.

Ida se retourne. Ses yeux brillent de manière préoccupante.

« Ça ne va pas recommencer comme en décembre ? lance-t-elle avec une tension dans la voix. Tu n'étais jamais là. »

Daniel lui oppose un sourire qui se veut rassurant.

« Ne t'inquiète pas. Je fais de mon mieux, je te le promets. »

Il n'est pas du tout certain qu'il puisse tenir cette promesse, mais ça, il ne peut pas se permettre de le dire. Ida est déjà manifestement affectée.

« Tout le monde ne parle que du meurtre de Johan, poursuit-elle. L'adjoint au tourisme a été interviewé à la télé aujourd'hui, il a dit que c'était important pour Åre que l'affaire soit résolue au plus vite. Est-ce que ça ne veut pas dire que tu vas devoir te tuer à la tâche ? »

Ida a raison. Les enquêtes pour homicide sont si prenantes qu'elles laissent à peine le temps de dormir – Daniel le sait bien, surtout depuis ses années à Göteborg.

« Et si tu te mettais en danger ? souffle-t-elle avec un tremblement dans la voix. On dit que le meurtre a été ultraviolent. J'imagine que vous allez devoir prendre en chasse le suspect ?

— Ne t'en fais pas, je gère, lui assure-t-il. Et nous avons plus de ressources, cette fois-ci. Hanna nous a rejoints depuis le début de l'enquête. Sa présence nous soulage beaucoup, elle a une longue expérience à la police de Stockholm.

— Mais je m'en fous de cette Hanna ! assène Ida quasiment en criant. C'est pour toi que je m'inquiète, tu ne comprends pas ?

— Ma chérie… », fait Daniel pour tenter de la rassurer.

Il s'avance vers elle pour l'enlacer, mais elle repousse son bras. Des larmes de rage et d'impuissance roulent sur sa joue.

« Tu es tout le temps parti. Ça m'angoisse, ça me fait peur. J'ai essayé de t'appeler plusieurs fois aujourd'hui et tu ne m'as pas répondu. »

Les deux fois où Ida a téléphoné, il était en plein interrogatoire. D'abord, chez les parents de Johan, puis dans la maison de Linus. Il ne pouvait pas se permettre de décrocher au beau milieu d'une conversation sensible.

Évidemment, il aurait dû la rappeler lorsqu'il était sur la route avec Hanna – mais tous deux avaient passé le plus clair de leurs trajets à débriefer. Ils avaient ensuite directement enchaîné sur une réunion au poste.

« Pardonne-moi. Ça n'était pas mon intention de te mettre dans cet état. On était en plein interrogatoire, Hanna et moi, et… »

Ida le coupe :

« Ah, parce qu'elle était là aussi ? Contente de savoir qu'elle, au moins, elle profite de ta présence. »

En un instant, sa tristesse s'est muée en une colère teintée d'ironie.

Daniel a sans doute mentionné Hanna quelques fois au cours des derniers mois – il en a peut-être même dit du bien. Mais ça n'est pas allé plus loin. Hanna avait permis une avancée décisive dans l'affaire d'Amanda, pour laquelle elle avait failli payer de sa vie.

L'irritation le gagne, mais il n'a vraiment pas envie d'une dispute ce soir. Pourquoi Ida s'en prend-elle à Hanna ? Elle n'a rien à voir avec le sujet. Bien au contraire : sans sa coopération, Daniel devrait consacrer plus d'heures encore à l'enquête.

Mais ce n'est probablement pas le moment de le souligner.

« Tu ne comprends pas à quel point c'est difficile ? se lamente Ida, des sanglots dans la voix. Quand tu ne me réponds pas, je m'attends au pire : je m'imagine que tu es peut-être blessé, qu'on va venir frapper à la porte pour me dire qu'il t'est arrivé quelque chose d'horrible…

— Mais, ma chérie… »

Daniel fait une nouvelle tentative pour prendre Ida dans ses bras – cette fois-ci, elle n'oppose aucune résistance. Elle pose le front contre son épaule et laisse échapper un sanglot étouffé.

« Tu n'as pas à avoir peur, lui murmure-t-il à l'oreille. Je te promets d'être prudent. Il ne se passera rien. »

Ida hoche la tête en silence. Un cri monte depuis la chambre d'enfant.

« Je vais m'en occuper, lance-t-il, prenant les devants. Repose-toi un peu. Tu ne veux pas te faire couler un bain ?

— Ça ira, merci. »

Elle esquisse un sourire voilé et disparaît dans la chambre. Daniel se laisse tomber sur une chaise dans la cuisine. Il le sent, la conversation était à deux doigts de dégénérer. Pourtant, il ne s'est pas mis en colère, et n'a même pas élevé la voix.

On dirait qu'Ida est en train de partir sérieusement en vrille. Ça n'est pas bon signe qu'elle implique Hanna dans leurs échanges.

Avec un soupir, il se lève, range à son tour son assiette dans le lave-vaisselle et se dirige vers la chambre d'Alice.

Il essaie vraiment de faire des efforts, et pourtant ça n'a jamais l'air de suffire.

34

Marion somnole dans le canapé quand elle est réveillée par un bruit non identifié.

Il semble venir de la porte d'entrée.

Les yeux dans le vague, elle regarde autour d'elle. Elle a dû s'effondrer d'épuisement dans le salon. Il semble être assez tard : il fait nuit dehors, mais le ciel est dégagé. Une demi-lune brille à travers la fenêtre, répandant une lueur fantomatique sur les meubles.

Serait-il déjà minuit ?

Avant qu'elle n'ait le temps de se lever, un nouveau bruit résonne dans l'entrée. On dirait qu'une main tire sur la poignée.

Quelqu'un tente de pénétrer chez elle.

Marion sent les poils se hérisser sur ses bras. Elle se recroqueville, ferme les yeux, tente de se convaincre que ce n'est rien de grave. Si elle reste sans bouger et feint d'être absente, l'individu finira bien par partir.

Le carillon de la sonnette déchire le silence. Marion n'ose pas bouger d'un pouce.

La sonnerie retentit avec insistance, et ne semble pas vouloir s'arrêter.

Le cœur de Marion tambourine dans sa poitrine. Où est son téléphone ? Elle n'ose pas se lever pour le chercher.

La maison vibre du tintement obstiné de la sonnette. C'est insupportable.

Marion se lève et avance à pas feutrés dans l'entrée. À travers la vitre givrée de la porte, elle aperçoit une ombre imposante qui s'allonge sur les marches de l'escalier extérieur.

Elle sent comme une décharge électrique à travers son corps. On dirait Johan. Mon Dieu, est-il revenu d'entre les morts ?

Et puis elle entend une voix masculine furieuse.

« Ouvre-moi ! »

Marion suffoque.

« Je sais que tu es là ! »

Elle reconnaît ce timbre : c'est Linus. Il a l'air aussi furieux que ce jour, au bureau, où elle a bien cru qu'il allait se battre avec Johan.

Il tambourine à la porte, écrase une nouvelle fois la sonnette.

Marion jauge la pièce du regard. Rien pour se défendre. Ses yeux s'arrêtent sur la fenêtre panoramique du séjour, et sur les portes vitrées qui donnent sur la terrasse.

Il suffirait à Linus de briser un carreau pour être chez elle en deux secondes.

Le bruit de la sonnette résonne entre les murs de la maison.

« Ouvre, bordel ! »

La silhouette puissante de Linus se dresse devant la porte d'entrée, qui tremble sous une nouvelle bordée de coups. Dans la lumière de l'éclairage extérieur, son ombre passe de gauche à droite, comme celle d'un vagabond désaxé qui chercherait à entrer par effraction.

Marion s'adosse au mur de la cuisine. Elle tremble de la tête aux pieds. Elle regarde autour d'elle, paniquée : là, sur le plan de travail, à droite de la cuisinière, ses yeux s'arrêtent sur le bloc à couteaux qu'on avait offert à Johan pour ses trente ans. C'est lui qui cuisinait le plus souvent – elle, ça ne l'a jamais vraiment intéressée.

Sa gorge se serre à l'idée qu'ils ne dîneront plus jamais ensemble.

« Ouvre cette porte ! hurle Linus à nouveau. Ou je la défonce ! »

D'instinct, elle tend le bras vers le grand couteau de chef, le préféré de Johan, planté au milieu du bloc. Sa large lame brille dans le clair de lune. Le fil, elle le sait, est parfaitement aiguisé – Johan s'en assurait régulièrement.

Elle ferme la main droite sur le manche.

« Tu vas ouvrir, connasse ? s'époumone Linus. Ouvre-moi, ou je trouverai une autre manière d'entrer ! »

Marion hésite un instant, puis retourne devant la porte. En un seul mouvement, elle tourne le verrou à la hâte et fait un pas en arrière.

Elle serre le couteau derrière son dos, sans vraiment savoir si sa présence la rassure ou s'il ne fera qu'envenimer la situation.

Ses mains sont moites, glissantes.

D'un geste brusque, Linus ouvre grand la porte ; un vent glacial s'engouffre dans la pièce. Il titube vers Marion, le visage cramoisi, luisant de sueur, les yeux écarquillés.

« Espèce de pute ! explose-t-il. Comment tu as pu me mettre les flics au cul ? »

Marion recule de quelques pas, heurte le mur du salon.

« Tu comprends ce que tu as fait ? Ils ont débarqué chez moi aujourd'hui ! »

Linus fulmine, des gouttelettes de salive jaillissent de sa bouche. Des postillons atterrissent sur les joues de Marion.

Elle n'ose pas les essuyer – elle ne pense qu'au couteau qu'elle serre entre ses doigts.

Sa paume est déjà endolorie.

« Les flics vont finir par me coffrer. Par ta faute !

— Je ne leur ai rien dit du tout », bafouille Marion.

Linus s'approche encore, ne s'arrête qu'à une cinquantaine de centimètres de son visage. Son haleine empeste l'alcool.

D'aussi près, elle voit clairement les vaisseaux dilatés qui rougissent le blanc de ses yeux. Il n'est pas seulement hors de lui, il est aussi sérieusement aviné.

Marion ne l'a jamais vu aussi hargneux. Elle se rappelle à quel point il l'avait effrayée le jour de la fameuse engueulade : elle avait cru qu'il pouvait à tout moment perdre le contrôle et se jeter sur elle.

Elle se met à pleurer.

Si seulement Johan était là…

35

L'angoisse maintient Anton éveillé. Ce qu'il vient de faire, il n'arrive pas à le croire.

Il est allongé dans le lit double aux côtés de Carl, endormi depuis une bonne heure. Lui n'a pas réussi à trouver le sommeil.

Toutes ses bonnes résolutions se sont envolées dès qu'il s'est retrouvé avec Carl dans son appartement. L'attirance était trop forte, son désir irrésistible.

Cette fois, il est vraiment dans de beaux draps.

Si ses collègues viennent à l'apprendre, il risque de gros ennuis. Peut-être a-t-il déjà compromis toute l'enquête ?

Il doit s'en aller d'ici. Se lever, rassembler ses affaires, rentrer. Il aurait dû filer depuis longtemps déjà, mais son corps résiste à la perspective de sortir dans le froid – ce que veut son corps, c'est passer la nuit auprès de Carl, se réveiller dans son lit. Petit déjeuner en tête à tête.

Il y a longtemps qu'Anton rêvait d'un homme comme lui.

Il enlace un coin de couverture.

C'est de la folie. Il ne peut pas se permettre d'entamer une relation pareille. Il ne peut même pas prendre le risque d'être vu avec Carl – et la limite a déjà été franchie. Il est policier, il doit faire preuve de discernement jusque dans sa vie privée.

Et le voilà dans ce lit, après être allé à l'encontre de tous ses principes.

Anton observe la silhouette endormie de Carl. Il est allongé sur le ventre, une jambe repliée sur le côté. L'un de ses bras disparaît sous l'oreiller, l'autre est étendu sur le matelas.

Anton pourrait rester des heures à le contempler. Qu'il est beau, dans la douce lueur de la lune ! Son dos musclé, bien dessiné, sa peau d'une douceur chaude et accueillante. Un scorpion noir est tatoué sur son omoplate gauche.

Anton se penche vers lui, pose doucement ses lèvres sur sa nuque. Carl prend une grande inspiration dans son sommeil, mais ne bouge pas.

Il n'avait pas prévu que ça se terminerait ainsi. Il ne comptait rester qu'un petit moment, prendre simplement le temps d'expliquer pourquoi il avait été aussi sec la veille. Se montrer à Carl tel qu'il l'avait vu samedi soir, et tel qu'il est dans sa vie privée, à des kilomètres du policier froid et guindé qu'il lui avait donné à voir.

Mais il n'avait fallu que quelques minutes pour que leurs lèvres se rejoignent – ils avaient à peine passé le seuil.

Comme deux adolescents gouvernés par leurs hormones.

Anton soupire doucement.

Après cela, ils avaient enfilé chacun une robe de chambre et avaient préparé les pâtes et les boulettes de viande qu'Anton venait d'acheter au supermarché. Ça n'avait rien d'un dîner gastronomique, tant s'en faut, mais ils étaient tous les deux affamés, et cuisiner ensemble leur avait semblé naturel. Ils s'étaient réparti les tâches sans jamais se marcher sur les pieds.

Avec Carl, tout a l'air simple, sans chichis. Comme s'ils se connaissaient depuis des années. Anton sent déjà germer des bribes de sentiments pour lui ; d'instinct, il voudrait lui offrir sa protection et son soutien. D'autant que Carl vient de perdre son meilleur ami – il peine à se représenter ce qu'on peut éprouver dans ces circonstances.

Il l'a d'ailleurs assailli de questions sur l'enquête – s'il y avait un suspect, s'ils savaient ce qui était exactement arrivé à Johan, ou comment il avait été tué.

Anton avait fait de son mieux pour éviter toute réponse précise. Qu'il ait passé la nuit avec un témoin central est déjà assez problématique, il ne faudrait surtout pas qu'il aggrave son cas en partageant des informations confidentielles. Mais il aimerait évidemment pouvoir rassurer Carl, lui offrir un peu de consolation dans cette situation épouvantable.

Tout ça, il avait finalement semblé le comprendre.

Anton se redresse dans le lit. Carl, encore choqué et endeuillé, ne pensait certainement pas à mal. C'était aussi l'une des dernières personnes à avoir vu Johan en vie. Il est compréhensible qu'il soit aussi impliqué, et qu'il veuille savoir comment avance l'enquête.

Son téléphone est posé sur un livre sur la table de chevet. Un recueil de psaumes, remarque Anton lorsqu'il tend la main pour regarder l'heure. Carl est religieux ? Il ne lui en a pas parlé.

Il est bientôt minuit, il faut vraiment qu'il parte. Il ne peut pas rester jusqu'au matin. Duved est tout petit, comment se justifierait-il s'il venait à tomber sur une connaissance ?

Il doit garder ses distances avec Carl, du moins pendant la durée de l'enquête.

Rebecka
2020
vendredi 21 février

« Tout va bien ? » demande Maria.

Elle est assise avec Rebecka dans la salle de repos, autour d'un café. En ce vendredi après-midi, la plupart des enfants sont déjà partis.

« Je t'ai trouvée bien morose ces derniers temps, poursuit-elle. Depuis les vacances de Noël, pour être honnête. »

Rebecka secoue la tête pour rassurer sa collègue.

« Sans doute juste un peu de fatigue. »

Maria est adorable, mais il n'y a rien qu'elle puisse faire pour l'aider. Personne ne le peut.

Son ventre s'arrondit de jour en jour. Bientôt, elle ne sera plus capable de le cacher. D'autant qu'elle souffre de carences et d'hypertension. Elle s'est rendue plusieurs fois en secret au centre médical pour faire des examens. La dernière fois, le médecin a semblé préoccupé, et lui a dit de revenir dès qu'elle aurait les résultats.

Que faire ? Contacter Johan est exclu, ça ne ferait qu'envenimer la situation. Pendant trois longs mois, elle est restée silencieuse face à toutes ses tentatives de contact. Elle n'a répondu à aucun de ses SMS, effacés aussitôt reçus.

Elle ne peut pas non plus se tourner vers ses parents. Jamais ils ne prendraient son parti, et la réaction de son père, s'il apprenait ce qu'elle a fait, est facile à anticiper. Rebecka entend déjà résonner sa voix fiévreuse : *une épouse doit obéir à son mari et lui être fidèle.*

Comment pourrait-elle confesser à son père qu'elle n'est qu'une infâme adultère ?

La fureur d'Ole, si la vérité devait éclater, elle n'ose même pas y penser. Lui qui est déjà capable de la brutaliser pour des broutilles comme des chaussettes égarées ou un plat trop salé... De plus en plus, elle s'inquiète qu'il puisse arriver quelque chose à l'enfant. Et si un de ses coups de pied venait à atteindre son embryon ?

Chaque soir, dans son lit, elle rumine : elle devrait peut-être parler à Ole de sa grossesse, agir comme si l'enfant était de lui, feindre d'être aux anges...

Mais chaque matin, elle perd courage.

Maria regarde par la fenêtre, le doigt tendu :

« Tiens donc, revoilà le beau plombier ! Qu'est-ce qu'il fait là ? »

Rebecka tressaille en voyant la camionnette blanche de Johan sur le parking. Son cœur s'arrête. Et quand elle aperçoit son visage derrière le pare-brise, elle se sent exploser de bonheur.

Il lui a tellement manqué ! Ils ne se sont pas parlé depuis la nuit dans la maisonnette. Par crainte des conséquences, elle n'a pas osé lui confier qu'elle était enceinte, bien que le désir l'en ait torturée.

Johan se dirige d'un pas décidé vers l'entrée.

« Tu peux lui ouvrir ? demande Maria. Je dois passer au petit coin. »

Rebecka tente de se ressaisir.

« J'y vais », annonce-t-elle en se hâtant vers la porte.

Un tourbillon d'air froid la happe lorsque Johan franchit le seuil. Son gros manteau n'est pas boutonné. Son visage d'ordinaire si jovial est tendu, fermé, et des cernes sombres se creusent sous ses yeux.

« Il faut que je te parle, lui dit-il tout bas.

— Ça n'est pas possible. »

Rebecka ne peut pas le regarder en face. Croiser son regard serait trop difficile. Elle a déjà si mal.

« Laisse-moi tranquille, bredouille-t-elle. Oublie-moi. »

Il avance d'un pas vers elle et saisit son poignet. Ses doigts sont brûlants contre sa peau nue ; ils ravivent tous les souvenirs qu'elle s'est efforcée d'enfouir ces derniers mois.

« S'il te plaît, murmure-t-il. Ne me fais pas ça. »

Rebecka est si près des larmes qu'elle n'arrive pas à émettre un son.

« Ça fait des mois que j'essaie de te parler, poursuit Johan. Pourquoi tu m'ignores ? Qu'est-ce que je t'ai fait ? »

Rebecka ravale ses sanglots.

« Tu n'as rien fait du tout, parvient-elle à articuler. Il ne s'agit pas de toi.

— Mais de quoi il s'agit, alors ? »

Du coin de l'œil, Rebecka voit que Maria est sortie des toilettes, et les observe d'un air perplexe. Deux petits de cinq ans se pourchassent dans le couloir.

Ils ne peuvent pas rester plantés ici.

Johan a toujours la main sur son bras. D'un geste rapide, elle le retire.

« Va-t'en, se force-t-elle à lui dire. On ne peut plus se voir.

— Pourquoi ? »

Le souffle de Rebecka devient haletant.

« On s'aime, toi et moi », lâche Johan d'une voix presque forte.

Elle n'y tient plus. Son expression affligée est comme une lame qui lui retourne les entrailles. Elle sait qu'elle ne devrait pas passer une minute de plus en sa compagnie, mais ses sentiments sont irrépressibles.

Bien malgré elle, elle s'entend murmurer les mots interdits : « Retrouve-moi d'ici un quart d'heure dans le petit bois. »

Johan lui jette un regard interrogateur, à la fois soulagé et inquiet : « Tu me le promets ? »

Une vague d'angoisse la submerge. Elle doit le faire partir avant qu'ils n'attirent davantage l'attention. Un parent peut passer la porte d'un moment à l'autre. Un père ou une mère qui irait tout raconter à Ole.

Elle ne se sent en sécurité nulle part.

« Oui. »

Elle hoche la tête.

« Je serai là. Mais, s'il te plaît, il faut vraiment que tu partes. »

36

Quand Alice se réveille, Daniel a la sensation de n'avoir dormi qu'une quinzaine de minutes, bien que l'horloge lui confirme que deux heures se sont écoulées. Il se précipite hors du lit avec un grognement et soulève la petite avant qu'Ida ne se réveille elle aussi.

Sa fille dans les bras, il entre à pas de loup dans la cuisine et prépare un biberon en vitesse. Quelques minutes plus tard, la petite Alice tète goulûment le lait artificiel d'un blanc aqueux.

Voyant la mine satisfaite de la petite, il se dit que ça valait le coup de se lever, même si tout son corps est endolori. Il apprécie ces moments où ils ne sont que tous les deux ; être enfin seul avec elle lui fait un bien fou.

Alice a la douce odeur du bébé fraîchement baigné.

Humant son parfum, il s'installe avec elle dans le fauteuil du salon. Il se sent bien, assis dans la pénombre, simplement éclairé par une petite lampe posée dans un coin, son enfant dans les bras. Il voudrait profiter de cet instant, savourer cette proximité avec la chair de sa chair. Pourtant, ses pensées vagabondent. Il ne parvient pas tout à fait à couper avec les événements de la journée, qui défilent comme un film dans sa tête. Son cerveau semble vouloir traiter les informations sans qu'il puisse le contrôler.

Il est soulagé d'avoir évité un nouveau conflit ouvert avec Ida, et d'avoir réussi à se maîtriser. Il est toutefois partagé : au fond, il aurait préféré passer plus de temps au poste ce soir. Il lui restait beaucoup de sujets à aborder avec ses collègues ; il faut qu'ils envisagent l'affaire sous d'autres angles, qu'ils tournent les pièces du puzzle dans tous les sens.

Il aurait aimé se poser tranquillement avec Hanna pour passer une nouvelle fois en revue toutes les données.

Le départ précipité de Johan pour Strömsund ne laisse pas Daniel en paix. Il devait avoir une bonne raison, probablement liée à cette mystérieuse personne qu'il comptait emmener avec lui.

Plus il y songe, plus il est certain que cet inconnu – ou cette inconnue – détient des informations capitales. Pourquoi son identité est-elle secrète au point que Johan ait même refusé de la dévoiler à son frère ?

Il se souvient d'une autre information, que Raffe lui avait transmise juste avant qu'il ne file retrouver Ida.

Vers midi, Marion lui avait envoyé une liste de leurs derniers clients. Johan avait passé le plus clair de la semaine sur un chantier de construction à Sadeln. Raffe avait contacté le chef de chantier. D'après lui, Johan avait quitté les lieux assez tôt dans l'après-midi du vendredi, alors qu'ils étaient en retard sur le planning. Johan lui avait dit qu'il devait se rendre dans un jardin d'enfants baptisé Perce-neige, à Ånn, dont le nom apparaissait lui aussi sur la liste des clients.

Ånn – à peine un village, rien qu'un groupement de maisons autour d'une minuscule gare ferroviaire. Si Daniel se souvient bien, il ne doit pas y avoir plus de soixante-dix habitants dans ce hameau – suffisamment pour justifier un jardin d'enfants, mais pas assez pour une épicerie ou un restaurant. Dans les environs se trouve Camp Ånn, un terrain d'entraînement où sont formées les recrues des forces armées et les réservistes.

Le petit village est situé à une quarantaine de kilomètres du chantier où travaillait Johan, et à vingt kilomètres de Staa, où il habitait.

Une petite trotte, en d'autres termes. S'il s'y est rendu un vendredi en fin d'après-midi, il devait s'agir de quelque chose d'important.

La tête d'Alice est tombée au creux de son coude. Daniel la redresse tandis qu'elle termine son biberon.

Il devrait y avoir une personne au jardin d'enfants qui pourra les renseigner. Johan a peut-être mentionné là-bas un élément susceptible d'éclairer son soudain voyage à Strömsund ?

Daniel met de côté le biberon vide et porte Alice jusqu'à la chambre. Il la dépose délicatement dans son berceau, installé sous la fenêtre. Ses paupières sont déjà lourdes, son corps détendu. Elle s'est quasiment endormie dans ses bras.

Lorsqu'il se retourne, il voit Ida qui dort profondément, allongée sur le côté. Ses longs cheveux s'étalent sur l'oreiller, son tee-shirt trop grand a glissé pour dénuder une épaule.

Elle est belle.

Une soudaine tendresse l'envahit. Il caresse doucement sa joue, et Ida pousse un petit gémissement avant de se retourner dans son sommeil.

Lorsqu'il se glisse sous la couette à côté d'elle, il se blottit si près qu'il sent sa chaleur.

Tout va s'arranger entre eux, se promet-il. Ils traversent une mauvaise passe, comme il arrive à tous les parents de jeunes enfants. C'est difficile de s'occuper d'un bébé, surtout le premier. Ils sont encore en train d'apprendre à devenir une famille.

Pourtant, quelque chose le ronge.

Il met un bon moment à trouver le sommeil.

37

Mille pensées traversent l'esprit de Marion, alors qu'elle se sent devenir toute petite devant la silhouette robuste de Linus. Il est si grand, si puissant. Elle n'est pas de taille face à lui, même avec un couteau à la main.

Il peut faire d'elle ce qu'il veut.

Son regard fuyant cherche une issue. Il est trop tard pour se cacher, mais la porte des toilettes est entrouverte. Elle peut peut-être tenter de se faufiler sous son bras et s'y réfugier ?

Peine perdue : la porte n'a pas de verrou, elle ne se ferme qu'avec un simple loquet ; Linus pourrait facilement enfoncer la porte d'un coup d'épaule.

Le stress restreint son champ de vision.

Si Johan était là, jamais Linus n'oserait lui faire ça.

Mais Johan est mort.

« Sors de chez moi », lance-t-elle d'une voix éraillée.

Marion s'efforce de poser sa voix, de réprimer l'hystérie qui menace de la gagner, pour que Linus ne comprenne pas à quel point il la terrifie. Lorsqu'il est à ce point bourré, il devient imprévisible.

Elle l'a déjà vu se transformer ainsi.

Il peut faire n'importe quoi.

La porte d'entrée, encore ouverte, laisse entrer des bourrasques glacées, sans qu'elle ose lui demander de la refermer.

« Tu n'as rien à faire ici, insiste-t-elle. Je ne t'ai rien fait. Retourne auprès de ta famille. »

Linus ne semble pas l'écouter. Il est enfermé dans son ivresse : sa tête n'est remplie que des torts imaginaires qu'on lui aurait causés.

Il ne veut qu'une chose : passer sa furie sur elle.

« Tu penses vraiment que tu vas t'en tirer comme ça ? Que tu peux t'autoriser ce genre de libertés ?

— Si tu ne t'en vas pas tout de suite, j'appelle la police.

— C'est ce que tu as déjà fait, non ? »

Sa phrase dégouline de haine. Marion est estomaquée.

Linus se rapproche d'un nouveau pas vers elle.

Il la bouscule violemment. Marion chancelle, mais parvient à se rattraper au cadre de la porte, le couteau toujours caché dans son dos.

Ne tombe pas au sol, lui murmure une voix intérieure. *Si tu tombes, tu es à sa merci.*

Quand Linus tend à nouveau le bras vers elle, Marion brandit le couteau. Elle l'oriente légèrement vers le haut, l'extrémité pointée vers sa poitrine. La terreur fait trembler le moindre de ses muscles, mais à son propre étonnement, sa main, elle, est ferme.

Seuls une trentaine de centimètres les séparent. Il suffirait de peu pour que la longue lame vienne s'enfoncer dans son cœur.

Son odeur de sueur la dégoûte.

« Fiche le camp ! » répète-t-elle.

Il fixe le couteau, comme hypnotisé.

« Je te préviens… », articule-t-elle d'une voix étouffée.

Linus reste immobile. Ce n'est qu'en la voyant ébaucher un mouvement vers lui qu'il recule d'un pas, puis d'un autre.

La fureur qui s'est emparée d'elle donne à Marion une force nouvelle.

« Tire-toi de chez moi ! » hurle-t-elle.

Le visage de Linus se tord dans une grimace.

« Tu vas me le payer, crache-t-il. Tu ne te débarrasseras pas si facilement de moi. »

Marion lève la main.

« Tu nous as déjà fait assez de mal, à Johan et moi !

— Je reviendrai ! » vocifère-t-il.

D'un coup, Linus sort. Une porte de voiture claque, le moteur vrombit furieusement. La neige gicle autour des pneus quand il effectue un demi-tour maladroit sur la rampe d'accès avant de partir sur les chapeaux de roues.

Toujours sur le seuil, Marion voit disparaître au bout de la rue les deux points rouges des feux arrière.

Elle prend une inspiration saccadée, sent toute sa force l'abandonner d'un coup. Ses jambes plient sous son poids, le couteau lui glisse des mains et heurte le sol dans un tintement métallique.

Marion tombe à genoux, le visage enfoui entre ses mains.

Pendant de longues minutes, elle se balance d'avant en arrière, incapable de se redresser. Elle finit par réagir face au froid glacial qui s'engouffre toujours dans la maison. À grand-peine, elle se lève et chancelle jusqu'à la porte d'entrée. Pour la fermer correctement, elle doit s'appuyer contre le cadre. Dans un dernier effort, elle tourne la clé puis claudique jusqu'au canapé, où elle s'effondre.

La fenêtre qui donne sur la terrasse lui fait face comme une large bouche noire. Marion sanglote dans l'obscurité. Jamais elle ne s'est sentie aussi seule.

Une unique pensée résonne dans sa tête.

Il va revenir.

Rebecka
2020
vendredi 21 février

En dépit du bon sens, Rebecka se hâte vers l'orée du bois ; elle fait précisément ce qu'elle s'était promis de ne pas faire : se retrouver une nouvelle fois en tête à tête avec lui.

C'est plus fort qu'elle. Quand elle l'a aperçu tout à l'heure, son cœur s'est enivré de bonheur. Cela fait si longtemps qu'elle se languit de lui…

Elle a inventé une excuse maladroite auprès de Maria, prétextant une course urgente avant de disparaître par la porte.

Au loin, elle aperçoit la silhouette élancée de Johan. Il l'attend à l'endroit habituel, près du sentier où des sapins aux branches basses bloquent la perspective. La vue de son visage grave est un coup de couteau en pleine poitrine. Comment lui faire comprendre qu'il doit la laisser tranquille, alors qu'elle ne désire rien d'autre que de se blottir entre ses bras et lui parler du bébé ?

Son regard accablé n'arrange rien.

Lui qui a toujours le rire au bord des lèvres.

Le soleil d'hiver se cache derrière des nuages lourds. Des flocons glacés chargent l'air et enveloppent les arbres d'une brume mélancolique.

Ou peut-être que ce sont ses larmes qui lui brouillent la vue.

« Enfin ! » s'exclame Johan en tendant les bras vers elle.

Rebecka recule, elle ne peut pas se permettre de sentir ses bras autour d'elle. Elle n'arrivera jamais à faire ce qu'elle s'est promis.

Elle doit lui faire comprendre que tout est fini entre eux.

« On ne peut plus se voir, toi et moi », lâche-t-elle, feignant l'indifférence.

Il ressemble à un enfant blessé. Sur son visage, la douleur est presque palpable. C'est sa faute, c'est elle qui a provoqué la souffrance de cet homme.

Elle prie le Seigneur pour qu'il lui donne la force de faire son devoir. Il la met à l'épreuve, se remémore-t-elle, comme tant de fois par le passé. Il faut qu'elle reste forte dans la foi.

« Je t'aime, dit-il. Je veux faire ma vie avec toi.

— C'est impossible.

— Pourquoi, impossible ? »

Le désespoir grandit en elle – pourquoi doit-il compliquer les choses ?

« Je n'arriverai jamais à quitter Ole, explique-t-elle en avalant sa salive. Ou la communauté. J'ai juré devant Dieu de rester fidèle à mon époux jusqu'à la mort. »

Johan ne semble pas l'entendre. Ou bien il n'en a pas envie.

« Et pourquoi ça ? répète-t-il.

— C'est impossible. Tu n'entends pas ce que je te dis ? »

Johan l'observe un long moment, comme s'il essayait de lire ses pensées les plus profondes. Le temps d'une seconde, Rebecka s'imagine qu'il y parvient. Qu'il comprend à quel point elle l'aime.

Il ne porte pas de bonnet, ses cheveux bruns sont constellés de flocons de neige blancs. Ils fondent lentement, et sont remplacés par d'autres cristaux à la forme parfaite qui se posent avec douceur.

Elle aimerait les balayer du bout des doigts, mais n'ose pas l'approcher d'aussi près. Le risque de perdre le contrôle est trop grand.

Au lieu de ça, elle enfonce les mains dans ses poches et laboure ses paumes de ses ongles pour se donner du courage.

Quelque chose luit dans le regard de Johan, comme s'il avait pris une décision.

« Bon, d'accord, lance-t-il. Je vais te laisser tranquille. »

Ses mots lui déchirent le cœur, même si c'est elle qui l'a amené à cette extrémité.

« À une condition. »

Elle hoche la tête en silence.

« Regarde-moi dans les yeux et dis-moi que tu ne m'aimes pas. »

Rebecka prend une profonde inspiration. Elle s'est fait violence pour le repousser et tente de rendre sa voix froide et distante.

Elle ne peut pas céder, pas maintenant.

Mais il demande d'elle la seule chose qu'elle est incapable de lui donner.

Elle ouvre la bouche pour répondre, mais sa voix flanche. Elle ne peut pas.

« Dis-le simplement. » La voix de Johan semble enrouée. « Et tu n'entendras plus parler de moi. Je te promets que je ne t'embêterai plus jamais. »

Rebecka se brise. Son visage se contracte et les larmes qu'elle a désespérément tenté de retenir se mettent à couler à flots.

« Je t'aime, murmure-t-elle. Je t'aime tellement fort… Je donnerais ma vie pour pouvoir être avec toi, mais c'est impossible. C'est trop dangereux. »

Johan fait un pas vers elle et l'enserre entre ses bras. Il presse Rebecka si fort contre sa poitrine qu'elle arrive à peine à respirer.

Ça ne fait rien. Elle aimerait que le temps s'arrête, ne plus jamais se détacher de lui maintenant qu'ils sont enfin réunis.

Peu à peu, il desserre son étreinte et la regarde de près.

« De quoi as-tu peur ? D'Ole ? »

Rebecka détourne la tête, envahie par la honte. C'est de son époux qu'ils sont en train de parler.

« Il serait capable de tout… du pire… s'il apprenait ce qu'on a fait. »

Johan secoue la tête.

« Rebecka, mon amour, il ne pourra rien nous faire. »

La gravité de la situation lui échappe. Johan n'a jamais vu Ole quand la fureur prend le pas, et qu'une fois la porte du foyer fermée le pasteur charismatique se transforme en tyran domestique.

Johan est un homme bon, comment pourrait-il se projeter dans la psyché d'un monstre qui bat intentionnellement sa femme ?

Et maintenant, elle doit aussi penser à l'enfant.

« Tu ne peux pas rester avec lui parce que tu as peur, argumente Johan. Il n'a pas le droit de te faire du mal.

— Tu ne le connais pas », rétorque Rebecka.

Johan l'interrompt immédiatement.

« On est en Suède ici, tu n'es pas asservie à ton mari, lance-t-il avec un geste d'indignation. Il n'y a que dans la Bible qu'on lapide les femmes parce qu'elles quittent leur mari. Tout le monde a le droit de demander le divorce. »

Johan se trompe. Elle n'a pas voulu lui parler de sa grossesse ; ça n'arrangerait pas les choses s'il l'apprenait. Mais cela semble être la seule manière de lui faire comprendre à quel point elle est désespérée. Pourquoi ils doivent à tout prix cesser de se voir.

« Rebecka, pour l'amour de Dieu, on peut trouver une solution. Je te le promets. »

Il saisit ses épaules, et Rebecka cherche son regard, le désespoir dans les yeux.

« Johan, tu ne comprends pas ! Je suis enceinte. »

Il semble perdre le fil. Son regard tombe sur le ventre de Rebecka et s'y arrête quelques secondes. Puis il la serre à nouveau dans ses bras et embrasse son front.

« Ça ne fait rien, souffle-t-il. Je t'aime tellement. Je peux m'occuper de vous deux, toi et l'enfant. Tu n'as pas à t'inquiéter. »

Il n'a pas compris que c'est lui le père.

Mais avant qu'elle ait le temps d'ouvrir la bouche, Johan recule d'un pas, le front plissé.

« Tu es sûre qu'il est d'Ole ? »

Rebecka ne peut pas mentir.

« Il est de toi. J'en suis au quatrième mois. »

Le temps s'arrête. Au loin, un train siffle dans le couchant.

Johan ouvre la bouche sans qu'aucun son en sorte.

« Tu en es sûre ? » finit-il par dire.

Elle hoche la tête, l'air dépité.

« C'est la seule explication. Ole ne peut pas être le père. »

Johan cligne des yeux, comme s'il n'osait pas vraiment y croire. Puis son visage se métamorphose. Son regard s'illumine, et sa bouche se fend d'un immense sourire.

« C'est merveilleux ! s'exclame-t-il, avant de l'embrasser sur la joue. Tu es merveilleuse ! »

La réaction de Johan provoque chez Rebecka un rire de soulagement. Elle se remémore leur nuit dans la maisonnette, combien c'était beau : le moment le plus extraordinaire de sa vie.

Leur enfant a été conçu dans l'ivresse de ce bonheur.

Johan prend les mains de Rebecka dans les siennes.

« Alors *il faut* que tu le quittes, reprend-il, une gravité nouvelle dans la voix. Je ne veux plus que tu retournes chez lui. Il faut que tu partes dès aujourd'hui. »

Le soleil de l'après-midi disparaît peu à peu derrière les cimes. La température chute rapidement. Le visage de Johan est dans l'ombre, mais Rebecka voit bien l'inquiétude dans son regard.

« Il faut que tu quittes Ole immédiatement, répète-t-il. Je vais t'aider.

— Aujourd'hui ? bafouille Rebecka. C'est impossible. »

Elle ne peut pas faire ça, Dieu la regarde.

« Rebecka, pense à notre enfant. »

Elle essaie de réfléchir, mais tout n'est que chaos. Tout va trop vite, la tête lui tourne et sa vision s'obscurcit.

Et puis il n'est pas question que d'Ole et elle.

Johan est marié, lui aussi.

« Qu'est-ce que tu vas dire à Marion ?

— Je vais lui expliquer, ne t'inquiète pas pour ça. C'est une femme intelligente, empathique. Elle comprendra, j'en suis certain. Ça fait un moment qu'on n'est plus un vrai couple. »

Rebecka voit l'amour au fond de ses yeux. Pour elle, il est prêt à tout abandonner.

Il ajuste une mèche de cheveux qui s'est échappée de son bonnet, et la replace avec précaution derrière son oreille.

« Écoute-moi, reprend-il. La seule chose qui importe, c'est que tu ne restes pas sous le même toit que ton mari. »

Johan a raison : Ole pourrait de nouveau s'emporter contre elle. Elle redoute déjà les coups qu'il pourrait lui décocher au ventre, qui mettraient en danger son enfant.

Un souffle d'air glacial lui fouette le visage tandis qu'elle s'efforce de prendre une décision. Rebecka a soudain une conscience aiguë du froid. Le vent lui pique les joues comme des milliers d'aiguilles, elle commence à perdre toute sensation dans les doigts.

Pour se réchauffer, elle fait quelques pas sur place dans la neige fraîche.

Elle devrait retourner à son travail, cela fait longtemps qu'elle est partie. C'est vendredi, et il est déjà seize heures quinze.

« Je ne veux pas que tu dormes là-bas une nuit de plus s'il te fait peur à ce point, ordonne Johan d'un ton décidé. Encore moins que tu y passes le week-end. »

Rebecka sait qu'elle peut lui faire confiance. Il ne veut que son bien. D'une certaine manière, c'est un soulagement de le laisser prendre les rênes. Elle est exténuée par toutes ces émotions qui la traversent, son cerveau est comme anesthésié.

« Il faut au moins que je prenne quelques affaires, objecte-t-elle. Je ne peux pas simplement disparaître comme ça.

— Je passe te chercher ce soir, fait Johan. Est-ce que tu pourrais m'attendre au parking de la rue Björkvägen ? Il n'est pas si loin de chez vous ? »

Rebecka opine du chef. La tension lui donne le tournis, mais il faut qu'elle s'efforce de réfléchir.

« Attends, reprend-elle. Demain soir, c'est mieux. »

Le front de Johan se ride.

« Pourquoi ?

— Ole sera absent, explique-t-elle. Il anime une soirée biblique à la maison paroissiale. »

Johan n'a pas l'air ravi de cette suggestion.

« Ce sera beaucoup plus facile pour moi de partir à ce moment-là, poursuit-elle. Sinon, il me verra préparer ma valise. »

Johan finit par céder.

« D'accord. Je passe te prendre demain soir à dix-neuf heures sur le parking. »

Il se met en mouvement, comme soulagé de sa décision.

« On pourra filer chez mon frère à Strömsund, suggère-t-il. C'est sans doute mieux qu'on fasse profil bas la semaine qui vient, le temps que les choses se tassent. »

Rebecka regarde l'heure.

« Il faut que j'y retourne. »

Johan l'attire vers lui et l'embrasse longuement. Puis il pose la main sur le ventre de Rebecka et le caresse.

Il y a quelque chose de presque déférent dans son geste. Son regard s'embue.

« On va avoir un enfant, articule-t-il lentement. Toi et moi, on va former une petite famille. »

Rebecka lui frôle la joue avec tendresse. Ça lui semble presque irréel, qu'elle vienne de lui promettre de quitter Ole. Ses parents ne lui adresseront sans doute plus jamais la parole, ni aucun de ses proches, pas même Lisen.

Dieu va probablement la punir pour ce qu'elle fait.

Mais pour Johan elle se sent prête à payer le prix. Pour lui, et pour leur enfant à naître.

« À demain, ma chérie ! » lui lance-t-il, avec tant d'amour dans la voix qu'elle sent à son tour ses yeux s'emplir de larmes.

MARDI 25 FÉVRIER

38

Alors qu'un pâle soleil d'hiver réchauffe la vallée d'Åre, Hanna et Daniel s'installent dans la voiture. Direction le jardin d'enfants d'Ånn. Il est huit heures vingt, et ils viennent d'être libérés de la réunion du matin avec Östersund.

Hanna s'enfonce dans le siège passager. Elle a passé une nuit agitée, troublée par de mauvais rêves mettant en scène sa mère et Christian. À cinq heures et demie du matin, elle a renoncé à essayer de se rendormir, et a filé au poste de bonne heure. Pourtant, elle avait passé une excellente soirée avec sa sœur, Richard et les enfants, une fois ces derniers rentrés de la piscine.

Daniel sort en marche arrière du parking du commissariat. Un épais tapis blanc recouvre la chaussée ; la déneigeuse n'est pas encore passée. Un promeneur a laissé de profondes empreintes le long du bas-côté.

Ils sont presque seuls sur la route. Pour une fois, ils ne subissent pas les ralentissements liés à l'afflux de vacanciers ; c'est plutôt une bonne nouvelle. Hier, le grand parking devant le magasin de spiritueux était plein. Pour changer, ça n'étaient pas les Tesla immatriculées en Norvège qui se battaient pour s'y garer – l'alcool est hors de prix là-bas.

« Une question me taraude, fait Hanna pour rompre le silence. La voiture de Johan a été abandonnée près du lac Gevsjön… Comment le conducteur a-t-il quitté les lieux ? »

Daniel sursaute. Il semblait complètement ailleurs. Ça lui arrive parfois de se perdre ainsi dans ses pensées. Comme ils covoiturent souvent, elle s'y est habituée.

« Pardon. Tu disais ? » fait Daniel, en dégageant la tignasse châtain clair qui lui barre le front.

Ses cheveux sont un brin trop longs. Même si une visite chez le coiffeur ne lui ferait pas de mal, ils adoucissent son visage, et compensent la rigidité un peu sévère qui domine parfois sa personnalité.

« Si on part du principe que c'est Linus qui conduisait la fourgonnette, reprend Hanna, quelqu'un a dû venir le chercher. Sinon, comment aurait-il quitté la zone ?

— Ça semble cohérent.

— Ça pourrait être sa femme, non ? demande Hanna.

— Sandra Sundin ?

— Oui.

— Pourquoi aurait-elle fait ça ?

— Pour protéger sa famille, tout simplement. »

Aux yeux d'Hanna, c'est une évidence mathématique.

« Ils ont un petit garçon, tous les deux. Si Linus devait être inculpé pour le meurtre de Johan, elle se retrouverait seule avec son fils. Pour moi, c'est un mobile suffisant. »

Sa femme semble être la personne la plus proche de Linus : à part elle, vers qui aurait-il pu se tourner ?

« Voilà ce que je me dis : si on présume que Linus et Johan se sont disputés quand Johan est passé chez lui, et que la dispute a dégénéré, Johan aurait très bien pu être mort dès vingt heures. Il aurait même pu mourir dans la cuisine des Sundin. »

Elle marque une courte pause pour raccrocher les wagons.

« Supposons que Linus l'ait d'abord balancé dans la fourgonnette. Là, il a un problème : comment se débarrasser du corps et de la voiture ? S'il commençait par dissimuler le corps pour ensuite aller cacher la voiture, il perdait son propre moyen de transport. Il a donc persuadé sa femme de l'aider. »

Daniel concentre son attention sur la route. Ils viennent tout juste de dépasser Tångböle, où Johan a été découvert samedi matin.

« Mais dans ce cas, objecte-t-il, pourquoi aurait-il laissé la fourgonnette sur la route Klubbvägen ?

— Pour gagner du temps. »

Hanna a profité de son réveil matinal pour se repasser le film des événements. Hier, ils n'ont pas eu le temps d'en discuter avant que l'équipe se disperse.

« Je ne pense pas que ce soit beaucoup plus compliqué que ça, poursuit-elle. Il avait besoin de réfléchir, et vers vingt heures il y avait encore beaucoup de monde sur les routes. Pour ne pas être aperçu, il lui était plus facile de se débarrasser du corps de Johan plus tard dans la soirée. En attendant, il a stationné la fourgonnette à un endroit qui n'éveillait pas les soupçons. »

Ils dépassent un panneau routier signalant le hameau de Ånn, puis voient apparaître une rangée de maisons en bois rouge. Daniel bifurque sur la gauche et s'engage sur un étroit chemin qui grimpe le long d'une côte escarpée.

« Je pense que Sandra est venue le chercher sur la route Klubbvägen avec leur propre voiture, poursuit Hanna. Puis ils sont rentrés chez eux et ont laissé passer quelques heures avant de revenir sur place pour aller cacher le corps à Tångböle. »

Un grand bâtiment rouge de plain-pied se dresse devant eux. Ils sont arrivés au jardin d'enfants Perce-neige.

« On ferait bien de parler à Sandra une fois qu'on en aura fini ici », suggère Hanna.

Daniel se gare près de l'entrée.

« Je n'ai rien contre ton idée, rétorque-t-il. Mais moi, j'avais une autre hypothèse. Et si le coupable n'était pas Linus, mais cette mystérieuse connaissance de Johan ?

— La personne qui devait l'accompagner à Strömsund ?

— Exactement. Johan a pu partir de chez Linus peu après vingt heures puis se rendre sur la route Klubbvägen pour retrouver cet individu. Imaginons que ce soit là que les choses ont mal tourné et qu'il a trouvé la mort. La personne a ensuite attendu la nuit avant d'aller cacher le corps. »

Daniel coupe le moteur.

« C'est un scénario qui ressemble beaucoup au tien – à part qu'on ne parle plus du tout du même meurtrier. »

Hanna le regarde.

« Tu n'es pas persuadé que Linus a fait le coup ?

— Je ne dis pas que ça n'est pas lui. Je dis simplement qu'il ne faut pas s'arrêter trop vite sur un scénario. Ça ne fait que quelques jours qu'on a retrouvé le corps. Le compte rendu d'autopsie n'est même pas encore arrivé. »

Hanna sait qu'il a raison. C'est l'une des choses qui lui plaisent chez Daniel : sa propension à toujours examiner une affaire sous tous les angles possibles.

Pour lui, il n'est jamais question de fierté. Il ne voit pas d'intérêt à s'accrocher à une hypothèse si une autre, tout aussi plausible, devait faire surface.

« Raison de plus pour trouver l'identité de cette mystérieuse personne, déclare-t-elle en détachant sa ceinture. Mais comment ? »

Daniel sourit pour la première fois de la matinée.

« C'est ce qui s'appelle un travail d'enquêteurs, très chère collègue. »

39

En passant la porte du jardin d'enfants Perce-neige, ils sont accueillis par des rangées de combinaisons et d'après-ski modèle réduit, alignés dans le couloir. Daniel remarque la quantité de dessins bariolés au mur. Dans l'air flotte un parfum de brioche tout juste sortie du four.

« Tiens, profites-en pour t'imprégner un peu de l'ambiance ! lui lance Hanna avec un sourire en coin. Vous allez bientôt inscrire la petite à la crèche, non ?

— Ça n'est pas encore pour tout de suite. »

Alice n'a que cinq mois. Ida est censée rester à la maison jusqu'à ses huit mois, puis Daniel prendra le relais à partir de mai.

Le cliché veut que les hommes profitent tous des mois d'été pour poser leur congé parental, mais pour lui ça n'est que le fruit du hasard. Il faut dire que ça l'arrange bien : c'est toujours plus calme au travail pendant la basse saison.

Daniel cherche des yeux une personne à qui s'adresser. En ressortant la liste des clients de l'entreprise de plomberie, il a noté que Johan était venu ici à plusieurs reprises cet automne. Rien à signaler ensuite à partir de décembre, jusqu'à sa dernière visite vendredi dernier.

L'épisode n'a peut-être rien de déterminant, mais Daniel tient tout de même à en avoir le cœur net. Après tout, Johan devait avoir une bonne raison de venir jusqu'ici depuis Åre, la veille d'un week-end.

Une jeune femme blonde vêtue d'un chandail vert se matérialise devant eux. Daniel lui tend sa carte de police et lui explique qu'ils ont des questions à lui poser. Y a-t-il un endroit où ils puissent s'installer ?

Elle semble décontenancée, mais leur indique la salle de repos. Sur un meuble le long d'un mur sont posés un four à micro-ondes et une cafetière dont la verseuse est encore remplie de café fumant. Au milieu de la pièce, une table ronde est décorée d'un hortensia en pot aux belles fleurs bleues.

« N'hésitez pas à prendre du café, propose-t-elle. Je dois juste prévenir ma collègue que je vais être retenue un moment. »

Daniel se sert une tasse, Hanna décline. Tous deux s'installent à la table et attendent le retour de la jeune éducatrice.

« Excusez-moi, fait-elle en revenant. On est en sous-effectif cette semaine, c'est un peu la course. »

Elle leur tend la main pour les saluer.

« Je m'appelle Maria Törnlund, je ne m'étais pas présentée. Comment je peux vous aider ?

— Nous avons des questions à vous poser concernant un artisan qui semble avoir été appelé ici à plusieurs reprises cet automne. Son nom est Johan Andersson, de l'entreprise de plomberie Andersson & Sundin.

— Oui, je vois tout à fait, répond Maria. Il est venu plusieurs fois, effectivement. C'est lui qui était champion de ski, plus jeune ! Il lui est arrivé quelque chose ?

— Il est mort, annonce Hanna. Il a été assassiné ce week-end. »

Maria plaque une main sur sa bouche.

« Quoi ? C'est pas possible…

— Vous l'avez peut-être lu dans le journal ? intervient Daniel. On a retrouvé le corps d'un homme samedi à Tångböle.

— Oh… »

La respiration de Maria s'accélère, ses yeux deviennent vitreux. Ça n'est pas la première fois que Daniel est témoin de ce genre de réaction. Pour la plupart des gens, savoir qu'une personne que l'on a vue bien vivante a été victime d'un meurtre est souvent impossible à assimiler.

« Je n'arrive pas à le croire, souffle Maria. Il est passé ici pas plus tard que vendredi… Je n'aurais jamais imaginé que cet homme qu'on a retrouvé, ça puisse être lui… J'étais partie ce week-end, j'ai à peine suivi les infos.

— Vous n'avez pas à vous en vouloir, la rassure Daniel. En revanche, nous aurions quelques questions à vous poser concernant sa dernière visite. »

Maria affiche un air contrit.

« Dans ce cas, je suis désolée, je crois que je ne suis pas la bonne personne. Il avait toujours affaire à ma collègue, Rebecka Nordhammar. »

40

De lourds nuages gris s'attardent au loin, derrière les sommets de Snasahögarna. Mais un soleil radieux éclaire les pentes de l'Åreskutan, que Marion vient de gravir à skis.

Elle a quitté la maison de bon matin, en emportant ses larges skis de randonnée et ses peaux de phoque. Puis elle a enchaîné l'ascension, sans marquer de pause, depuis le pied du télésiège VM8 jusqu'au sommet.

C'est la première fois qu'elle s'aventure sur une aussi longue montée. La sueur perle sous ses vêtements, les muscles de ses cuisses lui brûlent. Elle a mobilisé chaque once d'énergie pour se hisser jusqu'en haut.

Son cerveau, lui, a enfin eu droit à quelques heures de répit.

C'est ça qu'elle cherchait en se lançant à l'assaut de la montagne : se remplir la tête d'autres images que celles du corps mutilé de Johan ou du visage déchaîné de Linus. La seule solution qui lui ait semblé viable était de se livrer à corps perdu à la nature. Quel merveilleux soulagement de sentir son pouls s'emballer sous le coup de l'effort… et non de la peur.

Ici, au sommet, elle se sent en sécurité. Personne ne peut s'en prendre à elle.

Marion s'appuie de tout son poids sur ses bâtons et embrasse du regard le massif enneigé au sud-ouest. La vue est spectaculaire. Elle lui donne de nouvelles forces, lui fait presque oublier la terrible réalité.

Loin en contrebas, au fond de la vallée, le lac Åresjön gelé s'étale entre les flancs montagneux, recouverts du glaçage blanc de la neige. Il forme une ellipse tout en longueur. Doucement, le lac s'affine ensuite pour se muer en une rivière qui coule vers l'ouest, en passant par Berge, Ängena et Duved, et semble disparaître à l'horizon. Quand le cours d'eau passe devant chez elle, à Staa, il est encore plus mince.

Et plus loin, là-bas, on entrevoit la Norvège.

L'année dernière, Johan et elle étaient allés rendre visite à des amis norvégiens à Trondheim, à seulement quelques heures de route. Il lui suffit de fermer les yeux pour revoir la scène – la mine impatiente et réjouie de Johan, les fous rires partagés autour d'un déjeuner. Ils avaient plaisanté sur le *fårikål*, ce ragoût de mouton au chou qui tient lieu de plat national norvégien.

Marion chasse ce souvenir et tourne son visage vers le soleil.

Pour une fois, le vent est tombé. Les seuls vestiges des puissantes bourrasques qui soufflent habituellement à ces altitudes sont les curieuses formations neigeuses présentes un peu partout. Le vent a sculpté des congères à l'aspect étrange, aux angles improbables, dont certaines semblent suspendues au-dessus du vide, comme si elles pouvaient dégringoler à tout moment.

Marion emplit ses poumons. Elle a toujours eu des affinités avec la montagne, et se sent bien plus chez elle au grand air qu'entre quatre murs. C'est son sanctuaire le plus sacré.

Åre ne ressemble pas à sa terre natale, dans les Alpes bavaroises. Ici, pas de sommets de plus de trois mille mètres ni de pistes noires interminables. Pourtant, elle s'est prise d'amour pour les montagnes suédoises – une autre forme d'amour. La puissante harmonie qu'elle ressent ici avec la nature lui procure autant de plaisir que ses périlleuses descentes en hors-piste d'autrefois, dans la poudreuse immaculée d'un ravin. Ici, elle a succombé à la magie paisible du ski de fond, et au bonheur de glisser sans un bruit entre les sapins, en regardant le soleil filtrer entre les branches…

Avec Johan, elle s'est souvent lancée dans de grandes virées à skis. À force d'entraînement, elle était parvenue à boucler le grand tour de trente kilomètres avec peu ou prou le même chrono que lui. Ils s'étaient plusieurs fois lancés à l'assaut de la vallée de l'Ullådalen lorsque le froid du plein hiver cédait la place aux températures plus clémentes du début du printemps.

Elle a appris à aimer la Suède autant qu'elle aimait Johan.

La douleur lui déchire la poitrine.

Avant d'entamer sa descente, Marion se baisse pour détacher les peaux de phoque. En fait, un mélange de nylon et de mohair – c'est ce qui se fait de mieux en termes d'adhérence et de longévité.

Une immense fatigue la submerge d'un coup. Depuis l'intrusion de Linus, elle n'a pas beaucoup dormi – à peine quelques heures inquiètes dans le canapé du salon. Des pensées effrayantes l'ont assaillie à peine avait-elle fermé les yeux.

Elle devrait peut-être contacter la police pour leur parler des menaces de Linus, mais qui sait sur quoi cela déboucherait ? Les conséquences pourraient être pires qu'elle ne l'imagine : elle n'est pas prête à assumer la responsabilité des imprudences financières de Linus, ni à servir de bouc émissaire à ses erreurs de jugement.

Mais il est dangereux, imprévisible. Hier, elle a presque cru qu'il allait la tuer. Que faire s'il revient, s'il essaie de faire à nouveau effraction chez elle ? Osera-t-elle simplement passer la nuit dans sa maison ?

Marion aimerait se laisser tomber dans la neige. Rester allongée là, au sommet, pour ne plus jamais redescendre. Mais elle finit par prendre une grande inspiration et range les peaux de phoque dans son sac à dos. À son retour chez elle, elle appellera son frère pour tout lui raconter.

Florian est quelqu'un d'intelligent, il saura l'aider.

41

Depuis la salle de repos du jardin d'enfants, Hanna entend les bambins qui jouent de l'autre côté du mur. Il y a quelque chose de si innocent dans ce charmant chahut ; les petits éclats de voix se mêlent à des rires remplis d'allégresse.

« Cette collègue, Rebecka Nordhammar, demande Daniel à Maria Törnlund, pourriez-vous aller la chercher ? »

Maria secoue la tête.

« Ça n'est pas possible, malheureusement. Elle est en arrêt maladie ; c'est pour cela que nous ne sommes que deux aujourd'hui.

— Savez-vous combien de temps elle sera absente ?

— Je ne sais pas trop. Toute cette semaine, peut-être. »

Maria triture la nappe sous le pot de fleurs.

« Pour tout vous dire, ce n'est pas elle qui nous a contactés mais son mari. Ce matin, il nous a dit qu'elle était malade. »

Hanna fronce les sourcils. C'est peut-être anodin, pourtant son instinct la fait tiquer.

« Son mari ? répète-t-elle.

— Oui, il s'appelle Ole. C'est lui qui a téléphoné.

— Il n'a pas précisé ce qu'elle avait ? »

Hanna ne peut s'empêcher de poser la question. Quelle femme adulte laisse son mari contacter son travail lorsqu'elle est malade ? C'est ce que font les parents pour leurs enfants, à l'école.

« Il a juste dit qu'elle était fiévreuse et qu'elle ne viendrait pas travailler, répond Maria. Pourquoi ça ?

— Elle devait avoir une fièvre de cheval, pour être incapable de téléphoner elle-même. »

À en juger par son air, Maria semble s'être fait la même réflexion.

« Je ne devrais peut-être pas vous dire ça, reprend-elle d'une voix basse, mais je crois que le mari de Rebecka est un peu du genre… à contrôler sa vie. »

L'air gêné, elle passe une mèche derrière son oreille.

« Ole a l'air sympathique, je ne dis pas, poursuit-elle. Mais… le matin, c'est lui qui la dépose, et c'est lui qui vient la chercher après sa journée de travail. »

Maria baisse encore la voix.

« Il fait ça tous les jours depuis qu'elle a commencé à travailler ici, il y a deux ans et demi. Le plus bizarre dans l'affaire, c'est qu'il n'entre jamais nous dire bonjour : il reste simplement dehors, à attendre dans la voiture. »

Le regard que Maria lance à Hanna semble vouloir dire : *il est un peu flippant*.

Hanna sent une fureur passée se raviver en elle. Elle a croisé un nombre incalculable d'hommes qui tenaient leur femme sous emprise ; à Stockholm, elle a travaillé des années sur ce genre d'affaires. Mais les affres conjugales des Nordhammar ne sont malheureusement pas sa priorité du moment : elle est venue pour obtenir des informations sur Johan Andersson, et non pour enquêter sur les rapports de force toxiques qui règnent au sein de ce couple.

« Ils sont très croyants, ajoute Maria. Rebecka et son mari font partie de cette communauté évangélique que vous devez peut-être connaître : Lumière de vie. Si j'ai bien compris, Ole travaille même comme pasteur dans cette Église. »

Hanna n'en a jamais entendu parler, mais Daniel hoche la tête.

« Ce nom me dit quelque chose, confirme-t-il. C'est un mouvement plutôt conservateur, il me semble ?

— Oui, très, acquiesce Maria. J'ai fait pas mal de recherches sur le sujet depuis que Rebecka est là. L'Église est implantée dans le coin depuis un moment ; ils ont même une branche en Norvège. Ils sont très traditionalistes.

— C'est-à-dire ? demande Hanna.

— Ils organisent toute leur vie autour de la Bible. C'est l'autorité centrale : il faut suivre tous ses préceptes plus ou moins à la lettre, si vous voyez ce que je veux dire. »

Maria affiche une mine critique.

« Ce sont les hommes qui ont le pouvoir, donc ? » suggère Hanna.

Elle ne peut retenir son mépris. Les hommes ont toujours trouvé une justification pour régenter la vie des femmes.

Daniel lui lance un regard en coin, mais Maria abonde dans son sens.

« On peut le dire comme ça, oui. Quand Rebecka venait d'être embauchée, je lui ai proposé plusieurs fois de sortir prendre un verre avec moi après le travail. Je pensais d'abord que ça ne l'intéressait pas, mais j'ai fini par comprendre que son mari ne le lui permettrait pas. Qu'elle devait lui demander l'autorisation. »

Maria se frotte les poignets.

« Je pense qu'elle n'aurait même pas osé lui demander, poursuit-elle, en laissant son regard dériver. Pour être honnête, je me suis inquiétée pour elle, mais chaque fois que j'ai tenté d'aborder le sujet, elle a esquivé. »

Hanna connaît bien ce sentiment de frustration. Ce comportement, elle en a été témoin plus d'une fois : ces hommes qui tiennent leur femme d'une main de fer, qui leur imposent leur loi en toutes circonstances. Si ça se limite parfois à un désir de contrôle et à une surveillance de tous les instants, il n'est pas rare que ce comportement débouche sur des violences physiques extrêmes.

Toutes les statistiques le montrent ; pour une femme, il n'existe pas d'endroit plus dangereux que son propre foyer.

Daniel se racle la gorge et esquisse un geste discret vers l'horloge. Cela fait bientôt un quart d'heure qu'ils sont là. Hanna aimerait poser encore quelques questions à Maria sur sa collègue, mais ils doivent passer à la suite de l'entretien.

Elle griffonne tout de même une note sur Rebecka. Lorsqu'elle l'aura au téléphone, elle lui glissera deux mots sur l'aide aux victimes de violences conjugales.

« Mais revenons à la dernière visite de Johan Andersson, reprend Daniel. Rebecka est la seule à lui avoir parlé ce jour-là ? »

Maria confirme d'un mouvement de tête.

« Avez-vous remarqué de quelle humeur il était ?

— Non, désolée. On ne s'est même pas adressé la parole.

— Qu'est-ce qui l'amenait ? demande Hanna.

— Je ne sais pas, répond Maria. On a eu pas mal de soucis de canalisations cet automne ; il est revenu plusieurs fois. Mais là, il me semblait que tout était rentré dans l'ordre, donc j'ai été assez surprise de le revoir. Je n'étais même pas au courant que quelqu'un lui avait demandé de passer.

— Combien de temps est-il resté ? interroge Hanna.

— Une dizaine de minutes, je dirais. Vraiment pas longtemps.

— Et il a simplement parlé avec Rebecka ?

— Oui, dans le couloir. »

Hanna jette un regard en coin à Daniel, mais il est plongé dans ses notes. Quelque chose ne colle pas. Pourquoi Johan aurait-il fait toute la route depuis Sadeln pour parler dix minutes avec cette jeune femme ?

« Je peux vous demander le numéro de Rebecka ? demande Hanna.

— Bien sûr. »

Maria sort son portable et cherche le nom de sa collègue dans son répertoire. Hanna note le numéro avant de lui tendre sa carte de visite.

« En fait, j'ai déjà essayé de l'appeler, ajoute Maria. Mais ça ne répondait pas, je suis juste tombée sur son répondeur. »

Daniel se lève.

« Merci pour votre aide, dit-il. Si vous avez des nouvelles de Rebecka, pourriez-vous lui demander de nous contacter ?

— Je le ferai. »

Maria les raccompagne jusqu'à la porte.

Au moment de partir, Hanna la voit hésiter, comme si elle avait autre chose à leur dire. Mais elle finit par leur faire un salut de la main.

Dès qu'ils ont rejoint l'E14, Hanna compose le numéro de Rebecka Nordhammar.

« Bonjour, vous êtes bien sur le répondeur de Rebecka, fait une voix fluette, presque étouffée. Vous pouvez me laisser un message. »

Hanna se présente et demande à Rebecka de la rappeler dès que possible. Puis elle se tourne vers Daniel, qui plisse les yeux face à la lumière aveuglante, malgré le pare-soleil. Les nuages menaçants du début de journée se sont éclipsés, laissant place à une matinée radieuse.

« Pas de réponse, annonce-t-elle. Je réessaierai plus tard.

— Ça marche.

— J'ai l'intuition que Rebecka aurait des choses importantes à nous dire, avance Hanna. Surtout avec ce que nous a appris sa collègue. »

Daniel acquiesce.

« Il faudra que tu insistes. »

Hanna se fait mentalement une note sur ce point. Ils sont en chemin vers le salon de beauté où travaille Sandra Sundin, la femme de Linus. Ils s'apprêtent à l'interroger sur les événements du vendredi soir et les allées et venues de son mari. Si tant est qu'elle accepte de leur parler. Linus n'avait pas été très coopératif lors de leur dernière rencontre.

Hanna ne compte pas pour autant laisser de côté la situation conjugale de Rebecka Nordhammar. D'abord, il faut qu'elle l'ait au bout du fil pour lui demander de quoi elle a parlé avec Johan Andersson ce vendredi.

Puis elle évoquera ce que son mari lui fait subir.

Rebecka
2020
samedi 22 février

Les flocons de neige tourbillonnent dans l'air sur le parking de la rue Björkvägen, où Rebecka attend Johan. Elle n'a presque pas fermé l'œil de la nuit tant la tension est grande. Elle s'apprête à faire un saut dans le vide qui va bouleverser son existence : quitter Ole et commencer une nouvelle vie avec Johan.

Elle fait ça pour leur bébé, ce petit miracle qui s'épanouit en elle.

Elle pose une main protectrice sur son ventre. Son enfant va grandir dans une maison aimante avec son véritable père, et non avec un homme brutal. Elle sait qu'elle a pris la bonne décision, malgré la difficulté d'aller à l'encontre de son éducation.

Rebecka regarde de nouveau l'heure à son poignet. L'aiguille indique dix-neuf heures trente, Johan est très en retard. Ça fait une demi-heure qu'elle l'attend. Elle tape plusieurs fois du pied dans la neige pour se réchauffer. Il fait un froid de canard, l'air qu'elle inspire est glacé dans ses narines.

Où est-il donc passé ?

Enfin, un bruit de moteur. Une voiture approche. Rebecka pousse un soupir de soulagement : elle veut être loin avant qu'Ole rentre à la maison et s'aperçoive qu'elle a disparu.

La voiture se range sur le côté puis s'immobilise. Les phares l'aveuglent. Elle entrevoit une silhouette sombre qui sort côté conducteur.

Quelque chose ne va pas. Elle n'a pas la stature de Johan. Ni la posture.

Ça n'est pas lui.

Rebecka est paralysée. C'est Ole. Il marche dans sa direction.

C'est impossible. Elle refuse d'y croire.

Son cœur s'emballe.

Johan devait venir la chercher. C'est pour lui qu'elle a préparé une valise et qu'elle a filé en secret. À l'heure qu'il est, Ole devait être à la maison paroissiale de Snasadalen, à dispenser des cours d'études bibliques. C'est pour ça qu'elle a repoussé leur départ à samedi, pour qu'il ne la surprenne pas dans ses préparatifs.

Et pourtant, c'est bien lui, face à elle, planté dans la neige, le regard empli d'une telle fureur qu'elle est forcée de tourner la tête.

« Qu'est-ce que tu manigances ? »

Les mots sifflent dans sa bouche.

Rebecka n'arrive pas à sortir un son. Si l'instant d'avant le froid lui faisait claquer des dents, c'est désormais son corps entier qui est secoué d'une terreur sans limites. Elle devrait partir en courant, s'enfuir dans la forêt – mais la sidération la fige.

Elle a l'impression de vivre l'un de ses cauchemars récurrents.

Ole a la mâchoire serrée, ses yeux lancent des éclairs. Son visage est déformé par la rage ; il est méconnaissable.

Toutes les digues semblent avoir cédé.

La panique grandit. Que compte-t-il faire d'elle ?

Un souffle glacé se lève. La neige, portée par un coup de vent ascendant, vient lui fouetter le visage. Les pans du long manteau d'Ole s'envolent derrière lui comme deux ailes noires de chauve-souris.

Rebecka sent le vent siffler à ses oreilles.

Il est au courant.

« Tu n'es qu'une catin ! aboie Ole. Le Seigneur a vu ton péché. »

Rebecka tient à peine debout. Ses jambes flanchent, sa valise lui glisse des mains et s'écrase dans la neige.

Comment est-ce possible ? Comment Ole peut-il savoir qu'elle devait retrouver Johan sur ce parking, à cette heure précise ? Elle a pris tant de précautions, n'a confié ses projets à personne, pas même à Lisen ou à sa mère. De plus, elle n'a emporté que quelques affaires, seulement ce qui rentrait dans une valise.

Tout à coup, elle percute. Il l'a tracée avec son téléphone. Ole connaît son code, il sait tout de ses allées et venues, depuis le début.

A-t-il aussi lu les SMS de Johan ? Elle les a tous effacés, mais il a peut-être été plus rapide qu'elle ?

Rebecka regarde autour d'elle, désespérée. Par la force de la pensée, elle essaie de faire apparaître la camionnette blanche de Johan sur la route, pour qu'il vienne la sauver.

La portière s'ouvre côté passager, et un autre homme en sort. Rebecka reconnaît le pasteur Jonsäter. Il les regarde de loin, mais ne semble montrer aucune intention d'intervenir.

Il est venu pour aider Ole à l'emmener. Elle ne peut plus fuir.

Quand Ole lui saisit le bras pour la conduire à la voiture, Rebecka se laisse faire. Résister ne servirait plus à rien. Tous ses efforts ont été vains.

Comment a-t-elle pu penser qu'elle parviendrait à lui échapper ?

Ole la pousse sur la banquette arrière. Ils se dirigent vers l'E14. Il ne fait pas froid dans la voiture, mais elle est gelée. Le haut de son bras, là où Ole l'a agrippée, lui fait mal.

Tout est chaos.

Pourquoi Johan n'est-il pas venu ? Ils devaient se retrouver à dix-neuf heures. Elle l'a attendu une demi-heure ; où est-il ?

Rebecka refuse d'imaginer qu'il ait changé d'avis, qu'il ait décidé de rester auprès de Marion. Mais ça n'est pas impossible. À moins qu'Ole ait persuadé Johan de renoncer à elle ?

Ou qu'il s'en soit pris à lui ?

Rebecka ne peut retenir un halètement. Ole s'est attaqué à elle tant de fois – pourtant elle ne l'avait jamais vu dans un état pareil. Que deviendrait-elle s'il était arrivé quelque chose de terrible à Johan ?

Elle pose une main sur son ventre et tente de rassembler ses forces.

Ole, au volant, parle à voix basse avec Jan-Peter Jonsäter. Leur conversation, occultée par le ronronnement du moteur, est impossible à suivre. Rebecka ose à peine regarder son mari, et le pasteur ne lui a toujours pas adressé un mot.

Dans un à-coup, la voiture s'engage sur une petite route. Elle s'arrête après plusieurs minutes : Rebecka comprend qu'ils se trouvent à Handöl, devant la superbe villa Belle Époque de la famille Jonsäter.

Le pasteur détache sa ceinture, pose la main sur la poignée pour ouvrir la portière.

Rebecka se lève sur son siège. Il s'apprête à la laisser seule avec Ole. Il a bien vu sa rage, la brutalité avec laquelle il lui a agrippé le bras. Pourtant, il n'est pas intervenu.

Par la vitre, elle voit Jonsäter passer la porte d'entrée de sa maison et disparaître.

« Attendez ! voudrait-elle hurler. Ne me laissez pas seule avec lui ! »

Les mots meurent sur ses lèvres. Le pasteur ne prendrait jamais le parti de Rebecka. S'il avait été prêt à le faire, il n'aurait pas accompagné Ole pour empêcher sa femme de fuir.

Dans la communauté, c'est l'homme qui décide : à ses yeux, elle a péché contre Dieu et contre son époux.

Le traitement que lui réserve Ole n'est qu'une affaire privée entre mari et femme.

Ole met les gaz et se dirige à nouveau vers l'E14. Mais au moment de s'y engager, il tourne à gauche. Rebecka est perplexe : leur maison se trouve dans l'autre direction.

Lorsqu'elle lève les yeux, elle croise le regard féroce de son mari dans le rétroviseur, si vindicatif qu'elle se pelotonne sur son siège.

Des larmes de panique coulent le long de ses joues. Ole va la châtier, ça ne fait pas l'ombre d'un doute.

Il le fera au nom de Dieu.

Elle ne peut espérer aucun pardon.

42

L'institut de beauté où travaille Sandra Sundin se trouve sur la place centrale d'Åre, à deux pas de la station de funiculaire.

Au moment où ils arrivent en voiture, Daniel voit le wagon se mettre en branle et monter en direction de l'hôtel Fjällgården, deux cents mètres plus haut.

Avec sa petite gare en bois noir, le funiculaire incarne la mémoire vivante de l'Åre d'autrefois. Il s'inspire de celui de Davos, dans les Alpes suisses, devenu une destination huppée au tournant du XXe siècle. L'idée était d'établir en Suède une station de ski capable de rivaliser avec ses prestigieuses homologues européennes. Le funiculaire offrait une manière moderne d'accéder aux sommets, épargnant une fatigante ascension à pied, skis sous le bras.

« Toujours fidèle au poste, celui-là », lance-t-il en pointant du doigt le wagon qui commence à disparaître de leur champ de vision.

Hanna a un éclat de rire et sent la nostalgie la gagner.

« Tu l'as dit ! C'est dingue qu'il soit encore en service. Je le prenais tous les hivers quand je venais ici gamine. »

Effectivement, Hanna lui avait raconté qu'elle venait toujours à Åre en famille pour les vacances de février.

Alors qu'ils traversent la place jusqu'au salon, ils croisent trois hommes, skis sur l'épaule, qui progressent de la démarche raide et chaloupée qu'imposent les grosses chaussures à coque rigide.

Daniel contemple les versants enneigés baignés de soleil. Le ciel est d'un bleu éclatant derrière les sommets immaculés, et l'on aperçoit des skieurs enthousiastes dévaler les pentes. La météo idéale pour les sports d'hiver. Si seulement il pouvait chausser ses skis et se lancer à l'assaut des pentes !

Cela fait un bon bout de temps qu'il n'en a pas profité, tant sa vie de jeune papa a été prenante. Il est arrivé une ou deux fois qu'Ida et lui fassent une sortie à skis de fond, avec Alice derrière eux dans une luge, mais ça s'est arrêté là. Ils n'ont pas eu de temps à consacrer à des activités plus ambitieuses – alors même que le ski alpin est leur sport favori à tous les deux. Ida a travaillé plusieurs années comme monitrice dans la station, et à vrai dire elle le dépasse largement sur le plan technique.

Ce sport lui manque sans doute plus à elle qu'à lui, d'ailleurs.

Daniel jette un regard vers l'Åreskutan. Le ciel est si dégagé qu'il aperçoit la station de téléphérique tout là-haut, vers laquelle s'élèvent un chapelet de nacelles rouges.

La montagne majestueuse l'appelle.

Il adore monter au sommet de l'Åreskutan, surtout au petit matin quand les pentes sont désertes. Il préfère toujours sortir des pistes balisées pour entamer la descente par l'autre versant, où l'on peut éviter le gros des touristes et avoir la montagne pour soi.

Être le premier à fendre de ses skis un tapis de neige vierge est une sensation proprement délicieuse.

On ne peut se permettre de relâcher la tension, car il est impossible de prévoir les irrégularités du sol sous le manteau neigeux. Il faut parfois éviter une pierre au dernier moment, quand ce n'est pas un arbre tordu par le vent qui surgit soudainement. Se frayer un chemin entre les crevasses exige une concentration absolue.

Bien qu'il soit formellement déconseillé de pratiquer le hors-piste en solitaire, il le fait volontiers. Il peut ainsi descendre à son rythme, sans avoir à tenir compte de personne. Ce profond sentiment de liberté lui manque.

Cette sensation d'indépendance absolue est unique – ne plus faire qu'un avec la nature – ; Johan devait la connaître par cœur. Lui qui a grandi à Duved, les skis aux pieds, on ne le verra plus jamais perché au sommet de l'Åreskutan, embrassant toute la vallée du regard…

« Tu viens ? » l'appelle Hanna, qui l'attend quelques mètres plus loin.

Elle ouvre la porte du salon où travaille Sandra Sundin.

Un dernier regard vers la montagne, et Daniel la rattrape.

Rebecka
2020
samedi 22 février

Ole conduit dans un silence de plomb. Le temps semble s'étirer à l'infini.

Rebecka n'a aucune idée ni de l'endroit ni de l'heure. Ole lui a arraché son téléphone avant de la pousser sans ménagement sur la banquette arrière. Dans l'obscurité, elle ne distingue pas les aiguilles de sa montre. La seule chose qu'elle sait, c'est qu'ils ont laissé l'E14 derrière eux.

La revoilà seule avec Ole. Tout est perdu, son rêve d'une autre vie est parti en fumée.

La voiture file à toute allure sur les petites routes. De chaque côté, les sapins dressent leurs hautes silhouettes. Kilomètre après kilomètre, le paysage se répète. Rebecka essaie de s'orienter, mais il fait nuit noire et la route n'est pas éclairée. Impossible de distinguer le moindre panneau, la moindre maison qui puisse servir de repère.

Auraient-ils passé la frontière norvégienne ?

Rebecka est si désorientée qu'elle ne saurait même pas dire s'ils ont traversé Storlien, le dernier village avant la frontière. Après la halte chez le pasteur Jonsäter, elle a sombré dans une profonde torpeur : recroquevillée sur le siège, les yeux fermés, elle a pensé très fort à Johan pour se couper de la réalité extérieure.

La route est trop étroite pour une vitesse pareille. Le véhicule dérape dans les virages et Rebecka doit réprimer un haut-le-cœur. Elle ne peut pas vomir dans la voiture : Ole a horreur qu'on tache les vêtements, ça ne ferait qu'aggraver sa furie.

« Où est-ce qu'on va ? »

Ole ne répond pas.

« Où est-ce que tu nous emmènes ? répète-t-elle, plus fort cette fois.

— Ferme-la, misérable traînée ! » Ses mots claquent comme des coups de fouet. « Ou bien je m'arrête tout de suite, et tu verras ce que Dieu fait des catins dans ton genre. »

Après cela, Rebecka n'ose plus ouvrir la bouche. Elle n'a jamais vu Ole aussi déchaîné. Il est arc-bouté sur le volant, les épaules raides de colère. Elle n'ose pas le provoquer davantage.

Elle étouffe un gémissement et regarde par la fenêtre. Pourrait-elle ouvrir la portière, se jeter dans un fossé ?

Un nouveau tournant fait dangereusement pencher le véhicule, à lui couper le souffle. Non, ce serait beaucoup trop risqué à une allure pareille. L'enfant pourrait être blessé.

Et puis, il fait un froid terrible dehors. Même si la neige venait amortir sa chute, et qu'elle courait se cacher dans la forêt, elle mourrait gelée en l'espace de quelques heures.

Le désespoir lui dévore la poitrine.

Personne ne sait où elle se trouve. Johan n'est jamais venu au rendez-vous, et elle est entièrement à la merci d'Ole.

43

Quelle douche froide, cette conversation avec Sandra, songe Hanna en émergeant du salon de beauté.

La place centrale d'Åre grouille de monde. Daniel et elle se retrouvent engloutis par une marée de touristes venus profiter du beau temps. La neige scintille et Hanna place sa main droite en visière pour protéger ses yeux de la lumière éblouissante.

« Sandra ne nous a rien appris, soupire-t-elle. Elle a reconnu leurs difficultés économiques, c'est tout. Pas vraiment un scoop. On pourrait éventuellement dire que ça renforce le mobile de Linus. »

Daniel hausse les épaules.

« À quoi tu t'attendais ? Linus refuse de nous parler sans avocat. Sa femme le protège, naturellement. »

Hanna avait espéré un échange plus concluant.

« Elle doit connaître Johan depuis longtemps, elle aussi. Il semblerait normal qu'elle nous aide. Qu'elle fasse ça pour lui.

— Et qu'elle jette son mari en taule ? »

Daniel ébauche un sourire sans joie.

« Allez, laissons tomber. On ne tirera rien de plus de Sandra pour le moment. »

Il jette un regard circulaire, montre du doigt la brasserie Werséns de l'autre côté de la rue.

« Que dirais-tu d'une pizza ? On ne va pas retourner au commissariat le ventre vide. »

Hanna est affamée après cette longue matinée et elle sait que Werséns fait les meilleures pizzas de la ville.

« Excellente idée ! »

Elle le précède et ouvre la porte. Le restaurant est bondé, plutôt rare pour un midi. Ils jouent des coudes pour atteindre une table libre dans un coin. Comme elle a hâte que cette semaine de vacances s'achève ! Pourtant, c'était justement à cette période qu'elle venait à Åre avec ses parents. À l'époque, elle n'avait pas conscience de l'invasion que ça représentait pour la population locale. On se croirait dans une métropole européenne plus au sud plutôt que dans un hameau du Norrland.

À peine sa pizza est-elle posée sur la table qu'Hanna se jette dessus. Elle a pris la « Chasseur » – venaison, girolles et crème au raifort.

Hanna et Daniel sont les seuls clients qui ne portent pas de vêtements de ski ou n'ont pas l'air de vacanciers. Et les seuls, semble-t-il, à ne pas boire d'alcool.

« J'avais les crocs », s'excuse-t-elle.

Daniel lui sourit, la bouche pleine. Il a opté pour une pizza plus traditionnelle – salami à la truffe, roquette et parmesan.

« Pas de problème. Hum, qu'est-ce que c'est bon ! »

Par précaution, ils évitent de parler de l'entretien avec Sandra, même si Hanna se repasse mentalement la conversation. Il y a trop de monde, les tables sont les unes sur les autres. La dernière chose dont ils aient besoin, c'est de ragots à cause d'une oreille indiscrète.

À la table d'à côté, elle remarque une femme en poncho de fourrure, verre de rosé à la main, qui leur jette une succession de coups d'œil curieux. Hanna la salue d'un signe de tête et demande discrètement à Daniel :

« Tu crois qu'elle se doute qu'on est de la police ? »

Il lance un regard furtif à sa voisine, qui semble à présent absorbée par son téléphone.

« Ça a de l'importance ? »

Hanna secoue la tête et avale son dernier morceau de pizza. Bien qu'ils ne portent pas d'uniforme, les gens devinent souvent leur métier. Nombre de leurs collègues rapportent la même expérience.

Leur repas terminé, ils regagnent la voiture, stationnée sur le parking qui longe la voie ferrée. Impossible de se garer plus près, toutes les places étaient prises.

Ils sont attendus au commissariat pour une visioconférence avec Östersund. Espérons que l'autopsie sera terminée.

Ils en sauront davantage sur la manière dont ce pauvre Johan a été tué.

44

Daniel ouvre la porte de la salle de réunion, une tasse de café à la main. C'est l'heure de la visioconférence avec le groupe SMP. Comme toujours, cela commence par un rappel des dernières avancées. La procureure Jenny Ullenius y participe à nouveau – c'est souvent le cas dans les enquêtes pour homicide. Comme hier, elle est tout de noir vêtue.

Birgitta Grip s'enquiert des actions menées puis donne la parole à Ylva Labba.

La légiste est installée à son bureau, dans un manteau blanc déboutonné. Elle s'est coupé les cheveux depuis la dernière fois que Daniel l'a vue ; elle porte un carré court qui épouse la ligne de sa mâchoire. La coupe est seyante, elle met en valeur ses pommettes hautes, mais lui donne aussi un air plus dur, plus distant.

Si Daniel salue les compétences d'Ylva, il ne comprendra jamais l'attrait de certaines personnes pour la médecine légale. Qu'est-ce qui les amène à se spécialiser dans les corps mutilés et sans vie, plutôt que d'avoir affaire à des vivants ?

Dans certains cas d'homicides sur lesquels il a travaillé à Göteborg, la vue des cadavres salement amochés suffisait à lui retourner l'estomac. Presque comme samedi dernier, lorsqu'ils ont découvert Johan.

Ylva Labba se lance. Daniel tend l'oreille.

« Nous avons pu déterminer que la mort de Johan Andersson est consécutive à un grave traumatisme crânien. Plus exactement une fracture de l'os pariétal gauche, qui protège le lobe pariétal. Le lobe occipital présente également des lésions. »

Elle se perd dans des considérations techniques, évoquant la survenue d'un œdème, de fractures comminutives, avant de détailler la nature des lésions cérébrales affectant les fonctions vitales.

Daniel a déjà entendu cette terminologie, il n'empêche qu'il a parfois du mal à suivre. Les conclusions sont plus ou moins les mêmes qu'à la découverte du corps, à savoir que Johan est décédé à la suite de plusieurs coups violents à l'arrière de la tête, lesquels lui ont brisé le crâne et ont endommagé des parties importantes de son cerveau.

Il est mort quasiment sur le coup. Il était sans doute décédé depuis six à douze heures lorsqu'on l'a retrouvé.

« Quid de l'arme du crime ? s'enquiert Daniel à la fin de l'interminable exposé.

— Je pencherais pour un outil plat, au vu de l'aspect des blessures et de la peau autour.

— Quel genre d'outil, tu peux préciser ? demande Raffe.

— Sans doute une petite masse. »

Une masse ? Daniel réfléchit. On en trouve dans la plupart des foyers de la région. Autant chercher une aiguille dans une meule de foin.

« Et les autres blessures ? poursuit-il. Comment sont-elles survenues ?

— C'est plus difficile à dire. »

Ylva fait apparaître à l'écran une photo du visage méconnaissable de Johan. Daniel sent un malaise l'envahir. Vu de près, on distingue à quel point il a dû être malmené avant sa mort. Sa peau est lacérée et boursouflée, son nez de travers.

« Oh la vache ! » s'exclame Raffe.

Ylva commente l'image avec détachement.

« La victime présente une importante fracture des os du nez, une lésion à la pommette droite et diverses lésions traumatiques sur l'ensemble du visage. »

Alors que Daniel digère ces informations brutales, Hanna met des mots sur ce que tout le monde semble penser :

« Tu veux dire qu'on l'a torturé ? »

Raffe se crispe sur sa chaise.

« Je ne peux pas me prononcer avec certitude sur la cause de ces lésions, pondère Ylva. Il est difficile d'établir une chronologie exacte, étant donné que le corps est resté plusieurs heures dans le froid. »

Elle feuillette un tas de documents posés devant elle avant de reprendre.

« En tout cas, je pense que la plupart des blessures au visage ont été causées dans un laps de temps court. Au niveau de la pommette droite, l'aspect de la peau et des tissus sous-cutanés peut évoquer un violent coup de poing, mais les autres lésions ne sont pas aussi faciles à interpréter.

— Tu peux quand même essayer ? insiste Daniel.

— On peut émettre l'hypothèse qu'il a reçu un premier coup qui l'a fait tomber la tête la première sans possibilité d'amortir le choc. Peut-être que ses mains étaient déjà attachées derrière son dos. Le grand nombre de petites plaies superficielles va dans ce sens ; elles sont assez régulièrement réparties, comme si elles étaient la conséquence d'un même choc. Il présente aussi de nombreux micro-saignements au visage, ce qu'on peut interpréter de cette manière. En revanche, je ne peux pas dire si le nez a été cassé avant, après ou au moment de la chute.

— Combien de temps a pu s'écouler entre les blessures à l'arrière de la tête et au visage ? » demande Anton.

Les bras croisés, les yeux cernés, il semble aussi épuisé qu'hier. Cela fait longtemps que Daniel ne l'a pas vu aussi éteint. Quelque chose doit le tracasser, mais Daniel n'a pas vraiment le temps de creuser.

« Pas facile à déterminer, répond Ylva. Mais je dirais que tout s'est passé assez vite. »

Daniel est déçu. Il espérait des réponses plus précises de la part de la légiste. Elle fait de son mieux, il en a bien conscience. Et heureusement que l'autopsie a été jugée prioritaire – autrement, ils auraient attendu bien plus longtemps.

Ylva consulte sa montre.

« Je crois que vous avez toutes les informations que je pouvais vous fournir. J'ai pas mal de choses à faire par ailleurs, et… »

Hanna paraît songeuse.

« Une dernière question, la coupe-t-elle. Johan avait-il bu ou consommé des stupéfiants ? »

Ylva secoue la tête.

« Les analyses toxicologiques ne montrent aucune trace d'alcool ou de substances chimiques dans le sang. »

Cela correspond au témoignage de Carl Willner : Johan n'avait pris qu'une bière légère chez Pigo.

Ylva disparaît de l'écran. Grip tapote sur la table du bout de son stylo pour attirer l'attention de tous. Elle s'adresse à Carina.

« Comment se passe l'examen de la camionnette ? Avez-vous trouvé le journal de bord électronique dont nous avons parlé ?

— Oui et non, répond Carina en ajustant ses écouteurs. Le véhicule en possède un, mais nous n'avons pas encore accès aux informations. Je vous tiendrai au courant dès qu'on en saura plus.

— Il devait y avoir des boîtes à outils dans la fourgonnette, fait remarquer Daniel en essayant de se représenter l'intérieur du véhicule. Peux-tu regarder s'il manque quelque chose ? Ça serait intéressant de savoir si l'arme du crime vient de l'équipement de Johan. »

Daniel consulte du regard ses collègues dans la salle.

« Ça peut nous donner une indication sur la spontanéité de l'homicide, poursuit-il. Si l'auteur a utilisé une arme qui se trouvait là, par opportunisme, ou s'il l'avait déjà sur lui. »

Grip hoche la tête avec approbation.

« Et le relevé téléphonique ? demande-t-elle. Ça donne quelque chose ? »

Le portable de Johan n'a toujours pas été retrouvé. Ils ont demandé à l'opérateur la liste de tous ses contacts téléphoniques sur les six derniers mois.

« Ça ne devrait pas tarder », assure Raffe.

Daniel retrace mentalement le déroulement des événements :

Johan est arrivé chez Linus Sundin vers dix-neuf heures quarante. Même si Sandra s'est montrée avare de paroles lors de l'interrogatoire, avant le déjeuner, elle a indirectement confirmé que les deux associés avaient élevé la voix. Elle a également indiqué que Johan était resté chez eux vingt-cinq minutes tout au plus.

La question est de savoir si la dispute a dégénéré dès ce moment-là, si la bagarre a éclaté dans la cuisine.

Sandra a affirmé qu'ils n'en étaient pas venus aux mains, mais ce ne serait pas la première fois qu'une femme ment pour protéger son mari.

Sans compter que Linus a exigé d'avoir un avocat à ses côtés : il n'en paraît que plus suspect.

S'ils pouvaient fouiller la maison avec l'arsenal technique de Carina, il ne serait pas difficile de trouver les preuves d'une empoignade qui aurait mal tourné. On peut déceler à la lumière infrarouge des traces de sang nettoyées. Un bon technicien peut même retrouver des restes de cheveux et d'os.

« On devrait procéder à une perquisition chez Linus, suggère Daniel. Envoyer la police scientifique, des chiens, tout le tralala. »

Grip n'affiche pas un enthousiasme débordant. Jenny Ullenius non plus.

« On parle d'une famille, avec un enfant. Et le suspect est inconnu de nos services », souligne Grip.

Cela n'a pas échappé à Daniel.

« Linus a un mobile, c'est la dernière personne à l'avoir vu vivant, argumente-t-il. Et il refuse de coopérer sans avocat.

— C'est encore trop tôt.

— Ce n'est pas comme si on avait un autre suspect.

— Nous pouvons nous permettre d'attendre encore une journée.

— Qu'est-ce qu'on aurait à perdre ? » demande Daniel, d'une voix un brin trop forte.

Jenny Ullenius fronce les sourcils.

« Nous manquons d'éléments à charge », rétorque Grip.

Daniel comprend son hésitation. On appelle ça le principe de proportionnalité : pour garantir la sécurité juridique, une mesure ne peut être prise que si on la considère comme proportionnée au regard de son effet.

« Nous n'avons pas le moindre élément matériel qui lierait Linus à l'homicide », renchérit Ullenius.

Elle a à peine prononcé un mot jusqu'à maintenant. Pour une fois qu'elle intervient, il faut vraiment qu'elle prenne le parti de Grip ?

« N'est-ce pas justement l'objectif d'une perquisition, de trouver de nouveaux indices ? »

Daniel entend bien que ce qu'il vient de dire sonne comme une provocation.

Grip les fixe depuis l'écran avec un regard à glacer le sang.

« Trouvez-moi autre chose, et on en reparle. »

45

Il faut trois quarts d'heure à Ida pour habiller Alice et l'installer dans son landau pour une balade. Quand elles sortent enfin dans la rue, Ida a si chaud qu'elle sent la sueur perler sous sa parka.

Elle se dirige vers le village. Tove, une de ses meilleures amies, lui a donné rendez-vous à la Brûlerie d'Åre pour prendre un café.

La place est noire de monde. Un bar éphémère vient d'ouvrir en face du magasin de sport, et une longue file d'attente s'est formée pour se faire servir de la bière ou du vin chaud. Ida franchit difficilement les amas de neige avec le landau. Lorsqu'elle gagne le café, Alice s'est assoupie. Ida laisse le landau devant la fenêtre pour pouvoir garder un œil sur sa fille.

Elle reste à la contempler. Comme elle est mignonne quand elle dort ! Elle a un teint de pêche, de longs cils, une petite bouche en bouton de rose. Elle sent monter en elle une intense vague d'amour. Et dire qu'elle hésitait à devenir mère ! Aujourd'hui, elle peine à comprendre ce qui avait pu la retenir.

Elle entre dans le café. Tove lui fait signe de la rejoindre à une table dans un coin. Toutes les autres sont occupées.

« On se marche dessus, ici ! soupire Ida en serrant son amie dans ses bras.

— Qu'est-ce que tu veux, Stockholm est en vacances… »

Comme d'habitude, ça sent divinement bon dans le café. Près de la caisse, les pâtisseries leur font de l'œil – des brioches roulées recouvertes de sucre perlé et des gâteaux de toutes sortes. Elles commandent chacune un café latte et une boule au chocolat bien rebondie.

« D'ailleurs, tu as entendu qu'ils ferment les stations de ski du nord de l'Italie ? » lance Tove une fois qu'elles se sont rassises.

Ida secouc la tête. Ces derniers jours, elle a à peine jeté un œil aux infos ou aux journaux en ligne – avant tout pour ne plus entendre parler du meurtre de Johan. La situation l'angoisse déjà bien assez, elle s'inquiète pour la sécurité de Daniel.

Qui sait ce qui peut arriver lorsqu'on poursuit un meurtrier ? Daniel est consciencieux, mais il devrait faire attention. Surtout maintenant qu'il a une petite fille.

« C'est ce coronavirus qui vient de Chine, il a l'air de se diffuser, reprend Tove. Visiblement, tout ferme pour limiter la contagion. Toutes les remontées mécaniques. Les écoles aussi.

— On ne peut pas fermer toute une ville ! proteste Ida, avant de tremper ses lèvres dans son café à la délicieuse saveur de noisette. Comment est-ce possible ?

— On dit aux gens de rester chez eux et de ne voir personne en dehors de leur famille.

— C'est pas croyable. Et c'est légal ?

— Apparemment. C'est complètement fou, non ? »

Ida tourne la tête et jette un coup d'œil par la fenêtre : en voyant les skieurs qui se pressent sur la place principale, elle pense aux queues devant les remontées mécaniques, aux téléphériques où l'on est serrés comme des sardines, aux soirées d'après le ski. Åre vit du tourisme. Ici, une bonne saison hivernale est la condition *sine qua non* pour faire vivre les entreprises.

Son poste de monitrice de ski en dépend.

« J'espère vraiment qu'on en sera préservés », dit-elle avec un frisson.

Tove remue son café latte.

« Au fait, le meurtre de Johan Andersson. Quelle affaire ! Raconte-moi, j'imagine que Daniel ne doit pas être souvent à la maison !

— Pas trop, non. »

Ida mord à pleines dents dans sa pâtisserie. Il faut bien qu'elle se console des absences de Daniel. Et puis au fond, elle a de quoi être fière de ce qu'il fait : la mort de ce skieur est un crime terrible dont il faut trouver l'auteur.

Elle fait de son mieux pour ne pas se plaindre :

« Il bosse non-stop, explique-t-elle. Nous avons à peine échangé un mot ces derniers jours. »

Tove pose sa main sur celle d'Ida.

« Ça ne doit pas être facile, c'est vrai. »

Elle regarde autour d'elle, comme pour s'assurer que personne ne l'entend.

« Écoute. Je ne devrais peut-être pas t'en parler, mais j'ai vu Daniel chez Werséns ce midi. »

Ida lève les yeux. Comment Daniel a-t-il le temps d'aller au restaurant avec tout le boulot qu'il a ?

« Il déjeunait en tête à tête avec une brune d'à peu près son âge, poursuit-elle. Ils avaient l'air de bien s'entendre. »

Elle hésite, son regard se fait interrogateur.

« Ne le prends pas mal, mais… comment ça se passe entre vous ? »

Rebecka
2020
samedi 22 février

La voiture s'arrête avec une secousse, sortant Rebecka de sa torpeur. Par la fenêtre, elle ne voit que la nuit et la neige, mais lentement ses yeux plissés s'habituent à l'obscurité. Elle devine les contours d'un bâtiment, un champ en jachère et une forêt dense au loin.

Elle a une envie pressante, mais s'efforce de se retenir.

Ole descend du véhicule et va chercher une pelle à neige dans le coffre. Rebecka entend le petit bruit sourd de la fermeture centralisée des portes – il l'a enfermée dans la voiture. Bloqué par la neige qui l'empêche de continuer, il s'est garé au bord de la route.

Elle le suit du regard, les yeux écarquillés.

À grands coups de pelle, il dégage un chemin étroit entre la route et la bâtisse, puis passe la porte d'entrée ; la lumière s'allume à l'intérieur. Elle voit maintenant qu'il s'agit d'une maison en bois de deux étages, vétuste. La peinture est écaillée et il manque des tuiles au toit.

La peur la foudroie avec une force décuplée.

Pourquoi sont-ils ici ? Que compte-t-il faire d'elle ?

Elle commence à avoir froid, le moteur est éteint et la température baisse rapidement dans l'habitacle. Il doit faire moins vingt degrés dehors, peut-être même moins.

La portière s'ouvre brusquement et Ole lui fait signe de sortir.

Rebecka obéit, elle n'a pas le choix. Elle saisit son sac en silence et le suit dans la neige. Ils pénètrent dans une entrée dépouillée, au sol recouvert d'un revêtement en liège miteux. L'air est rance et renfermé : il y flotte comme une odeur de vieillard, un mélange de saleté incrustée et d'urine, qui la prend à la gorge.

Un grand crucifix aux couleurs délavées est accroché au mur. Le Christ la regarde fixement de ses yeux vides. Elle voudrait tomber à genoux, lui demander de la sauver, mais elle sait que ce serait en vain.

Elle comprend à présent où elle se trouve. Ole l'a emmenée dans la maison de son grand-père maternel, au nord de Meråker. Le vieil homme est mort il y a plusieurs années, et comme il était veuf et que la mère d'Ole était décédée, c'est son fils qui en a hérité. Ole en avait parlé quelques fois à Rebecka, mais elle n'y était jamais allée.

Ils se trouvent donc en Norvège.

Cette prise de conscience la fait chanceler. La maison est isolée au milieu de nulle part, aucun espoir qu'on vienne la secourir. Ole peut faire d'elle ce qu'il veut.

Elle se remémore son pire accès de violence, il y a six mois – elle a vraiment cru qu'il avait perdu le contrôle, qu'il allait la tuer.

Ses mains lui serraient le cou avec une telle frénésie que sa vue s'était obscurcie.

Cette fois-là, il n'avait lâché prise qu'au moment où elle s'était évanouie.

Serait-il capable de recommencer aujourd'hui ? Ici, il n'y a personne pour l'en empêcher. Mais à présent, ce sont deux vies qui sont en jeu. Si elle meurt, l'enfant qu'elle porte la suivra dans la tombe.

Ole ne la lâche pas du regard.

Bien que cela paraisse dérisoire dans ces circonstances, Rebecka doit impérativement aller se soulager. Elle ne peut plus se retenir, bientôt elle fera dans sa culotte.

« Les toilettes ? » murmure-t-elle.

Ole montre du doigt l'une des portes. Rebecka se hâte, elle a l'impression que sa vessie va exploser.

La petite salle de bain est aussi sale que le reste de la maison. L'odeur est répugnante. La cuvette en faïence est striée de fissures noires et maculée de traces jaunâtres.

Lorsqu'elle a terminé, elle trouve à peine la force de se relever. Elle est obligée de prendre appui contre le mur.

L'idée de retourner dans l'entrée la paralyse. Mais elle n'a pas le choix. La porte ne ferme pas à clé.

D'un moment à l'autre, Ole peut ouvrir les toilettes et la faire sortir *manu militari*. Les mains tremblantes, elle remonte son pantalon, le boutonne. Dans le miroir fendu, elle voit l'effroi sur son visage.

Puis elle abaisse la poignée et sort.

46

Il est presque dix-huit heures trente au poste de police. Hanna vient d'envoyer un message à Lydia indiquant qu'elle n'arrivera pas à l'heure pour le dîner. Elle s'apprête à laisser un nouveau message sur le répondeur de Rebecka Nordhammar lorsqu'elle remarque que Daniel range ses affaires.

Elle se lève et se dirige vers le bureau de son collègue.

« Le téléphone de Rebecka Nordhammar est toujours éteint, dit-elle sur le pas de la porte. Je viens de l'appeler.

— On s'en occupera demain. »

Son ton est sec, comme s'il était encore contrarié par les réprimandes de Grip. Hanna a déjà vécu ce genre de situation : il faut parfois accepter d'avoir des dissensions avec son supérieur.

« On ne devrait pas faire un tour chez Rebecka ? tente-t-elle. Par précaution. »

Daniel l'entend à peine, il a l'air stressé.

« Je dois filer, fait-il en agitant son téléphone. Ida vient de m'appeler. »

Il sort de son bureau et Hanna regagne le sien. Anton passe dans le couloir.

« J'y vais, bonne soirée ! » lance-t-il en se dirigeant vers la sortie.

Hanna lève une main pour le saluer et se rassied devant son ordinateur. C'est décidément étrange que Rebecka Nordhammar ne réponde pas au téléphone et n'ait jamais essayé de la rappeler, vu le nombre de messages qu'elle a laissés sur son répondeur.

Elle attrape son bloc-notes et retrouve le numéro de Maria Törnlund, avec l'espoir que Rebecka l'ait contactée.

Maria répond immédiatement quand Hanna l'appelle pour lui expliquer la situation.

« Non, malheureusement, déplore-t-elle. Rebecka ne m'a donné aucune nouvelle. On ne s'est pas parlé depuis vendredi. »

Elle inspire profondément, comme s'il lui fallait prendre son élan.

« Il y a quelque chose que j'aurais dû vous dire, lâche Maria, la voix hésitante. Mais je ne voulais pas en rajouter.

— Je vous écoute », dit Hanna pour l'encourager.

Après trois secondes de silence, Maria reprend :

« Je crains que Rebecka ne soit pas réellement malade, mais qu'Ole s'en soit pris à elle. »

Elle crache la phrase si vite qu'elle bute sur les mots.

« Vous voyez ce que je veux dire ?

— Parfaitement », répond Hanna en saisissant son stylo.

Elle comprend exactement de quoi il s'agit. Après sept ans dans les violences intrafamiliales, elle reconnaît sans peine les situations à risque. Elle n'a vu que trop de foyers minés par les maltraitances.

« Je crois que ça dure depuis un certain temps, poursuit Maria. Un jour, Rebecka avait relevé ses manches pour peindre avec les enfants, et j'ai vu ses avant-bras : ils étaient couverts de gros hématomes bleus et violets. Le genre de marques qu'on peut avoir quand quelqu'un vous serre violemment. »

On dirait presque que Maria parle d'expérience.

« Plusieurs fois, j'ai eu l'impression qu'elle avait pris des coups. J'ai essayé d'en parler avec elle, mais elle esquivait le sujet. Et depuis, elle a toujours bien fait attention à ne pas retrousser ses manches. »

Elle se tait. En s'efforçant de ne pas la presser, Hanna prend consciencieusement des notes.

« J'aurais peut-être dû lui demander clairement ce qui se passait dans son couple, mais je n'osais pas, ajoute Maria, la voix teintée de culpabilité. Ça me semblait intrusif. Sans compter que son mari m'avait fait plutôt bonne impression, surtout au début. C'était difficile d'imaginer qu'il la brutalisait…

— Que s'est-il passé ensuite ? demande Hanna.

— J'ai l'impression qu'il y a eu une escalade de violence. Rebecka était de plus en plus déprimée. J'ai essayé de faire mon possible, je lui ai parlé d'une amie dans la même situation qui s'en était sortie. Un autre jour, j'ai laissé des dépliants dans la salle du personnel, sur la protection des femmes victimes de violences. Je me suis dit qu'elle en emporterait peut-être un, que ça pourrait l'inciter à demander de l'aide.

— Elle en a pris un ?

— Je ne crois pas. Ils étaient encore là à la fin de la journée, mais elle y a peut-être jeté un œil ? »

Hanna sait que ce n'est pas une situation facile. Quand on pense qu'une personne de son entourage pourrait être victime de violences mais que l'on manque de preuves concrètes, il est difficile de savoir comment s'y prendre.

Beaucoup choisissent de fermer les yeux, par peur de fourrer leur nez dans ce qui ne les regarde pas ou d'accuser quelqu'un à tort. D'autant qu'il est assez mal vu dans la culture suédoise de se montrer trop curieux. On peut aussi redouter d'aggraver la situation pour la victime.

Maria est courageuse de faire part de ses soupçons à la police.

« Il y a autre chose, ajoute celle-ci, qui me fait craindre qu'Ole ait pu s'en prendre à Rebecka…

— Oui ?

— Je crois que Johan et Rebecka… se plaisaient. »

Hanna bondit de sa chaise.

« "Se plaisaient"… vous parlez de sentiments amoureux ? s'enquiert-elle pour éviter tout malentendu.

— Je ne sais pas, mais il y avait quelque chose dans leurs regards, quand il est venu vendredi. Johan a posé la main sur le bras de Rebecka. Vous auriez vu son expression… il avait l'air dévasté. »

Hanna prend en note chaque mot.

« En plus, Rebecka s'est éclipsée pendant un bon bout de temps après le passage de Johan. Elle n'est revenue qu'une demi-heure plus tard, alors même qu'on s'apprêtait à fermer la garderie. À son retour elle paraissait chamboulée, incapable de se concentrer. Je me demande si elle n'est pas allée le rejoindre.

— Je vous remercie de m'avoir fait part de ces informations. Vraiment.

— Hier, quand le mari de Rebecka a appelé pour me notifier son arrêt maladie, et en voyant qu'elle ne répondait pas au téléphone alors que j'avais essayé de l'appeler plusieurs fois, je me suis repassé en boucle tous les événements. Et maintenant que j'y ai réfléchi, je me demande si… comment dire… si Rebecka et Johan n'avaient pas une liaison secrète. »

Hanna entend la peur sourdre à chacun de ses mots.

« Et si Ole l'avait découvert ? »

Ellc semble à deux doigts de fondre en larmes.

« Et s'il avait décidé de se venger sur Rebecka ? »

Rebecka
2020
samedi 22 février

Rebecka sort des toilettes, les oreilles bourdonnant d'angoisse.

Ole l'attend dans la cuisine délabrée. Sur la table est posée une vieille bible à la couverture noire rehaussée de lettres sinueuses. Il est planté au milieu de la pièce, les bras croisés. Il n'y a que de la haine dans son regard.

Ce calme qu'il affiche redouble l'effroi de Rebecka.

Ole lui intime de s'asseoir sur une des chaises à barreaux.

Elle comprend. C'est un tribunal. Elle est sur le banc des accusés ; lui est à la fois juge et procureur.

« Je te donne *une* chance de me dire la vérité. Une seule », lâche-t-il d'une voix monocorde.

Elle a l'impression de faire face à un parfait inconnu, et non plus à son mari dont elle partage la vie depuis plus de sept ans. Rebecka s'accroche à sa chaise, totalement paniquée. Elle n'ose pas lui parler de Johan, de leur liaison. Mais si elle lui ment alors qu'Ole est déjà au courant, elle sera tout aussi perdue.

Rebecka scrute le visage de son mari à la recherche d'un indice, n'importe quoi qui puisse l'aider à prendre une décision.

Est-ce simplement un cruel jeu du chat et de la souris ?

Sa réponse peut être déterminante. Pour la vie de son enfant à naître.

« Ole, je t'en supplie. Ne fais pas ça.

— Une seule chance, répète-t-il.

— Que veux-tu savoir ? » murmure-t-elle.

Elle a du mal à s'exprimer, les larmes lui nouent la gorge, son nez coule et elle s'efforce de retenir ses sanglots. Ole a toujours eu horreur des pleurs.

« Tu m'as menti », dit-il.

Il lui décoche un regard glacial.

« Tu m'as dit que tu ne te sentais pas bien, tu as raconté que tu allais te coucher tôt pour ne pas venir à la maison paroissiale. Au lieu de cela, tu es partie avec une valise pleine à craquer. »

Un sourire sarcastique lui vient aux lèvres.

« Que faisais-tu sur le parking ? »

Rebecka tente de comprendre ce qu'il cherche à obtenir. Veut-il l'entendre reconnaître son infidélité ?

Oui, c'est sans doute ça. Il veut qu'elle avoue ses péchés à voix haute, comme on le fait dans la communauté.

Rebecka jette un coup d'œil à l'imposante bible. Elle a péché, elle le sait déjà.

Elle toussote pour gagner du temps.

« Je… », commence-t-elle, mais les mots ne sortent pas.

La peur de donner la mauvaise réponse l'empêche de continuer.

« Alors ? »

Ole s'approche d'elle et lui saisit le visage d'un geste si brusque qu'elle entend un craquement.

« Je veux la vérité. »

Rebecka sent sa mâchoire sur le point de se déboîter, et laisse échapper un gémissement.

« La ferme ! rugit-il.

— Attends ! s'écrie Rebecka. Je vais t'expliquer. »

Les larmes glissent sur ses joues lorsque Ole desserre sa violente étreinte. Il recule d'un pas, la considère d'un air de défi.

« Je voulais partir, halète-t-elle, pour ne pas avoir à prononcer le nom de Johan.

— Tu allais me quitter ? » éructe-t-il.

À quoi bon le contredire ?

« Oui, chuchote Rebecka, tête baissée.

— Je suis ton époux. Tu as juré devant Dieu de m'aimer et de m'obéir. Ton corps m'appartient.

— Je sais. »

Sa fureur semble alourdir l'air qu'elle respire.

Elle sent un liquide chaud imbiber sa culotte – elle vient tout juste d'aller aux toilettes, mais la peur l'empêche de se retenir.

Elle sanglote en silence.

Ole ouvre les mains, les approche du visage de Rebecka. Elle les sent se fermer autour de son cou, serrer de plus en plus fort.

L'air commence à lui manquer. Ses oreilles sifflent comme la dernière fois.

Cette fois c'est certain, il va me tuer.

47

Le menton dans les mains, Hanna se repasse la conversation avec Maria Törnlund.

Le silence règne au poste de police. Le bureau d'Hanna est le seul éclairé.

Les informations livrées par Maria sur l'éventuelle liaison entre Johan et Rebecka peuvent influer sur l'enquête. Rebecka pourrait être la clé de ce qui est arrivé à Johan. Pire, elle pourrait bien être une autre victime dans cette histoire.

La description du mari, de l'emprise qu'il semblait exercer sur elle… Pour Hanna, tous les voyants sont au rouge. Cela coche toutes les cases d'une relation toxique.

Elle tape « Lumière de vie » dans le moteur de recherche.

Une longue liste de résultats s'affiche aussitôt à l'écran.

D'après Wikipédia, la communauté existe dans le Jämtland depuis sa fondation dans les années trente dans la vallée de Snasadalen, à proximité de la frontière norvégienne. La plupart de ses membres vivent entre Storlien et Järpen, mais la maison paroissiale est toujours à Snasadalen.

Hanna cherche la localité sur Google Maps et découvre qu'elle se trouve au pied du massif montagneux Snasahögarna, non loin de Handöl.

Les Nordhammar habitent à Enafors, à une dizaine de minutes de là.

Poursuivant ses recherches, elle tombe sur le site Internet de la communauté. Pas si vieux jeu que cela, finalement, si elle a son propre site Web. Une bannière vert pâle relevée d'une croix blanche apparaît, accompagnée d'un texte qui présente avec enthousiasme sa mission sacrée : faire que chacun, dans le monde entier, connaisse et aime Jésus-Christ. La congrégation se veut une assemblée cultivant l'amour fraternel, bénie de Dieu. En choisissant le Christ, on choisit d'être ensemble dans la foi, l'espérance et l'amour. En suivant le Seigneur, en exécutant Son travail, on œuvre pour que d'autres Le rejoignent.

Si ce tableau semble en tout point idyllique, Hanna note cependant que tous les pasteurs sont des hommes. Les femmes, uniquement décrites comme aidantes, dédiées au soin des autres, ne sont célébrées qu'en tant qu'épouses et mères.

D'évidence, elles sont vues comme des machines à procréer et non comme des individus dotés d'un libre-arbitre.

À mesure qu'Hanna lit, son malaise grandit, ainsi que son inquiétude pour Rebecka.

Chaque rubrique du site déroule de nouvelles descriptions de l'amour de Dieu, de la manière dont l'esprit de Jésus imprègne la communauté tout entière. Les membres doivent refuser l'individualisme en s'engageant à servir les autres dans le plus pur don d'eux-mêmes, répondre aux besoins de leur prochain, et renforcer leur caractère par la prière et la pratique religieuse.

Cette congrégation a tout l'air d'un mouvement sectaire.

Elle tombe sur une rubrique décrivant la structure de la communauté. Les membres sont tenus de participer à différents groupes qui se retrouvent au domicile des fidèles. Ils doivent en outre accomplir des tâches spécifiques – entretien des locaux, organisation des études bibliques ou distribution du café après l'office.

Il y a fort à parier que la plupart de ces basses besognes sont dévolues aux femmes.

Dans le monde d'Hanna, cela s'appelle du travail non rémunéré.

Le « déjeuner de la maîtresse de maison » est l'une de ces activités – un repas pris en commun, avec un soin particulier porté à l'art de la table et au maintien d'une atmosphère de piété et d'espérance. Hanna secoue la tête. Ils sont au courant qu'ils vivent au XXIe siècle ?

Elle lâche sa souris et se penche en arrière sur sa chaise.

Le description de la vie heureuse de ces fidèles, sous la protection de Dieu, concorde mal avec ce que lui a confié Maria Törnlund sur la vie de Rebecka. Que son mari la conduisait chaque jour à son travail et l'attendait à la sortie ; qu'elle devait lui demander l'autorisation pour aller boire un verre en ville. Qu'elle avait des hématomes à différents endroits du corps qu'elle tentait de dissimuler.

Ce genre de comportement n'évoque ni amour du prochain ni égard pour la sécurité des femmes.

Plus Hanna en découvre sur cette communauté, plus ses préceptes lui semblent sectaires et oppressifs. Elle ne peut s'empêcher de repenser à l'affaire de la communauté de Knutby, dans les années deux mille, où l'obéissance aveugle aux pasteurs et à une femme surnommée la « fiancée du Christ » avait débouché sur l'agression et l'exploitation sexuelle de plusieurs fidèles, et conduit une jeune employée de maison à commettre un double meurtre.

Elle tape le nom d'Ole Nordhammar dans Google. Apparaît l'image d'un homme séduisant d'une quarantaine d'années au menton marqué, aux traits réguliers et à l'épaisse chevelure brune.

Ses yeux ont quelque chose d'hypnotique.

Est-ce à cela que ressemble un mari qui bat sa femme ?

Hanna examine la photographie. Elle sait très bien que la violence d'un homme ne se lit pas sur son visage. En réalité, ces hommes ne sont ni plus beaux ni plus laids que les autres. Ils ont pour dénominateur commun un profil psychologique similaire : le besoin d'exercer un pouvoir, un contrôle, souvent au prétexte de compenser les injustices dont ils ont eux-mêmes été victimes dans l'enfance.

Lorsque Hanna cherche une image de Rebecka Nordhammar, elle n'en trouve aucune. Elle ne semble pas avoir de compte sur les réseaux sociaux, mais est-ce bien étonnant ? Si la communauté est aussi conservatrice qu'elle en a l'air, les réseaux sociaux sont très probablement bannis.

Elle envoie un bref SMS à Maria Törnlund pour lui demander une photo de Rebecka.

Il faudrait vraiment qu'elle puisse parler à celle-ci. Son instinct lui dit que c'est important – Maria Törnlund avait l'air très inquiète pour elle. D'autant plus qu'elle lui prêtait une aventure avec Johan.

Une idée germe dans l'esprit d'Hanna. Elle jette un coup d'œil à sa montre. Il n'est pas encore dix-neuf heures.

Il est encore temps de se rendre dès ce soir chez Rebecka, à Enafors.

48

Anton marche à grands pas vers le parking. Il a passé une bonne partie de l'après-midi à contacter les amis de Johan et s'est mis en retard pour la répétition hebdomadaire de son groupe de jazz.

Il s'apprête à déverrouiller sa voiture lorsqu'il entend quelqu'un l'appeler. Levant la tête, il aperçoit Carl à l'entrée du centre médical, mitoyen au poste de police.

« Salut ! » lance Anton.

Il rebrousse chemin jusqu'au large escalier sur lequel est posté Carl. Par précaution, il jette un coup d'œil alentour – il n'y a pas de collègue dans les parages.

« Qu'est-ce que tu fais là ? demande-t-il.

— Je suis venu pour une prise de sang, avant la fermeture. »

Carl indique d'un mouvement de tête le centre médical où une soignante en blouse blanche passe derrière la baie vitrée.

Il esquisse un pas vers Anton.

« Pourquoi tu m'as fait faux bond ? s'enquiert-il en baissant la voix. Quand j'ai ouvert les yeux ce matin, tu avais disparu. »

Anton se tortille. Il avait pensé lui écrire un mot, mais n'avait pas su comment tourner sa phrase. Sans compter qu'il rechignait à laisser une quelconque preuve de sa présence chez Carl.

Mais le regard de celui-ci lui fait penser à tout sauf à l'éthique ou au principe de précaution. Une vague de désir lui parcourt le corps. Anton se remémore son dos nu dans la douceur du clair de lune ; la chaleur de sa peau qu'il caressait des lèvres.

Carl avance la main, effleure l'épaule d'Anton.

« C'était bien hier soir, chuchote-t-il. Ça te dirait qu'on dîne ensemble un de ces jours ? »

Anton déglutit. Il brûle de dire oui – rien ne lui ferait plus plaisir. Pour être honnête, il aimerait le serrer dans ses bras et le suivre sur-le-champ jusque chez lui.

Mais il ne peut pas se le permettre, c'est bien trop risqué.

Hanna n'est pas encore partie. Elle a rencontré Carl, elle le reconnaîtrait certainement si elle le voyait ici en compagnie d'Anton. Ce dimanche déjà, elle semblait se poser des questions sur leur relation, sans compter que, tout à l'heure, Daniel avait bien vu qu'il n'était pas tout à fait dans son état normal.

Il s'en est tiré par une pirouette, mais ses excuses bidon ont des limites.

Il voudrait clarifier la situation pour Carl, mais le moment est particulièrement mal choisi. Impossible de se lancer dans une longue explication sur l'enquête ou sur les règles déontologiques qu'il est censé appliquer. Hanna ou un autre collègue pourrait sortir à tout moment et les voir discuter.

« On s'appelle, OK ? » se contente-t-il de dire, feignant l'indifférence.

Carl se fige, retire son bras. Son regard doux change : il a l'air piqué au vif. Comment lui jeter la pierre ? Anton se comporte comme un goujat, d'autant que Carl est en deuil. Il vient de perdre un ami intime et Anton n'arrange pas les choses avec sa gaucherie.

« D'accord, répond Carl sur un tout autre ton. Je comprends. »

Il remonte la fermeture de sa parka jusqu'au cou.

« D'ailleurs, j'ai beaucoup d'autres choses en tête en ce moment. Avec ce qui est arrivé à Johan… Je devais justement aller à la paroisse pour organiser un moment de recueillement en son honneur. Nous sommes nombreux à porter le deuil. »

Anton regarde sa montre pour indiquer qu'il est pressé, tout en déplorant intérieurement sa froideur. Il doit vraiment partir, il a trop peur d'être surpris avec Carl.

Un silence gênant s'installe.

« L'enquête avance, d'ailleurs ? demande Carl. J'ai entendu dire que vous étiez allés voir Sandra à son travail. »

Anton fronce les sourcils.

« Comment le sais-tu ?

— Vous suspectez vraiment Linus ? » poursuit Carl.

Anton fait de son mieux pour garder un visage impassible. Il ne peut pas montrer à Carl qu'il a vu juste. Carl s'avance vers lui et lui saisit le bras.

« Vous croyez que c'est Linus qui a tué Johan ? Vous le croyez vraiment ?

— Désolé, tranche Anton en ravalant ses sentiments. Je ne peux pas en parler. »

Anton s'échappe avant que Carl n'ait le temps de poser d'autres questions.

Il se hait comme jamais auparavant.

49

Hanna n'imaginait pas qu'il lui faudrait si longtemps pour gagner Enafors. Le hameau est encore plus petit qu'Ånn, mais il possède une gare, où s'arrête le train qui file en direction de la Norvège. La vallée de Snasadalen, où se trouve le siège de la communauté Lumière de vie, n'est pas très loin de là.

D'après la carte, Enafors est à une quarantaine de kilomètres. Le trajet devrait prendre environ quarante minutes. Mais la route sinueuse n'est pas éclairée – bien qu'il s'agisse du tronçon européen qui continue vers la Norvège. Pour arranger le tout, Hanna rate la sortie. Elle est obligée de rebrousser chemin pour s'engager sur la bonne voie. Celle qui va la mener vers le couple Nordhammar.

Elle hésite soudain. Sa visite surprise peut-elle représenter un danger pour Rebecka ? Si elle vit dans une secte qui exerce un fort contrôle sur ses membres, sa sécurité pourrait être compromise si Hanna cherche à lui parler, surtout si elle pose des questions sur sa relation avec Johan. Mais vu les informations données par Maria, Hanna n'ose pas attendre. Reporter sa visite pourrait être tout aussi risqué.

Un assassin rôde, et Rebecka détient peut-être des informations déterminantes.

Hanna se doit d'être prudente, tout simplement.

Lorsqu'elle arrive à Enafors, la maison est plongée dans le noir, devant une allée en grande partie couverte de congères. Il n'est que dix-neuf heures trente, ils ne peuvent pas être déjà couchés. D'après le registre d'état civil, ils ne vivent ici que tous les deux, n'ayant pas d'enfants.

Hanna éteint le moteur et sort. Elle contemple la bâtisse en bois rouge. C'est une construction rectangulaire à deux étages. L'encadrement des fenêtres est peint en blanc et la porte est noire.

Un petit chemin déneigé mène à l'entrée, où une unique lampe jette une lueur froide.

La route s'arrête ici. Au-delà du jardin s'étendent des bois et des prés. En venant, Hanna est passée devant quelques maisons et une caravane rouillée, mais pas de voisins dans les parages.

Elle examine le lieu. À en croire les empreintes dans la neige, une voiture s'est trouvée là il y a peu. Elle distingue les traces de pneus : le véhicule a reculé dans l'allée avant de repartir.

Cela veut-il dire que le mari est parti en voiture ?

Que Rebecka est seule à la maison ?

Hanna tend le cou pour apercevoir l'étage.

Si elle est malade au point de ne pas pouvoir appeler son employeur ni répondre au téléphone, Rebecka devrait être là à se reposer.

Les stores sont-ils baissés ?

Impossible à voir.

Hanna s'approche de la porte d'entrée, appuie sur la sonnette. Elle n'entend que l'écho de la sonnerie dans la maison. Elle presse une deuxième fois le bouton. En vain.

Le silence est pesant. Sa respiration se fait plus forte.

A-t-elle bien fait de venir ici seule ?

Son instinct la conforte dans sa décision : il est fort possible que Rebecka soit une des personnes clés de son enquête. Si c'est bien le cas, elle n'est peut-être pas malade, mais en grand danger.

Hanna sort son portable et appelle son numéro tout en collant une oreille à la porte.

Pas un bruit à l'intérieur.

Elle réfléchit à toute allure. Si Rebecka est souffrante, elle a pu passer son téléphone en silencieux et ne pas remarquer qu'on tentait de la joindre. Mais l'hypothèse semble tirée par les cheveux : de nos jours, la plupart des gens ont leur portable à portée de main. À un moment donné, Rebecka a bien dû s'apercevoir qu'elle avait manqué de nombreux appels. À ce stade, Hanna a dû lui laisser au moins sept ou huit messages.

Elle essaie une dernière fois, mais tombe de nouveau sur le répondeur.

Hanna range son portable. Après un moment d'hésitation, elle abaisse la poignée noire.

La porte est fermée à clé.

Que se passe-t-il dans la famille Nordhammar ?

Où se trouve Rebecka ?

Un chien hurle au loin, comme un mauvais présage. Quelque chose ne tourne pas rond.

Elle jette un nouveau regard circulaire et décide de faire le tour de la maison. Dès qu'elle quitte le sentier dégagé, elle peine à progresser. À chacun de ses pas, elle s'enfonce dans l'épaisse couche de neige, et ses chevilles sont glacées au bout d'une dizaine de mètres seulement.

Lorsqu'elle arrive enfin à l'arrière de la maison, elle distingue une grande véranda surélevée donnant sur le pré.

Hanna pose la main sur la rampe en bois de l'escalier et lève les yeux vers la porte vitrée. Si elle s'approche suffisamment, elle devrait pouvoir voir à travers la vitre.

Une voix intérieure lui dit d'arrêter, de rentrer chez elle et de revenir en journée avec Daniel. Ce serait le plus sûr, peut-être même pour Rebecka.

Mais si elle se trouvait à l'intérieur ? Blessée ? Seule ? Violentée ? Elle a peut-être désespérément besoin d'aide.

La respiration d'Hanna s'accélère. Elle voit de la vapeur s'élever de sa bouche à chaque expiration. Impossible de rester ici, elle doit se décider.

Rebrousser chemin ou essayer de pénétrer dans la maison.

L'obscurité palpite derrière elle. Elle entend presque ses pensées contradictoires résonner dans le silence feutré.

Le froid lui brûle le front.

Avec un dernier coup d'œil alentour, Hanna gravit l'escalier.

50

Le visage collé contre la porte vitrée, Hanna sent sur ses joues la morsure du froid. Elle plisse les yeux pour mieux voir l'intérieur de la maison plongée dans la pénombre.

Elle distingue les contours d'un salon, où trônent un canapé, des fauteuils et une lampe sur pied. Plus loin, une bibliothèque.

Pas une lumière allumée. Tout est désert.

Hanna allume la torche de son téléphone portable. Elle éclaire prudemment la pièce, mais n'aperçoit rien d'autre qu'une bible posée au milieu de la table.

Elle est mise bien en évidence, comme si tous les membres du foyer devaient à chaque instant se rappeler le message de Dieu.

Il n'y a personne : Hanna en est de plus en plus sûre.

Elle inspire profondément, l'odeur de la neige pénètre dans ses narines. À Stockholm, il y a tellement d'odeurs ! Elles se mêlent dans une bouillie indéterminée. Ici, l'air est froid, limpide – un tout autre monde.

C'est une odeur fraîche, minérale. Une senteur presque saline.

Elle hume l'air de nouveau ; il se charge d'une note plus râpeuse, une odeur de planches en décomposition émanant des murs de la maison. Aussi pourries que les valeurs obsolètes qui imprègnent la communauté Lumière de vie.

Hanna regarde autour d'elle. Des ombres semblent se tapir au fond du jardin ; les arbres sombres disparaissent à l'arrière-plan. Le silence est à la fois inhospitalier et oppressant. Et dire que Rebecka vit dans cette maison reculée depuis qu'elle s'est mariée avec Ole, à dix-neuf ans…

Hanna devrait-elle essayer de s'y introduire, ou renoncer et faire demi-tour ? Frigorifiée, elle tape des pieds ; les lobes de ses oreilles sont endoloris. Entrer sans ordre de perquisition est une très mauvaise idée, qui contreviendrait à toutes les règles. Elle n'en a pas le droit. Si on la surprenait, ce serait considéré comme une faute professionnelle.

Pourtant, elle est convaincue que c'est la bonne chose à faire. À vrai dire, ce ne serait pas la première fois qu'elle joue un peu avec les limites. Tous les policiers le font – du moins, elle essaie de s'en convaincre. On ne peut pas toujours suivre le règlement à la lettre, ou les enquêtes resteraient au point mort.

Si Rebecka est à l'intérieur, rouée de coups et abandonnée, Hanna ne se pardonnerait pas de n'être pas intervenue.

Cette réflexion achève de la convaincre. Elle est ici. Elle ne peut pas, ne veut pas reculer.

Elle avance la main et la pose sur la poignée. Verrouillée. La fenêtre à côté ? Fermée, elle aussi. Impossible à ouvrir.

Oserait-elle casser une vitre pour entrer ?

Elle n'a pas le temps de se décider qu'un aboiement sonore, agressif, déchire le silence. L'écho se propage entre les cimes des arbres. Tout à l'heure, elle entendait les glapissements à distance, à présent le chien est beaucoup plus proche.

Hanna fait volte-face. D'où vient-il ?

Le chien aboie de nouveau, plus fort cette fois. Il avance clairement dans sa direction.

Rester là est trop risqué. Elle n'a pas pris son arme de service.

Au moment où l'animal pousse un grognement tout proche, Hanna saute au bas des marches pour retourner à sa voiture. Comme tout à l'heure, l'épaisse couche de neige entrave sa progression, ses pieds restent comme englués au sol à chaque pas. Elle s'efforce d'aller plus vite, mais reste pourtant bien trop lente.

Elle finit par tourner au coin de la maison et distingue l'énorme molosse qui fonce sur elle. Sans doute un doberman. Il doit peser entre trente et quarante kilos.

En l'apercevant, le chien accélère sa course.

Hanna sent son cœur s'emballer.

Plus que quelques mètres et elle sera dans la voiture.

Elle se jette sur la poignée côté passager et ouvre la portière d'un coup sec au moment où l'animal prend son élan, tous crocs dehors, dans un grognement furieux.

Elle parvient à claquer la portière juste avant que le chien ne l'attaque. C'était moins une.

Elle se recroqueville sur le siège en fixant les mâchoires menaçantes de l'autre côté de la vitre. La salive dégouline le long des canines. Elle entend le bruit des griffes qui grattent la carrosserie avec frénésie.

Au loin, Hanna distingue un homme qui arrive en courant vers eux. Cette vision la sort de sa paralysie.

On ne doit pas la voir.

En un éclair, elle s'est faufilée sur le siège conducteur et a démarré le moteur. Après un demi-tour incontrôlé sur les chapeaux de roues, elle écrase l'accélérateur et quitte les lieux.

En passant près du maître du chien, elle baisse la tête pour qu'il ne puisse pas la reconnaître. Il porte un épais bonnet et une écharpe remontée sur le menton ; impossible de voir son visage.

Dans le rétroviseur, elle distingue le molosse, immobile dans l'allée.

Il continue d'aboyer tout son saoul alors que la voiture s'éloigne.

51

Le local de répétition vers lequel se dirige Anton est installé dans le sous-sol d'une maison mitoyenne, rue Lienvägen. C'est ici qu'habite Bobo, le leader informel du groupe. Il a fait insonoriser sa cave pour pouvoir répéter sans que sa famille pète les plombs.

Anton joue avec les mêmes gars depuis bientôt cinq ans, à raison d'environ une répétition par semaine. Bien qu'ils se considèrent comme des amateurs éclairés, on les contacte de temps en temps pour un concert dans une salle de la région. Il reste encore des mélomanes pour qui une soirée jazz a plus d'attrait qu'une sortie au son de la house ou de la pop.

Anton arrive le dernier, étui de saxophone à la main. Bobo le salue d'un air surpris.

« Je pensais que tu n'aurais pas le temps de venir, avec l'enquête sur la mort de Johan Andersson ! Quelle histoire affreuse, soupire-t-il en secouant la tête. Comment ça avance ? Vous avez un suspect ? »

Anton lui répond par un sourire navré – il aimerait mieux changer de sujet.

Il comprend que les gens soient secoués. Sa propre mère, qui connaît bien les parents de Johan, l'a appelé pour lui poser la même question. Mais ces derniers jours ont été si pénibles, tant sur le plan personnel que professionnel, qu'il aimerait simplement pouvoir se poser quelques heures et se laisser aller à la musique sans penser à rien.

La rencontre inattendue avec Carl devant le centre médical n'a rien fait pour arranger les choses : Anton a toujours honte de son comportement, de la distance qu'il s'est senti obligé de maintenir entre eux.

Anton soupire lourdement. Ce qui est fait est fait.

Il salue les autres gars, Nils à la batterie, Charlie à la contrebasse, et s'installe à sa place habituelle. Aujourd'hui, il a apporté le saxophone ténor (en *si* bémol), le plus grand de ceux qu'il pratique, dont le timbre pénétrant et profond se fond à merveille dans les accords mélancoliques du jazz. Les notes chaudes convoquent des images de clubs enfumés peuplés d'hommes en costume et de femmes sirotant leur cocktail, fume-cigarette au coin des lèvres.

Ce soir, il voudrait simplement se plonger à corps perdu dans cette ambiance-là, oublier Carl.

Anton passe une main sur son instrument. Il joue depuis l'âge de onze ans, et a appris à alterner entre le saxo ténor et le saxo alto (en *mi* bémol), plus petit et plus aigu.

La lumière du plafonnier se reflète dans le laiton rosé lorsqu'il enfile le cordon autour du cou et positionne l'instrument devant sa poitrine. Il souffle quelques notes, laissant leur timbre nostalgique exprimer tout ce qu'il a été incapable de dire à Carl une heure plus tôt.

Bobo, au clavier, lève une main, indiquant qu'il est temps de passer aux choses sérieuses.

« On commence par *Take Five* ! »

C'est un grand classique des années cinquante, en *mi* mineur et à cinq temps, que Dave Brubeck a enregistré avec le saxophoniste et compositeur Paul Desmond. Son solo de saxo est peut-être l'un des plus beaux de l'histoire du jazz.

Il est écrit pour un alto, mais ce soir le ténor qu'Anton a apporté suffira.

Nils ouvre à la batterie. Après quatre mesures, Bobo entre en scène avec les célèbres accords de piano.

Anton approche de ses lèvres le bec du saxo et emplit d'air ses poumons. Lorsqu'il joue, il parvient souvent à se perdre dans la musique au point de tout oublier : il y a souvent trouvé un refuge salvateur, surtout quand il était assailli de doutes ou qu'il se posait trop de questions sur son orientation sexuelle.

Mais cette fois, il a beau se concentrer sur son doigté et sur l'enchaînement des notes, le visage de Carl semble ne pas vouloir le quitter.

52

Il est près de vingt-trois heures lorsque Hanna arrive à Sadeln.

Sur le chemin du retour, elle s'est arrêtée à Duved pour dîner et reprendre ses esprits. Cet horrible molosse lui a flanqué une de ces frousses ! Elle ne voulait pas débarquer chez Lydia et Richard les nerfs encore à vif.

Hanna connaît sa sœur : elle l'aurait passée au gril. Elle a préféré lui envoyer un SMS la prévenant qu'elle rentrerait tard.

Elle se glisse discrètement dans la maison en passant par le local à skis, file droit jusqu'à sa chambre en espérant que personne ne l'entende.

Elle commence tout juste à se déshabiller quand on frappe de petits coups à sa porte. Lydia passe la tête. Elle est pieds nus et porte, une fois n'est pas coutume, un sweat à capuche d'un bleu délavé, le genre qu'Hanna serait susceptible d'enfiler.

« Comment ça va ? demande Lydia.

— Bien, bien », répond Hanna.

Sa sœur la dévisage avec incrédulité.

« Tu es sûre ? »

Hanna ôte une chaussette.

« J'ai eu une longue journée. Je suis partie à six heures, ce matin. »

Appuyée contre l'encadrement de la porte, Lydia l'observe.

« Tu es obligée de travailler autant ? »

Elle semble préoccupée.

« Difficile de faire autrement. »

Hanna grimace un sourire. Elle est éreintée, sans compter son inquiétude pour Rebecka qui la ronge. Sa visite à Enafors a été loin de l'apaiser. Cette maison plongée dans le noir, abandonnée, l'a emplie d'un malaise qui ne s'est toujours pas dissipé.

« Tu ne veux pas monter prendre un petit verre de vin, ou une tisane ? demande Lydia. Tu as déjà mangé, j'imagine. Sinon, il y a ce qu'il faut dans le frigo : Richard nous a cuisiné une lasagne gigantesque ; il en reste des tonnes. »

Hanna est touchée par les attentions de Lydia. Ce n'est pas tous les jours qu'on est aux petits soins pour elle – ça faisait même une éternité. Elle ne peut pas nier que c'est plutôt agréable.

Sa grande sœur s'est toujours comportée comme une seconde mère avec elle.

« Volontiers, répond Hanna. Donne-moi juste deux minutes. D'ailleurs, plutôt une tisane que du vin. Je dois encore me lever tôt demain. »

Hanna a réduit sa consommation d'alcool depuis ce terrible mois de décembre où sa vie a été complètement mise à sac. Alors qu'elle s'imaginait qu'il serait difficile de résister, elle y est arrivée sans peine, au contraire. On lui avait donné la possibilité de changer de vie, de boulot, de s'installer à Åre : l'envie de boire s'était dissipée d'elle-même.

Ces derniers mois, elle a à peine touché à une bouteille de vin.

Quand Hanna arrive à l'étage, un feu crépite dans l'imposante cheminée. Lydia a posé des tasses à fleurs, un pot de miel et des photophores sur la grande table où trône une assiette de roulés à la cannelle tout frais.

Ça sent divinement bon.

« C'est toi qui les as faits ? s'enthousiasme Hanna.

— Oh non ! Il faut rendre à César ce qui est à César. Je les ai achetés à la boulangerie d'Åre. Ils sont exquis. »

Lydia a raison. C'est un vrai délice.

En mangeant la pâtisserie, Hanna sent ses épaules se relâcher. Avant de s'endormir, il va falloir qu'elle mette en ordre ses impressions de la journée. Mais pour le moment, elle veut surtout lâcher prise. Elle est heureuse de passer tout simplement un peu de temps avec Lydia, de se déconnecter enfin de son travail.

« Où sont partis tous les autres ? » demande Hanna.

Lydia fait un signe de la tête vers la grande chambre à coucher située à l'autre bout de l'étage, près du séjour.

« Richard est déjà au lit. Il était crevé, il a passé la journée à skier avec des copains – ils ont pris un guide qui les a emmenés sur l'autre versant de l'Åreskutan. Les gosses doivent être dans leur chambre, chacun sur sa tablette. »

Elle éclate d'un rire dépité.

« À quoi bon fixer des règles ? Sur ce sujet, j'ai complètement baissé les bras. Quoi que je leur dise, ils n'en font qu'à leur tête ! »

Ça ne ressemble pas à Lydia de s'avouer vaincue : bien malgré elle, Hanna est impressionnée par ses neveux. Mais il faut dire que les chiens ne font pas des chats.

Elle trempe les lèvres dans l'infusion jaune pâle que lui a servie Lydia. La boisson est à base de curcuma – le dernier aliment à la mode dans le milieu du bien-être et du yoga, dont Lydia est évidemment férue.

Sa sœur incline la tête.

« Comment tu te sens ? Honnêtement. Après tout ce qui est arrivé depuis que tu as quitté Stockholm… »

Hanna ne s'est pas vraiment posé la question. À son propre étonnement, les deux derniers mois sont passés en un éclair. Elle se plaît vraiment à Åre – et c'est en grande partie grâce à sa nouvelle équipe. En arrivant, elle craignait qu'Anton lui reproche de marcher sur ses plates-bandes, mais ça n'a pas été le cas.

Avec Daniel, le courant est tout de suite passé. Ils s'entendent au-delà de ses espérances. Il lui demande régulièrement son avis et l'emmène souvent en intervention. Il n'est pas rare que le meilleur moment de sa journée soit un trajet en voiture durant lequel tous les deux se sont adonnés à une joute verbale endiablée. Hanna apprécie son style un peu sec, qui dissimule une profonde empathie. Sans compter sa passion pour la gastronomie, selon lui héritée de sa mère. D'après ses dires, Francesca était une cuisinière hors pair. Daniel peut passer le trajet entre Åre et Östersund à comparer des huiles d'olive ou disserter sur la meilleure méthode de conservation du parmesan.

« Je me sens… vraiment bien, répond-elle. Je ne pensais pas remonter la pente aussi vite.

— Je suis heureuse pour toi. En plus, j'ai une bonne nouvelle. »

Lydia sourit d'un air cachottier.

« Christian a accepté un accord. Il est prêt à te donner quarante pour cent de la plus-value de votre appartement à Solna. »

Hanna réalise un rapide calcul mental. Ça fait une coquette somme. Pas loin de cinq cent mille couronnes, sinon plus.

« Waouh, s'exclame-t-elle. Mais tu es géniale ! »

Lydia sourit.

« C'est le moins qu'il puisse faire. Christian s'est comporté comme un salaud. »

Elle prononce les derniers mots sur le ton d'un procureur en plein réquisitoire.

Hanna ne peut s'empêcher de sourire.

La prochaine fois qu'elle rencontrera un homme – si cela arrive un jour –, elle se promet de rédiger un contrat de concubinage avant de s'installer avec lui : la communauté de biens sera alors inscrite noir sur blanc.

« Ça, on peut le dire, réplique-t-elle en plongeant sa cuillère dans le pot de miel. Mais au fond, ce n'est pas uniquement sa faute si ça s'est terminé entre nous : on n'avait rien à faire ensemble. »

Elle contemple le photophore placé à côté d'elle. La petite flamme bleue vacille, hypnotique, entourée d'un halo jaune orangé. Bien que l'infidélité de Christian la fasse toujours souffrir, elle se rend compte qu'elle a commencé à tourner la page. Le temps passé à Åre l'a aidée à guérir.

« Je n'aurais jamais dû me mettre avec lui, reconnaît-elle, autant pour elle que pour sa sœur. Nos valeurs, nos aspirations sont complètement différentes. Sa nouvelle copine lui convient beaucoup mieux.

— Alors pourquoi tu t'es obstinée ? Vous êtes quand même restés ensemble pendant cinq ans. »

Hanna se mordille la lèvre inférieure. Au cours des mois passés, elle s'est posé la même question.

Christian lui avait fait une cour intense, à l'image d'un prince charmant ; elle avait dû être flattée plus que de raison. Sans compter que ses parents l'avaient immédiatement adopté : c'était la première fois qu'ils appréciaient un de ses petits amis. Pour une fois, elle s'était sentie acceptée par sa famille.

« Notre chère maman l'adorait, dit-elle dans une tentative manquée pour balayer la question par une boutade. Je crois qu'elle est plus affectée que moi par notre rupture.

— On s'en fout de ce que pense maman ! » fait Lydia d'un ton étonnamment sec.

Hanna laisse échapper un petit rire dont elle ne parvient pas à dissimuler l'amertume.

« Facile à dire pour toi. »

Hanna ne compte pas remettre ce sujet sur le tapis : Lydia n'y peut rien si leurs parents l'ont toujours favorisée.

« Je sais comment elle est », répond Lydia.

Elle se penche sur la table et prend la main d'Hanna dans la sienne.

« Je suis vraiment désolée qu'elle t'ait traitée comme ça, qu'elle se soit comportée aussi mal quand on était petites. Et ça, je le pense vraiment. Tu le sais, non ? »

Hanna s'étonne d'entendre ce ton suppliant dans la voix de sa sœur. La mauvaise conscience se lit sur son visage. Dans la lumière des photophores, les yeux bleus de Lydia brillent.

Hanna sent sa gorge se serrer.

Sa sœur a toujours été le point fixe de son existence. Même quand Hanna brûlait la vie par les deux bouts et qu'elle voyageait dans toute l'Europe, au grand dam de ses parents. Ou quand elle s'est inscrite à l'école de police malgré leur désapprobation.

Dans ces moments-là, seule Lydia l'avait encouragée.

Après Barcelone, lorsque son ignoble patron, bien plus âgé qu'elle, l'avait poussée dans une cave terreuse pour l'agresser, c'était vers Lydia qu'elle s'était tournée.

Hanna n'en a jamais voulu à sa sœur, même si leur mère ne s'intéressait guère à sa cadette et que leur père, avec sa peur panique du conflit, préférait faire l'autruche.

Elle comprend maintenant que Lydia se sent coupable de ce qui lui est arrivé.

« Ce n'est pas ta faute, dit Hanna en lui tapotant la main, un sourire mélancolique aux lèvres. Ça n'a jamais été ta faute. »

Les yeux de Lydia s'emplissent de larmes.

« Tu sais…, commence-t-elle d'une voix embuée. Ce n'est pas ce que je ressens. »

Elle cligne des yeux et repousse une mèche de son front. Avec son sweat délavé et sa queue-de-cheval, elle est loin de la brillante avocate qui combat pour les droits des femmes et qui commente les grandes affaires judiciaires à la télévision.

Quand elle reprend la parole, son regard a changé, comme si elle était assaillie par les souvenirs désagréables.

« J'ai toujours eu mauvaise conscience vis-à-vis de toi. Tu subissais tellement d'injustices ! J'aurais voulu les corriger, mais je ne savais pas comment. À part m'interposer, servir de tampon, et essayer de te donner ce que maman te refusait.

— Ce n'était pas à toi de faire ça. »

Lydia serre sa tasse entre ses paumes.

« C'est comme si… j'avais eu droit à tout et toi à rien. J'étais l'aînée, donc toute l'attention était focalisée sur moi. Quand tu es née, maman et papa étaient plus âgés, plus fatigués. J'avais des facilités à l'école, car j'ai toujours été très scolaire. À vingt-trois ans, je me suis mise en couple avec Richard et on a suivi des carrières toutes tracées. De ton côté, tu as rencontré Christian, qui s'est comporté comme un connard. Nous, on a la chance d'avoir un bon niveau de vie, on peut s'offrir presque tout ce qu'on veut, alors que toi, tu trimes vingt-quatre heures sur vingt-quatre pour un salaire médiocre. »

Hanna est surprise par cette tirade. Jamais elle n'aurait pensé que sa sœur ruminait de telles pensées. Pourquoi devrait-elle porter la responsabilité du comportement de sa mère ? Comment peut-elle croire qu'Hanna lui en veut, après tout ce qu'elle a fait pour l'aider ?

« Tu n'as pas à t'excuser. C'est entre maman et moi, pas entre nous deux. Et puis, Richard et toi, vous avez travaillé dur pour arriver où vous êtes. »

Hanna montre d'un grand geste la pièce luxueusement aménagée.

« Et vous êtes tellement généreux. J'habite ici depuis plusieurs mois sans avoir payé un centime de loyer.

— Pff ! Jamais de la vie je ne te demanderais de l'argent pour ça.

— En tout cas, je suis très reconnaissante. »

Hanna lève sa tasse comme pour trinquer avec sa sœur.

« Dans tous les cas, dit Lydia, la voix plus posée à présent, je ne comprends pas comment papa et maman ont pu nous traiter aussi différemment, toi et moi. Surtout maman, en fait. Puisque c'est elle qui décide de tout dans cette famille. »

Hanna ne peut que souscrire aux propos de sa sœur.

« Maintenant que j'ai moi-même des enfants, j'y ai beaucoup réfléchi. »

La voix de Lydia vibre d'indignation.

« Ça me dépasse complètement, poursuit-elle, qu'on puisse traiter différemment ses gamins. Je vois les miens, je les aime à mourir, tous les deux. Je ne comprends pas qu'on puisse en aimer un plus que l'autre. Comment peut-on se l'autoriser ? »

Manifestement, c'est tout à fait possible, songe Hanna. Leurs parents en sont un parfait exemple.

« Et surtout, conclut Lydia, je ne comprends pas comment on peut le montrer aussi ouvertement que le fait maman ! »

Malgré leur bienveillance, ces mots font mal.

Sa sœur vient d'exprimer ce qu'Hanna sait depuis longtemps. C'est pourtant étonnamment douloureux d'entendre formuler aussi clairement une vérité qu'elle tenait cachée dans son for intérieur. Une vérité si honteuse qu'elle parvient à peine à l'exprimer elle-même.

Sa mère lui préfère Lydia.

C'est une blessure qui ne cicatrisera peut-être jamais.

Mais ce n'est pas la faute de Lydia si Hanna a une relation conflictuelle avec sa mère. Surtout, Lydia n'a pas à essayer de compenser cet état de fait : elle a toujours été là pour elle.

Hanna se lève d'un bond, fait le tour de la table et serre sa sœur dans ses bras.

« Merci, dit-elle – et cela lui vient du fond du cœur. Tu es la meilleure grande sœur du monde. »

Rebecka
2020
samedi 22 février

En levant le regard, Rebecka aperçoit le poing brandi d'Ole, prêt à frapper.

Elle ferme les yeux, bande son corps comme elle a l'habitude de le faire quand il est violent. En même temps, elle place les bras en croix sur son ventre : elle doit le protéger, c'est tout ce qui importe.

Le puissant coup de poing qu'elle reçoit en pleine poitrine la fait basculer. La chaise se renverse avec fracas et sa hanche heurte violemment le plancher.

Sa respiration se coupe momentanément, son flanc est en feu sous le coup d'une douleur intense. Un long gémissement s'échappe de sa gorge.

Instinctivement, elle se recroqueville pour protéger l'enfant.

« Par pitié, arrête ! s'entend-elle hurler.

— Espèce de traînée ! rugit Ole. Tu es une abominable traînée, qui mérite un châtiment. »

Un violent coup de pied dans le dos lui fait pousser un nouveau gémissement.

Allongée par terre dans la cuisine, elle tente de se redresser en s'agrippant aux pieds de la chaise, mais elle n'a pas le temps de les saisir qu'il la frappe à nouveau. Un liquide chaud coule de son nez. Dans la bouche, le goût du sang. Ole va la tuer, ça ne fait aucun doute.

Elle crie son nom pour tenter de le rappeler à la raison, mais il semble sourd à ses paroles.

Rassemblant ses dernières forces, elle hurle :

« Pense à l'enfant ! »

Les mots ont semblé atteindre le cerveau d'Ole, car les coups cessent de pleuvoir.

Rebecka n'ose pas bouger, elle reste recroquevillée en position fœtale, gémissant de douleur. Lorsqu'elle ouvre les yeux, Ole se tient un peu plus loin, haletant, les doigts couverts de sang – son sang à elle.

« L'enfant ? » souffle-t-il.

Il recule de quelques pas, se retrouve le dos contre le plan de travail.

« Je suis enceinte », murmure Rebecka.

Ole la contemple, les yeux chargés de doute.

« C'est vrai ?

— Je te le jure. »

Rebecka regarde autour d'elle, désespérée, et aperçoit la bible sur la table. Elle parvient à se redresser et tend le bras vers le livre.

« Je le jure sur les Saintes Écritures, dit-elle en s'en emparant. Dieu m'est témoin. »

Le sang dégouline de son nez, elle l'essuie de l'autre main.

« Tu dois me croire. Je suis enceinte de trois mois. »

Malgré la situation, elle a la présence d'esprit de retirer quelques semaines. Autrement, il pourrait lui-même calculer qu'il n'est pas le père.

« L'enfant est de moi ? »

Sa voix est tranchante.

Elle doit l'en convaincre, ou elle ne s'en sortira pas vivante. Ole respire de plus en plus vite.

« Pourquoi tu ne m'as rien dit ?

— Je n'osais pas… »

La peur rend sa voix rauque.

« J'avais peur de faire une fausse couche. Je ne voulais rien dire avant d'avoir dépassé les douze semaines. »

Elle ignore s'il la croit, mais elle voit dans son regard qu'il hésite – du moins, il ne semble pas persuadé qu'elle mente. Si seulement elle pouvait semer en lui un soupçon de doute ! S'il imagine que c'est son enfant, après toutes ces années ensemble, il ne la tuera pas ce soir. Elle doit gagner du temps, gagner sa confiance.

« J'étais si heureuse, ment-elle, stupéfaite d'en être capable. Mais je ne voulais pas risquer de te décevoir si par malheur je venais à le perdre. »

On dirait presque qu'elle a réussi à le convaincre : il se radoucit un peu, paraît moins agressif.

Et soudain, son expression méprisante renaît.

« C'est le *sien* ? »

Ole ne prononce pas le nom de Johan, mais Rebecka sent le sol tanguer.

« Qu'est-ce que tu veux dire ? chuchote-t-elle. Il n'y a personne d'autre. »

Il s'approche ; elle esquisse un pas en arrière. Mais au moment où elle pense qu'il va se remettre à la battre, il se ravise. Il serre les dents, comme s'il hésitait à prendre la parole.

Il lui attrape le poignet et la relève brutalement du sol, la sort de la cuisine, la traîne dans l'escalier et l'emmène jusqu'à une petite chambre où il la jette sur le lit d'une bourrade.

« J'ai besoin de réfléchir, maugrée-t-il. Je dois demander au Seigneur de me guider. »

Rebecka n'a pas le temps de réagir, Ole est déjà sorti de la pièce.

Le bruit d'une clé qui tourne dans la serrure la fait frissonner.

Quelques minutes plus tard, elle entend claquer la porte d'entrée. Rebecka se traîne jusqu'à la fenêtre et voit la voiture s'engager sur la route.

La lumière des phares disparaît bientôt dans l'obscurité compacte.

Rebecka étouffe un sanglot. Ole l'a abandonnée ici, dans cette vieille maison froide et humide. Il ne peut pas faire plus de douze degrés à l'intérieur et elle n'a rien à manger ni à boire.

Une broderie est accrochée sur le mur d'en face. Deux lignes en norvégien, entourées de fleurs au point de croix aux couleurs passées.

Herren er min hyrde, jeg mangler ikke noe.
Le Seigneur est mon berger, rien ne saurait me manquer.

C'est le psaume 23 : 1. Le cantique de David.

Le texte est un nouveau coup de poing en plein visage.

Que dirait le Seigneur de sa situation, elle qui a été dépossédée de tout ?

Rebecka s'effondre sur le lit et s'enveloppe de la couverture qui s'y trouve, malgré ses relents de moisissure. Elle a mal à plusieurs endroits. Elle palpe doucement son corps : rien ne semble cassé, mais la douleur est vive, surtout à la hanche.

Elle pense avoir réussi à protéger son ventre des coups de pied. Quoi qu'il soit arrivé à Johan, elle doit protéger leur enfant. C'est la seule chose qui compte.

Rebecka s'agenouille et joint les mains en prière – bien qu'elle commence à douter, au fond, que cela lui soit du moindre secours.

« Jésus. Aide-moi. » Elle murmure dans l'obscurité. « Sauve-nous. »

MERCREDI 26 FÉVRIER

53

Le soleil est sur le point de se lever quand Hanna se gare rue Kurortsvägen près du poste de police. Elle a dormi sept heures et se sent reposée et alerte. Elle ne regrette pas sa conversation avec Lydia hier soir. Les pensées sombres qu'elle a ruminées sur son enfance sont en train de se dissiper.

En chemin, sa décision a mûri : il faut se rendre sans attendre chez les Nordhammar après la réunion du matin. Elle a une puissante intuition : tous les indices recueillis jusqu'à présent prouvent que Rebecka est centrale dans leur enquête.

Hanna passe son badge dans le lecteur et entre dans les locaux. Elle est la dernière arrivée aujourd'hui, tous les autres sont déjà installés dans la salle de conférences ; elle a à peine le temps de se servir un café que la réunion démarre.

Daniel fait un point sur la situation, puis ils passent au tour de table.

Raffe a continué à éplucher les comptes de Linus Sundin avec l'aide d'un des enquêteurs d'Östersund. Il fait état de nombreux échanges avec sa banque ainsi qu'avec plusieurs organismes de crédit à la consommation.

« L'un des crédits vient d'arriver à échéance et le prêteur menace de faire intervenir un huissier, constate Raffe, l'index pointé en l'air. Ça n'augure rien de bon. »

Une fois son exposé terminé, il retire discrètement de sous sa lèvre supérieure son tabac à chiquer, qu'il enveloppe dans une serviette en papier.

Daniel passe la parole à Anton, qui a poursuivi les entretiens avec les proches de Johan Andersson.

« J'ai parlé avec plusieurs de ses amis, outre Carl Willner, explique Anton. Y compris des copains que Johan aurait dû voir vendredi soir chez Pigo. Malheureusement, il ne leur a pas parlé de son projet de voyage. »

Anton synthétise les nouvelles informations : deux de ces hommes lui ont confirmé que Johan était frustré de ce que Linus lui faisait vivre. Carl Willner n'était pas le seul à avoir entendu parler des tensions entre les deux associés.

Un soleil éclatant apparaît soudain à la fenêtre. Le profil d'Anton se trouve d'un coup inondé de lumière, tandis que l'autre moitié de son visage reste dans l'ombre. Hanna repense à la conversation de l'autre jour chez Carl Willner, et à la gêne palpable qu'a montrée Anton pendant l'entretien.

Daniel lui fait signe que la parole est à elle.

Doit-elle mentionner sa virée de la veille à Enafors ? Elle redoute la réaction de ses collègues si elle révèle qu'elle s'y est rendue tard le soir, de sa propre initiative.

Il va falloir qu'elle coupe la poire en deux.

Hanna synthétise son entrevue avec Maria Törnlund au jardin d'enfants ainsi que leur conversation téléphonique de la veille – où la jeune femme disait soupçonner une relation entre Johan et Rebecka. Puis elle parle de la communauté Lumière de vie et des informations qu'elle a glanées à son sujet. En glissant quelques statistiques sur l'emprise au sein du couple, elle souligne qu'Ole Nordhammar conduisait sa femme au travail tous les matins et allait la chercher tous les soirs. Enfin, elle insiste sur le fait que Johan n'avait pas de raison particulière pour venir au jardin d'enfants vendredi dernier et qu'il avait l'air « dévasté » selon Maria.

Raffe réagit, interrompant Hanna au milieu d'une phrase.

« Cette Rebecka Nordhammar, dit-il. Tu n'aurais pas son numéro ?

— Si. »

Hanna sort son téléphone. Elle lui montre le numéro qui s'affiche à l'écran.

« Attends ! dit-il en pianotant sur le clavier devant lui. Je m'avance peut-être, mais… je vérifie juste un truc. »

Ses doigts courent sur les touches, puis il tourne son ordinateur portable pour que tout le monde puisse voir le résultat de sa recherche. Un document agrandi emplit l'écran. Des lignes et des lignes de chiffres. Il faut quelques instants à Hanna pour comprendre de quoi il s'agit, à savoir une liste de conversations téléphoniques. Les colonnes indiquent le numéro et la durée de chaque appel, et précisent s'il est entrant ou sortant. Seul le nom de l'interlocuteur ne figure pas sur le document.

« C'est la liste que nous a envoyée l'opérateur téléphonique concernant le portable de Johan, explique Raffe en pointant l'écran du bout de son stylo-bille. Je l'ai reçue hier soir. »

Il rapproche l'ordinateur de lui, cherche un autre document et l'ouvre.

« Ici, vous voyez les numéros avec lesquels Johan a échangé des SMS au cours des six derniers mois. Je n'ai pas eu le temps d'examiner le document en détail, mais on voit bien les numéros qui reviennent le plus souvent. »

Hanna observe l'écran.

« On a trois numéros récurrents au cours de l'automne, poursuit Raffe. Tant pour ce qui est des appels que des SMS. Le premier est celui de Marion, le deuxième celui de Linus.

— Et le troisième ? lance Hanna, bien que la réponse lui saute aux yeux.

— Il semblerait que ce soit celui de Rebecka Nordhammar, si le numéro qu'on t'a donné est le bon. »

Hanna sait bien que c'est le cas. Elle l'a appelé tellement de fois qu'elle le connaît par cœur.

« Super ! commente Daniel. On a donc un lien concret entre Rebecka et Johan.

— Je peux jeter un coup d'œil ? » demande Hanna, s'avançant pour mieux voir.

Maintenant qu'elle sait ce qu'elle cherche, le schéma devient beaucoup plus clair. Johan et Rebecka se sont envoyé des SMS régulièrement. Ça commence en septembre, continue en octobre et s'intensifie en novembre. Puis les échanges s'arrêtent.

« Il manque une période », remarque-t-elle.

Raffe fronce les sourcils, ses yeux marron foncé se concentrent sur l'écran.

« Comment ça ?

— Regarde, explique Hanna en désignant la colonne de gauche.

— À partir de ce jour-là, en novembre, il n'y a plus que Johan qui envoie des SMS à Rebecka. »

Elle fait défiler le document.

« Il n'a pas reçu un seul SMS de Rebecka depuis cette date », constate-t-elle.

Raffe s'avance et observe l'écran.

« Tu as raison. »

Il glisse son stylo derrière l'oreille.

« Tu peux ouvrir l'autre document, celui qui montre les appels ? » demande Hanna.

Raffe s'exécute. Hanna examine en vitesse les différentes colonnes.

« Regardez. Après ce jour de novembre, c'est la même chose que pour les SMS. Johan téléphone à Rebecka, mais elle ne répond pas et ne rappelle pas non plus. »

Raffe lui jette un coup d'œil admiratif.

« Bien vu !

— Voyons voir, reprend Hanna. Johan et Rebecka ont eu des échanges téléphoniques intenses pendant un peu moins de trois mois, de septembre à mi-novembre. Puis ça s'arrête brusquement. Johan continue à appeler et à envoyer des messages à Rebecka pendant plusieurs semaines, jusqu'à la Sainte-Lucie, mais elle ne répond pas. Après cela, silence radio.

— Elle l'a *ghosté*, constate Anton. Si l'on part du principe qu'ils avaient une aventure, on dirait qu'elle y a mis fin.

— Tout à fait », abonde Hanna.

Elle noue ses mains derrière la nuque et réfléchit tout haut.

« Et deux mois plus tard, ce vendredi après-midi, Johan débarque au travail de Rebecka pour lui parler. Maria Törnlund les voit de loin, elle a l'impression qu'ils ont une discussion émotionnellement intense d'où il ressort bouleversé.

— Le lendemain, Johan est tué, complète Raffe. Et deux jours plus tard, Rebecka est en arrêt maladie.

— Et maintenant, elle est injoignable, ajoute Hanna.

— Pouvons-nous présumer que Johan avait prévu de se rendre avec Rebecka à Strömsund ? demande Daniel.

— Je pense que oui. »

Elle lui lance un sourire – ils sont sur la même longueur d'onde.

« Il semblerait bien que Johan et Rebecka aient vécu une idylle secrète pendant l'automne, poursuit-elle. On peut imaginer que cette visite au jardin d'enfants a été son ultime tentative pour lui faire quitter son mari.

— Tu veux dire qu'ils allaient s'enfuir en secret et se réfugier chez le frère de Johan ? intervient Anton. Ça fait très roman à l'eau de rose, votre histoire. »

Raffe sourit.

« Il n'empêche que ça peut être vrai », constate Hanna.

Daniel se lève, s'avance vers le tableau blanc et s'empare d'un feutre. Il écrit les noms de Rebecka et Johan et dessine une flèche dans les deux sens. Puis il ajoute le nom de Linus et trace une nouvelle flèche de Johan vers Linus.

« Et Marion, dans tout ça ? » fait Daniel en guise de conclusion.

Il ajoute son nom en capitales.

Hanna se recoiffe en réfléchissant. Marion n'avait en rien insinué que Johan était en train de la quitter – s'ils veulent suivre cette nouvelle hypothèse. D'après Marion, Johan et elle étaient heureux en ménage. Malgré son état de choc, elle n'avait pas tari d'éloges sur son mari.

« Nous ne savons pas si Johan a eu le temps de lui en parler, souligne-t-elle. Peut-être qu'il n'est jamais arrivé à ce stade.

— Possible, acquiesce Daniel. Peut-être qu'il comptait le lui dire samedi, avant de mettre les voiles. »

Il examine le schéma.

« Que savons-nous d'autre ? »

Sourcils froncés, Anton presse le bout de ses doigts les uns contre les autres.

« Nous savons que Johan voit Rebecka entre quinze et seize heures le vendredi après-midi, dit-il. Johan appelle son frère vers dix-sept heures trente en l'informant qu'il arrivera chez lui samedi soir, tard, avec une personne que son frère ne connaît pas. Puis il boit une bière avec Carl Willner au restaurant Pigo, où il n'a pas l'air dans son état normal. Il est décrit comme fébrile. Sans compter qu'il part plus tôt que prévu. La dernière personne qui le voit en vie, c'est Linus, lorsque Johan passe chez lui peu après vingt heures. À peine douze heures plus tard, il est retrouvé mort dans la neige, le long de la route Tångbölevägen.

— Bien résumé, commente Daniel.

— J'imagine, intervient Hanna, que l'agitation de Johan était due au fait qu'il avait enfin réussi à convaincre Rebecka de quitter son mari. C'est Johan qui insistait, ça se voit aux relevés téléphoniques. Elle aurait donc finalement accepté de partir avec lui : c'était inattendu, ce qui peut expliquer le caractère soudain du voyage. Johan a fait une tentative désespérée pour gagner le cœur de Rebecka et elle a dit oui.

— Et si c'était le contraire ? fait Anton.

— Comment ça ?

— Peut-être qu'à l'inverse, Johan harcelait Rebecka, et que le silence entre eux était justement le signe qu'elle avait enfin réussi à le faire arrêter. »

Hanna ne répond pas. On pourrait en effet interpréter la situation sous un tout autre angle – comme toujours. Il faut toujours se garder de s'enfermer dans une théorie trop rapidement. Mais tout ce qu'elle a entendu dire de Johan contredit une telle interprétation. Tous les témoins ont évoqué sa personnalité chaleureuse, optimiste. L'ami bienveillant, empathique, qui n'a pas laissé l'amertume le gagner alors même que sa carrière de skieur venait de s'arrêter d'une manière aussi injuste que brutale.

Johan aurait-il été un harceleur ? Elle a du mal à le croire.

Raffe semble partager son point de vue.

« Très sincèrement, ça m'étonnerait. Il n'y a rien dans le passé de Johan qui porte à le penser.

— D'accord, fait Daniel. Partons du principe qu'il s'agit d'une histoire d'amour et que Johan prévoyait d'emmener Rebecka à Strömsund : pourquoi garder ça secret ? »

Pour Hanna, la réponse coule de source.

« Parce qu'elle avait une peur bleue de son mari, évidemment ! dit-elle. Tout ce que nous avons entendu sur Ole Nordhammar, sur son caractère, dessine le portrait d'un homme qui a un fort besoin de contrôle et des tendances violentes avérées. »

Elle marque une pause, repense à ce que lui a raconté Maria Törnlund.

« Sa collègue nous a dit avoir vu des hématomes sur ses bras. Le comportement de Rebecka quand Maria a tenté d'aborder le sujet est là aussi caractéristique des femmes victimes de violences conjugales. Elles ont honte et tentent de cacher la situation au lieu d'accepter l'aide qu'on leur propose. Si Ole est un homme qui bat sa femme, qui sait de quoi il serait capable si elle lui annonçait qu'elle allait le quitter ? Ça aurait pu la mettre en grand danger. »

Hanna termine son café d'une gorgée. Un vrai jus de chaussette. Elle ajoute habituellement du lait, mais il n'y en avait plus.

« Je pense que Rebecka n'osait pas dire à son mari qu'elle comptait partir, conclut-elle. Johan était tout aussi prudent. Pour minimiser les risques, il n'a même pas voulu révéler à son frère avec qui il comptait venir.

— Ça me semble crédible », dit Daniel.

Il se tourne vers le tableau et y trace le nom d'Ole Nordhammar, qu'il relie d'une flèche à celui de Rebecka.

« Que savons-nous du couple Nordhammar ? » s'enquiert-il.

Hanna a eu le temps de faire ces recherches avant de se rendre à Enafors hier soir.

« Ole Nordhammar est l'un des pasteurs de la communauté Lumière de vie. Il a grandi au sein de cette congrégation, explique-t-elle. Il a quatorze ans de plus que sa femme. Ils se sont mariés en 2012, alors que Rebecka venait d'avoir dix-neuf ans. Lui en avait trente-trois. Ole a travaillé comme auditeur assistant dans un petit cabinet à Järpen jusqu'en 2017. Depuis, il s'investit surtout dans la communauté. Le couple vit à Enafors et n'a pas d'enfants. »

Elle marque une pause pour reprendre son souffle. Après la réunion, elle ferait peut-être bien de parler à Daniel de sa visite.

« Aujourd'hui, Rebecka a vingt-sept ans, poursuit-elle. Ses parents sont eux-mêmes membres de la communauté et vivent à Storvallen, pas très loin de Storlien. Elle a suivi la filière "Petite enfance" au lycée de Järpen et a commencé à travailler au jardin d'enfants Perce-neige il y a trois ans. Avant cela, il me semble qu'elle était femme au foyer – alors qu'ils n'ont pas d'enfants. »

Cette dernière remarque est une réflexion personnelle, mais elle lui semble pertinente pour compléter la description d'Ole Nordhammar. Elle peine à croire qu'une femme aussi jeune que Rebecka, même croyante, choisirait de rester à plein temps entre quatre murs. Elle devait se sentir terriblement seule dans cette maison reculée à Enafors pendant les longues journées de travail de son mari.

Le comportement d'Ole Nordhammar correspond en tout point au profil type des hommes contrôlants. Cela commence rarement par des violences physiques. Il s'agit d'abord d'isoler socialement la femme pour qu'elle n'ait personne vers qui se tourner. Ce n'est qu'à ce moment-là, quand elle a perdu toute confiance en elle et qu'elle est totalement dépendante de l'homme, que la violence psychologique se change en violence physique.

« Voilà ce que je sais pour le moment », conclut Hanna.

Avec un feutre rouge, Daniel trace une ligne en pointillé entre Johan et Ole Nordhammar, puis entoure le nom d'Ole.

« Si cette théorie est exacte, cela nous fait une autre personne qui aurait eu des raisons de s'attaquer à Johan Andersson », dit-il en s'asseyant.

Personne dans la pièce n'exprime de désaccord.

« Nous devons trouver le couple Nordhammar immédiatement », tranche Daniel.

Hanna repense à leur maison vide – et à cette sensation que Rebecka ne s'y trouvait plus.

« Ça sera sans doute plus difficile que tu ne l'imagines », dit-elle.

Rebecka
2020
dimanche 23 février

Johan est assis sur le bord du lit et tient Rebecka dans ses bras. Elle est encore à moitié endormie, mais il lui suffit de sentir son odeur pour savoir qu'elle est maintenant en sécurité.

Son Johan adoré !

Il caresse Rebecka doucement et la berce comme une enfant.

« Je suis là maintenant, chuchote-t-il tendrement. Je t'aime. Tu n'as plus à avoir peur, je vais m'occuper de toi et de notre enfant. »

Les larmes sourdent sous ses paupières closes. Johan a fini par arriver, il ne l'a pas abandonnée.

Il peut l'aider à partir d'ici.

Rebecka se penche en avant pour se blottir plus encore dans sa chaleur et sent son épaule heurter le mur. Elle ouvre les yeux et prend conscience en l'espace d'une seconde qu'elle est toujours emprisonnée dans cette chambre nauséabonde.

Le cauchemar qu'elle vit n'est pas terminé. Johan n'était là que dans son rêve, et elle a le corps endolori après les coups d'Ole.

Le bonheur qu'elle ressentait l'instant d'avant s'est changé en noirceur absolue. Inutile de lutter. Elle devrait se lever, tenter de s'enfuir, mais son corps n'obéit pas. Chaque mouvement lui fait mal, elle est vidée de toute force.

La lumière filtre à travers la fenêtre sale. Ça doit être dimanche.

Fermant les yeux, elle sombre à nouveau dans le sommeil.

Lorsqu'elle se réveille, il fait encore jour.

Elle a une pressante envie d'uriner. Elle s'assied sur le lit, regarde autour d'elle et découvre un vieux seau en métal blanc posé devant la porte. À côté, un grand sac de courses. Rebecka se soulage dans les toilettes de fortune. Elle n'ose pas vérifier s'il y a du sang dans ses urines, puis elle se ravise et se résout à risquer un regard au fond du récipient. Tout a l'air normal ; le soulagement est indescriptible : les coups qu'elle a reçus n'ont pas l'air d'avoir affecté sa grossesse.

Son bébé est en vie.

C'est la seule chose qui compte. Pour son enfant à naître, il faut qu'elle soit forte.

Elle tend le bras vers le sac en plastique, y trouve quelques bouteilles d'eau, un sachet de pain en tranches et un saucisson fumé. Ole a dû revenir et lui laisser des vivres pendant qu'elle dormait. Peu importent ses raisons : dans l'état où elle se trouve, elle a trop faim et trop soif pour se perdre en conjectures.

Elle dévisse le capuchon d'une des bouteilles et boit si goulûment que l'eau lui coule le long du menton. Ses lèvres sont craquelées, sa bouche est sèche comme du papier. Elle se rassied sur le lit. Son regard s'arrête sur les versets encadrés du livre des Psaumes. Elle essaie de prier, mais les mots lui restent en travers de la gorge. Des questions par dizaines se pressent dans son esprit. Combien de temps va-t-elle rester enfermée ici ? Ole ne peut pas la garder prisonnière pour toujours ! Et s'il en était capable ? S'il l'empêchait à tout jamais de sortir ?

Elle essaie de penser à Johan. À ses parents et à Maria, qui doivent se demander où elle est passée – mais cela ne l'aide pas, au contraire. Une vague d'angoisse l'envahit. Elle étouffe, l'oxygène commence à lui manquer.

La pièce rétrécit, les murs se rapprochent, le plafond est sur le point de l'écraser. De petits points noirs obscurcissent son champ de vision.

Rebecka ferme les paupières et pousse un gémissement. Elle serre les poings, enfonce ses ongles dans ses paumes, si fort que la peau manque de se déchirer.

La douleur fait effet.

Sans vraiment comprendre ce qui lui arrive, Rebecka parvient de nouveau à trouver de l'air. Elle prend de longues inspirations entrecoupées de sanglots. Au bout d'un moment, elle ose enfin rouvrir les yeux.

La pièce n'a pas changé.

Rebecka place ses bras en croix sur sa poitrine. Elle tente de convoquer la sensation de son rêve, imagine qu'il la serre encore dans ses bras, qu'il lui caresse les cheveux.

Elle doit garder la tête froide, ne pas sombrer dans l'hystérie.

Pour le bien de leur enfant. Elle se le répète comme un mantra.

Pour leur enfant à naître.

54

Daniel vient de dépasser Ånn ; ils sont presque arrivés à Enafors. L'horloge du tableau de bord indique neuf heures moins cinq. La réunion de ce matin a été plus longue que prévu.

Il a bien dormi, pour une fois. Alice ne s'est pas trop réveillée.

Hanna se racle la gorge, visiblement embarrassée.

« Il y a un truc dont il faut que je te parle. »

Daniel lui lance un regard interrogateur.

« Ne m'en veux pas, s'il te plaît, mais… hier soir, j'ai pris une initiative personnelle. »

Hanna se tourne vers lui et poursuit :

« Je suis allée chez Rebecka Nordhammar. Juste pour tâter le terrain. »

Daniel est pris d'un sursaut d'agacement familier.

« Toute seule ? Sans *back-up* ?

— Euh, oui », reconnaît-elle, la voix empreinte de culpabilité.

Avant que Daniel n'ait le temps de réagir, elle ajoute :

« Il n'y avait personne ; il ne s'est rien passé. »

Il ne lui faut qu'un instant pour en saisir les implications : si leurs soupçons contre Ole Nordhammar sont bel et bien fondés, ça aurait pu très mal se finir s'il avait été chez lui à l'arrivée d'Hanna.

« Tu le savais avant d'y aller ? Que la maison était vide et qu'Ole Nordhammar n'y était pas ?

— Pas vraiment, non. »

Daniel soupire.

« Mais enfin, tu aurais dû me consulter avant de foncer !

— Je sais, concède-t-elle, l'air penaud. Seulement, après ce que m'a dit sa collègue, j'étais tellement inquiète pour Rebecka… Je me suis dit qu'on ne pouvait pas se permettre d'attendre aujourd'hui. »

Daniel doit ralentir à l'approche d'un virage en épingle. Le soleil brille, mais il est tombé une bonne quantité de neige cette nuit et la chaussée est recouverte d'une épaisse couche de poudreuse. À la radio, on vient d'annoncer qu'un camion a fait une sortie de route au niveau de Krokom.

Daniel sent son agacement se dissiper. L'intuition d'Hanna, sa capacité à agir vite, ont souvent permis de vraies avancées. Ç'a été le cas dans l'affaire Amanda – même si cette fois-là l'histoire aurait pu très mal se terminer.

Daniel réprouve la petite expédition de sa collègue, mais elle a au moins l'honnêteté de s'en ouvrir à lui.

« C'est la dernière fois que tu te lances dans ce genre de mission sans me consulter, entendu ?

— Oui, c'est promis. Je n'aurais pas dû. »

Elle a répondu du tac au tac, le laissant à peine terminer sa phrase. Au même moment, son téléphone émet un bip.

« Tiens, regarde, dit-elle en lui montrant l'écran. J'ai reçu une photo de Rebecka. »

Daniel a juste le temps de distinguer les contours d'une jeune femme blonde entourée d'enfants, avant de devoir reporter son attention sur la route.

« J'ai demandé à Maria Törnlund de m'envoyer une image récente », explique Hanna.

Du coin de l'œil, il la voit examiner le visage de la jeune femme.

« Je me demande ce que ça fait de grandir avec des valeurs chrétiennes aussi profondément ancrées, continue Hanna. Est-ce que ça rend plus vulnérable ? Plus influençable ? On peut presque le voir à sa tête, qu'elle est croyante ! »

Bien qu'il soit frustré qu'elle ait décidé de faire cavalier seul, Daniel ne peut s'empêcher de sourire devant sa réflexion à l'emporte-pièce.

« Ta brillante analyse s'appuie-t-elle uniquement sur la photo ou sur les quelques détails que tu connais de l'affaire ? » la taquine-t-il.

À la réunion de ce matin, Hanna n'avait pourtant pas dérogé à sa pertinence habituelle.

Elle éclate d'un petit rire. La tension entre eux s'est envolée.

« Au fond, est-ce que toutes les personnes qui vivent dans un environnement sectaire ne sont pas plus ou moins manipulées ? suggère Hanna. Même si, entre rejoindre une secte et y être né, l'enjeu n'est pas du tout le même. »

Daniel n'est pas certain que l'adjectif « sectaire » soit tout à fait adapté pour décrire Lumière de vie. Un coup d'œil aux registres n'a rien souligné de notable.

Ses dirigeants ne font pas de vagues. Dans le pays, les exemples ne manquent pas de ces « Églises libres » qui mènent leurs activités sans dérive d'aucune sorte.

Ce n'est pas nécessairement la faute de la congrégation si Ole Nordhammar s'autorise à violenter sa femme.

« Qu'est-ce que tu veux dire par là ? demande-t-il.

— Eh bien, je ne dis pas qu'on s'attend à être manipulé quand on rejoint une secte. Mais je pense que les personnes attirées par ce genre de groupe sentent un vide en elles. Il leur manque une raison d'être, un sentiment d'appartenance. Elles ont souvent la sensation que leur existence est vaine. »

Hanna a dû suivre des cours de psychologie à la fac, songe Daniel. Elle est bien plus calée que lui sur la question.

« C'est justement ce qu'offrent les congrégations religieuses comme Lumière de vie, poursuit-elle. Leurs fidèles se sentent importants, utiles : c'est en grande partie ce qui fait l'attrait de ces communautés. En plus d'une profonde communion dans la foi, bien sûr. On a une chance d'apporter sa pierre à l'édifice. »

Daniel se reconnaît dans cette description. En tant que policier, il en sait quelque chose. Ceux qui postulent pour devenir flics le font bien souvent par désir d'apporter leur contribution, de se sentir utiles, d'aider les autres.

Du moins au début.

« Si on te disait que tu pouvais te débarrasser de tous tes problèmes et, en plus, sauver ton prochain…, continue Hanna. C'est irrésistible, non ? »

Impossible de savoir si la question lui est adressée ou si elle est purement rhétorique.

N'importe qui peut sans doute se retrouver embrigadé dans une secte, à condition que celle-ci déploie les bons outils psychologiques. Ce sont peut-être ces mêmes mécanismes qui, de plus en plus, sont mis en œuvre par la criminalité organisée pour attirer les jeunes ados. C'est la soif d'appartenance qui les pousse à rejoindre ces gangs, au sein desquels ils se sentent choisis.

« On sort ici », indique Hanna, interrompant le cours de ses pensées.

Ils sont arrivés à Enafors. Daniel clignote à droite pour quitter l'E14 et s'engage sur une route étroite. Il veut continuer la discussion.

« Tu dis qu'il y a une différence entre ceux qui naissent dans le groupe, comme Rebecka, et ceux qui se font enrôler plus tard, reprend-il.

— Oui, pour moi ça n'a rien à voir. »

La voix d'Hanna est claire, convaincue.

« Prenons l'exemple de Rebecka : elle a été éduquée dans la congrégation depuis toute petite. C'est la seule vie qu'elle connaisse. Si elle coupe les ponts avec Lumière de vie, elle perdra sans doute le contact avec toute sa famille, tous ses amis. C'est ainsi que fonctionnent ce type d'organisations, et c'est pour ça qu'il est aussi difficile d'en partir.

— Pourtant, on dirait bien que c'est précisément ce que Rebecka s'apprêtait à faire. »

Daniel s'arrête au bout de la route. Ils sont arrivés chez les Nordhammar.

« Ça en dit long sur la violence des sentiments qui devaient être en jeu », répond Hanna.

55

À la lumière du jour, la maison de Rebecka est plus petite qu'elle n'avait semblé à Hanna la veille. Elle est aussi plus délabrée qu'elle ne le pensait, et dégage une nette impression d'isolement, de solitude.

« S'il y avait eu un véhicule dans l'allée, ça aurait été meilleur signe, dit-elle à Daniel. Ça a l'air plutôt mort. »

En sortant de la voiture, elle cherche du regard le chien hargneux d'hier soir. Elle a décidé de taire cet épisode à Daniel. Il lui a flanqué une de ces frousses ! Inutile d'entrer dans ce genre de détails.

Ils gagnent l'entrée, sonnent à la porte. Hanna ne s'attend pas à ce qu'on leur ouvre. Daniel laisse passer une minute, sonne à nouveau, puis il frappe à la petite vitre qui orne le haut de la porte. Il recule de quelques pas et lève les yeux vers l'étage, où s'alignent des fenêtres.

« Ohé ! s'écrie-t-il, les mains en porte-voix. Il y a quelqu'un ? »

Hanna sort son portable et tente encore une fois de joindre Rebecka. Sans grande surprise, elle tombe sur son répondeur comme toutes les fois précédentes.

À ce stade, elle a bien dû lui laisser une dizaine de messages lui demandant de la rappeler.

Chaque appel sans réponse ne fait que renforcer sa certitude : Rebecka est en danger.

« Je doute qu'ils soient chez eux, dit-elle. La maison a l'air déserte.

— Tu as sans doute raison.

— Allons jeter un coup d'œil de l'autre côté », suggère-t-elle en se dirigeant vers les traces qu'elle a laissées la veille dans la neige.

Arrivée à la véranda, elle gravit les marches jusqu'à la porte vitrée. À la lumière du jour, on voit clairement l'intérieur du salon. Un canapé bleu marine et des fauteuils assortis, un grand tapis en lirette, une table basse en bois. À l'autre bout de la pièce, une table massive en chêne sombre avec des chaises tapissées en bois ouvragé.

Hanna balaie la pièce du regard et enregistre mentalement les détails, les housses de coussin crochetées à la main, les rideaux bleu clair, les tableaux aux cadres dorés suspendus aux murs. Tout semble si vieux jeu. Difficile de croire qu'une jeune femme de vingt-sept ans comme Rebecka aménagerait ainsi son intérieur.

Hanna imagine bien la situation. Les registres indiquent que la mère d'Ole Nordhammar a été emportée par un cancer il y a plusieurs années. Son père de quatre-vingt-quatre ans vit à Duved, dans une résidence pour personnes âgées. Ça doit être la maison de ses parents : c'est pour ça qu'elle est aussi vieillotte et sinistre. Rebecka vit au milieu des anciens meubles de ses beaux-parents.

C'est triste à dire, mais cela colle avec l'image qu'Hanna s'est faite de la personnalité d'Ole. Rebecka n'a pas eu son mot à dire sur l'aménagement de sa propre maison.

Hanna a déjà rencontré ce genre d'hommes.

Quelque chose la turlupine. Un souvenir insaisissable d'hier soir qu'elle peine à replacer. Elle scrute à nouveau la pièce.

« Bon, on dirait bien qu'il n'y a personne, constate Daniel. On se tire ? »

Et puis elle met le doigt dessus.

Hier soir, une bible était posée sur la table basse. Elle ne s'y trouve plus.

Quelqu'un est donc entré ici cette nuit.

56

Après ce passage à la maison inoccupée, Daniel a suggéré qu'ils contactent les parents de Rebecka – ils peuvent peut-être les aider à la localiscr. Ils roulent à présent vers Storvallen, où vivent Stefan et Ann-Sofie Ekvall, dans une ferme à un quart d'heure environ d'Enafors, non loin de la frontière norvégienne.

Tandis que Daniel conduit, Hanna compose le numéro de téléphone d'Ole Nordhammar. Il ne répond pas non plus, ce qui renforce encore le mauvais pressentiment qui l'anime depuis déjà un moment.

Après avoir passé la gare routière de Storvallen, ils atteignent un corps de ferme composé de plusieurs bâtisses en bois rouge. Daniel dépasse une grange puis se gare devant le bâtiment d'habitation.

C'est une femme d'une cinquantaine d'années aux cheveux poivre et sel qui leur ouvre la porte. En apprenant qu'ils sont policiers, elle écarquille les yeux, mais elle n'a pas le temps d'ouvrir la bouche qu'un homme du même âge, au visage tanné, en salopette de travail sur une chemise à carreaux, apparaît.

Ça doit être le père de Rebecka. Hanna lui trouve une certaine ressemblance avec la jeune femme de la photo que lui a envoyée Maria.

« Pouvons-nous entrer ? s'enquiert-elle. Nous avons quelques questions au sujet de votre fille, Rebecka. »

La main d'Ann-Sofie Ekvall bondit vers son cou, où brille une petite croix en argent montée sur une fine chaîne.

« Il s'est passé quelque chose ? s'alarme-t-elle.

— Nous aimerions simplement vous poser quelques questions, la rassure Hanna. Nous pourrions peut-être nous asseoir. »

Ils s'installent dans la cuisine. Hanna se demande combien de cuisines et de salons elle a visités pendant son service. Et combien elle a bu de cafés, préparés à la hâte par les occupants des lieux à l'inquiétude grandissante.

Stefan Ekvall reste les bras croisés tandis que son épouse lance la cafetière avant de sortir des tasses.

Le père de Rebecka est un homme massif qui dégage une autorité naturelle, remarque Hanna. Il lui a suffi de quelques instants pour comprendre qui mène la barque dans ce foyer.

De temps à autre, Ann-Sofie jette à son mari un coup d'œil anxieux, comme pour s'assurer qu'elle fait bien ce qu'il faut et qu'elle ne va pas se faire remonter les bretelles.

Hanna se demande s'ils n'ont pas lourdement pesé dans la décision de leur fille de se marier si jeune avec un homme de quatorze ans son aîné.

« Si nous en venions au fait ? s'agace Stefan, tandis que son épouse s'affaire à l'arrière-plan. De quoi s'agit-il ? »

57

La ligne spécialement créée pour recueillir les témoignages publics a donné lieu à un certain nombre d'appels, qu'Anton est en train d'éplucher. Jusqu'à présent, il n'en est pas sorti grand-chose. Sur un Post-it, pourtant, il est question d'une femme qui a entendu Linus parler de Johan sur un ton particulièrement agressif.

Anton compose le numéro de la dénommée Elin Algren, assistante dentaire qui travaille à Järpen. Après une ou deux questions, elle explique qu'elle s'était trouvée dans le même café que Linus environ une semaine avant la mort de Johan.

« Qu'est-ce qui vous a fait réagir ce jour-là ? lui demande Anton.

— N'allez pas penser que j'ai les oreilles qui traînent, précise Elin d'emblée. Mais Linus parlait si fort. Il criait, même. On ne pouvait pas le rater.

— Vous souvenez-vous de ce qu'il a dit ? Plus vous êtes précise, mieux c'est.

— Il jurait, il vomissait des injures. C'est ça qui a attiré mon attention : il avait l'air vraiment hors de lui. Il répétait “ce connard de Johan”, “cette connasse de Marion”, ce genre de grossièretés. »

Anton reformule mentalement : Linus a donc exprimé en public de l'agressivité envers les Andersson. Cela confirme ce que leur a rapporté Marion – sur l'hostilité dont il était capable lors de conflits au bureau.

« Je comprends, lui assure Anton. Qu'a-t-il dit ensuite ? »

La voix à l'autre bout du fil se tait, comme si Elin peinait à se souvenir.

« Je ne suis pas sûre. J'étais venue jusqu'au comptoir pour commander un verre de vin, et je suis repartie vers ma table une fois servie. Mais je crois que Linus disait que Johan et sa femme s'acharnaient contre lui, qu'ils ne le laissaient jamais en paix. »

Anton prend des notes sur son ordinateur. Le témoignage d'Elin en dit long sur la personnalité de Linus.

« Combien de temps êtes-vous restée à côté de lui ? À peu près.

— Je dirais dix minutes, pas plus.

— Dans quel état était-il ? »

Elin éclate d'un rire nerveux.

« Il avait un gros coup dans le nez. Le visage rouge, les yeux vitreux. Il baragouinait. Enfin, il était loin d'être sobre, vous voyez l'idée.

— Était-il agressif ? »

C'est une question orientée, c'est vrai, mais Anton décide tout de même de la poser, eu égard aux informations déjà fournies par Marion.

« Il avait une attitude très… belliqueuse. »

Anton hasarde encore quelques questions, mais Elin a déjà dit tout ce qu'elle sait.

« Qu'est-ce qui vous a poussée à nous contacter ? demande Anton en guise de conclusion.

— Eh bien… »

Elle ralentit sa diction.

« Linus et Johan, je les connais tous les deux de loin. La femme de Linus, Sandra, aussi d'ailleurs. Åre n'est pas une grande ville. Quand j'ai appris que Johan avait été assassiné, je suis allée sur la page Facebook de la police. Il était écrit qu'on pouvait appeler si on avait entendu quelque chose. »

Elle prend une inspiration.

« Ça fait plusieurs jours que j'hésitais à vous appeler.

— Vous avez bien fait, la rassure Anton.

— Je peux vous poser une question ?

— Allez-y.

— Vous ne raconterez pas à Linus que je vous ai… parlé de ça ? »

L'inquiétude transparaît dans sa voix.

« Je peux rester anonyme ?

— Vous n'avez pas à vous en faire pour ça. Pas à ce stade. »

Après avoir noté ses coordonnées, Anton remercie Elin pour son aide et raccroche. Il reste immobile, portable à la main.

Dehors, le soleil brille – plus pour longtemps : une tempête a été annoncée à la radio. Des vents violents descendant du nord de la Norvège vont balayer l'ouest du Jämtland.

Anton ne sait pas sur quel pied danser.

Hanna croit dur comme fer à la piste Ole et Rebecka Nordhammar. Elle a formulé une théorie sur une liaison amoureuse entre Rebecka et Johan, le tout assorti d'un mari jaloux qui aurait pété les plombs. Anton est dubitatif. Hanna a une fâcheuse tendance à partir tout schuss – d'autant plus quand il s'agit de violences intrafamiliales.

Il n'est pas aussi convaincu qu'Ole Nordhammar est bien celui qu'ils cherchent. Il y a encore trop d'éléments qui pointent vers Linus. Il a un vrai mobile financier et suffisamment de force physique pour ôter la vie à Johan. Sans compter son caractère sanguin notoire et sa tendance bien documentée à prendre des cuites.

Qui sait ce qui a pu se passer dans le feu de l'action s'il a piqué un coup de sang ?

Rebecka
2020
lundi 24 février

Rebecka est allongée sur le côté. Dehors, il fait jour, ce qui signifie qu'une nuit de plus est passée depuis qu'elle a été emmenée dans cette maison en Norvège. Son sommeil a été haché et angoissé, hanté par des cauchemars mettant en scène ce qu'Ole lui ferait subir à son retour.

Elle n'a pas faim, mais elle devrait se forcer à manger. L'enfant ne survivra pas si elle cesse de s'alimenter.

L'enfant de Johan. Un bébé qu'ils élèveront ensemble… Si seulement elle parvient à s'enfuir d'ici.

Elle ravale un sanglot et s'assied pour fouiller dans le sac de denrées. Elle se force à avaler un peu de pain et une tranche de saucisson malgré ses haut-le-cœur.

Puis elle boit quelques gorgées d'eau ; cela lui donne un regain d'énergie.

Ses pensées sont moins embrumées.

Samedi, elle a bien cru qu'Ole allait la tuer. Il semble avoir changé d'avis, en tout cas pour un temps, puisqu'il lui a laissé à manger et à boire. Ça doit être la grossesse : ses coups ont cessé de pleuvoir lorsqu'elle a mentionné l'enfant. C'est à ce moment-là qu'il a préféré la traîner dans la chambre pour l'enfermer à double tour.

Il lui a donné un répit, mais pour combien de temps ?

Il faut qu'elle arrive à s'enfuir avant son retour, quoi qu'il arrive.

Rebecka tente de réfléchir. Elle n'est pas allée travailler ce matin – Maria a dû se poser des questions. Rebecka est rarement malade. Sa collègue a dû réagir et tenter de la contacter.

Mais Ole peut revenir d'un instant à l'autre.

Elle s'approche de la fenêtre encrassée. Elle n'est pas très haute, du fait de la soupente, et se divise en quatre carreaux séparés par des croisillons. Peut-être pourrait-elle sortir par là ?

Le corps engourdi, elle se penche pour évaluer la distance au sol. Vu d'ici, ça semble terriblement haut : au moins trois ou quatre mètres.

C'est trop. Elle risque de se casser les jambes ou pire, de faire du mal à l'enfant. Le jeu n'en vaut pas la chandelle – finir étalée dans la neige, encore plus esquintée qu'elle ne l'est déjà ? Elle mourrait d'hypothermie en l'espace de quelques heures.

Sans compter qu'il s'est mis à neiger. Une fois la nuit tombée, la visibilité sera nulle. L'épaisse forêt qui entoure la maison l'effraie. Comment trouverait-elle son chemin pour partir d'ici ? Ole lui a déjà expliqué que la maison est isolée, mais elle ne sait pas à quel point. Comment le grand-père d'Ole a-t-il supporté de vivre tout seul dans cette bicoque solitaire ? C'est inconcevable.

Le regard de Rebecka se pose sur la porte verrouillée. Il faut qu'elle trouve comment l'ouvrir et qu'elle sorte par là, c'est la seule solution.

Dans la lumière ténue, elle examine chaque centimètre carré de la pièce. Hormis le lit, avec sa couverture moisie et son oreiller taché, seule une commode est calée contre le mur.

Rebecka inspecte les tiroirs, l'un après l'autre. Le premier résiste puis finit par céder dans un crissement sonore, révélant des piles de vêtements mités. Elle s'empare de deux pulls en laine et les enfile l'un sur l'autre malgré l'odeur qui manque de l'asphyxier.

Les autres tiroirs ne renferment que des babioles et de vieux journaux, rien qui puisse l'aider.

À genoux, Rebecka jette un coup d'œil sous le lit et n'y voit que d'énormes moutons de poussière.

Il y a aussi dans la pièce une table de chevet en pin sombre. Sur la tablette inférieure, rien d'autre qu'un vieux livre – un psautier. En ouvrant le tiroir, elle découvre enfin quelque chose d'intéressant : un nécessaire à couture. À l'intérieur, une fine aiguille à crochet. Peut-être pourra-t-elle s'en servir pour crocheter la serrure et déguerpir avant qu'Ole ne revienne ? Elle ignore où aller ensuite, mais il doit bien y avoir quelque part des gens qui peuvent l'aider…

Elle caresse son ventre pour y puiser des forces.

Puis elle s'accroupit devant la porte et introduit l'aiguille dans le trou de la serrure.

58

Ann-Sofie Ekvall est trop nerveuse pour rester assise. À peine s'est-elle installée à la table de la cuisine qu'elle saute sur ses pieds, sert du café, va chercher une assiette de biscuits maison et demande si quelqu'un souhaite du lait.

Une fois la bouteille devant eux, elle se relève pour apporter du sucre – alors que personne n'en a demandé.

En revenant, elle en profite pour essuyer le plan de travail déjà étincelant.

Hanna est agacée par son agitation. Elle voudrait lui dire de venir s'asseoir pour qu'ils puissent commencer l'entretien.

Elle se laisse enfin tomber sur sa chaise pour ne plus en bouger.

Son époux, Stefan Ekvall, fixe Daniel du regard. Il semble à peine avoir remarqué la présence d'Hanna à ses côtés.

« Vous avez des questions à propos de ma fille, monsieur ? »

Il choisit clairement d'ignorer sa présence en ne s'adressant qu'à son collègue masculin. Elle n'apprécie guère cette manière de faire, même si elle imagine que cette communauté conservatrice ne doit pas tenir les policières en haute estime.

De fait, Stefan Ekvall confirme tous ses préjugés sur la vision des femmes véhiculée dans la congrégation Lumière de vie. Son épouse marche manifestement à la baguette. Elle ose à peine ouvrir la bouche.

Il faut pourtant garder la tête froide. Hanna ne doit pas laisser ses idées reçues entraver l'enquête. Tout ce qu'elle sait sur la communauté a beau suggérer une organisation hautement patriarcale, cela n'implique en rien que des infractions aient été commises.

Daniel tourne les pages de son carnet.

« Ma collègue et moi-même sommes ici parce que nous essayons depuis plusieurs jours de joindre Rebecka », se lance-t-il.

Il insiste sur « ma collègue » – Hanna lui en est reconnaissante.

« Elle ne s'est pas présentée à son travail depuis vendredi, poursuit-il. Nous revenons de chez elle et Ole à Enafors, mais la maison est vide. »

Daniel explique que Rebecka s'est fait porter pâle, mais qu'elle et son mari ne sont pas à la maison. Bien qu'ils aient été contactés un bon nombre de fois, ni Ole ni Rebecka ne répondent à leur portable.

« Savez-vous où votre fille et votre gendre peuvent se trouver ?

— Non, répond Stefan Ekvall.

— Quand avez-vous parlé à Rebecka pour la dernière fois ?

— Voyons voir. Vendredi, peut-être ?

— C'est habituel ? intervient Hanna en regardant Ann-Sofie. À quelle fréquence vous parlez-vous d'ordinaire ? »

C'est encore le père qui répond, bien qu'Hanna se soit adressée spécifiquement à la mère.

« Une fois par semaine, peut-être. Au moins une fois tous les quinze jours. »

Sa voix est étonnamment grave.

« Savez-vous si Rebecka et Ole auraient pu partir en voyage ? s'enquiert Daniel. Ou s'ils rendent visite à des amis ?

— Pas à notre connaissance. Mais nous ne sommes pas au courant de leurs moindres faits et gestes. Rebecka est adulte.

— Ils ne vous informent pas de leurs projets de voyage ? »

La mère de Rebecka triture nerveusement la croix qui pend à son cou.

« Pensez-vous qu'il soit arrivé quelque chose ? s'alarme-t-elle. Rebecka est-elle en danger ?

— Nous ne pouvons pas vous répondre, dit Daniel, mais nous avons absolument besoin de les joindre, elle et son mari.

— Pourquoi ? » insiste Stefan Ekvall.

Une lueur d'inquiétude point dans ses yeux enfoncés. Enfin une réaction. Il faudrait avoir un cœur de pierre pour rester insensible quand deux policiers frappent à votre porte et cherchent votre fille.

« Nous allons y venir, répond Hanna. Quand avez-vous vu Ole pour la dernière fois ?

— Sans doute dimanche, à la maison paroissiale, pour le culte.

— Rebecka était-elle présente ? l'interroge Daniel.

— Non, Ole est venu seul. Il a dit que Rebecka avait pris froid et avait dû rester à la maison.

— Comment avez-vous réagi ?

— Je ne me suis pas vraiment posé de questions. »

Hanna place les mains sur son giron et prend la suite de l'entretien.

« Comment décririez-vous la relation entre votre fille et son mari ?

— Ole est un honnête homme et un excellent pasteur, assène Stefan Ekvall. Il est très apprécié dans la communauté. Il travaille d'arrache-pied pour diffuser la parole divine. Ses prêches sont particulièrement demandés par nos fidèles. »

Voilà qu'il chante les louanges d'Ole au lieu de répondre à la question.

« Je comprends, dit Hanna, s'efforçant de ravaler son irritation. Diriez-vous qu'ils sont heureux ensemble ? »

Ann-Sofie se lève et va chercher la cafetière pour remplir les tasses.

« Notre fille a de la chance d'avoir épousé un homme d'une telle qualité ! »

En son for intérieur, Hanna ne peut qu'être sceptique, mais la fierté qui transparaît dans la voix du père semble sincère. Sa loyauté vis-à-vis de son gendre ne fait guère de doute.

« Le moment venu, Ole remplacera le pasteur Jan-Peter Jonsäter à la tête de notre communauté. »

Stefan Ekvall ne semble pas savoir à quel point le mariage de sa fille bat de l'aile. À moins qu'il se voile la face. Hanna observe la mère, en train de resservir du café à son mari. Elle n'a pas dit un seul mot de la relation entre Ole et Rebecka.

Autant y aller franco.

Elle cherche les yeux de Daniel pour obtenir son approbation tacite, mais ne parvient pas à accrocher son regard. Tant pis.

« Nous avons des raisons de croire que votre fille est victime de violences au sein de son foyer, lâche Hanna. Êtes-vous au courant ? »

Stefan Ekvall, qui a tendu la main pour saisir sa tasse, la laisse maintenant retomber.

Il affiche un air méfiant.

« Qu'est-ce qu'elle a fait ? »

Hanna sent ses cheveux se hérisser en l'entendant ainsi blâmer sa fille par défaut. Comment peut-on rejeter encore et toujours la responsabilité sur les femmes dans ce genre de situations ? Cette injustice lui laisse un goût amer dans la bouche.

« Faut-il nécessairement qu'une femme ait *fait* quelque chose pour qu'on la frappe ? C'est ce que vous voulez dire ? »

En s'autorisant cette provocation, elle surinterprète ses paroles, elle en est consciente.

« Vous m'avez mal compris, rétorque Stefan Ekvall.

— Alors dites-moi comment traduire vos propos. »

Daniel se racle la gorge, enjoignant discrètement à sa collègue de se modérer. Il prend la parole sans lui laisser le temps d'en remettre une couche :

« Savez-vous s'il y a de la violence au sein de leur couple ?

— Je ne peux pas le croire, persiste Stefan Ekvall. Comme je l'ai dit, Ole est l'un de nos pasteurs, il est profondément investi dans la communauté et c'est une personne très appréciée. »

Comme si cela l'empêchait de tabasser sa femme entre les murs de sa maison. Maria Törnlund a bien vu de larges hématomes sur le bras de Rebecka. Hanna doit se mordre la langue pour ravaler une nouvelle remarque acerbe.

« Rebecka ne vous a jamais dit que son mari l'avait frappée ? insiste Daniel.

— Jamais de la vie. »

Hanna ignore le père et dévisage Ann-Sofie. Les mains jointes sur ses genoux, elle frotte le dessus de son pouce gauche avec le droit, sans jamais s'arrêter malgré la rougeur de plus en plus visible de sa peau.

« Et vous, Ann-Sofie ? »

Hanna s'adresse nominalement à elle pour l'obliger à sortir de son mutisme.

« Vous êtes la mère de Rebecka. Elle ne vous a pas parlé de la situation au sein de son couple ? »

C'est une question orientée, mais elle y est presque forcée tant le père de Rebecka se montre dominateur. Ann-Sofie détourne la tête. Elle semble retenir ses larmes.

« Nous n'en avons jamais parlé, répond-elle en regardant son mari d'un air suppliant. Rebecka a toujours été heureuse avec Ole, n'est-ce pas ?

— Ce sont des mensonges, tranche Stefan Ekvall. Je ne veux plus écouter vos bêtises. »

Il est sur le point de se lever quand Hanna risque une nouvelle question.

« Quelle est la position de la communauté concernant le divorce ? »

Stefan Ekvall semble ne pas comprendre la question.

« Peut-on divorcer dans la communauté ? reformule Hanna. Ou cela vaut-il l'exclusion ? »

Le père de Rebecka sourit pour la première fois.

« "Que l'homme ne sépare pas ce que Dieu a uni." C'est écrit dans la Bible. L'Évangile selon saint Matthieu, chapitre 19. Il ne s'agit pas de la vision de la communauté. Jésus s'est déjà exprimé sur la question. »

Daniel reprend la parole avant qu'Hanna ne revienne à la charge.

« Savez-vous si votre fille était en contact avec un homme du nom de Johan Andersson ? »

Ann-Sofie prend une bruyante inspiration. Hanna guette la réaction du père. C'est une question dangereuse que pose Daniel – si les parents en parlent à leur gendre, la sécurité de Rebecka peut être compromise.

« Ça m'étonnerait fort, répond Stefan Ekvall. Notre fille est une femme respectable. »

Il repousse sa tasse avec un agacement mal dissimulé. La cuillère inutilisée tinte contre la soucoupe.

« Qui est cet homme, d'ailleurs ?

— Johan Andersson s'est fait connaître comme champion de ski, il venait de Duved, répond Daniel. Par la suite, il a travaillé comme plombier. Il a fait quelques réparations dans le jardin d'enfants où votre fille est employée, à Ånn. Nous avons des raisons de croire qu'ils se connaissaient très bien. Mais Johan a été retrouvé mort samedi. Il a été assassiné. Vous en avez peut-être entendu parler ?

— Assassiné ?… », répète Ann-Sofie.

Elle s'agrippe si fort à la table que les os de ses phalanges semblent presque à nu sous la finesse de sa peau. On distingue sans peine les veines bleues qui serpentent sur ses tendons crispés.

« Notre fille ne serait jamais impliquée dans une histoire pareille ! crache Stefan Ekvall.

— Rebecka est en danger ? murmure Ann-Sofie.

— Elle est sous la protection de Dieu, coupe son mari. Il ne lui arrivera rien. »

À en juger par la manière dont Stefan Ekvall cloue le bec de sa femme, ça ne doit guère être la première fois. Ann-Sofie ne proteste pas, mais s'affaisse un peu plus sur sa chaise. Ça commence à bien faire. Il faut tirer de cette conversation une information qui les aidera à retrouver Rebecka.

Hanna a l'intuition que le temps presse.

Elle pose à nouveau les yeux sur Ann-Sofie, se demande comment obtenir un tête-à-tête avec elle.

« Je suis navrée, hasarde-t-elle, mais serait-il possible que j'utilise vos toilettes ?

— Bien entendu, répond Ann-Sofie.

— Pourriez-vous me montrer où elles se trouvent ? »

Hanna se lève ; Ann-Sofie est obligée de l'imiter. Elle la précède hors de la cuisine puis indique une porte au bout du couloir.

« C'est là ? » insiste Hanna.

Elle veut pousser Ann-Sofie à s'éloigner de la cuisine, jusqu'à ce que son mari ne puisse plus les entendre.

Ann-Sofie s'approche d'elle.

« Nous devons absolument mettre la main sur Rebecka, explique Hanna lorsque Ann-Sofie est arrivée à sa hauteur.

— Vous croyez qu'Ole lui a fait du mal ? chuchote Ann-Sofie d'une voix à peine audible.

— C'est ce que nous redoutons, oui. Nous devons vraiment les trouver. Si vous savez où ils sont, vous devez nous le dire tout de suite. »

Elle s'approche encore plus d'Ann-Sofie.

« Faites-le pour Rebecka. »

Ann-Sofie balaie le couloir du regard comme pour s'assurer que son mari ne peut pas l'entendre.

« Contactez le pasteur Jonsäter. S'il y a bien quelqu'un qui doit savoir où se trouve Ole, c'est lui. »

59

À peine Daniel est-il installé dans la voiture qu'Hanna lui relate sa conversation avec la mère de Rebecka.

« Elle m'a dit de parler au pasteur Jonsäter, explique-t-elle en accrochant sa ceinture. Reste à savoir où le trouver. »

Elle tape le nom dans la barre de recherche Google de son téléphone tandis que Daniel recule la voiture pour sortir de l'allée. Du coin de l'œil, il remarque Ann-Sofie à la fenêtre de la cuisine, les bras serrés sur la poitrine. Il ne voit pas son mari.

Stefan Ekvall semblait impatient de se débarrasser d'eux.

Daniel grommelle intérieurement. Si Hanna a obtenu de la mère une information précieuse concernant le pasteur, elle n'a pas pris de pincettes avec le père. Sa rudesse a été source de friction, mettant clairement l'homme sur la défensive.

Ils arrivent à l'embranchement avec l'E14. Daniel freine et laisse passer un poids lourd immatriculé en Norvège.

Hanna se racle la gorge, comme si elle lisait dans ses pensées.

« J'avoue que… j'y suis allée un peu fort tout à l'heure. Désolée. Mais c'était tellement frustrant ! Ce type méprisant qui refusait de voir la gravité de la situation. »

Elle souffle bruyamment par le nez.

« "Rebecka est sous la protection de Dieu" », singe-t-elle d'un ton grave.

Hanna imite à la perfection la voix et la prononciation d'Ekvall. Elle parvient même à plisser le front comme lui.

Daniel ne peut s'empêcher de sourire.

« Comme si ça allait l'aider, ajoute Hanna en reprenant sa voix normale. Je ne comprends pas comment il peut se voiler la face à ce point. Personne n'a vu Rebecka ni ne lui a parlé depuis vendredi après-midi. On est mercredi. Elle a disparu depuis cinq jours ! »

Elle abat le poing sur le siège. Sa frustration est palpable, mais signale avant tout autre chose – une profonde inquiétude pour une femme en danger.

La sécurité de Rebecka est désormais une priorité aux yeux d'Hanna.

Daniel sait à quel point il est facile de se laisser avaler par une enquête – il a connu ça, lui aussi. En toute franchise, elle devrait se garder de s'investir aussi personnellement – mais c'est précisément ce qui fait d'elle une aussi bonne policière. La sincérité de son engagement.

« Si ma fille avait disparu, je ne me contenterais pas d'égrener des prières », s'emporte-t-elle.

Moi non plus, songe Daniel.

Il pense au visage poupin d'Alice. À ses yeux si bleus. Ce qu'elle peut lui manquer ! Parfois, il aimerait tout abandonner pour la serrer dans ses bras. Aujourd'hui, il rentrera à temps, il se le promet. Il lui donnera son bain et la couchera, comme d'habitude. Il ne passera pas la soirée au commissariat pour rentrer à une heure indue.

Cette fois-ci, il compte bien tenir sa promesse.

« Le pasteur Jonsäter, donc. Des infos sur lui ? »

Hanna lui montre son écran de téléphone.

« Je l'ai trouvé. Jan-Peter Jonsäter, marié à une certaine Karin. Il habite à Handöl. On aurait pu s'en douter : c'est là qu'a été fondée la communauté, dans la vallée du Snasadalen. L'église et la maison paroissiale se trouvent là-bas. »

Daniel contemple le paysage qui s'étire devant lui. Au loin, on devine les Snasahögarna, l'imposant massif montagneux constitué de quatre sommets qui, vu de la montagne Åreskutan, s'élève de l'autre côté du lac. Storsnasen, le point le plus haut, culmine à mille quatre cents mètres.

Le Snasadalen s'étend au pied du massif. C'est là que la communauté Lumière de vie a été fondée dans les années trente par quelques dizaines de familles dévotes.

Daniel roule vers l'est, vers Enafors, d'où part l'unique route menant à Handöl.

D'après la mère de Rebecka, le pasteur Jonsäter pourrait savoir où se trouve Ole. Pour le bien de Rebecka, il espère qu'elle a dit vrai.

Hanna a raison : le temps est compté.

60

Une allée flanquée de majestueux bouleaux pubescents conduit au domicile de Jan-Peter et Karin Jonsäter. La grande maison en bois couleur moutarde offre une façade magnifiquement ouvragée : le pignon s'orne de lambrequins de bois et de fenêtres à croisillons, décorées de rideaux en dentelle blanche.

En levant les yeux, Hanna détaille les deux cheminées plantées sur le toit en tuiles noires. De la fumée s'échappe de l'une d'elles – il doit y avoir quelqu'un à la maison.

Elle est déjà devant la porte d'entrée, dans une élégante véranda décorée de vitraux, lorsque Daniel la rattrape.

« Hanna, dit-il en posant une main sur son épaule. Cette fois-ci, vas-y mollo. »

Nul besoin d'en dire plus. Hanna acquiesce immédiatement.

« Fais-moi confiance. »

Elle ne compte pas se laisser provoquer par les opinions du pasteur. Elle est fin prête.

Ils frappent à la porte, qui s'ouvre bientôt sur une femme d'une soixantaine d'années d'une élégance remarquable. Elle porte une jupe plissée et un col roulé en laine d'agneau. Ses longs cheveux d'un blanc argenté sont attachés en queue-de-cheval. Ça a tout l'air d'être sa femme, Karin.

« Nous cherchons Jan-Peter Jonsäter, explique Daniel en présentant son badge de police.

— Mon mari est dans son bureau. Entrez, je vous en prie ! »

Un grand chien noir est allongé sur le sol de la cuisine – il ressemble singulièrement à celui qui a pourchassé Hanna hier soir. L'animal se lève à demi et pousse un grognement menaçant. Elle réfrène un frisson.

Karin Jonsäter les conduit dans une pièce aux murs de lambris sombre, où trône un large bureau de style anglais. Un homme massif à lunettes et veste en tweed y est installé.

Il lève les yeux de ses papiers en voyant qu'il a de la visite.

« Ces deux policiers désirent te parler », indique Karin.

Elle se tourne vers Hanna et Daniel avant de poursuivre :

« Puis-je vous offrir un café ? Un verre d'eau ?

— Non merci, ça ira », répond Daniel.

Hanna donne la même réponse. Karin disparaît par la porte du bureau et la referme soigneusement.

Le pasteur pose son stylo à bille, un élégant modèle noir serti d'or, qui semble aussi onéreux que le reste de l'aménagement. Après la visite chez le couple Nordhammar et à la ferme des parents de Rebecka, Hanna ne s'attendait pas vraiment à un intérieur de cet acabit. On se croirait dans l'une de ces résidences secondaires bourgeoises bâties au tournant du siècle dans l'archipel de Stockholm – une vision assez inattendue dans le nord de la Suède.

Une horloge de Mora, belle antiquité peinte de motifs végétaux, siège en bonne place. Les aiguilles indiquent onze heures et demie.

« Que puis-je faire pour vous ? » s'enquiert Jan-Peter Jonsäter avec politesse, mais sans afficher la moindre curiosité quant à la situation.

« Nous essayons d'entrer en contact avec Ole et Rebecka Nordhammar, explique Daniel. Nous avons pensé que vous sauriez peut-être où ils se trouvent. »

Jan-Peter Jonsäter réfléchit, les coudes appuyés sur son bureau.

« Pourquoi les cherchez-vous ? »

Sa voix profonde inspire confiance, et résonne de l'autorité naturelle que lui confère sa position hiérarchique. Hanna n'a aucun mal à l'imaginer en train de prêcher en chaire. Sa chevelure grise est encore épaisse. Tout en lui respire la force, l'assurance.

Elle a l'impression qu'il leur fait la faveur d'une audience en les recevant, alors même qu'ils sont là dans le cadre de leurs fonctions.

« Nous enquêtons sur un homicide, répond Daniel. Nous aurions besoin de poser quelques questions à Ole et Rebecka. Ça fait plusieurs jours que nous cherchons à leur parler, mais ils sont injoignables. Leur maison semble déserte. »

Il précise qu'il s'agit du meurtre de Johan Andersson, mais ne mentionne pas la potentielle liaison entre Rebecka et ce dernier.

Sage décision, se dit Hanna. Elle n'est pas sûre que cette information serait utilisée à bon escient par l'homme qui lui fait face.

« Ça m'a l'air sérieux, en effet, dit Jan-Peter Jonsäter. Je vous aiderais volontiers, mais je n'ai pas parlé à Ole depuis dimanche, quand nous nous sommes vus à l'office. »

Il feuillette un agenda posé devant lui sur la table. Les pages sont noircies de rendez-vous et d'annotations.

« Avez-vous essayé son portable ? dit-il aimablement.

— Oui, répond Hanna d'un ton tout aussi aimable. Nous avons appelé Ole et Rebecka à de nombreuses reprises. En vain.

— Laissez-moi réfléchir, dit Jonsäter en se caressant le front. Ole est venu seul à l'église dimanche. Je crois que Rebecka était souffrante – une sorte de grippe, il me semble. »

Il ôte ses lunettes et les essuie.

« Ils étaient peut-être simplement sortis faire une course quand vous êtes passés chez eux ? Vous devriez probablement y retourner. »

Hanna se sent sur le point de perdre patience.

« Je crois que vous ne comprenez pas la gravité de la situation, indique-t-elle en s'efforçant de garder son sang-froid. Personne n'a vu Rebecka depuis vendredi. Ça fait cinq jours qu'elle n'a pas donné de nouvelles. Nous avons des raisons de penser qu'elle peut être en danger. Le fait que son mari soit lui-même injoignable est de très mauvais augure : nous avons besoin de votre aide pour les localiser. »

Jonsäter est assis dos à une bibliothèque qui couvre tout le mur, où s'alignent des rangées d'épais livres de théologie, dont beaucoup en anglais.

Hanna se demande s'il se considère comme un représentant direct de Dieu sur terre.

Ça doit être ainsi que l'on voit les pasteurs dans la communauté.

« Je suis navré, déplore Jan-Peter Jonsäter en secouant la tête. Je ne vois pas comment je pourrais vous aider. »

Rebecka
2020
lundi 24 février

Les mains de Rebecka sont endolories après plusieurs heures à batailler pour tenter d'ouvrir la porte. Sa peau est rouge, presque à vif, là où l'aiguille à crochet a pris appui contre sa paume ; l'inconfort de sa position lui a fait mal aux genoux. Elle est maintenant étendue sur le lit, abattue.

Elle a tout essayé pour crocheter la serrure, en vain. Elle y a glissé l'aiguille, qu'elle a tournée et retournée de toutes les manières possibles.

Rien à faire. Il va bientôt faire nuit, et la petite chambre est plongée dans la pénombre. La journée touche à sa fin. Bientôt elle sera de nouveau seule dans le noir.

Ole peut revenir d'un moment à l'autre.

En se tournant sur le côté, elle sent nettement la rondeur de son ventre, comme si le petit être qui s'y trouve lui rappelait de ne pas abandonner.

Mais que peut-elle faire pour protéger son enfant ?

Le médecin qu'elle a vu au centre de santé s'est montré préoccupé. Cette semaine, elle devait le recontacter au sujet de ses nouveaux résultats d'analyses, de ses problèmes de tension. Il lui avait spécifiquement recommandé d'éviter les situations stressantes.

Et voilà qu'elle se retrouve dans une maison vide, séquestrée par son propre mari.

Les larmes menacent de jaillir à nouveau. Elle se recroqueville sur le matelas bosselé et tente de garder espoir : Maria doit être à sa recherche. Johan aussi – il sait à quel point elle a peur d'Ole.

Mais très vite les pensées funestes reprennent le dessus. Elle et son enfant vont mourir ici.

À quoi bon essayer de fuir ?

Elle a soif et tend le bras vers l'une des bouteilles d'eau, mais se réfrène au bout de quelques gorgées et la repose sur la table de chevet. C'est peut-être tout ce qu'elle aura à boire pour un long moment. Et si Ole ne revenait plus ?

Rebecka glisse les mains entre ses cuisses serrées. Ole l'a rouée de coups, mais n'a pu se résoudre à l'achever lorsqu'il a appris qu'elle était enceinte. Mais peut-être est-il prêt à la laisser mourir de faim et de soif ?

Dans ce cas, pourquoi a-t-il apporté un sac de vivres et des bouteilles d'eau ?

Sa sombre voix intérieure a encore la réponse.

Ole n'aurait pas besoin de porter la responsabilité directe de sa mort. Il accomplissait peut-être là sa dernière action charitable avant d'abandonner Rebecka aux forces de la nature. Il n'aurait ainsi rien à se reprocher. Ce qui se passera après, une fois les réserves épuisées, il s'en lave les mains.

Rebecka tente de lutter contre l'abattement, mais elle est si lasse, elle n'arrive plus à penser clairement. Épuisée, elle laisse tomber sa tête sur l'oreiller et ferme les yeux. Quand elle les rouvre, il fait nuit noire.

Le monde est un mur opaque derrière la fenêtre.

Elle ferme les yeux et tente d'imaginer qu'il fait chaud, que tout est éclairé, accueillant. Qu'elle est chez Johan, dans ses bras. Elle essaie de se représenter la petite maison dont on leur avait prêté la clé, le feu de cheminée qui crépitait gaiement lorsqu'ils étaient serrés l'un contre l'autre dans le lit. Les belles flammes jaune vif qui dansaient dans l'âtre…

Ça ne fonctionne pas.

Avec un soupir, elle se love en position fœtale. Quand elle touche sans le vouloir sa hanche meurtrie, un élancement traverse son corps. Elle se tord de douleur ; les larmes jaillissent. Elle sait pourtant que ça n'est d'aucune aide ; elle a déjà tellement pleuré. Mais à quoi bon essayer de lutter ?

Les murs craquent, un bruit lugubre qui lui rappelle combien elle est seule et sans défense.

Elle joint les mains en prière, comme elle l'a fait tant de fois. Ses lèvres prononcent la litanie habituelle :

« Notre Père qui es aux cieux… »

Même si elle veut encore croire que le Seigneur l'aidera, elle commence à entrevoir la vérité.

Elle n'est pas digne d'être sauvée. Elle a menti, trompé, péché. Trahi son mari aussi bien que Dieu.

Elle mérite de mourir ici, dans l'obscurité et la solitude.

61

Dans son bureau, Anton est occupé à relire le rapport préliminaire de Carina sur la camionnette. Sa table est encombrée de papiers, soigneusement classés en piles distinctes. Il a horreur du désordre.

Le document est bourré de données techniques. Malgré le tragique de la situation, Carina utilise une langue littéraire, presque poétique, pour décrire ses investigations. Elle note la présence de larges éclaboussures, la silhouette de la victime que l'on devine dans le sang séché. La joue de Johan pressée contre le tapis en caoutchouc qui a laissé une étrange marque dans les rainures.

La fourgonnette a été fouillée soigneusement à la recherche d'empreintes digitales, d'ADN et diverses traces biologiques. Les techniciens ont également cherché d'autres indices qu'aurait pu laisser le coupable, tels que des fibres de vêtements ou des empreintes de chaussures.

Carina constate que la fourgonnette n'a pas été forcée – en d'autres termes, l'auteur de l'homicide devait avoir accès aux clés.

Cela colle tout à fait avec leur hypothèse concernant le *modus operandi* du crime.

Si une bonne partie des éléments sont partis au centre de médecine légale d'Umeå pour une analyse plus approfondie, le rapport indique déjà que de nombreuses empreintes digitales appartenant à Linus ont été retrouvées éparpillées à l'intérieur de la fourgonnette. Il s'y est clairement trouvé à un moment donné, soit parce qu'il a utilisé la camionnette de son collègue, soit pour une autre raison – ce qui pourrait étayer l'hypothèse de sa culpabilité.

Poursuivant sa lecture, Anton est interrompu par une vibration dans sa poche arrière. Un SMS de Carl.

Je peux t'appeler ?

Une bouffée de joie l'envahit. Lui qui pensait avoir ruiné toutes ses chances de le revoir, avec son comportement pathétique d'hier soir !

Il regarde autour de lui. Daniel et Hanna sont encore en train de traquer le couple Nordhammar. Raffe est dans son bureau au fond du couloir. Probablement au téléphone.

Pour s'assurer qu'on ne l'entende pas, il ferme sa porte avant de répondre au SMS.

Carl le rappelle *illico*.

« Désolé de te déranger, dit-il.

— Pas de problème. Alors… comment tu vas ?

— Euh…, hésite Carl. Je n'appelais pas pour parler de… de nous. »

Anton ne savait pas qu'il y avait un « nous » – la formule suscite chez lui un plaisir inattendu.

« Sandra Sundin vient de m'appeler, poursuit Carl. Elle m'a demandé si je savais où se trouve Linus.

— Ah ? »

Carl émet un bruit à mi-chemin entre la toux et le raclement de gorge.

« Elle avait l'air de se faire un sang d'encre.

— Qu'est-ce qui s'est passé ?

— Visiblement, il n'est pas rentré cette nuit. Et il ne répond pas au téléphone.

— Tu veux dire qu'il a disparu ?

— C'est ce qu'elle avait l'air de penser. Elle a passé des coups de fil à des connaissances mais personne ne l'a vu. Je lui ai promis d'en parler avec vous. »

La conversation est en train de prendre une tournure très différente de ce qu'Anton imaginait. Même s'il le voulait, il n'a pas le droit de lui parler de l'enquête.

« Je me suis dit que vous l'aviez peut-être… placé en garde à vue sans en informer sa femme ?

— Ça n'est pas comme ça qu'on procède, répond Anton du tac au tac. Mais je peux l'appeler pour en discuter avec elle.

— Ce serait sympa. »

C'est le moment de raccrocher, mais Anton n'arrive pas à prendre congé – il serait bête de laisser passer cette occasion de renouer le contact. Il a passé la moitié de la nuit à gamberger, à ressasser la rencontre de la veille. Il revoit l'image de Carl endormi au creux du lit, son visage éclairé par le clair de lune.

« Ce dîner que tu proposais…, commence-t-il.

— Oui ? »

N'entend-il pas un élan d'enthousiasme dans la voix de son interlocuteur ? Peut-être qu'il se fait des idées. Anton ne sait pas à quoi s'attendre, mais il se lance : ça passe ou ça casse ! Alors qu'il s'apprête à lui demander s'il est libre ce vendredi soir, la porte s'ouvre en grand.

Raffe est posté sur le seuil, portable à la main.

« Le centre de commandement vient de nous signaler la mort d'une personne en lien avec l'enquête, tonne-t-il. On n'a pas de temps à perdre. »

Décidément, le sort s'acharne contre Anton. Il reste assis, cloué sur place.

Raffe est déjà prêt à partir.

« Tu viens ? lance-t-il par-dessus son épaule.

— Désolé, je dois y aller », lâche Anton d'un ton bien trop sec, avant de raccrocher.

62

Il leur faut une demi-heure pour rejoindre Duved depuis Handöl, bien que Daniel conduise à tombeau ouvert.

« Du calme ! » s'écrie Hanna lorsqu'il tente un dépassement hasardeux sur l'E14.

Anton leur a transmis l'alerte lancée par le centre de commandement au moment où ils prenaient congé du pasteur Jonsäter. Un accident mortel s'est produit non loin de Duved. Un véhicule a percuté une paroi rocheuse longeant la chaussée. À l'heure qu'il est, impossible de dire s'il s'agit d'un tragique accident ou d'autre chose.

Il est treize heures cinq lorsqu'ils arrivent sur le lieu de l'accident. Un périmètre de sécurité a déjà été déployé. Les rubalises bleu et blanc flottent au vent. Plusieurs véhicules de police sont sur place tandis que des collègues en uniforme dévient le trafic.

Daniel aperçoit un groupe de jeunes un peu plus loin. L'un des gars a sorti son téléphone portable pour filmer la scène, et le tient à bout de bras dans un mouvement circulaire pour ne rien manquer de ce qui se passe.

« Personne ne peut dire à ce petit con d'arrêter ? » maugrée Daniel.

Il se hâte vers le véhicule accidenté, Hanna sur les talons. Légèrement à l'écart de la route se trouve une camionnette blanche à l'avant complètement encastré dans la falaise. Les roues sont sales, les flancs du véhicule couverts de boue. La portière côté passager s'est ouverte sous le coup du choc. De loin, on peut voir du sang sur la fenêtre.

Daniel reconnaît le nom de l'entreprise sur le véhicule et a un flash-back : une autre camionnette blanche sur le bord d'une route de forêt, dimanche dernier. Il y a trois jours seulement.

Aujourd'hui, les circonstances du drame ne font aucun doute : le véhicule a fait une violente sortie de route et a foncé droit dans le mur.

Daniel observe la scène. La joue grisâtre qui repose contre la vitre, les yeux grands ouverts de l'homme sans vie. Sa tête semble avoir été propulsée vers la fenêtre latérale. Son corps est affaissé, la poitrine appuyée contre l'airbag dégonflé.

« Ça ne fait aucun doute, constate Hanna. C'est bien Linus Sundin ! »

63

Ce n'est que vers quinze heures que l'équipe se retrouve enfin au commissariat pour faire le point.

Hanna est installée avec ses collègues dans la salle de réunion, où flotte une odeur de laine mouillée et de café fumant. Carina, la technicienne, les a rejoints. Elle s'est assise en face d'eux et passe ses notes en revue.

Remarquant le regard d'Hanna, elle force un sourire fatigué. Des ridules se dessinent autour de sa bouche, ses lèvres sont gercées par le froid.

« Ça fait beaucoup, là », soupire-t-elle.

Un paquet à moitié entamé de biscuits fourrés est posé sur la table. Hanna attrape un gâteau – ils n'ont pas eu le temps de déjeuner. Ce nouveau rebondissement les épuise, mais il faut bien faire face.

Le visage de Birgitta Grip apparaît sur l'écran devant eux. Sans s'embarrasser de formules de politesse, elle entre dans le vif du sujet.

« Que s'est-il passé ? Daniel ?

— Nous avons une nouvelle victime liée à notre enquête. »

Daniel se gratte la nuque d'un geste las.

« Linus Sundin, l'associé de Johan Andersson, a été retrouvé mort dans sa camionnette le long d'une route non loin de Duved. C'est le seul véhicule impliqué dans l'accident. Nous pensons qu'il est mort sur le coup. Il a quitté la chaussée sur une portion en ligne droite et a percuté une paroi rocheuse.

— On est certain qu'il s'agit d'un accident ? » interroge Grip.

Hanna revoit la scène macabre. Le cou cassé de Linus. La ceinture de sécurité détachée, couverte de sang.

« Aucun élément ne porte à croire qu'on l'a poussé à sortir de la route ? continue Grip.

— La peinture est griffée sur le côté gauche, répond Carina. Je ne peux pas encore dire si ces égratignures préexistaient ou non.

— La chaussée était enneigée, nous n'avons pas repéré de traces de freinage, ajoute Daniel.

— De quoi s'agit-il, selon vous ? insiste Grip avec un brin d'impatience dans la voix. D'un suicide ?

— La piste du suicide ne peut pas être écartée, au vu des circonstances, opine Anton. Les difficultés économiques de Linus, l'enquête sur le meurtre de Johan… »

Il avait une femme et un jeune fils, voudrait objecter Hanna. Se donne-t-on la mort dans ces conditions ?

Elle se demande s'ils ne sont pas allés un peu trop loin avec lui. La pression était-elle trop forte ? C'est vrai qu'ils ont essayé par tous les moyens de lui arracher des aveux.

Sont-ils responsables d'avoir rendu un jeune garçon orphelin ?

Hanna saisit un autre biscuit. Le chocolat lui colle au palais, elle finit par tout recracher dans sa paume. Elle s'empare d'une serviette en papier pour y dissimuler la bouillie à moitié mâchonnée.

« D'après les informations préliminaires, Linus n'a pas été vu depuis hier soir, précise Anton. Sa femme a indiqué qu'il n'était pas rentré de la nuit.

— A-t-on trouvé une lettre d'adieu ? demande Grip.

— Rien dans la voiture, en tout cas », répond Carina.

La plupart des victimes de suicide laissent un mot en guise d'explication. Mais pas tous.

« A-t-on des raisons de croire qu'un crime ait été commis ? s'enquiert Grip. Y a-t-il des personnes qui pourraient vouloir se débarrasser de lui ? »

Hanna observe Daniel. Ils n'ont pas été très discrets – ils sont presque allés crier sur les toits que Linus était soupçonné d'avoir tué le mari de Marion.

Se pourrait-il qu'elle ait voulu prendre les choses en main, et le lui faire payer ?

Rebecka
2020
mardi 25 février

Il neige devant la fenêtre et les vivres sont presque épuisés. Rebecka est assise contre le mur, les bras entourant ses jambes ramenées contre sa poitrine, le front posé sur les genoux.

Il est presque dix-huit heures à sa montre. La lumière a baissé. Ça doit être mardi soir, ce qui veut dire qu'elle est enfermée depuis déjà trois jours et trois nuits.

Elle se tourne vers la petite fenêtre carrée. La vision est toujours la même : d'interminables rangées de sapins et de bouleaux, la nature enneigée à perte de vue. Pas âme qui vive dans ce paysage froid qui la tient prisonnière.

Elle n'arrivera jamais à s'évader.

Les effluves nauséabonds émanant du seau qui lui sert de latrines lui parviennent aux narines. Alors qu'elle réfrène un haut-le-cœur, l'odeur âcre d'ammoniac semble soudain la réveiller, chasser le sentiment d'abattement. Son corps se met en alerte.

Elle doit s'enfuir.

Cette pensée ne la quitte plus. Hier, elle était prête à accepter son destin, elle avait presque réussi à se convaincre qu'elle méritait sa punition. Pourtant, au fond d'elle, quelque chose refuse de céder. Elle doit lutter. Elle le doit à son enfant.

Le regard de Rebecka s'arrête sur la porte close. Ses tentatives pour l'ouvrir ont été vaines jusque-là, mais si elle essayait de nouveau ? Elle plonge la main dans la poche de son jean pour attraper l'aiguille à crochet. Qui sait si elle ne pourra pas l'aider à se sauver ?

Il y a une heure, elle était prête à s'allonger et à se laisser mourir. Cela semblait la meilleure option, glisser dans un sommeil éternel en s'abandonnant au Seigneur.

Mais ça doit justement être ce qu'espère Ole : qu'elle lui facilite la tâche. Il n'aura pas à se salir les mains. Si elle disparaît, il pourra refaire sa vie avec une autre femme. Une femme qui lui fera des enfants, qui écoutera ses sermons. Qui l'admirera comme Rebecka l'admirait au premier jour, avant qu'il ne montre son vrai visage.

Elle saisit l'aiguille. Le métal argenté scintille dans les derniers rayons du soleil.

Pendant sept longues années, elle s'est pliée à toutes ses volontés. Pourtant, il n'était jamais content d'elle, l'accusait d'être une mauvaise épouse, l'humiliait constamment en citant les Écritures. À l'entendre, elle était laide, inutile, indigne d'être aimée. Elle n'était pas une vraie femme. Pendant toutes ces années, il est parvenu à la convaincre que c'était Dieu qui l'obligeait à la battre, et que c'était pour son bien.

Une détermination jusqu'alors inconnue grandit en elle, l'aide à repousser la peur que lui inspire Ole et lui donne de nouvelles forces.

Elle refuse d'abandonner. Elle ne compte pas mourir pour qu'Ole puisse continuer sa vie et fasse subir à une autre femme tout ce qu'elle a subi. Le dieu auquel croit Rebecka n'autoriserait jamais un homme à la martyriser ainsi.

Toute cette souffrance découle de l'esprit pervers d'Ole, et non de l'esprit du Seigneur.

Elle se battra jusqu'à son dernier souffle, même s'il doit l'étrangler à mains nues.

Elle fera *tout* pour qu'elle et son enfant survivent.

64

Après le brief, Daniel et Hanna restent dans la salle de réunion.

Anton et Raffe sont partis chez Sandra Sundin pour lui annoncer la terrible nouvelle. Hanna est soulagée de ne pas avoir dû s'y coller. Assise sur le bord de la chaise, elle contemple l'écran éteint où parlait encore Grip il y a quelques instants.

Des tasses de café sales traînent sur la table. Les biscuits au chocolat lui ont flanqué la nausée. Elle a sans doute besoin d'un vrai repas, mais ça attendra.

« On devrait parler à Marion Andersson, dit-elle à Daniel. Personne d'autre n'a un mobile aussi solide qu'elle pour en vouloir à la vie de Linus Sundin.

— Tu crois vraiment qu'elle pourrait être impliquée ? »

Daniel paraît sceptique.

« Impossible à dire. Mais si on cherche quelqu'un qui aurait de bonnes raisons de haïr l'homme suspecté du meurtre de Johan… on ne peut pas ignorer Marion. »

Daniel pose sur elle un regard pensif.

« Tu trouves qu'elle ressemble à l'archétype de la femme ivre de vengeance ?

— Pas vraiment. Mais les gens peuvent agir de façon inattendue après un traumatisme. Le mari de Marion a été battu à mort il y a quelques jours seulement. On ne sait pas s'il y a des armes chez elle, d'ailleurs. »

Marion a vu son existence s'effondrer. Elle ignorait que son mari était sur le point de la quitter pour une autre. C'est d'autant plus difficile qu'elle n'avait pas d'enfants, peu d'amis proches : elle n'avait que Johan.

« La piste du suicide reste quand même très crédible. À cet endroit, la route est bordée de falaises. C'est une manière efficace de se donner la mort si on est suicidaire.

— C'est vrai. Mais tu ne trouves pas ça trop simple ? Samedi, Johan est retrouvé mort. Quatre jours plus tard, le principal suspect se suicide. »

Daniel se frotte les yeux.

« Tu as raison. On devrait aller voir Marion. Au moins pour lui apprendre que Linus est mort avant qu'elle le découvre dans le journal. »

Il extirpe son téléphone de sa poche.

« Il faut juste que j'envoie un texto à Ida, ajoute-t-il. Elle va me tuer quand elle saura que je ne rentrerai encore pas à l'heure ce soir. »

Daniel pianote sur son portable ; au même moment, Hanna sent une vibration dans sa poche.

Elle lit le SMS qu'elle vient de recevoir avec un étonnement grandissant.

« Regarde ce que Maria Törnlund m'écrit, lance-t-elle à son collègue en lui montrant son écran. Apparemment, elle a eu un SMS de Rebecka, qui lui dit que tout va bien et qu'elle revient bientôt travailler.

— Excellente nouvelle ! »

Daniel recule sa chaise et se lève.

« On file chez Marion Andersson ? Si on traîne trop, ça risque de faire tard. »

Hanna tente d'assimiler la nouvelle information. Ils doivent toujours parler à Rebecka pour examiner son rôle dans l'homicide de Johan, mais ça semble désormais pouvoir attendre quelques heures. Il y a d'autres tâches plus urgentes. Hanna ne compte pas pour autant lâcher la jeune femme, qui a l'air dans une situation particulièrement périlleuse. Mais si Linus Sundin s'est donné la mort, et que c'est bien lui qui a assassiné Johan, alors la piste d'Ole Nordhammar devient caduque. Il faudra boucler l'enquête, bien sûr, mais l'affaire n'aura plus rien de pressant. Il s'agira simplement de clarifier l'enchaînement des faits pour qu'un procureur puisse constater que le coupable est décédé et ne peut être mis en examen.

Daniel est déjà allé chercher son manteau.

« Tu viens ? » lance-t-il depuis le couloir.

Hanna range son portable. Le principal, c'est que Rebecka soit saine et sauve.

65

« On attrape un truc à grignoter en route ? » suggère Hanna.

Ils viennent de monter en voiture pour rejoindre le domicile de Marion Andersson. Combien de kilomètres ont-ils parcourus aujourd'hui ? Elle n'ose même pas y penser – et son dos proteste déjà. Les distances dans cette région paraîtraient certainement inimaginables pour ses anciens collègues de Stockholm.

« Bonne idée ! répond Daniel. À ton avis, où est-ce qu'il y aura le moins de monde ? Avec tous ces touristes…

— Je pense que ce sera bondé où qu'on aille. »

Hanna se serait bien laissé tenter par un maxi-burger de chez Broken, mais le temps d'entrer dans le bourg, de se garer et de faire la queue pour passer commande, il y en a pour au moins une heure.

« Qu'est-ce que tu dirais d'un hot-dog et d'un coca à la station-service, près du télésiège VM6 ?

— Adjugé. »

Quinze minutes plus tard, ils se jettent sur leur repas, assis dans la voiture. En mordant dans la saucisse, Hanna réalise qu'elle était affamée. Elle avale le hot-dog à toute vitesse, sans même le mâcher, et se trouve bientôt prise de maux de ventre. Mieux vaut ça que la nausée de tout à l'heure, certes, mais la digestion risque d'être difficile – et le soda n'arrange rien à l'affaire.

Leur déjeuner englouti, Daniel démarre. Direction Duved.

Hanna balaie du regard le lac Åresjön qui s'étire le long de la route : sur la glace, deux motoneiges filent l'une à côté de l'autre dans la même direction qu'eux. Hanna aime faire de la motoneige, mais plus volontiers en montagne ou en forêt. Elle n'avait que treize ans quand elle a chevauché un de ces engins pour la première fois – bien moins que l'âge légal – et y est tout de suite devenue accro. C'était son père qui l'y avait initiée, dans l'un de ces trop rares tête-à-tête sans sa mère. Lydia et Richard possèdent eux aussi un scooter des neiges – un Arctic Cat – qu'elle emprunte lorsqu'elle veut s'évader quelques heures. Il y a des pistes magnifiques à explorer autour d'Åre.

Elle aurait bien besoin de prendre un jour de congé, loin des enquêtes policières et des femmes battues ! De s'octroyer quelques heures seule face à la nature… C'est une sensation unique de glisser librement entre les arbres, dans l'épaisse poudreuse ; de se mettre au défi de contourner un tronc sans basculer ou se coincer dans la neige. Et puis cette soudaine lumière lorsqu'on émerge de la forêt, qu'on débouche dans une clairière ou une tourbière gelée, avec au-dessus de la tête un ciel bleu infini.

Elle aime tout particulièrement s'arrêter pique-niquer sur les hauteurs, sentir le calme, le silence, sans personne pour venir troubler sa quiétude.

« Eh ben, tu t'endors ? lance Daniel en baissant le chauffage.

— Non. »

Hanna s'étire pour retrouver un peu d'énergie. Elle repense à Rebecka, comme tant de fois ces derniers jours. Le message de Maria Törnlund lui trotte dans la tête.

« Tu ne trouves pas ça bizarre que Rebecka envoie soudain un texto à sa collègue ?

— Peut-être qu'elle était partie quelques jours et n'avait pas regardé son portable ? »

Daniel s'empare d'une serviette en papier, essuie une goutte de ketchup à la commissure de ses lèvres, où sa barbe brune tire sur le roux. Il la fourre dans le vide-poche entre les deux sièges.

« Elle s'est sans doute fait porter pâle alors qu'elle n'avait rien, et a flippé quand tu as commencé à l'appeler.

— Pourquoi a-t-elle écrit à Maria au lieu de me contacter directement ?

— Tu es sûre que tous nos concitoyens sont enchantés de parler à la police ? »

Hanna fait abstraction de l'ironie de sa remarque.

« J'ai laissé au moins dix messages sur son répondeur ces derniers jours !

— C'est ça, ça a dû l'intimider. »

Hanna n'est toujours pas convaincue. Elle sent qu'il y a anguille sous roche.

« Tu crois vraiment que Rebecka est en voyage avec son mari ? C'est si simple que ça ? Comment tu expliques son lien avec Johan ? »

Elle saisit la serviette usagée de Daniel et rassemble les déchets dans le sac en kraft qui contenait leur repas.

« Si Rebecka n'était pas la personne qu'il devait emmener à Strömsund, qui était-ce ? »

Daniel prend le temps de la réflexion.

« Elle pouvait très bien s'apprêter à partir avec Johan le samedi soir, suggère-t-il enfin. Quand elle a appris qu'on l'avait retrouvé mort, elle a dû renoncer au projet. Ça n'est pas nécessairement plus compliqué que ça. »

Hanna tente de remonter le fil – quand le nom de Johan Andersson a-t-il été rendu public ? Rebecka pouvait-elle être au courant de sa mort dès le samedi ?

Ce n'est que le dimanche soir, passé la conférence de presse, que la mort de Johan avait commencé à faire la une des journaux.

« Tu crois que je coupe les cheveux en quatre ? laisse-t-elle échapper.

— Pas du tout, répond Daniel. Mais elle a peut-être aussi une raison toute simple de s'être tenue à l'écart pendant quelques jours. »

Hanna essaie de se mettre à la place de Rebecka. Si elle avait prévu de s'enfuir avec Johan le samedi, elle a dû se trouver dans une situation délicate en ne le voyant pas arriver. Le lendemain, l'horrible nouvelle du meurtre est sortie dans la presse : ça l'a très probablement anéantie.

On peut comprendre qu'elle n'ait pas eu le courage d'aller travailler après un tel choc – ou qu'elle n'ait pas envie de parler à la police.

Se retrouver embarquée dans une enquête sur la mort de son amant doit bien être la dernière chose qu'elle souhaite. La vérité risquerait d'être révélée à son mari – pour elle, ce serait une nouvelle catastrophe personnelle.

« Tu as sans doute raison, concède-t-elle en se laissant retomber dans son siège. Ne nous emballons pas. »

66

Marion entend une voiture se garer devant chez elle et jette un coup d'œil par la fenêtre. Elle reconnaît tout de suite les deux policiers qui ce week-end sont venus lui annoncer la nouvelle.

Le chagrin revient comme un coup de poing en pleine figure. Cela ne s'arrêtera donc jamais…

Marion se hâte vers la salle de bain pour se rincer le visage à l'eau froide. Elle n'a dormi que trois petites heures. Florian est arrivé hier ; ils sont restés à discuter jusqu'à minuit passé. Malgré ça, elle s'est réveillée aux aurores, sans pouvoir retrouver le sommeil.

« Désolés de vous déranger, s'excuse le policier prénommé Daniel. Pouvons-nous vous parler un instant ? »

Marion les invite à entrer et ils s'installent dans le salon.

« Comment allez-vous ? » demande la policière – Hanna. Elle est coiffée comme la dernière fois, en queue-de-cheval, mais cette fois quelques mèches s'en sont échappées et lui tombent autour du visage.

Marion hésite. Elle ne veut pas leur parler de ses nuits passées à sangloter, des larmes qui coulent et coulent sans discontinuer.

« Ça ne va pas trop, se contente-t-elle de répondre.
— Nous sommes ici pour vous informer que l'associé de votre mari, Linus Sundin, a été retrouvé mort à Duved », annonce Daniel.

Marion plaque une main sur sa bouche. Impossible de retenir sa réaction, pas après tout ce qui s'est passé.

« Linus ? »

Hanna affiche une expression navrée.

« Il semblerait qu'il soit décédé tôt dans la matinée. »

Il méritait de mourir après tout ce qu'il a fait. Marion ne peut pas feindre la tristesse. Si seulement Johan était avec elle…

Son Johan adoré.

Derrière elle, l'horloge de la cuisine égrène les secondes, dans un mouvement perpétuel.

« Comment est-il décédé ? articule-t-elle, les lèvres raides.
— Il a percuté une paroi rocheuse au volant de sa camionnette. Il semblerait qu'il soit mort sur le coup », explique Daniel.

Marion entend un bruit qui lui fait lever la tête. Florian se trouve sur le pas de la porte. Il était allé faire un somme dans la chambre d'amis, mais leurs voix ont dû le réveiller. Il semble encore à moitié endormi, ses cheveux bruns sont aplatis d'un côté.

« Voici mon grand frère. Il est arrivé hier soir », explique rapidement Marion.

Elle se tourne vers Florian et poursuit en allemand :

« Ils sont de la police. C'est Linus… il est mort. »

Florian fronce les sourcils, puis tend la main aux policiers et leur adresse un salut en anglais.

« Nous pouvons parler allemand, dit Hanna dans la langue de Goethe. Si c'est mieux pour vous ? »

Marion ne s'attendait pas à ça : elle parle un allemand fluide, avec un bon accent. Heureusement qu'elle s'en rend compte maintenant, avant qu'elle n'ait eu le temps de dire autre chose à Florian dans leur langue maternelle.

« Vous parlez allemand ? s'étonne-t-elle.

— J'ai travaillé à Berlin, répond Hanna avec un petit geste, comme pour minimiser la chose. Il y a longtemps. »

Florian suggère de poursuivre l'échange en anglais.

« C'est fou ce que vous vous ressemblez, fait remarquer Hanna. Comme des jumeaux. »

Marion a l'habitude. Florian et elle ont la même forme de visage, les mêmes sourcils épais et le même menton volontaire. Elle est blonde tandis qu'il est brun : c'est à peu près la seule chose qui les distingue. Elle est heureuse qu'il soit venu – c'est un vrai soulagement de ne plus être seule dans cette grande maison.

« Nous n'avons que dix-sept mois d'écart, indique Marion. On est presque jumeaux, en effet.

— Voulez-vous que je vous laisse ? demande Florian.

— Non, vous pouvez vous asseoir, dit Daniel en désignant un fauteuil.

— Vous venez souvent ici ? s'enquiert Hanna.

— Une ou deux fois par an », répond Marion à sa place.

Si seulement il ne s'était pas montré… Maintenant la police sait qu'il est en Suède. Elle leur a déjà dit ce qu'elle avait à dire, et ne veut pas que son frère soit entraîné avec elle dans cette terrible situation. Florian cherche son regard, mais elle évite de lever les yeux vers lui. Elle n'a qu'une hâte : que les policiers sortent de chez elle.

Hanna se tourne vers Florian.

« Connaissiez-vous Linus Sundin, l'associé de Johan ?

— Nous nous sommes vus quelques fois, quand je suis venu rendre visite à Marion.

— Je comprends, répond-elle. Si nous sommes ici, c'est parce qu'il vient de trouver la mort dans un accident de la route.

— Je suis désolé, fait Florian en tirant sur le bas de sa polaire. C'est tragique. »

Hanna s'adresse à Marion :

« Nous aurions besoin de savoir où vous vous trouviez ces douze dernières heures.

— Moi ? »

Marion sent comme un coup dans l'estomac. La soupçonnent-ils d'avoir tué Linus ?

Si elle ferme les yeux, elle revoit le visage qu'il affichait l'autre soir, lorsqu'il est entré chez elle de force. Ses yeux injectés de sang, ses poings levés.

« Je n'ai pas bougé d'ici après être allée chercher Florian à l'aéroport d'Östersund. »

Ses lèvres sont rigides, comme engourdies ; elle a du mal à s'exprimer.

« À quelle heure êtes-vous revenus ? » l'interroge Daniel.

Marion ne s'en souvient plus, sa tête n'est plus qu'un brouillard où tout se mélange.

« L'avion a atterri un peu après vingt heures hier soir, affirme Florian. Nous sommes rentrés directement, pour arriver ici juste avant vingt-deux heures.

— Qu'avez-vous fait ensuite ? »

Marion ne parvient pas à prononcer un seul mot. Florian doit parler à sa place.

« Nous avons mangé. Puis nous avons discuté jusqu'à tard dans la nuit.

— Et aujourd'hui ? insiste Hanna.

— Rien de spécial. On s'est reposés. »

Florian pose la main sur celle de sa sœur, comme pour lui donner du courage.

« On n'est pas sortis de la maison, ajoute-t-il d'un ton calme. Pourquoi ? »

Hanna interroge son collègue du regard. Puis hoche la tête, comme satisfaite des réponses.

Marion doit-elle comprendre qu'ils vont bientôt partir ?

Elle ne sait pas combien de temps elle peut encore tenir le coup ; elle n'en peut plus de toutes ces questions. Elle a l'impression qu'elle va s'évanouir. Les voix semblent lointaines, elle est à deux doigts de craquer.

Elle ferme les yeux. Si seulement ils pouvaient la laisser tranquille.

« Autre chose, dit Daniel. Y a-t-il des armes dans la maison ? »

Cette question inattendue lui fait rouvrir les yeux. Elle n'a rien à cacher : Johan avait passé son examen de chasseur et possédait une licence de port d'arme ; tous les documents sont en ordre. Quand Florian était là, il arrivait même qu'il l'accompagne à la chasse à l'élan.

Linus y participait aussi, bien qu'il ait été incapable de rester sobre – même avec un fusil à la main.

D'après Johan, l'équipe de chasse l'avait menacé d'exclusion s'il ne se ressaisissait pas. En chassant saoul, il mettait en danger tout le monde autour de lui.

« Johan allait parfois à la chasse, répond-elle. Il possédait plusieurs armes.

— Et vous ? » demande Hanna.

Marion secoue instinctivement la tête.

« Non.

— Où se trouvent les fusils ?

— Dans une armoire forte. Johan les mettait toujours sous clé. »

Il suivait scrupuleusement les règles. C'était dans sa nature.

Marion essaie de ravaler un sanglot sans y parvenir. Florian lui serre de nouveau la main.

« Pourriez-vous nous montrer ces armes ? » fait Hanna.

Marion se lève, va chercher la clé et les précède dans la remise, où trône une grande armoire blindée en acier gris, scellée au sol. Elle la déverrouille.

Trois fusils reposent contre le râtelier en mousse. Quelques boîtes de munitions sont rangées dans la porte.

« Vous savez que vous ne serez plus autorisée à les conserver, étant donné que votre mari est décédé ? l'informe Hanna.

— Prenez-les, je vous en prie », articule Marion.

Parler lui coûte. Elle parvient à peine à tenir sur ses jambes, tout tourne autour d'elle.

Daniel balaie l'air de la main.

« Nous ne sommes pas obligés de faire ça maintenant. Nous aurons des papiers à vous faire remplir. »

Il se tourne vers Florian.

« Vous pouvez venir les déposer au commissariat cette semaine. »

67

Hanna a le cerveau embrumé de fatigue lorsqu'ils sortent de chez Marion. Le soleil s'est couché et, à l'ouest, des nuages noirs alourdissent le ciel. On vient d'annoncer à la radio qu'une tempête approche depuis la Norvège.

« Alors, fait Daniel, installé au volant. Comment tu l'as trouvée ? »

Hanna réfléchit. Marion est restée comme foudroyée lorsqu'ils lui ont parlé de l'accident de voiture. La mort de Linus a semblé réellement la surprendre : son visage est devenu livide.

« Elle a eu l'air choquée par la nouvelle. »

Aussi bien elle que son frère – cet Allemand sorti de nulle part.

« C'est bizarre, non, que son grand frère ait débarqué comme ça ? » note-t-elle.

Daniel hausse les épaules.

« Ses deux parents sont morts et son mari a été assassiné ce week-end. Dans ces circonstances, tu n'aimerais pas que ton unique frère vienne te voir en Suède ?

— Si, sans doute.

— En tout cas, il n'y avait pas de rayures sur la Volkswagen de Marion, garée devant la maison, fait remarquer Daniel. J'ai vérifié. »

Ils devront attendre l'examen technique de la camionnette de Linus. Il s'agit peut-être d'un malheureux accident après tout, un dérapage sur une chaussée très glissante. Ou bien une manière radicale pour Linus de régler ses problèmes – à bien des égards, c'était un homme en crise.

Hanna appuie la tempe droite contre la fenêtre, la vitre est fraîche. Elle ferme les yeux. Quand elle les rouvre, ils passent devant la déchetterie de Staa. La clôture en acier gris défile devant ses yeux. Des sacs ont été largués devant – ceux qui les ont posés là n'ont même pas pris la peine d'entrer. Pourquoi les déchetteries sont-elles toujours si déprimantes ? Par réflexe, elle sort son portable et consulte ses messages.

Pas de nouveaux SMS. En haut de la liste, celui de Maria Törnlund, reçu il y a quelques heures.

Hanna le relit.

Rebecka m'a envoyé un message. Tout va bien, elle revient bientôt au travail. Je me suis dit que ça vous intéresserait de le savoir.

Sur une impulsion, Hanna pose le pouce sur le numéro de Maria pour la rappeler. Ça sonne. Quand la jeune femme répond, Hanna se présente et la remercie pour son SMS.

« Pourriez-vous s'il vous plaît me transférer le message de Rebecka ? J'aimerais voir exactement ce qu'elle a écrit.

— Bien sûr, répond Maria. J'aurais pu y penser. J'étais juste tellement soulagée que je n'ai pas réfléchi. Attendez deux secondes. »

Le portable d'Hanna émet un bip ; elle lit attentivement le SMS tout en gardant Maria au bout du fil.

Salut Maria, désolée pour le silence radio. Je vais beaucoup mieux, mais j'ai été obligée de partir quelques jours. Je reprends le travail bientôt. Bien à toi. Rebecka.

Le message paraît tout à fait banal.

« Ah oui, il y avait un PS aussi. Je vous l'envoie. »

Le nouveau message arrive, Hanna l'ouvre :

PS : J'ai perdu mon portable, j'utilise celui d'Ole.

« Donc le message ne vient pas de son numéro habituel ? »

Hanna veut être sûre qu'il n'y ait pas de malentendu.

« Non, apparemment c'est celui de son mari. Mais je n'ai pas son numéro, je ne peux pas vous le garantir. »

Hanna a noté le numéro d'Ole Nordhammar. Elle feuillette son calepin. Les chiffres correspondent. Le message de Rebecka a bien été envoyé de son portable à lui. Si elle a perdu le sien, cela expliquerait qu'elle n'ait pas répondu quand Hanna a essayé de la joindre. Pourtant, ses doutes persistent. Est-ce vraiment Rebecka qui a rédigé le SMS ? Même si elle a égaré son portable, cela n'explique pas qu'Ole ait ignoré tous ses appels. Hanna lui a laissé plusieurs messages à lui aussi.

« Je voudrais vous demander une chose, dit Hanna à Maria. Est-ce que c'est comme ça que Rebecka formule habituellement les messages qu'elle vous envoie ?

— Vous voulez dire que… ce n'est peut-être pas elle qui l'a écrit ?

— Je ne sais pas. C'est pour ça que je vous pose la question. »

Maria prend un temps pour réfléchir. Dans le silence qui s'installe, Hanna rcprend conscience du ronronnement étouffé du moteur.

« J'étais partie du principe que c'était elle, fait Maria d'une petite voix.

— Pouvez-vous y jeter un nouveau coup d'œil ? »

Hanna patiente. Elle entend Maria lire le texto à voix basse.

« Eh bien… à la fin… »

La peur transparaît dans sa voix.

« C'est écrit "Bien à toi. Rebecka". C'est un peu guindé, c'est vrai que ça ne lui ressemble pas. D'habitude, elle termine plutôt par "Bises. Rebecka". »

Hanna a besoin d'un point de comparaison.

« Avez-vous gardé d'autres SMS, que je puisse y jeter un œil ?

— Bien sûr, un instant. J'en ai trois. Ils se terminent tous par "Bises. Rebecka".

— D'accord. Merci beaucoup pour votre aide. »

Hanna raccroche. Un nouveau pic d'adrénaline efface sa fatigue. Tout semble indiquer qu'Ole a envoyé ce message en se faisant passer pour Rebecka.

Si tout allait bien, quel intérêt aurait-il eu à le faire ? Les soupçons d'Hanna reviennent en force.

Daniel a écouté toute la conversation.

« Bon, on dirait bien que Rebecka est toujours en danger », avance-t-il d'un ton grave.

Hanna partage cette impression. Il y a quelques instants, ils parlaient de Marion et de l'accident de Linus. Et voilà qu'ils doivent de nouveau porter leur attention sur Rebecka. Linus n'est plus de ce monde, mais la jeune femme – il faut l'espérer – est peut-être encore en vie.

« Je crois qu'il va falloir lancer un avis de recherche pour Rebecka et son mari, conclut-elle. Tout ça ne me dit rien qui vaille. »

Hanna a l'impression que la catastrophe est imminente. Cela fait cinq jours que personne n'a vu Rebecka. Il a pu se passer n'importe quoi dans l'intervalle.

L'angoisse l'étreint. Il faut qu'ils parviennent à mettre la main sur le mari de Rebecka. Un homme ne peut pas se volatiliser ainsi !

« On devrait mettre sur écoute le téléphone d'Ole Nordhammar, suggère-t-elle. Et voir s'il a borné quelque part pour le localiser. »

La nuit est tombée. À travers les vitres, le paysage se fond en différentes nuances de gris et de noir. Le vent s'est déjà levé, annonçant la tempête à venir.

« Bonne idée, réplique Daniel. Appelle Anton pour voir s'il peut s'en occuper. Demande-lui aussi de lancer les avis de recherche. »

Hanna cherche le numéro d'Anton dans son téléphone.

« Qu'est-ce que tu dirais de retourner chez Jonsäter pour lui reparler ? suggère-t-elle.

— Jonsäter ?

— Quelqu'un a dû prévenir Ole Nordhammar qu'on est à la recherche de Rebecka. Sinon, je ne pense pas qu'il aurait envoyé le SMS en son nom. À part Maria Törnlund, les seules personnes qui savent qu'on est sur sa trace sont les parents de Rebecka et le pasteur Jonsäter.

— Si c'est bien Jonsäter qui l'a prévenu, il sait probablement où il se trouve, abonde Daniel. Ils doivent au moins être en contact. »

Hanna inspire profondément.

« C'est peut-être notre dernière chance de trouver Ole Nordhammar avant qu'il ne soit trop tard. »

Elle voit sa propre inquiétude se refléter dans les yeux de son collègue.

« On fait demi-tour », dit-il en braquant le volant d'un geste déterminé.

68

Alice s'est enfin assoupie dans son landau et Ida s'enfonce dans le canapé du salon.

Elle veut à tout prix être une bonne mère, mais ça la rend folle de ne pas avoir un seul moment pour elle. Les jours se suivent et se ressemblent ; l'appartement est un bazar sans nom. Quand Alice se remet à gémir pour attirer son attention, la frustration lui donne parfois envie de hurler, malgré tout l'amour qu'elle éprouve pour elle.

Elle n'a qu'une seule envie – pouvoir s'évader quelques instants.

Elle rêve de dévaler les pistes comme avant. Skier à perdre haleine, sentir le vent lui fouetter le visage. Elle qui restait sur ses skis jusqu'à la fermeture des dernières remontées, jamais trop fatiguée pour une dernière descente… Maintenant, elle ne fait que fixer le mur d'un œil vide. Elle n'a même pas la force de profiter du sommeil d'Alice pour faire le ménage ou prendre une douche. Après la brève sortie d'hier, elle est épuisée, et elle a à peine croisé Daniel depuis samedi. Elle dort encore quand il part bosser le matin, et elle est déjà couchée quand il revient.

S'il l'aimait vraiment, ne voudrait-il pas passer du temps avec elle au lieu de travailler jour et nuit ?

Et si… s'il avait cessé de l'aimer ?

Elle ne veut pas le perdre.

Ida se lève et se dirige vers le miroir de l'entrée. La vue de son reflet ne fait qu'amplifier sa déprime. Elle a le visage pâle et creusé. Les cheveux gras.

En même temps, elle ne supporte plus ses propres jérémiades. Elle ne se reconnaît pas dans ces réactions excessives et irrationnelles – d'autant qu'elle sait bien que Daniel, de son côté, se démène avec une affaire d'homicide.

Et par-dessus le marché, Tove l'a vu déjeuner avec une jolie brune. À en juger par la description, ça doit être Hanna, sa nouvelle collègue. Il préfère passer du temps avec elle qu'avec la mère de son enfant. Ida sent son cœur se serrer.

Son portable sonne. C'est sa mère, Elisabeth. Ida décroche, et fond en larmes dans la seconde. Elle ne se sent bonne à rien. Elle est une mauvaise mère, une mauvaise compagne.

« Ma chérie, s'inquiète sa mère au bout du fil, qu'est-ce qui se passe ? »

Ida s'enferme dans la cuisine pour éviter de réveiller Alice.

« Je suis tellement fatiguée, hoquette Ida. C'est trop dur avec Alice. Je suis au bout du rouleau, je n'y arriverai jamais.

— Et Daniel, où il est ?

— Il n'est jamais à la maison.

— Les hommes ne comprennent pas ce que c'est d'avoir un bébé, peste Elisabeth. Ils n'ont jamais compris. Ce sont toujours les mères qui prennent tout en pleine figure.

— Je n'en peux plus ! »

Ida sanglote dans le téléphone.

« Allons, ma chérie, tente de la consoler sa mère. Ça va s'arranger, tu sais. Alice est encore toute petite. Il faut que tu dises à Daniel d'être plus présent. En tant que père, il doit assumer sa part de responsabilités. »

Ida a déjà essayé – et ça s'est soldé chez lui par un accès de rage qui l'a clouée sur place. Elle ne veut pas, elle n'ose pas le mettre à nouveau au pied du mur.

Les larmes lui brouillent la vue. Si seulement elle pouvait redevenir enfant, se blottir dans les bras de sa mère. Échapper à ses obligations. Rembobiner.

Elle déverse toutes les frustrations accumulées. Elle n'arrive pas à s'arrêter de cracher sur Daniel qui n'est jamais à la maison. Elle raconte la peur qu'il lui arrive quelque chose pendant son service. Elle finit même par avouer la vague de jalousie qui l'a prise en apprenant que Daniel avait déjeuné chez Werséns avec Hanna, cette collègue extraordinaire dont il chante les louanges à longueur de temps.

Sa mère l'écoute vider son sac et déballer ce flot d'émotions, en lançant çà et là de petites interjections compatissantes.

« Ma chérie, conclut Elisabeth. Ça ne peut pas continuer comme ça. Tu dois taper du poing sur la table, qu'il comprenne vraiment combien tu es à bout. »

69

Les imposants Snasahögarna sont dissimulés dans l'obscurité lorsque Daniel se dirige, pour la deuxième fois de la journée, vers la maison du pasteur Jonsäter à Handöl.

Hanna a tenté une énième fois d'appeler Ole. Sans succès.

Les phares illuminent la chaussée blanchie. La route n'est pas éclairée. On ne perçoit rien d'autre que les quelques mètres que dévoile le faisceau lumineux. Daniel n'ose pas conduire trop vite.

Au moment où ils passent Oppdalsvallen, le portable d'Hanna retentit. Daniel comprend qu'il s'agit de Maria Törnlund. Elles viennent de se parler : que s'est-il encore passé ?

Hanna pose quelques questions de routine avant de raccrocher.

« Tu as entendu qui c'était ? »

Daniel hoche la tête.

« Elle m'a informée qu'un médecin du centre médical d'Åre avait cherché à joindre Rebecka. Visiblement, elle lui a donné le numéro de Perce-neige plutôt que le sien. Le médecin a essayé d'appeler à plusieurs reprises, mais cette fois-ci il a laissé un message, pour lui demander de le recontacter au plus vite.

— Ça devait être urgent, constate Daniel. Mais c'est curieux que Rebecka n'ait pas donné son propre numéro… »

Il tambourine sur le volant, conscient que la situation sera d'autant plus préoccupante s'il s'avère que Rebecka souffre d'une maladie grave.

« Il faut qu'on contacte ce médecin », dit-il.

Hanna regarde l'heure et sort une nouvelle fois son téléphone.

« Le centre de santé est ouvert jusqu'à dix-neuf heures, non ? Il est moins dix, peut-être qu'on peut encore le joindre. »

Elle compose le numéro et attend tandis que son appel est transféré. Enfin, on lui passe la bonne personne.

Tendu, Daniel l'écoute essayer de convaincre le médecin de passer outre le secret médical. Le professionnel paraît réticent, mais Hanna revient à la charge jusqu'à obtenir ce qu'elle veut.

« Elle en est à combien de semaines ? » s'enquiert-elle.

Daniel commence à comprendre. Il ne s'agit pas seulement d'une femme en danger. C'est beaucoup plus que ça. Rebecka est enceinte – la vie d'un enfant à naître est également en jeu.

Il se remémore sa découverte du petit profil d'Alice, lors de la première échographie d'Ida. Et sa prise de conscience étourdissante que c'était un enfant, leur enfant, qui grandissait là, dans son ventre. Pour la première fois, la grossesse était devenue concrète et son instinct de protection s'était réveillé.

« C'est grave ? » demande Hanna au médecin.

Après quelques questions supplémentaires, elle raccroche. Puis elle se tourne vers Daniel.

« Rebecka est enceinte de quatre mois. Le médecin est inquiet : ses résultats d'analyses ne sont pas bons. Elle fait de l'hypertension et doit voir un spécialiste dans les plus brefs délais. »

Tout ça n'augure rien de bon.

« Un dernier point, ajoute Hanna. D'après le médecin, Rebecka a refusé de donner le nom du père. Elle a insisté pour que tous les échanges passent par elle. »

Daniel comprend immédiatement les implications :

« Ne me dis pas qu'elle est enceinte de Johan ! »

Hanna hoche la tête, mâchoires crispées.

« Si son mari l'apprend, que Dieu lui vienne en aide ! »

Rebecka
2020
mercredi 26 février

Lorsque que l'aube se lève le matin du quatrième jour, Rebecka peine à bouger les phalanges tant elle a déployé d'efforts la veille pour essayer de forcer la serrure.

La dernière bouteille d'eau est presque vide. Malgré la soif qui la tenaille, elle n'ose plus en boire que quelques gorgées. Elle a déjà terminé le saucisson et le pain. Le manque d'eau et de nourriture l'affaiblit ; elle recommence à perdre espoir. Elle ne veut même pas penser aux conséquences pour le petit être dans son ventre. Et le médecin qui lui avait dit de rester au calme…

L'odeur écœurante du seau se mêle à celle de son corps. Si seulement elle pouvait prendre une douche, ou au moins se laver les dents. Sa langue est couverte d'une pellicule pâteuse, elle porte les mêmes vêtements depuis samedi.

Le vent siffle contre les murs de la maison. Une rafale fait trembler la vitre. Il a commencé à neiger ; un matelas blanc couvre le territoire sauvage, hostile, où elle est retenue prisonnière. Si une tempête se lève, elle ne parviendra jamais à partir d'ici, même si elle réussit à sortir de la maison.

Au fond d'elle, elle espère encore qu'Ole reviendra et la prendra en pitié. Mais après tout ce temps, cela semble désormais peu crédible.

Rebecka se demande où il se trouve. Sans doute chez eux, à Enafors. Il doit manger son petit déjeuner au milieu de tous ces meubles hideux qu'il aime tant. À moins qu'il ne soit en train de prêcher devant les membres de la communauté. Ces gens qui l'idolâtrent, boivent ses paroles et crient « Amen » à chacune de ses phrases.

Ole est irréprochable à leurs yeux. On aurait beau révéler la vérité sur leur pasteur adoré, ils refuseraient simplement de la croire.

D'ailleurs, lui-même a probablement refoulé la pensée de l'avoir abandonnée ici. C'est sa spécialité : bâtir sa propre vision de la réalité. Tout ce qu'il réprouve – les faiblesses, les entorses à la norme –, il l'efface tout simplement de son monde.

Pour lui, l'existence est manichéenne. Les personnes qui ne respectent pas son niveau d'exigence se retrouvent bannies. C'est sans doute cela qu'il pense de Rebecka.

À ses yeux, elle n'existe plus.

70

Le rez-de-chaussée de la villa des Jonsäter est éclairé. Comme leur bâtisse fin de siècle est belle et accueillante ! songe Hanna. Mais le souvenir du pasteur qui, avec son sourire le plus cordial, a catégoriquement refusé d'entendre que Rebecka était en danger, lui donne la chair de poule.

Cette fois, ils doivent le convaincre que l'heure est grave.

Comme la première fois, c'est Karin Jonsäter qui leur ouvre. Sa surprise est manifeste.

« Encore vous ? s'exclame-t-elle. Je vous demande pardon… vous cherchez Jan-Peter ?

— Exactement, répond Daniel.

— Il est absent, malheureusement.

— Savez-vous où nous pouvons le trouver ? » s'enquiert Hanna.

Karin ne répond pas. Elle tourne entre ses doigts une croix en or suspendue à son cou. Le pendentif ressemble à celui d'Ann-Sofie Ekvall, en plus raffiné.

« Nous devons vraiment parler à votre mari, dit Hanna.

— Il est à la maison paroissiale pour l'office du mercredi. Je suis restée ici pour garder notre petit-fils. »

Hanna piétine impatiemment tandis que Karin leur explique comment se rendre sur place. Ce n'est pas loin : cinq minutes seulement en voiture.

« Je peux vous poser une question ? demande Hanna au moment où ils s'apprêtent à partir. Quand avez-vous vu Ole Nordhammar pour la dernière fois ? »

Karin Jonsäter arrange sa coiffure déjà parfaite. Puis elle ajuste sa ceinture en cuir marron. Son regard est fuyant.

« Pourquoi cette question ?

— Nous avons besoin de le contacter. Lui et sa femme Rebecka.

— Je n'ai pas vu Rebecka depuis plus d'une semaine », dit-elle sans regarder les policiers dans les yeux.

Il est évident qu'elle en sait plus. Hanna voudrait l'attraper par les épaules et la secouer comme un pommier.

« C'est d'une importance capitale que nous trouvions Ole et Rebecka, ajoute-t-elle. Si vous avez la moindre idée d'où ils pourraient être, nous vous prions de nous le dire.

— Hélas, je ne peux pas vous aider.

— Viens », fait Daniel.

Il commence à marcher vers la voiture. Hanna lui emboîte le pas avant de se raviser : elle court jusqu'à la véranda, qu'elle atteint juste avant que Karin ne ferme la porte.

« Nous pensons qu'Ole Nordhammar est sur le point de blesser grièvement sa femme, halète-t-elle. Je vous en conjure, si vous savez quelque chose, vous devez nous le dire. »

Karin refuse obstinément de croiser son regard. La loyauté, au sein de cette communauté, semble décidément indéfectible.

Malgré tout, Hanna ne parvient pas à comprendre comment Karin, aussi bien que la mère de Rebecka, peut se trouver à ce point bâillonnée. Alors même que la vie d'une femme est en jeu.

Hanna brandit sa carte de visite et la presse dans la main de l'épouse du pasteur.

« Tenez, dit-elle. Prenez ça. Si vous changez d'avis, vous pouvez m'appeler quand vous voulez. »

71

La maison paroissiale est perchée en haut d'une petite colline à l'entrée de l'étroite vallée du Snasadalen. Derrière l'édifice, les parois rocheuses s'ouvrent de part et d'autre d'un paysage blanc, désert. Les Snasahögarna se dressent à l'arrière-plan comme des sentinelles silencieuses.

Daniel se range près d'un large bâtiment en bois flanqué de deux ailes, dont la partie centrale semble être l'église à proprement parler. La porte d'entrée est surmontée d'une croix massive.

Le parking est plein.

« On dirait qu'on arrive au milieu de la cérémonie, constate-t-il.

— Ça pose un problème ? demande sèchement Hanna.

— Pas du tout. »

Daniel n'a jamais été particulièrement croyant. Sa mère a certes été élevée dans la religion catholique, mais elle a pris ses distances aussi bien avec l'Église qu'avec sa famille au moment où elle est tombée enceinte. Avoir un enfant hors mariage, c'était impardonnable pour ses parents italiens.

En Suède, où la moitié des enfants naissent de parents non mariés, cela n'aurait pas fait scandale.

Mais la mère de Daniel a dû payer le prix fort : lorsqu'elle a quitté Ravenne pour partir avec le père de Daniel, elle a coupé les ponts avec les siens.

« Allons-y », dit-il en sortant de la voiture.

Son portable a plusieurs fois vibré en route – il jette un coup d'œil aux notifications : une série de SMS d'Ida, de plus en plus énervée. Elle n'a pas apprécié d'apprendre qu'il allait encore rentrer tard. Il s'attendait à ce qu'elle le prenne mal, mais là, elle a l'air vraiment furieuse.

Ida n'y était encore jamais allée aussi fort. Ça le stresse. Il se trouve constamment en porte-à-faux, tiraillé entre sa compagne et le boulot. Il aimerait pouvoir faire tous les sacrifices du monde pour elle et pour Alice, mais son métier l'en empêche. Être policier n'est pas qu'un travail – c'est une identité. C'est ce qu'il est avant tout.

En tant que flic, il n'est pas trop mauvais, il le sait. Mais comment être un bon conjoint ? Un bon père ? Il se le demande de plus en plus souvent. À cet instant précis, il ne peut pas simplement remonter dans sa voiture et rentrer chez lui. L'enjeu est trop important. Il culpabilise déjà de ne pas avoir abattu autant de travail qu'il aurait dû ces derniers jours.

Il ne s'agit pas seulement de sens du devoir, encore moins de choix personnels. La vie de Rebecka et celle de son enfant sont peut-être en jeu.

Daniel hésite. Devrait-il téléphoner à Ida pour essayer de tout lui expliquer ? Lui dire qu'il promet de donner la priorité à sa famille dès que l'affaire sera résolue, mais qu'il s'agit pour le moment d'essayer de sauver une femme enceinte ?

Il se tourne vers l'église. Hanna est déjà arrivée devant l'entrée et lui fait des signes impatients.

Avec un soupir, Daniel range son portable. Ce n'est pas le moment. Il appellera Ida après la conversation avec Jonsäter. Il n'y peut rien.

72

La porte s'ouvre sur une grande salle tout en longueur, éclairée d'une lumière vive. Le mur du fond est orné d'une croix dorée.

Hanna et Daniel restent plantés à l'entrée. Hanna distingue quelques dizaines de personnes installées aux premiers rangs. Toutes ont l'air entièrement absorbées par l'homme qui s'exprime devant eux.

Jan-Peter Jonsäter.

Ses yeux luisent d'exaltation.

« Notre communauté a une mission unique, harangue-t-il. Le Seigneur a fait de nous des messagers de Sa parole dans le monde. Mais Il nous a donné une autre mission, plus grande encore : exaucer les prières des autres croyants. »

Il marque une pause rhétorique, lève les mains devant lui.

« Pensez à toutes les personnes dont les prières ne sont pas entendues. Imaginez maintenant que la force de vos prières puisse réaliser leurs souhaits les plus profonds. Quand notre prochain se met à genoux et prie avec ferveur, quand il se tourne vers Dieu pour qu'Il l'aide à surmonter les obstacles qui se dressent sur sa route – la réponse peut passer par nous. »

Hanna écoute le sermon de Jonsäter, fascinée. Croit-il vraiment ce qu'il dit ou n'est-ce qu'une mise en scène, un spectacle ? Jonsäter s'arrête de nouveau. Son regard balaie l'assistance, comme s'il voulait donner à chaque fidèle une marque de reconnaissance.

« Quel bonheur d'être capable de satisfaire le souhait le plus intime de nos semblables, scande-t-il avec ferveur. Quel bonheur d'avoir été choisi par le Seigneur pour se faire le porteur de Son amour infini. Car nos prières, Il veut les exaucer. À travers l'amour que nous donnons, nous aidons le Seigneur à les exaucer.

— Amen ! font en chœur les fidèles.

— Merci ! clame Jonsäter, le visage tourné vers le ciel. Merci, Seigneur, de nous avoir choisis pour être Tes serviteurs. Merci de nous avoir permis de T'assister. Merci d'avoir fait de nous les passeurs de Ta grâce auprès de notre prochain. »

À son corps défendant, Hanna est impressionnée. Jonsäter est habité par son message, sa conviction est presque palpable. Avec force et éloquence, il fait naître au sein de l'assemblée un sentiment d'appartenance puissant, presque irrésistible.

« Merci, Seigneur, conclut-il d'une voix empreinte de béatitude. Au nom de Jésus. Merci. »

Lorsqu'il tend les mains devant lui pour donner la bénédiction, les fidèles affluent.

Hanna contemple la scène. À côté d'elle, Daniel secoue la tête.

L'assistance rayonne. Comme cela doit être exaltant d'appartenir à une communauté aussi soudée, de partager un tel amour avec sa famille, ses amis !

Ça doit être tout aussi atroce d'en être rejeté.

Que se passe-t-il quand un groupe aussi fermé exclut l'un de ses membres ?

À quoi se trouve-t-il condamné ?

73

Dès la fin de l'office, le pasteur disparaît par une porte à côté de la chaire.

Daniel se hâte dans sa direction, faisant signe à Hanna de le suivre. Il est mal à l'aise – il s'était pourtant promis de ne pas être affecté. Mais l'amour du prochain que Jonsäter exalte dans son prêche jure radicalement avec la raison de leur présence ce soir : les soupçons qui pèsent sur un autre pasteur, qui aurait battu et enlevé sa femme.

Daniel ouvre la porte latérale, qui débouche sur un couloir mal éclairé. Jonsäter semble s'être évaporé.

« Où est-il passé ? » chuchote Daniel à sa collègue.

Plus loin, il aperçoit une porte grise par-dessous laquelle s'échappe un rai de lumière. Daniel avance, frappe et ouvre sans attendre de réponse.

Comme ce matin, Jan-Peter Jonsäter est installé à un grand bureau. Bien que moins raffiné, il est tout aussi encombré de papiers. Le pasteur se rembrunit en apercevant les policiers. Il retire ses lunettes rectangulaires, les pose sur la table mais les accueille avec le même sourire chaleureux que tout à l'heure.

« Vous revoilà. Que puis-je faire pour vous cette fois ? »

Daniel ne se donne pas la peine de répondre à son sourire.

« Nous avons des raisons de croire que vous êtes en contact avec Ole Nordhammar, dit-il. Vous devez nous aider à le retrouver. »

Hanna ajoute :

« Rebecka court peut-être un grave danger et Ole est le seul à savoir où elle se trouve. Si ce que vous venez de prêcher est vrai, si vous voulez transmettre l'amour de Dieu, vous devez nous aider à le trouver immédiatement. Avant qu'il s'en prenne à Rebecka. »

Jonsäter ne répond pas. Mais Daniel voit aux mouvements de sa poitrine que ses respirations se font plus profondes. Cet homme ne comprend-il pas la gravité de la situation ? Ou est-il enfermé dans ses convictions au point de refuser de voir la vérité concernant un pasteur de sa communauté ?

« Aidez-nous, l'implore Hanna. Où se cache Ole ? »

Jonsäter se tait.

« Vous savez que protéger délibérément un criminel revient à être complice de son crime, intervient Daniel d'un ton plus sec. Celui qui commet cet acte encourt une peine de prison. »

Il avance d'un pas. Ils ne sont pas là pour faire la causette. Il commence à être sincèrement exaspéré par l'attitude du pasteur.

« Ole n'est pas un délinquant, s'indigne Jonsäter. C'est un de nos pasteurs.

— Nous savons déjà qu'il a fait subir des violences à sa femme, déclare Hanna.

— Nous n'avons pas ce genre de personnes dans la communauté », répond le pasteur.

Il reste impavide, le visage de marbre.

« Ces choses n'existent pas chez nous. »

Daniel est à deux doigts de perdre son sang-froid.

« Nous le soupçonnons d'enlèvement, crache-t-il. Est-ce un crime suffisamment grave pour vous ?

— Je ne peux pas croire ça d'Ole, insiste Jonsäter. Il ne lèverait jamais la main sur sa femme. Pas de cette manière. Il a peut-être essayé de la dresser, mais il n'est pas allé plus loin. »

En entendant ces mots, quelque chose éclate en Daniel.

Dresser – comme un animal. Il s'agit d'une jeune femme que Jonsäter connaît depuis des années. Il n'est même pas capable d'utiliser son nom : à ses yeux elle n'est rien d'autre que l'épouse d'Ole, sa chose.

Daniel voudrait hurler qu'elle s'appelle Rebecka. Qu'elle est enceinte et qu'elle doit être prise en charge par un médecin.

« Je n'ai aucune intention de rester ici à écouter vos affabulations, poursuit Jonsäter. Je connais Ole et travaille avec lui depuis de nombreuses années. C'est un homme consciencieux et pieux qui ne souhaite que le meilleur pour son épouse. »

Daniel le foudroie du regard, mais Jonsäter ne cède pas.

« Vous ne pouvez pas venir ici et salir de cette manière les membres de notre communauté ! »

Il se lève. Jonsäter a beau avoir la soixantaine, c'est un homme d'une stature imposante. Il doit mesurer au moins dix centimètres de plus que Daniel. Sa proximité est oppressante.

« Ça, je ne compte pas le tolérer ! » continue-t-il.

Daniel s'est mis à trembler d'indignation. Il est à deux doigts d'exploser, mais il sait bien que c'est la dernière chose à faire. Il doit garder une attitude professionnelle, ne peut pas sortir de ses gonds comme il l'a fait lors de sa dispute avec Ida.

Ça ne doit pas arriver. C'est peut-être leur ultime chance de retrouver Rebecka. Il doit faire en sorte que Jonsäter coopère.

Debout face à lui, ce dernier lui décoche un regard méprisant. Daniel en est maintenant certain : le pasteur se moque éperdument du sort de Rebecka. Ne lui importent que la communauté et sa notoriété. Si Rebecka doit être sacrifiée, ainsi soit-il. Toutes ces billevesées sur l'amour de Dieu ne sont que des paroles en l'air.

Cette prise de conscience le frappe de manière presque physique.

« Comment pouvons-nous joindre Ole Nordhammar ? répète Daniel, d'une voix atone.

— C'est vous, les enquêteurs, non ? »

Jonsäter se rassied. Il extrait un document d'une des piles posées sur le bureau et se met à le lire ostensiblement, comme s'il était seul dans la pièce.

La provocation est impossible à ignorer.

« Où est Ole Nordhammar ? » insiste Daniel.

Jonsäter ne prend même pas la peine de répondre.

Daniel sent ses tempes palpiter. Tout à coup, il se fiche de savoir s'il se comporte comme son grand-père maternel au caractère sanguin. Il pourrait tuer ce foutu pasteur sur-le-champ.

Incapable de se contenir, Daniel s'avance vers le bureau et balaie de la main tout ce qui s'y trouve, balançant au sol les piles de documents ainsi qu'un presse-papier et une perforeuse. Les feuilles volent dans tous les sens. Jonsäter lève les yeux.

Hanna attrape le bras de Daniel, qui se dégage aussi sec.

« Où est Ole ? » rugit-il.

Hanna tente de le tirer en arrière.

« Rebecka est enceinte ! Si Ole lui fait du mal, vous aurez la vie de deux personnes sur la conscience ! »

Le pasteur se dirige vers la porte et l'ouvre en grand. On ne décèle plus aucune trace de la chaleur et de l'amour qu'il vient de prêcher.

« Sortez d'ici, articule-t-il d'une voix glaciale. Avant que je contacte vos supérieurs. »

74

Daniel déboule sur le parking, fou de rage, et lance un violent coup de pied dans le premier arbre venu, un bouleau noir et blanc qui borde l'allée. La douleur est lancinante, mais ne l'aide pas à se sentir mieux. Il pourrait lui arracher les yeux, à ce satané pasteur ! Il pérore sur l'amour de Dieu, mais ne s'inquiète que de protéger la réputation de sa communauté. Il a sans doute déjà décroché son téléphone pour prévenir Ole que la police le soupçonne d'enlèvement.

Daniel est tout autant en colère contre lui-même. Il a été incapable de se maîtriser. Il frappe de nouveau l'arbre du pied. La douleur est aussi vive que la première fois, mais qu'importe.

Il n'apprendra donc jamais de ses erreurs !

Combien de fois s'est-il juré de ne plus s'emporter au travail ? C'est un manque flagrant de professionnalisme. Sans compter qu'il a horreur de perdre le contrôle. Il y a à peine deux mois, il a flanqué une peur bleue à Ida avec son accès de rage dans la cuisine. Il aurait dû pouvoir supporter quelques jours de stress intense sans finir dans cet état.

Hanna arrive en courant depuis la maison paroissiale. Il en est sorti si vite qu'elle n'a pas réussi à le suivre.

Elle pose la main sur son bras.

« Ça va aller ? »

Son ton est apaisant, comme si elle comprenait d'instinct à quel point il exècre sa propre réaction.

« Comment tu te sens ? »

Daniel secoue la tête. Il n'a pas la force d'en parler. C'est trop dur. Il ne veut pas devenir comme les hommes de sa famille. Il n'est pas comme son grand-père.

« Donne-moi une minute », parvient-il à prononcer.

Si seulement il pouvait rentrer, serrer Alice dans ses bras.

« Pas de problème. »

Hanna recule de quelques mètres et le laisse reprendre ses esprits. Il la voit sortir son téléphone et regarder l'écran. Elle a le dos à demi tourné pour lui donner un peu d'espace.

Il ouvre et ferme les poings, se force à respirer à fond. Cela faisait longtemps qu'il n'avait pas perdu son calme en service, mais la sournoiserie de ce pasteur l'a vraiment mis hors de lui. On lui parle d'une femme enceinte qui a disparu – et cette ordure ne pense qu'à défendre un collègue masculin.

Ça n'excuse pas son propre comportement. Il faut qu'il se ressaisisse.

« Excusez-moi », fait une voix timide derrière lui.

Une silhouette menue enveloppée d'une doudoune émerge de l'ombre. Son bonnet est enfoncé sur sa tête, on voit à peine ses yeux.

Daniel tourne la tête, Hanna le rejoint.

« Vous êtes venus chez moi ce matin, dit la femme. Je suis Ann-Sofie, la mère de Rebecka.

— Bien sûr, répond Daniel en essayant d'avoir l'air normal, et non d'un fou incapable de retenir ses pulsions violentes.

— Désolé, je ne vous avais pas reconnue.

— Vous avez eu des nouvelles de Rebecka ? »

Sa voix est si frêle, sur le point de se briser. Daniel se rapproche pour mieux l'entendre.

« Savez-vous où elle est ?

— Nous sommes toujours à la recherche de votre fille et de son mari, explique Hanna avec un geste vers la maison paroissiale. Nous venons de parler au pasteur Jonsäter, mais… il n'a pas été des plus coopératifs. »

Ann-Sofie se mord la lèvre.

« Si vous avez la moindre idée de l'endroit où peut se trouver Ole, il faut nous le dire », plaide Daniel.

La mère de Rebecka enfonce les mains dans ses poches. Elle jette un coup d'œil vers les voitures, comme si elle craignait que son mari ne soit en train de les surveiller.

« Rebecka est enceinte », révèle Hanna.

Ann-Sofie la dévisage, bouche bée.

« C'est impossible, souffle-t-elle. Ça ne peut pas être vrai !

— Je vous assure que si, affirme Hanna. Je viens juste de parler à son médecin au centre de santé.

— Ole et elle ne peuvent pas avoir d'enfants, répond Ann-Sofie. Ils ont essayé pendant toutes ces années. Ça ne marche pas.

— Votre fille est au quatrième mois, dit Daniel. C'est sûr et certain. »

Parler de la grossesse à sa mère n'est pas sans risque, mais à ce stade ils doivent utiliser tous les arguments pour trouver Rebecka.

« Malheureusement, la grossesse est assortie de complications, ajoute Hanna. Vous comprenez maintenant l'urgence ? »

Ann-Sofie a l'air paniquée.

« Vous ne savez vraiment pas où peut être passé votre gendre ? » demande Daniel, la suppliant de les aider.

« Ole a beaucoup de famille en Norvège, répond Ann-Sofie après un long silence. Sa mère était norvégienne.

— Où ça en Norvège ? demande Hanna.

— À Trondheim. Lumière de vie a une communauté là-bas. »

Un couple d'âge mûr marche en direction de la maison paroissiale. La mère de Rebecka se tait et détourne la tête.

Elle ne reprend la parole que lorsqu'ils ne peuvent plus l'entendre.

« Les grands-parents maternels d'Ole étaient aussi propriétaires d'une maison à Meråker, de l'autre côté de la frontière. »

Hanna griffonne sur son carnet.

« Vous pensez qu'Ole pourrait se cacher là-bas ? demande Daniel.

— C'est possible. Son grand-père est décédé il y a quelques années et je crois qu'il a hérité de la maison puisqu'il avait déjà perdu sa mère. Il se rend souvent en Norvège.

— Avez-vous l'adresse ? »

Ann-Sofie secoue la tête.

« Quel était le nom de famille de ses grands-parents ?

— Je ne sais pas. »

La porte de la maison paroissiale s'ouvre de nouveau et une jeune femme en sort pour rejoindre le parking à pas vifs. Elle leur jette un regard curieux ; Ann-Sofie se détourne une fois de plus.

« Je dois y aller, bredouille-t-elle.

— Merci beaucoup, dit Daniel. N'hésitez pas à nous rappeler si vous avez d'autres informations. »

Ann-Sofie commence à s'éloigner, mais se ravise.

« Ole n'était pas… gentil avec Rebecka, chuchote-t-elle, la voix pétrie d'angoisse.

— Vous en avez la certitude ? demande Hanna.

— Ils n'étaient pas heureux ensemble. Rebecka a essayé de m'en parler plusieurs fois, mais je ne voulais pas l'écouter… Je ne pouvais pas imaginer qu'Ole puisse faire ça. Qu'il soit le genre d'homme qui… lève la main sur sa propre femme. »

Elle laisse échapper un gémissement de détresse.

« Je pense que ça dure depuis longtemps, mais je n'ai rien fait. Je ne l'ai pas aidée. J'ai dit à ma fille de prier Dieu pour qu'Il lui montre le chemin. »

La lumière du lampadaire éclaire le visage d'Ann-Sofie, rongé par la culpabilité. Ses yeux bruns ne sont plus que deux puits de souffrance et de chagrin.

« J'étais trop lâche pour l'aider quand elle s'est confiée à moi. Alors que je suis sa mère. »

Elle semble ravaler un sanglot. Elle saisit les mains d'Hanna. Daniel voit combien elle serre fort.

Les larmes roulent sur son visage.

« Vous devez la retrouver, gémit-elle. Avant qu'Ole fasse quelque chose de terrible. »

Rebecka
2020
mercredi 26 février

À demi consciente, Rebecka glisse entre le sommeil et l'éveil. Elle a avalé les dernières gouttes d'eau en milieu de journée ; il n'y a plus rien à manger.

L'angoisse croît en elle à chaque instant. Bientôt son corps ne pourra plus alimenter l'enfant dans son ventre – si tant est qu'il soit encore en vie.

Elle ne veut pas l'envisager, mais la pensée s'impose à elle. Bien qu'elle se soit juré de ne pas abandonner, son corps commence à faiblir.

Dehors, il fait nuit – le temps file.

Un vrombissement la sort d'un coup de sa torpeur. On dirait une voiture qui s'approche sur la route isolée.

Rebecka s'oblige à lever la tête pour regarder par la fenêtre. Deux phares éclairent la chaussée. Un véhicule s'arrête devant la maison ; le moteur toussote quand il s'éteint. Le cœur de Rebecka se met à battre.

Est-ce Ole qui revient ? Ou quelqu'un d'autre, qui arrive pour la sauver ?

Une étincelle d'espoir s'anime.

Johan l'aurait-il retrouvée ? Rebecka se lève et se penche vers la fenêtre. La portière s'ouvre côté conducteur ; un homme en sort. Elle doit plisser les yeux pour voir à travers les épaisses bourrasques de neige. Les flocons virevoltent, donnant à la scène une atmosphère irréelle. Dehors une brume blanche enveloppe l'inconnu. Le paysage est distordu.

Il ressemble à Ole, pas à Johan.

Rebecka éclate en sanglots. Ses mains tremblent, son pouls s'accélère. Elle a des sueurs froides. Ole se dirige vers la porte, la déverrouille. Rebecka sort de sa paralysie. Où a-t-elle mis l'aiguille à crochet ? Elle palpe ses poches de pantalon, mais ne la trouve pas. Elle passe la main sur la table de chevet – peut-être qu'elle l'a déposée là hier.

Elle ne la trouve nulle part.

Ses doigts courent dans le lit et sous l'oreiller taché. Elle doit trouver l'aiguille, c'est sa seule défense. Enfin, sa main se referme sur le métal rigide. L'aiguille était tombée entre le matelas et le mur. Rebecka verse des larmes de soulagement. Elle entend des pas lourds dans l'escalier.

Il arrive.

75

Hanna a relayé Daniel au volant, et laisse derrière elle la maison paroissiale et la vallée du Snasadalen. Elle roule quelques kilomètres jusqu'à une aire de stationnement le long de la route Handölsvägen, où elle arrête la voiture. Elle détache sa ceinture et se tourne vers Daniel.

« Heureusement que la mère de Rebecka est venue nous parler, dit-elle. On a bien la confirmation qu'Ole maltraite sa femme depuis un bon moment. S'il a découvert son aventure avec Johan ou sa grossesse, la situation devient gravissime. »

Hanna voit que Daniel est aussi préoccupé qu'elle. Rebecka est enceinte. Sa grossesse est pathologique. Le temps est plus que compté.

« Tu crois qu'elle est à Meråker ? » demande-t-il.

Hanna ferme les yeux et essaie de faire fonctionner son cerveau fatigué. Meråker ne se trouve qu'à trois quarts d'heure de Handöl, ce n'est pas très loin. La frontière entre la Suède et la Norvège n'est pas surveillée et se traverse en un clin d'œil.

« On devrait y aller », lance-t-elle.

Daniel opine du chef.

« Il faut passer un coup de fil au commissaire de garde à Trondheim pour qu'il mobilise ses troupes, dit-il.

— Ça fait cinq jours que Rebecka a disparu. On ne peut pas attendre sagement que la police norvégienne intervienne. »

Daniel se passe la main dans les cheveux.

« Je sais. Je m'en occupe pendant que tu conduis. »

Il a commencé à neiger – les gros nuages noirs crachent de lourds flocons et le vent ne cesse de forcir. Des rafales tourbillonnantes charrient la neige le long des fossés. Les bouleaux qui bordent la route sont pliés en deux ; leurs branches semblent à deux doigts d'être arrachées. Le bulletin météo avait annoncé un temps épouvantable, et en effet la tempête se lève : on prévoit pour ce soir des vents soufflant à plus de soixante-dix kilomètres-heure.

Hanna rattache sa ceinture.

« Alors, allons-y. Comment on dégote l'adresse ?

— On cherche les parents d'Ole dans le registre d'état civil ? Ça nous fournira déjà le nom de jeune fille de sa mère.

— Si Anton est encore au poste, il doit pouvoir nous donner un coup de main. »

Le téléphone d'Hanna sonne. Elle décroche et le met en haut-parleur.

« C'est Karin Jonsäter. »

Hanna sursaute. Elle avait donné sa carte de visite à Karin dans un acte désespéré avant de quitter Handöl. La femme semble enfin s'être décidée à parler. À moins que ce ne soit Ann-Sofie qui l'ait convaincue de se confier à la police, en bravant la chape de plomb de la communauté.

Peut-être existe-t-il une forme souterraine de solidarité féminine au sein de ce groupe fortement patriarcal ?

« Vous m'avez dit de vous appeler si je savais où pouvait se trouver Ole… »

Karin prend une profonde inspiration. Sa voix tremble d'angoisse et d'inquiétude.

« Ne dites pas à mon mari que je vous ai parlé.

— Promis, lâche Hanna.

— Je pense qu'Ole est en Norvège. J'ai entendu mon mari lui parler au téléphone après votre première visite, ce matin. J'ai eu l'impression que Jan-Peter essayait de le convaincre de revenir en Suède. Avec Rebecka. »

Karin prend de nouveau une longue inspiration. Elle tremble presque.

« Ça veut donc dire qu'Ole… la retient là-bas contre son gré. »

76

Malgré l'heure tardive, Anton est encore au commissariat. Il répugne à rentrer dans son appartement vide – autant rester un peu plus tard au boulot.

La journée a été longue. Rebecka et Ole Nordhammar sont officiellement recherchés. Linus Sundin est mort et son nom a été rendu public.

C'était éprouvant d'annoncer la nouvelle à sa famille. Il revoit le visage de Sandra, paralysé par le choc. Elle a eu beaucoup de mal à digérer l'information, incapable de concevoir que son mari était bel et bien parti. Pendant tout l'entretien, elle s'agrippait à son jeune fils qui pleurait à chaudes larmes ; il avait l'air inconsolable.

Mais Sandra semblait catégorique : pour elle, Linus ne pouvait pas s'être donné la mort. C'était impossible. Jamais il n'aurait fait ça à sa famille.

Ils n'ont pas non plus trouvé de lettre d'adieu qui pourrait étayer la thèse du suicide.

Si ce qu'elle dit est vrai, il reste deux hypothèses. Dans la première, il ne s'agit que d'un tragique accident. Dans la seconde – bien plus grave –, quelqu'un aurait poussé Linus à sortir de la route. Ils seraient donc face à un meurtre commis avec préméditation.

Anton n'est pourtant pas aussi catégorique que Sandra quant à l'hypothèse du suicide : il faut peut-être n'y voir que la réaction d'une femme désemparée, encore incapable de voir la réalité en face. Le premier rapport de Carina sur l'examen du véhicule de Linus montre que les égratignures sur le côté sont relativement fraîches, mais on ne peut pas déterminer si elles datent du jour même.

Beaucoup d'éléments portent à croire que Linus est coupable de l'homicide de Johan.

Anton devrait probablement informer Daniel des déclarations de Sandra, mais il décide d'attendre demain. Son supérieur doit avoir terminé sa journée : il est vingt heures passées. Ces derniers temps, ce n'est pas la joie à la maison, d'après ce qu'il a cru comprendre. Anton a rencontré Ida plusieurs fois ; c'est une fille bien. Mais il faut l'avouer, vivre avec un policier n'est pas une sinécure. Pas étonnant que le taux de divorce soit si élevé dans le métier. Avoir un conjoint constamment sur le qui-vive, avec des horaires à géométrie variable, est une source évidente de tensions dans le couple.

Comment apprécier son dîner lorsque l'homme en face de soi vient d'être confronté à un cadavre et se trouve incapable de penser à autre chose ?

Et Carl ? Pourrait-il, lui, être en couple avec un policier ?

Arrête de te monter le bourrichon, se tance Anton. Cette histoire n'a aucun avenir !

Quand son téléphone sonne, il se prend tout de même à espérer que ce soit Carl. À son regret, ce n'est que Daniel. Il est en voiture avec Hanna – pas encore rentré chez lui, donc.

« Tu peux nous filer un coup de main ? On cherche une adresse à Meråker, en Norvège », lance-t-il de but en blanc.

Daniel s'explique. La propriété appartient à Ole Nordhammar, qui l'a héritée de sa famille maternelle. Son chef cherche aussi à connaître le nom de jeune fille norvégien de la mère d'Ole.

« Le plus vite possible !

— Pourquoi veux-tu l'adresse ? Il est déjà recherché. »

Ils ont lancé l'avis dans la journée. Pour l'instant, ils n'ont reçu aucune information. Mais l'avis de recherche ne vaut qu'en Suède, réalise Anton. Pas en Norvège. Pour rechercher une personne en Norvège, elle doit faire l'objet d'un mandat d'arrêt. Mais les soupçons qui pèsent sur Ole Nordhammar ne sont pas suffisants pour prendre cette décision.

« C'est si urgent que ça ? » demande-t-il.

Il entend Hanna parler en bruit de fond.

« On pense que Rebecka Nordhammar pourrait être prisonnière à Meråker », lui apprend Daniel, la voix fébrile.

Son inquiétude est manifeste.

« On parle d'un enlèvement ? demande Anton.

— On dirait bien. Sans compter que Rebecka est enceinte, probablement de Johan et non de son mari. Sa mère vient de nous confirmer que Nordhammar la bat depuis plusieurs années. »

Anton comprend maintenant la précipitation de son collègue. Hanna avait donc raison depuis le début concernant la situation de Rebecka : l’affaire a l’air bien pire que ce qu’il pensait.

« Je m’en occupe, assure-t-il. Mais tu ferais bien d’appeler Grip pour la tenir au jus.

— Plus tard. Je dois d’abord contacter le commissaire de garde à Trondheim ; il nous faut des renforts. »

Rebecka
2020
mercredi 26 février

Rebecka se recroqueville sur le lit, dos au mur. Les pas d'Ole se sont arrêtés devant la porte.

Sa respiration est si rapide que l'oxygène semble manquer. Elle a l'impression d'être en apnée, la tête sous l'eau. Il lui reste encore un peu d'air, mais son corps sait qu'elle n'en a plus pour longtemps.

Tous ses muscles sont contractés, au bord de la rupture.

L'espace d'un instant, elle envisage de se cacher derrière la porte pour l'attaquer au moment où il entrera. Elle se voit se jeter en avant, brandissant la petite aiguille à crochet. Lui crever l'œil, dévaler les marches, courir à la voiture, démarrer, déguerpir d'ici.

Mais la peur lui dicte d'abandonner cette pensée. Ole est beaucoup trop fort. Elle n'aura qu'une seule chance : si elle la rate, la situation sera bien pire.

Et puis elle se demande si elle serait réellement capable de blesser délibérément quelqu'un – même Ole, malgré tout ce qu'il lui a fait subir. Si, au contraire, elle feint la soumission, la repentance, elle pourra peut-être le convaincre de la relâcher.

La probabilité est faible, mais elle s'accroche à ce dernier espoir. Ole est un serviteur de Dieu, un pasteur respecté. Elle l'a entendu tant de fois prêcher son message d'amour du prochain.

Il ne pourrait tout de même pas tuer une femme enceinte !

Rebecka passe une main sur son ventre, tente de trouver de la force dans la petite vie qui grandit en elle.

Elle entend Ole bouger une clé dans la serrure. Le mécanisme semble grippé, et émet un grincement quand il essaie de l'ouvrir. Il doit extraire la clé avant de l'enfoncer à nouveau.

Rebecka fixe la porte, comme hypnotisée. Peut-être qu'elle a réussi à bloquer la serrure avec son aiguille. Il serait enfermé dehors, comme il l'a enfermée là-dedans.

On entend un nouveau crissement.

Ses lèvres prononcent une prière muette, le verset qu'elle répète depuis toute petite :

Dieu qui chéris les enfants...

77

Hanna dépasse le village de Storlien et aperçoit un panneau éclairé. « *DOUANE – CUSTOMS BORDER* ». C'est la frontière entre la Suède et la Norvège.

Daniel vient d'achever sa conversation avec le commissaire à Trondheim.

Il range son portable dans sa poche d'un air préoccupé.

« Ils envoient une patrouille dès que possible, mais toutes les équipes à Meråker sont déjà mobilisées – une autre urgence. »

Hanna se pince les lèvres. Le sort a vraiment l'air de s'acharner contre eux.

Elle roule aussi vite qu'elle l'ose et se dirige vers la file marquée d'un panneau vert – « *RIEN À DÉCLARER* ». Ils dépassent un bâtiment en bois dont la façade est marquée des emblèmes de la douane suédoise et norvégienne. Aucune lumière aux fenêtres. Pas de douanier en vue. Les violentes rafales font trembler les mâts des drapeaux.

Les voilà maintenant en Norvège, en dehors de leur juridiction.

Elle dépasse un panneau bleu indiquant qu'ils se trouvent dans le comté de Nord-Trøndelag, commune de Meråker. Ils continuent sur la route Mellomriksveien, le nom norvégien de l'E14.

Daniel est silencieux, crispé sur le siège passager.

La météo ne cesse de se dégrader. La neige tournoie devant les phares, rendant la conduite de plus en plus pénible. Hanna espère que la maison n'est pas trop isolée – si elle est vraiment difficile d'accès, il n'est pas sûr qu'ils puissent la rejoindre. Certes, leur véhicule est équipé de quatre roues motrices, mais avec cette tempête les routes peuvent être rendues impraticables en un rien de temps.

Il est près de vingt et une heures. Une demi-heure est passée depuis qu'ils ont parlé à Anton. Ils seront bientôt arrivés à Meråker, sans savoir dans quelle direction continuer.

Le portable de Daniel se manifeste enfin. Il active le haut-parleur.

« J'ai trouvé l'adresse », indique Anton.

Hanna pousse un soupir de soulagement.

« La maison se trouve au nord-est de l'E14. »

Leur collègue explique comment s'y rendre. Tourner à droite après une station-service, puis suivre la route un bon moment et bifurquer au niveau du petit pont qui enjambe un affluent de la rivière Stjördalsälven. La maison se trouve au bout du chemin.

« Le nom de jeune fille de la mère d'Ole était Hauge, complète Anton. Ses grands-parents maternels s'appelaient Ruth et Sigurd Hauge, si jamais vous avez besoin de demander votre chemin.

— Merci infiniment ! fait Daniel.

— D'ailleurs, ajoute Anton, vous savez à quoi ressemble sa voiture ? Il conduit une Nissan Qashqai blanche, c'est un petit SUV. Immatriculé NQX 026. »

Bien joué, Anton, songe Hanna. Dans leur empressement, ils avaient oublié de se renseigner sur son véhicule.

« N'oubliez pas que Nordhammar est peut-être dangereux, termine Anton. Vous risquez d'avoir besoin de renforts. »

L'obscurité est de plus en plus compacte autour de la voiture. Les essuie-glaces s'agitent furieusement devant les yeux d'Hanna.

« La police norvégienne a confirmé qu'elle est en route, répond Daniel. Ne t'en fais pas, on ne va pas faire de conneries. »

Rebecka
2020
mercredi 26 février

Lorsque la porte de la petite chambre s'ouvre, Rebecka voit apparaître une silhouette sombre nimbée d'une lumière éblouissante. Impossible de reconnaître le visage. L'espace d'un instant, elle se persuade même que c'est un ange venu la sauver.

Puis ses yeux s'habituent, sa vision devient plus nette ; elle prend conscience que c'est bel et bien Ole qui se tient sur le seuil de la porte.

Rebecka se colle contre le mur ; il n'y a nulle part où aller.

Sans un mot, Ole s'avance vers elle et lui saisit violemment le bras. Il la tire vers lui pour la mettre debout.

« Qu'est-ce que tu fais ? » balbutie-t-elle.

Ole la pousse devant lui, hors de la petite chambre à coucher, jusqu'au bas des escaliers abrupts. Elle n'a pu prendre ni ses chaussures ni son sac, elle n'a que les vêtements qu'elle porte sur le dos.

Par la fenêtre de l'entrée, elle voit la tempête se déchaîner, de plus en plus violente. La neige cingle furieusement le carreau, le vent siffle dans la cheminée de la cuisine. Les bourrasques font tout ployer sur leur passage.

Quand Ole ouvre la porte d'entrée pour la traîner dehors, le froid s'abat sur elle comme un coup de fouet. Elle est obligée de se pencher en avant pour marcher contre le vent, les flocons lui piquent les joues telles des aiguilles.

« Où allons-nous ? » crie-t-elle, mais il ne répond pas.

Elle est en chaussettes, sans manteau, mais Ole s'en moque. Il la pousse vers la voiture. La neige est glaciale contre ses plantes de pieds. Ses chaussettes, ainsi que ses cheveux et sa nuque, sont trempés en quelques secondes. Elle grelotte déjà.

« Lâche-moi ! » crie-t-elle en s'efforçant de résister autant qu'elle peut.

Tout à l'heure, elle était prête à faire n'importe quoi pour sortir de la maison. À présent, la petite chambre crasseuse lui semble son seul refuge.

« Silence ! » rugit Ole.

Il est bien trop fort, elle n'a aucune chance contre lui. Elle n'en a jamais eu…

Ole ouvre la portière gauche et pousse Rebecka sur la banquette arrière avec une telle brutalité qu'elle perd l'équilibre : sa tête vient violemment heurter l'autre portière – la douleur lui fait voir des étoiles. Quand elle se redresse pour s'asseoir, il a déjà démarré le moteur.

« Où est-ce qu'on va ? insiste-t-elle tandis qu'Ole s'engage sur la route obscure.

— Tu vas rencontrer Dieu. »

78

Hanna roule à vive allure sur la route enneigée, qui suit le lit d'un petit cours d'eau. Quand celui-ci disparaît, la route continue vers le nord.

Des feux de route surgissent tout d'un coup en face d'eux. Hanna est éblouie, mais le conducteur du véhicule ne semble pas vouloir les éteindre malgré les appels de phares agacés qu'elle lui lance.

La voiture déboule si vite vers eux qu'Hanna a l'impression qu'elle va la percuter de plein fouet. Elle se rabat vers la droite d'un coup de volant bien trop brusque. Elle passe à deux doigts de planter son pare-chocs dans la congère qui borde la route.

Le SUV les croise à toute vitesse.

« Oh putain ! s'écrie Daniel. Mais c'est lui ! »

Quand Hanna se retourne, la voiture a déjà disparu de son champ de vision.

« Tu es sûr ?

— C'était bien une Nissan Qashqai en tout cas, je reconnais le modèle. »

D'une manœuvre expéditive, Hanna fait demi-tour.

« J'espère que tu as raison », fait-elle en démarrant pied au plancher.

Aucun feu arrière à l'horizon. Elle doit rattraper Ole avant qu'il rejoigne l'E14, où il n'aura aucun mal à les semer.

« Tu as vu si Rebecka était avec lui ? lance-t-elle d'un ton accablé.

— C'était impossible. Il y avait peut-être quelqu'un derrière, mais je ne peux pas en être sûr. »

Elle dépasse la dernière bifurcation avant l'E14 quand Daniel pousse un cri.

« Attends ! »

Hanna s'arc-boute sur la pédale de frein, et manque à nouveau de perdre le contrôle du véhicule.

« Je crois que j'ai vu des traces de roues là-bas. »

Hanna recule et s'engage sur le chemin indiqué par Daniel, qui mène à l'orée d'une forêt. Le chasse-neige n'est pas encore passé, la chaussée est complètement enneigée ; des empreintes de pneus fraîches se dessinent distinctement dans la lueur des feux avant.

Pourvu que ce soit la voiture d'Ole Nordhammar, prie Hanna en silence.

Elle suit les traces. La forêt est de plus en plus dense, on ne voit rien d'autre que ce qu'éclairent les phares. De violentes rafales secouent la voiture. Une peur panique l'envahit. Et s'ils se retrouvaient coincés dans un tas de neige, abandonnés aux forces de la nature ?

« Tu le vois quelque part, toi ? » halète Daniel.

Hanna scrute la route du mieux qu'elle peut. Aucune trace de l'homme qu'ils recherchent. Elle écarquille les yeux pour essayer de l'apercevoir à travers les essuie-glaces marchant à pleine vitesse.

Mais elle n'a devant elle qu'une obscurité compacte, striée de trombes de neige qui s'abattent sur eux en quantité infernale. La tempête ne semble pas près de s'arrêter. Par un temps pareil, il suffirait d'une heure pour mourir de froid.

À cette pensée, l'estomac d'Hanna se tord.

Ils doivent retrouver Rebecka avant qu'il ne soit trop tard.

Rebecka
2020
mercredi 26 février

La voiture roule pleins gaz sur la route étroite. La vitesse force Rebecka à fermer les yeux, les bras pressés de toutes ses forces contre son abdomen. Si Ole ne ralentit pas, c'en sera terminé d'eux trois. Ils vont finir par percuter une autre voiture ou un arbre, c'est sûr.

Elle pleure à torrents, la bouche grande ouverte.

Ole bifurque violemment sur une route plus petite. Rebecka est projetée de l'autre côté de la banquette. Elle parvient tout juste à se rattraper d'une main pour protéger son ventre, mais son épaule heurte la portière de plein fouet.

Il fonce tout droit, si vite que le paysage se brouille autour d'elle. La route est perdue au milieu des arbres ; on n'aperçoit ni lumière ni bâtiments.

« Je t'en prie, arrête-toi », murmure Rebecka, sans même espérer qu'Ole puisse l'entendre.

Où l'emmène-t-il ? Elle n'en a pas la moindre idée.

Sans préavis, Ole met un grand coup de frein et s'arrête. Il ne prend même pas la peine d'éteindre le moteur. Il descend de la voiture, ouvre brutalement la portière arrière, attrape Rebecka, la sort de force avant de la jeter au sol.

Elle le supplie une dernière fois, au nom de l'enfant qu'elle porte.

« Je suis enceinte », sanglote-t-elle.

Ole ouvre la bouche comme s'il s'apprêtait à lui cracher dessus.

« Enceinte d'un autre, sale traînée !

— S'il te plaît, ne fais pas ça. »

Mais Ole est sourd à ses suppliques.

« Toi et ton bâtard, vous vous expliquerez devant Dieu. »

Il la traîne vers les arbres et la jette au sol, tête en avant. Rebecka ne voit rien, elle ne sent que la neige durcie qui lui griffe les joues.

Tandis qu'elle lutte pour se relever, elle entend claquer la portière. Le moteur rugit et Ole démarre en trombe. Quand Rebecka lève le bras pour essayer de le retenir, l'air glacial embrase sa paume nue.

La voiture disparaît rapidement de son champ de vision. Il est parti. Rebecka cligne des paupières et tente de comprendre ce qui vient de se passer. La réalité s'impose lentement à elle. Ole l'a abandonnée au milieu des bois. Sans manteau ni téléphone. Elle n'a même pas de chaussures aux pieds.

Personne ne sait où elle est. Johan ne la retrouvera jamais.

Elle et son enfant vont mourir de froid, enterrés sous la neige qui tombe à gros flocons.

Le paysage tangue, bleuit dans la nuit noire. Les branches nues des arbres s'étirent vers son corps transi de froid. En elle, quelque chose se brise.

Ole souhaite réellement sa mort.

Dieu lui-même ne pourrait pardonner un tel acte de cruauté. Mais si tant est qu'on finisse par la retrouver, personne n'irait accuser son mari. Tout le monde se dirait qu'elle a simplement eu le malheur d'être surprise par la tempête.

Pauvre Rebecka, morte de froid à cause d'une terrible imprudence !

« Non, murmure-t-elle dans la nuit noire. Je ne veux pas ! »

Elle se met à genoux, parvient à se lever. Elle a du mal à garder l'équilibre.

Ses pieds commencent à s'engourdir. À chaque pas, elle a l'impression de marcher sur un tapis d'aiguilles. Elle est tellement frigorifiée que son corps est secoué de spasmes.

Une seule pensée la pousse à avancer : si elle ne trouve pas d'aide, son enfant mourra cette nuit.

79

La tempête cingle si fort le pare-brise que la neige gèle dès qu'elle touche la vitre. Hanna progresse lentement. Elle a l'impression de se trouver dans un paysage lunaire, dénué de contours et de points fixes. Impossible de s'orienter.

Cramponnée au volant, elle se concentre au maximum. Soudain, des phares. Elle est éblouie, manque à nouveau de faire une sortie de route.

« C'est encore lui ! s'égosille Daniel. Fais demi-tour ! »

Cette fois, elle ne doit pas le perdre. Hanna grommelle en manœuvrant le plus vite possible. Les secondes défilent tandis qu'elle recule et braque. Enfin, elle repart dans l'autre sens pour prendre en chasse le SUV blanc.

Il roule bien trop vite sur la chaussée glissante. Elle repense à son accident, en décembre dernier. Cette fois-ci, elle ne doit pas perdre le contrôle du véhicule. Aujourd'hui, elle n'est pas seule ; Daniel est avec elle. Lui a une famille, une fillette. Elle doit ralentir – non pas pour elle, mais pour lui.

Les feux arrière rouges ont disparu dans les méandres de la route. Hanna tente d'accélérer. Et soudain, ils débouchent à nouveau sur l'E14. Hanna immobilise la voiture au carrefour.

La route paraît déserte.

Et merde.

« Tu le vois ? demande Hanna, bien que la réponse ne fasse aucun doute.

— Il nous a semés ! »

L'abattement qu'elle discerne dans ses mots fait écho à son propre aveu d'échec.

Hanna observe d'un côté puis de l'autre. Impossible de distinguer le moindre véhicule.

« Putain de merde ! jure-t-elle à haute voix. On était à deux doigts de le choper. À deux doigts !

— Je sais… »

Hanna appuie le front contre le volant et laisse échapper une longue litanie de jurons.

« Qu'est-ce qu'on fait ?

— On essaie de trouver la propriété de son grand-père, suggère Daniel. Au fond, on n'est pas sûrs que Rebecka se trouve bien dans la voiture. Elle peut encore être dans la maison, enfermée. »

Il a raison. Ils peuvent encore trouver Rebecka. Mais Hanna tremble de frustration d'avoir vu Ole Nordhammar leur filer sous le nez.

Elle repart vers l'adresse que leur a indiquée Anton. Lorsqu'ils approchent de la petite route où s'était engouffrée la voiture d'Ole, Daniel l'arrête.

« Attends ! »

Hanna ralentit. Daniel fixe l'intersection : d'épais sapins engloutissent la route au bout d'une centaine de mètres seulement. Les phares jettent une pâle lumière oblique dans l'obscurité.

« Pourquoi a-t-il tourné à cet endroit ? » s'interroge Daniel.

Hanna hausse les épaules, décontenancée.

« Il cherchait peut-être à se cacher ? Il a plutôt bien réussi, d'ailleurs : tout à l'heure, il est parvenu à nous semer alors qu'on roulait derrière lui.

— Il nous aurait tout aussi bien semés en filant droit vers l'E14 ; il avait déjà une bonne longueur d'avance sur nous. Il doit y avoir une autre raison, insiste Daniel. Tu ne crois pas ? »

Les mains sur le volant, Hanna essaie de se mettre à la place d'Ole. S'il est au courant que Rebecka porte l'enfant d'un autre, il veut sans doute être celui qui la punira. C'est une terrible humiliation pour lui – comme mari et comme pasteur. Pour un homme pourvu d'un pareil profil psychologique, il y a de quoi entrer dans une rage destructrice.

Il sait que la police est à ses trousses : cela pourrait le pousser à commettre un acte désespéré, même s'il pense ses actions guidées par Dieu…

Il a peut-être emmené Rebecka ailleurs, afin que personne ne la trouve avant qu'il ait achevé de la punir.

« Il y a peut-être une autre maison là-bas ? hasarde-t-elle. Dont on ne connaîtrait pas l'existence ? »

Le regard de Daniel est comme bloqué sur les traces de pneus dans la neige.

« Oui, allons voir ! » lance-t-il.

Rebecka
2020
mercredi 26 février

Rebecka titube depuis les arbres jusqu'au chemin qu'Ole vient de quitter. Chaque mouvement est un effort ; plusieurs fois elle manque de s'écrouler au sol – mais penser à l'enfant la fait tenir.

Elle n'a pas le droit de mourir.

Ses joues sont frigorifiées, ses lèvres paralysées. Elle ne peut pas pleurer, encore moins appeler à l'aide.

Comment une distance de vingt mètres peut-elle être si longue ?

Enfin arrivée sur la chaussée, elle commence à se traîner en direction de la route principale. Elle suit les traces de la voiture d'Ole, plisse les yeux pour ne pas s'égarer. Les roues ont creusé de profonds sillons dans le manteau neigeux, où il est plus facile de marcher.

Ses jambes n'ont plus aucune sensibilité, mais elle s'oblige à avancer. Un pied devant l'autre, patiemment.

La neige tourbillonnante semble ne jamais vouloir s'arrêter ; c'est le ciel qui rit à ses dépens.

Tant de fois elle a prié Dieu de la sauver, mais il ne l'a jamais aidée. Il n'a jamais eu de temps pour elle, uniquement pour son pasteur. Son serviteur, son élu. Ole. L'homme qui l'a abandonnée ici, dans la tempête, jusqu'à la mort – elle, sa propre épouse.

Rebecka voudrait lui cracher dessus et aussi sur Dieu.

Hurler en brandissant le poing vers le ciel.

Mais la force lui manque.

Toute son existence, elle a entendu répéter qu'elle et la communauté marchaient dans la vallée du Seigneur. L'endroit réservé aux élus, là où Dieu leur a donné la lumière de vie, qu'ils avaient pour mission de propager à travers le monde.

Mais elle n'a rencontré que l'obscurité.

Si elle survit, elle quittera la communauté. Son enfant n'aura jamais à subir cette croyance qui lui a causé tant de douleur.

Son bébé vit-il encore ?

Rebecka gémit en imaginant qu'il pourrait être trop tard.

Entre les arbres, elle aperçoit une faible lueur qui semble s'approcher. Elle lève le menton pour mieux voir. Est-ce une voiture ou une simple illusion, un fantasme qu'a fait naître son esprit embrumé pour apaiser sa souffrance ?

Ole a-t-il changé d'avis ?

Rebecka tente de distinguer quelque chose, mais sa vision commence à se troubler. L'épuisement prend le dessus. Elle voudrait agiter la main, crier qu'elle est là, qu'elle a besoin d'aide, mais elle n'a même plus la force de lever le bras.

Son corps est faible, il n'obéit plus. Elle n'en peut plus.

Rebecka tombe à genoux, s'écroule dans la neige. C'est trop tard. Elle et l'enfant mourront ici, dans l'ombre et l'obscurité.

Comme elle a vécu toute sa vie.

80

L'étroite route ne mène nulle part. Hanna ne voit qu'un paysage sylvestre en noir et blanc. Il ne semble pas y avoir une seule maison dans cette forêt profonde.

Elle commence à perdre espoir. Mieux vaut faire demi-tour.

« Il n'y a rien par ici, dit-elle à Daniel.

— Autant continuer jusqu'au bout de la voie. Je suis sûr qu'on n'en a plus pour longtemps. »

L'inquiétude d'Hanna s'intensifie à chaque instant. Tout ce qu'elle veut à présent, c'est gagner au plus vite la maison d'Ole Nordhammar. C'est leur dernier espoir, Rebecka peut encore être prisonnière là-bas.

« Ole est allé plus loin, ça se voit aux empreintes ! » insiste Daniel.

Les marques de pneus se découpent à la lueur des feux de route. Hanna ralentit. La route est tortueuse par endroits et le vent a érigé de hautes congères qui leur barrent la vue. Elle craint toujours de perdre le contrôle du véhicule et de se retrouver dans le décor.

Enfin, la route redevient droite. Au bout, il semble y avoir assez de place pour faire demi-tour. Quel soulagement ! Ils vont enfin pouvoir rebrousser chemin et foncer vers la maison.

« Stop ! hurle Daniel. Il y a quelque chose par terre ! »

Hanna pile. L'arrière de la voiture dérape, bien qu'elle ne roule qu'à trente kilomètres-heure.

À l'extrémité du faisceau lumineux, une silhouette gît au beau milieu de la chaussée. Ils se précipitent tous les deux hors de la voiture. Daniel arrive le premier, attrape le corps inerte par les épaules et tourne son visage vers lui.

Les yeux sont clos, la peau livide. Mais Hanna la reconnaît sur-le-champ.

« C'est elle. »

Rebecka semble plus morte que vive. Ses lèvres sont d'un bleu maladif. Ses longs cheveux mouillés sont collés à son crâne, pris dans la glace.

Hanna retire un de ses gants et presse de ses doigts le cou fin de la jeune femme pour chercher son pouls.

« Elle est en vie, halète-t-elle.

— Mais en grave hypothermie », complète Daniel.

Baissant le regard, Hanna découvre que ses pieds ne sont protégés que par des chaussettes trouées.

« Elle n'a même pas de chaussures ! »

Une rage brûlante la prend à la gorge. Si Hanna a croisé bien des hommes violents au cours de sa carrière, ce degré de cruauté dépasse l'entendement. Ole a délibérément abandonné sa femme dans les bois pour qu'elle meure de froid.

« Vite, il faut la réchauffer tout de suite ! » lance Daniel.

Hanna soulève Rebecka et la porte jusqu'à la voiture.

« Prends le volant, je me mets avec elle à l'arrière, fait Hanna en déboutonnant son manteau. Je vais essayer de la réchauffer comme je peux. »

Ils échangent un regard. Rebecka a besoin d'une prise en charge médicale immédiate.

« On retourne en Suède, décide Daniel. L'hélicoptère viendra la chercher à Storlien. »

81

Cela fait près de vingt-quatre heures que Daniel a quitté son appartement lorsqu'il rentre enfin chez lui, vers deux heures du matin. Il va falloir qu'il se fasse pardonner son absence, mais à cet instant précis il se félicite d'avoir agi comme il l'a fait.

Rebecka est en sécurité, c'est le principal.

Ida comprendra. Il faut simplement qu'il prenne le temps de s'expliquer demain matin.

Il se faufile dans l'entrée, retire son manteau en silence pour ne réveiller personne. Puis il se dirige vers la cuisine où il se sert un grand verre d'eau, qu'il vide d'une traite.

Après quelques instants d'hésitation, il attrape la bouteille de cognac rangée dans l'un des placards en hauteur. L'alcool lui brûle le gosier, mais permet à ses muscles de se détendre un brin.

Il replace la bouteille dans le placard, les mains tremblantes de fatigue.

À cette heure-ci, l'hélicoptère devrait avoir atterri à l'hôpital d'Östersund. Malgré le vent violent, il est parvenu à descendre chercher Rebecka à Storlien. Elle est revenue à elle dans la voiture. Ses gémissements de douleur en retrouvant peu à peu la sensibilité de ses membres, devenus rouges et boursouflés, faisaient peine à entendre.

Il espère que les médecins parviendront à limiter les séquelles au niveau de ses mains et de ses pieds. Ils étaient blancs comme de la cire quand ils l'ont trouvée dans la neige. Par ces températures, les lésions irréversibles peuvent survenir très vite, Daniel le sait d'expérience. Hanna aussi.

Dans le meilleur des cas, Rebecka n'est pas restée dans le froid plus longtemps qu'il ne leur a fallu pour arriver – mais les engelures peuvent apparaître en moins de dix minutes dans des conditions difficiles. Daniel n'ose même pas penser au sort de l'enfant. Si ce n'est pas le froid qui lui a ôté la vie, ça pourrait très bien être le choc. Il n'y a pas beaucoup d'espoir.

Ole Nordhammar est la pire des ordures. Quel homme abandonne ainsi une femme enceinte à une mort certaine ? Un pasteur chrétien, qui plus est !

Daniel se demande ce que sait Jan-Peter Jonsäter des violences d'Ole. Ou comment il réagira à l'annonce du crime dont s'est rendu coupable son très cher collègue.

Jonsäter devra lui aussi répondre de ses actes, Daniel s'en assurera personnellement.

Il termine son verre, le pose et se faufile dans la chambre. Il se sent vidé et n'a qu'une seule envie : se glisser auprès d'Ida et s'endormir le plus rapidement possible.

Lorsque ses yeux s'habituent à l'obscurité, il remarque que le lit est vide.

Le berceau aussi.

Daniel regarde autour de lui sans comprendre. Il allume la lampe de chevet et découvre une note sur l'oreiller. Daniel reconnaît l'écriture d'Ida.

Ce n'est plus possible. Je suis retournée chez ma mère. Ida

JEUDI 27 FÉVRIER

82

Le corps rompu de fatigue, Hanna se traîne jusqu'au commissariat vers sept heures du matin. Quatre petites heures de sommeil ne suffisent pas pour fonctionner, mais il faudra s'en contenter.

Ils ont trouvé Rebecka à temps, c'est le principal.

Elle passe sa carte dans le lecteur et ouvre la porte au moment où Daniel apparaît derrière elle. Il tape du pied pour se débarrasser de la neige avant de lui emboîter le pas dans le couloir. Hanna l'observe à la lumière du plafonnier. Ses yeux sont alourdis par des cernes noirs, son teint est grisâtre. Ni l'un ni l'autre n'ont beaucoup dormi, mais Daniel fait vraiment peur à voir.

« Tu tiens le coup ? demande Hanna.

— Bof, je n'ai quasiment pas fermé l'œil de la nuit. »

Il se dirige vers son bureau ; Hanna le suit.

« Ça va ? » insiste-t-elle en baissant la voix.

Cela ne fait que cinq heures qu'ils se sont quittés, certes, mais elle le sent : quelque chose ne va pas, et il ne s'agit pas que du manque de sommeil.

« Tu peux m'en parler », reprend-elle.

Le visage de Daniel se tord dans une grimace.

« On dirait bien que ma compagne a décidé de me quitter.

— Quoi ? »

Elle s'attendait à tout sauf à ça.

« Ida est retournée chez sa mère. J'ai trouvé un mot quand je suis rentré cette nuit. »

Hanna ne sait pas quoi dire. Ida et Daniel viennent d'avoir une petite fille.

Mais cette nuit, la présence de Daniel a vraiment été déterminante. S'il n'avait pas insisté pour qu'Hanna s'engage sur la petite route forestière à Meråker, ils n'auraient jamais trouvé Rebecka à temps.

L'instinct de Daniel lui a sauvé la vie. Aux yeux d'Hanna, il n'est pas loin d'être un héros.

Elle pose une main compatissante sur son épaule.

« Ida a sans doute besoin de temps pour réfléchir à tout ça à tête reposée, dit-elle. Ce n'est pas facile de devenir mère. Elle est à fleur de peau. »

Elle s'entend déblatérer des platitudes.

« Ça va sans doute s'arranger », bredouille-t-elle d'un ton qu'elle espère encourageant.

Daniel se débarrasse de son manteau.

« Ça va commencer », lance-t-il avec un signe de tête vers la salle de réunion où Anton et Raffe sont déjà installés.

C'est un signal clair ; il ne veut plus en parler.

« Oui, j'y vais. »

Hanna s'apprête à rejoindre les autres, mais se ravise sur le pas de la porte.

« Écoute, reprend-elle. Je suis là si tu as besoin de parler. N'hésite pas. »

Daniel lui adresse un sourire las.

« Je dois prendre un café avant de commencer », dit-il en la suivant dans le couloir.

83

Au début de la réunion, Grip a donné la parole à Daniel. Il vient de relater dans les grandes lignes leur intervention en Norvège. Hanna a comblé ici et là les lacunes de son récit.

Le manque de sommeil lui donne la nausée, il a du mal à rester concentré.

« Ole Nordhammar est traqué dans toute la Scandinavie, conclut-il. L'avis de recherche est sorti cette nuit. Nous allons avoir besoin de la police norvégienne pour sécuriser la maison à Meråker et y effectuer les examens techniques. »

Grip griffonne dans son calepin.

« Des nouvelles de l'hôpital ? s'enquiert-elle. Comment vont Rebecka et le bébé ?

— Je comptais passer un coup de fil après la réunion, précise Hanna.

— Entendu », fait Grip.

Elle frappe quelques coups secs sur la table, comme pour rappeler que l'enquête sur la mort de Johan est loin d'être finie. Daniel en est pleinement conscient. L'enlèvement de Rebecka n'était pour ainsi dire qu'une piste parallèle, même si elle a requis toute leur attention sur le moment.

Et s'il n'y avait aucun lien entre les deux affaires ?

Daniel essaie tant bien que mal de faire fonctionner son cerveau embrumé, tandis qu'Anton résume les dernières informations sur la mort de Linus. Il souligne surtout que sa femme, Sandra, ne croit pas à l'hypothèse du suicide.

L'enquête sur d'éventuelles causes criminelles de la mort de Linus Sundin n'en est qu'à ses balbutiements.

« Au vu de ce qu'Ole Nordhammar a fait subir à sa femme, avance Grip, on a encore plus de raisons de douter de la culpabilité de Linus Sundin. »

Autour de la table, les collègues opinent. Grip ouvre sur son écran une version agrandie de la photo de passeport d'Ole.

Daniel observe l'homme de quarante et un ans. La première impression est positive. Il a l'air d'un homme d'Église charismatique et convaincant, comme une version plus jeune de Jan-Peter Jonsäter. Mais plus Daniel scrute le visage de l'homme, plus ses traits paraissent se durcir. Son regard semble glacial.

Daniel pense à Rebecka qui gisait au milieu de la route enneigée, à deux doigts de mourir d'hypothermie. Elle pouvait à peine parler lorsqu'ils sont arrivés à Storlien, mais Hanna est parvenue à lui faire prononcer quelques mots.

La jeune femme a chuchoté que c'était son mari qui l'avait emprisonnée, avant de la jeter hors de la voiture et de la laisser à la merci des éléments. Elle a également confirmé sa liaison avec Johan. Ce qui donne bien à Ole Nordhammar un mobile pour l'homicide de vendredi soir.

Et maintenant, comment procéder ? Daniel trace un cercle de son index tandis qu'il réfléchit. Il manque toujours des éléments techniques permettant de confondre Ole. Ses empreintes pourraient se trouver dans le véhicule de Johan. L'analyse n'est pas terminée ; ils attendent encore une réponse du centre de médecine légale. Il faudra aussi jeter un coup d'œil à son domicile, à Enafors, où l'on pourrait trouver des éléments étayant son implication.

« Nous devons procéder à une perquisition au domicile des Nordhammar, annonce-t-il. Dans les plus brefs délais. »

Cette fois, Grip acquiesce.

« Et on va demander à Carina d'examiner les objets retrouvés dans la camionnette, en cherchant spécifiquement les empreintes digitales d'Ole », renchérit Daniel.

Carina est excusée aujourd'hui : elle finalise justement l'analyse de la camionnette – le rapport reçu hier n'était que préliminaire.

« Et Marion Andersson ? demande Hanna. Elle pourrait éventuellement reconnaître Ole ? Si elle l'a vu à proximité de Johan, ça peut étayer l'idée qu'il est coupable. »

Daniel opine.

Grip conclut la réunion. Ils se répartissent les tâches. Anton est chargé de la perquisition chez Ole et Rebecka et doit transmettre la nouvelle requête. Daniel et Hanna sont chargés de retourner chez Marion, puisqu'ils l'ont déjà rencontrée.

« D'ailleurs, fait remarquer Grip, essayez de savoir si on aurait vu Ole Nordhammar traîner autour de Johan vendredi dernier. Nous connaissons les endroits où il s'est rendu : chez Linus, au restaurant Pigo et au jardin d'enfants. Il a peut-être été filmé par des caméras de surveillance placées sur la route ? »

84

Anton va se chercher un autre café avant de regagner son bureau. Ces derniers jours ont été éprouvants, sur le plan personnel aussi bien que professionnel. Lui qui est né et a grandi à Duved avait toujours considéré Åre comme un endroit sûr, mais en l'espace de quelques mois la ville a été secouée par plusieurs crimes d'une gravité inédite.

Il se laisse tomber à son bureau et trempe les lèvres dans son café brûlant.

Il voudrait songer à Carl, à tout ce qu'il aurait dû lui dire. Mais il se force à allumer son ordinateur : il ferait mieux de préparer la perquisition chez Ole Nordhammar plutôt que de ressasser son incapacité à gérer les relations. Il sait bien qu'il s'est grillé. C'était pourtant la première fois depuis un bon moment qu'il éprouvait des sentiments sincères pour quelqu'un.

Il empoigne la souris et ouvre un nouveau document. La remarque de Grip au sujet de la vidéosurveillance lui donne une idée. Le témoin qui a appelé après avoir aperçu le véhicule de Johan a indiqué qu'il était resté garé plusieurs heures rue Klubbvägen. C'était avant qu'on le conduise jusqu'à Tångböle pour le dissimuler près du lac Gevsjön.

Anton a le vague souvenir d'avoir vu des caméras près de la déchetterie de Staa, un jour où il est allé y déposer tout un tas de ferraille. La camionnette a forcément dû passer à cet endroit.

Jusqu'à maintenant, ils n'ont parlé qu'avec les pompistes des stations-service ; il n'y a pas beaucoup d'autres endroits dotés de caméras. Mais ses collègues n'ont sans doute pas vérifié la déchetterie. Il n'a rien à perdre.

Son portable émet un bip. Un SMS de Carina.

Dispo pour une visio vite fait ?

Voyons voir. Daniel et Hanna ont déjà filé chez Marion, mais lui et Raffe sont encore au commissariat. Il répond :

Sans problème.

Il appelle Raffe et retourne dans la grande salle de réunion pour se connecter.

Le visage de Carina apparaît à l'écran. À en juger par le fond, elle les appelle d'Östersund, de la Maison de la sûreté – ce bâtiment où se concentrent une série d'administrations comme les services de police, les pompiers et le central des urgences.

Elle affiche un air de profonde satisfaction.

« Nous avons enfin pu exploiter les données du journal de bord électronique. »

Cette annonce est accueillie par un sifflement admiratif de Raffe.

« Elles indiquent précisément l'itinéraire emprunté par le véhicule, poursuit Carina. Je vais vous expliquer, grâce à un logiciel Web qui l'indique sur une carte.

— Bravo », dit Anton.

Ils n'auraient pas pu rêver d'une information plus utile à ce moment précis.

« Donc, on peut retracer les déplacements de la camionnette entre vendredi après-midi et samedi matin ? lance-t-il. On sait où Johan est allé après Pigo ?

— Exactement. »

Carina partage son écran, faisant apparaître une carte.

« Vous pouvez voir ici le trajet complet de Johan – ou en tout cas, de son véhicule de fonction. On a des raisons de penser que ce n'était pas lui qui le conduisait dans la nuit de vendredi à samedi. »

Anton reconnaît la zone géographique, elle s'étend entre Åre et Tångböle. Plusieurs lieux sont indiqués en rouge.

« Ces points rouges désignent les endroits où le véhicule s'est arrêté dans la journée de vendredi à samedi », explique Carina.

Elle utilise la flèche de la souris pour pointer les déplacements et retrace chaque halte :

« Johan quitte donc son domicile vers sept heures du matin pour se rendre au chantier à Sadeln, où il reste jusqu'aux alentours de midi. Il roule jusqu'à un restaurant à Björnänge où il demeure trois quarts d'heure avant de revenir au chantier. Vers quinze heures trente, il se rend au jardin d'enfants à Ånn, y reste stationné une cinquantaine de minutes. Puis il rentre chez lui à Staa. Deux heures plus tard, il se rend au restaurant Pigo où l'attend Carl Willner. Regardez, lance Carina en arrêtant le curseur au centre de Duved, où se trouve le Pigo. La voiture est restée garée là de dix-neuf heures dix à dix-neuf heures trente vendredi. »

Cela correspond tout à fait à ce qu'a dit Carl sur l'heure de départ de Johan.

Anton se penche vers l'écran.

« Où va-t-il ensuite ?

— Il arrive chez Linus vers dix-neuf heures quarante et y reste vingt-quatre minutes, jusqu'à environ vingt heures cinq. »

Cela concorde avec les informations dont ils disposent. Carina passe au point suivant.

« Puis il repart vers la rue Klubbvägen ? » dit Anton avant même qu'elle n'ait ouvert la bouche – mais il se rend compte aussitôt que le curseur pointe un lieu tout à fait différent.

« J'allais justement vous en parler… », annonce Carina.

85

Le chauffage dans la voiture est au maximum, mais Daniel ne parvient pas à se réchauffer. Ça doit être l'épuisement et le choc. Après avoir découvert le mot d'Ida, il est resté éveillé longtemps. Il n'a pas dû s'assoupir plus d'une heure ou deux cette nuit – et pourtant il va bien falloir la passer, cette journée.

Ils sont en route vers Staa.

Daniel ronge son frein. Une partie de lui voudrait laisser tomber l'enquête, foncer tout droit à Järpen où se trouve Ida. Il aimerait lui demander pardon à genoux, la ramener à la maison avec leur fille. Mais une autre partie de lui enrage. Comment a-t-elle pu lui faire ça ? Il voudrait lui hurler qu'elle se comporte comme une véritable enfant gâtée. S'il n'avait pas agi hier soir, Rebecka serait sans aucun doute morte à l'heure qu'il est.

Il se sent écartelé.

Hanna le laisse tranquille : il lui est reconnaissant de ne pas essayer de lui parler. Mais il ressent bien la sollicitude et l'empathie muettes qui émanent de sa collègue.

Elle le comprend.

Ils arrivent chez Marion peu après neuf heures. Cette fois, c'est son frère Florian Weiss qui ouvre, pieds nus et arborant une barbe de trois jours. Il a l'air sur les rotules.

« Marion est dans la cuisine », les informe-t-il en anglais.

Elle lève à peine les yeux quand ils entrent dans la pièce. Ses cheveux sales ont été rassemblés à la va-vite en une queue-de-cheval. Elle a le teint cadavéreux, les traits creusés.

« C'est vous ? gémit-elle d'un air las. Qu'est-ce que vous voulez encore, aujourd'hui ? »

Hanna sort une photo d'Ole Nordhammar, qu'elle montre à Marion.

« Reconnaissez-vous cet homme ? »

Marion examine la photo.

« Non. Qui est-ce ? »

Hanna ne répond pas immédiatement. Daniel comprend pourquoi. Marion ne semble pas au courant que son mari avait une aventure avec Rebecka – ni qu'elle était probablement enceinte de lui. Pour l'instant, elle pleure son époux sans savoir qu'il était infidèle.

Marion est déjà effondrée. S'ils lui révèlent la liaison secrète, l'image qu'elle a de Johan sera souillée à jamais. C'est un équilibre difficile à trouver.

Daniel voit Hanna se lancer. C'est la bonne chose à faire : ce n'est pas leur rôle de cacher ce genre d'informations, même si Marion en sera profondément affectée. S'ils veulent attraper l'assassin de Johan Andersson, ils doivent lui parler d'Ole Nordhammar. Et révéler son lien avec Johan.

86

Hanna a posé la photo d'Ole Nordhammar au milieu de la table, devant Marion. Daniel vient de sortir pour répondre à un appel d'Anton.

Elle est navrée de l'annonce qu'elle s'apprête à faire à cette pauvre veuve. C'est un choc pour n'importe qui d'apprendre que l'on a été trompé. Dans ces circonstances, c'est évidemment encore pire.

« Qui est-ce ? demande Marion en posant l'index sur la photo. Pourquoi me demandez-vous si je le connais ? »

Hanna entend Daniel parler dans le vestibule ; elle voudrait attendre son retour, mais elle ne peut pas continuer à la faire mariner.

Florian l'a suivie dans la cuisine. Il est appuyé contre le plan de travail, les bras croisés, les yeux fixés sur sa sœur.

Hanna se lance :

« Il s'appelle Ole Nordhammar », dit-elle.

Marion n'a pas l'air plus avancée.

Hanna sort son portable, lui montre une autre photo, celle de Rebecka.

« Reconnaissez-vous cette femme ? »

Marion examine l'image, qui ne semble toujours rien lui évoquer.

« C'est Rebecka, la femme d'Ole, poursuit Hanna. Elle travaille dans un jardin d'enfants à Ånn. Le jardin d'enfants Perce-neige. Johan a fait quelques travaux de plomberie pour eux. »

Marion se frotte le front.

« Oui, effectivement, je reconnais le nom. Nous leur avons envoyé une facture. »

Hanna essaie de trouver une manière charitable de présenter les choses, même si cela ne risque guère d'adoucir la peine de Marion lorsqu'elle découvrira la douloureuse vérité.

« Nous avons des raisons de penser que Rebecka et Johan avaient une aventure », finit-elle par lâcher.

Marion se glace. Son corps se raidit, au point que les tendons de son cou ressortent comme des câbles tendus. Son frère comprend que quelque chose ne tourne pas rond, quand bien même Hanna lui a parlé en suédois.

Il s'approche, pose une main sur l'épaule droite de sa sœur. Elle le repousse d'un sursaut, comme si elle ne supportait pas que quelqu'un la touche.

« Étiez-vous au courant de leur relation ? glisse Hanna.

— Johan et moi étions heureux ensemble », répond-elle d'une voix brisée.

Elle respire lourdement par le nez. La pauvre, songe Hanna.

« Nous pensons que le mari de Rebecka a eu vent de leur liaison, et s'est attaqué à Johan vendredi dernier. Que c'est la raison pour laquelle il a été tué. Nous soupçonnons Ole Nordhammar d'être l'auteur de l'homicide. Il a également tenté de tuer sa femme hier soir. »

Marion s'essuie le nez du revers de la main. Elle semble lutter pour se maîtriser.

« Nous étions heureux », répète-t-elle.

Daniel revient de l'entrée, téléphone à la main. Il affiche une expression inhabituelle.

« Je dois vous demander quelque chose au sujet de votre mari », intervient-il, interrompant Hanna dans son entretien.

Elle lui jette un coup d'œil pour lui signifier de patienter, mais Daniel passe outre.

« Vous nous avez dit que vous n'aviez pas revu Johan après dix-neuf heures, vendredi dernier. Il a pris sa voiture pour rejoindre ses amis chez Pigo. Puis il n'est jamais revenu, alors que vous l'avez appelé plusieurs fois. C'est exact ? »

Marion hoche la tête sans un mot.

Hanna ne comprend pas où Daniel veut en venir.

« Je m'explique, poursuit-il. On vient de m'informer que le GPS du véhicule de Johan indique qu'il est rentré chez vous après être passé chez Linus. Apparemment, il était de retour ici vers vingt heures trente. »

Le silence s'installe. Hanna dévisage Daniel, puis Marion – mais elle n'a pas le temps de prendre la parole que Daniel la devance :

« Est-il possible qu'Ole Nordhammar soit venu ici vendredi soir ? »

87

Hanna s'apprêtait à interrompre Daniel pour reprendre la main sur la discussion quand elle comprend l'implication de ce qu'il vient de dire.

Johan est retourné chez lui *après* être passé chez Linus Sundin. Il était donc encore en vie. Il n'y a qu'une explication : Ole Nordhammar a dû attendre sa victime et l'attaquer devant la maison. Dans ce cas, il a été assassiné juste devant chez lui…

Marion ne l'aurait-elle pas remarqué ?

Hanna examine les lieux. La cuisine donne sur le parking, mais la fenêtre du salon, où se trouve la télévision, ouvre de l'autre côté. Si Marion s'y trouvait, elle n'avait pas vue sur la route. Le son de la télévision aurait pu couvrir le bruit d'une voiture – celle de Johan ou d'Ole.

La question de Daniel reste en suspens.

Marion est livide.

« Il n'est jamais entré, souffle-t-elle.

— Entré dans la maison, vous voulez dire ? »

Hanna veut être sûre de bien comprendre. Marion a un petit sursaut.

« Avez-vous remarqué quelqu'un près de votre maison vendredi soir ? tente Hanna. Je me demande si Ole Nordhammar aurait pu être en embuscade. »

Marion se balance d'avant en arrière sur sa chaise. On dirait qu'elle est en transe. Ses yeux sont écarquillés, ses lèvres exsangues bougent sans former de mots.

Hanna tente d'interpréter l'expression de la femme. Elle a l'air tétanisée. Elle a dû voir des choses terribles pour réagir de la sorte. Est-il possible qu'elle ait surpris Ole Nordhammar et qu'il l'ait menacée ? Si elle ne gardait pas le silence, elle risquait peut-être de subir le même sort que son mari…

Florian s'accroupit devant sa sœur.

« *Was passiert?* demande-t-il, inquiet. *Ist alles in Ordnung?* »

Il se demande ce qui se passe. Hanna aussi.

« Marion ? reprend Hanna en baissant la voix. Pouvez-vous nous dire ce qui s'est passé quand Johan est rentré vendredi soir ? »

Marion se lève d'un bond.

« Désolée », marmonne-t-elle en plaquant la main sur sa bouche.

Elle sort de la cuisine en courant et se précipite dans le petit cabinet de toilette à l'entrée. On entend des vomissements étouffés, la chasse d'eau, l'eau qui coule du robinet.

« Je me demande si elle a été témoin de l'assassinat de son mari », commente Hanna à l'adresse de Daniel.

On entend le grincement d'une porte qui s'ouvre, puis les pas de Marion qui gravit l'escalier. Quelques minutes s'écoulent.

« Où est-elle passée ? » s'étonne Hanna.

Elle se lève, s'avance vers la porte pour voir si Marion s'apprête à revenir.

« Où est passée votre sœur ? demande-t-elle à Florian en allemand.

— *Ich weiß nicht*. »

Hanna se tourne vers Daniel.

« Il ne sait pas. Je vais voir, par précaution. »

Elle monte l'escalier à pas feutrés et arrive à un petit dégagement à l'étage. Au bout du couloir se trouve ce qu'elle présume être la chambre de Marion et Johan.

La porte est fermée.

Elle s'apprête à frapper, mais Florian la rattrape et lui tire le bras.

« *Kommen Sie !* »

Il veut qu'elle le suive. Ils redescendent au rez-de-chaussée. Florian dépasse la cuisine et continue jusqu'à la remise où se trouve l'armoire forte. La porte métallique est grande ouverte.

Hier, il y avait trois fusils. Aujourd'hui, il n'y en a plus que deux.

88

Tout est prêt pour la perquisition au domicile du couple Nordhammar à Enafors.

Anton est en route, accompagné de Carina. Une patrouille doit les retrouver sur place. Ils poursuivent leur conversation sur les données du journal de bord, qui ont montré, à l'étonnement général, que Johan était rentré chez lui après son passage chez Linus.

Ils viennent de dépasser Duved – évidemment, l'endroit lui fait penser à Carl. Anton voudrait lui montrer la photo d'Ole Nordhammar. Peut-être l'a-t-il vu traîner à proximité du Pigo vendredi soir ?

Mais il repense à ce que lui a dit Carl sur son travail au sein de la communauté. Et s'il était lui aussi membre de Lumière de vie ? S'il connaissait Ole et était impliqué dans cette histoire d'une manière ou d'une autre ?

Anton a bien vu le livre des Psaumes posé sur la table de chevet dans sa chambre.

Même si Carl devait être totalement innocent, Anton hésite à reprendre contact avec lui : il a déjà eu plusieurs chances, qu'il a lamentablement gâchées. Hier, il lui a quasiment raccroché au nez ; en le croisant, l'autre jour, il s'était montré froid et distant. Et si

Carl lui raccrochait au nez à son tour ? Ou pire, s'il lui signifiait qu'il ne voulait plus rien savoir de lui ?

Il ignore comment il supporterait d'être ouvertement rejeté.

Anton soupire.

Jamais il n'a autant haï son uniforme de policier.

Ils arrivent à la hauteur de Staa. Un panneau indique la déchetterie vers la gauche. Avant de partir du commissariat, il a essayé de joindre un responsable au sujet des caméras de surveillance, sans succès.

Sur un coup de tête, Anton bifurque et s'engage sur la route perpendiculaire.

« Où tu vas ? s'étonne Carina.

— Je veux juste vérifier un truc. On en a pour deux minutes. »

Il roule jusqu'aux grilles métalliques qui marquent l'entrée de la déchetterie. C'est bien ce qu'il pensait – un panneau indique « ZONE PLACÉE SOUS VIDÉO-SURVEILLANCE ».

Pourquoi personne n'a-t-il songé qu'il pourrait y avoir des caméras dans le coin, sachant que la camionnette de Johan avait été vue sur la route Klubbvägen ?

Comment a-t-il pu lui-même passer à côté de ça ?

Il s'engage entre les grands conteneurs et s'arrête devant le petit bâtiment administratif aux airs de baraque de chantier.

« Qu'est-ce qu'on fait ici ? insiste Carina. La patrouille et les autres techniciens sont déjà en route pour Enafors. On va être en retard si on n'y va pas directement. »

Anton lève une main, doigts écartés.

« Ça prendra cinq minutes grand max, promis. »

Il descend de la voiture et se dirige vers le bâtiment administratif. L'espace exigu renferme deux bureaux l'un en face de l'autre. Une femme d'une trentaine d'années aux courts cheveux roux est assise devant un ordinateur.

Anton se présente, explique la raison de sa présence et demande à consulter les enregistrements captés vendredi dernier par la caméra de vidéosurveillance.

« Un instant, je regarde », répond la femme.

Elle se tourne vers l'écran. Ses doigts courent avec célérité et professionnalisme sur le clavier.

« C'est bon, je les ai. Quel horaire vous intéresse ?

— Deux petites secondes », dit Anton. Il sort chercher Carina, restée dans la voiture, et la fait venir avec un grand geste.

« À quelle heure la camionnette a-t-elle quitté le domicile de Johan pour la dernière fois, selon tes données ? lui demande-t-il lorsqu'elle arrive à la hauteur de la porte.

— Voyons voir, répond-elle. Elle est partie de chez Linus à vingt heures dix et est arrivée à la route Dalövägen un quart d'heure plus tard. Puis elle s'est arrêtée route Klubbvägen environ une demi-heure après.

— Pouvez-vous passer la bande en avance rapide à partir de vingt heures cinquante ? » demande Anton.

La femme rousse fait pivoter l'écran pour que Carina et lui puissent bien voir.

La caméra est fixée sur la clôture au niveau de l'entrée et dirigée vers les grilles, mais elle embrasse une bonne partie de la chaussée. L'image est pixélisée, la lumière mauvaise et l'éclairage absent à l'extérieur de la déchetterie, mais ça fait l'affaire. Le noir et blanc facilite presque les choses : les contours sont plus nets, l'image plus contrastée.

En bas, dans un coin, l'horloge numérique tourne.

À vingt heures cinquante-cinq, aucun véhicule n'est encore passé. Vingt et une heures. Une Toyota sombre, puis une Volkswagen au toit couvert d'une épaisse couche de neige.

« Là ! » s'écrie Carina lorsqu'une forme blanche entre dans le champ.

Effectivement, il s'agit de la camionnette de Johan Andersson ; on distingue le nom de l'entreprise malgré l'image granuleuse.

Avant qu'Anton ait le temps de réagir, elle a disparu.

« Vous pouvez revenir en arrière, pour qu'on revoie le véhicule ? demande-t-il à la femme. Et passez la bande au ralenti, qu'on puisse bien voir. »

Elle s'exécute. La camionnette blanche réapparaît à l'écran. Elle s'approche à toute vitesse, mais au moment où elle passe devant la caméra, la femme appuie sur « Pause ». Quelques réglages améliorent la netteté et la luminosité.

« Nom de !... », s'exclame Anton.

Il se penche en avant pour mieux voir. Le visage de la personne au volant est à moitié dissimulé par un bonnet bien enfoncé, mais son profil se découpe suffisamment bien pour qu'on en distingue les traits.

Ce n'est ni Linus Sundin ni Ole Nordhammar.

C'est Marion.

89

Hanna examine l'armoire forte, à la porte entrouverte. Le râtelier n'accueille plus que deux armes. La boîte de munitions a également disparu de l'étagère.

À l'inquiétude de Florian, elle comprend que c'est bien Marion qui est allée chercher le fusil. Elle l'a sans doute emporté dans la chambre où elle s'est enfermée.

Pourvu qu'elle ne soit pas suicidaire !

Daniel les a suivis dans la remise. Son regard se pose tour à tour sur Florian et sur Hanna.

« Votre sœur est armée ? demande-t-il en anglais.

— J'en ai bien peur, répond-il, la voix tremblante. Je crois qu'elle a pris le fusil cette nuit, quand j'étais couché. Elle vous a menti lorsqu'elle a dit qu'elle ne chassait pas. Marion a son permis de chasse, elle est très douée au tir. »

Hanna le dévisage. Elle n'avait jamais envisagé que Marion sache utiliser une arme à feu.

« Nous sommes restés tard à discuter hier soir, reprend Florian. J'ai essayé de la convaincre de… »

Il s'effondre sur une chaise, se cache le visage dans les mains.

Les pensées d'Hanna se mettent à fuser. Si Marion avait déjà des pensées suicidaires après les événements tragiques de ces derniers jours, apprendre la liaison de son mari avec Rebecka était la pire chose qui pouvait lui arriver.

Et c'est Hanna qui lui a révélé l'information… C'est comme si elle avait elle-même tendu un fusil à cette pauvre femme. Comment n'a-t-elle pas compris cela, avant de tout lui déballer ? Pourquoi n'a-t-elle pas été plus à l'écoute ? Ils auraient dû emporter les armes et les cartouches hier, puisqu'ils étaient là – et que Marion leur avait elle-même demandé de le faire…

Hanna mérite des gifles.

Un silence de mort règne à l'étage où Marion s'est enfermée. Elle est toujours en vie, Hanna veut s'en convaincre – autrement, on aurait entendu un coup de feu.

Hanna commence à sentir un début de migraine pulser derrière ses tympans. Il faut qu'elle sauve la situation. Cette affaire a déjà fait trop de victimes.

Elle ne supportera pas une mort de plus.

« Je vais voir Marion, dit-elle à Daniel. On doit la faire sortir de la chambre avant qu'elle fasse une connerie. On ne peut pas la laisser se tuer sous nos yeux.

— Attends », dit Daniel.

Il s'avance vers le frère, toujours assis sur la chaise, comme enfermé en lui-même. Son front est luisant de sueur.

« Qu'est-ce que vous alliez dire ? »

Florian est livide lorsqu'il se redresse et dévisage Daniel, le visage contracté dans une grimace de désespoir.

« J'ai essayé de convaincre Marion de vous dire la vérité. »

90

La chambre à coucher où s'est réfugiée Marion est plongée dans le silence. Elle est à genoux dans un coin, à côté du lit défait d'où tombe le drap.

La crosse du fusil est posée au sol, entre ses pieds.

Son regard est rivé sur la poignée de la porte. Ils peuvent entrer d'un moment à l'autre. Impossible de fermer à clé : ils n'en ont jamais éprouvé le besoin, ils ne vivaient là que tous les deux, Johan et elle.

Et maintenant, Johan est mort.

Par sa faute à elle.

Elle l'a aimé depuis qu'elle l'a vu pour la première fois, au bar après-ski à Kitzbühel, il y a de cela douze ans. Son sourire chaleureux avait suffi pour que l'amour prenne profondément racine.

Pour lui, elle a abandonné son pays, sa famille. Elle l'a suivi en Suède, a commencé une nouvelle vie avec une nouvelle langue.

Dans sa vision du monde, l'idée qu'il puisse un jour la quitter n'avait pas sa place. Ils devaient rester ensemble, tous les deux, pour toujours.

Jusqu'à vendredi, où il était rentré et lui avait annoncé qu'il était tombé amoureux d'une autre. Et ce n'était pas tout : dès le lendemain, il était question qu'il parte avec elle.

Il venait de chez Linus, à qui il avait annoncé ses projets de voyage : son associé devait prendre le relais et s'occuper des interventions programmées.

Linus, que Marion abhorre, a appris la vérité avant elle.

Elle revoit la scène. Cette même image qui la hante, jour et nuit, depuis près d'une semaine.

Elle était dans la cuisine, en train de finir de débarrasser le dîner. Elle allait s'atteler à la vaisselle de la poêle en fonte et du marteau à viande qu'elle avait utilisés pour attendrir le filet d'élan. Elle s'était autorisé ce petit plaisir puisque Johan était de sortie avec ses copains. La vue de la fourgonnette l'avait mise en joie : elle s'était dit qu'il rentrait tôt parce qu'il se languissait d'elle. Elle avait eu le temps de boire quelques verres de vin, mais il en restait suffisamment dans la bouteille pour qu'ils puissent en prendre un dernier ensemble.

Quelle naïveté !

Johan lui a dit qu'ils devaient parler. C'était sérieux, elle le voyait à sa mine.

Debout dans la cuisine, il lui a parlé de cette autre femme, cette femme avec laquelle il voulait refaire sa vie. Il suppliait Marion de lui pardonner, il avait tenté de résister, mais s'en était trouvé incapable.

Sa voix semblait si lointaine.

Marion et lui étaient devenus comme frère et sœur, s'était-il justifié. Il valait mieux se quitter en amis. Il avait toujours de l'affection pour elle, mais n'était plus amoureux. Leur couple battait de l'aile depuis longtemps, ne s'en était-elle pas rendu compte ?

Elle est tombée des nues : bien sûr que non ! Elle l'aimait. Elle n'allait jamais cesser de l'aimer. Cela n'avait donc aucune importance pour lui ?

Elle est d'abord restée muette, puis les mots ont jailli de sa bouche. Elle l'a supplié de ne pas la quitter. S'il partait, elle se retrouverait seule au monde. Tout ce qu'elle avait lui serait arraché.

Marion voyant qu'il ne changeait pas d'avis, son chagrin s'était mué en panique. Il n'avait pas le droit de lui faire ça ! Comment osait-il ? Elle a vociféré, l'a accablé d'injures, a hurlé des horreurs sur Johan et sa pute – des mots qu'elle ne se serait jamais crue capable de prononcer.

Johan a gardé son calme ; il n'a pas argumenté, ne l'a pas contredite.

Mais une fois le monologue de Marion achevé, il a annoncé :

« Nous allons avoir un enfant. Je suis désolé. »

Au moment où il s'est retourné pour sortir, la vue de Marion s'est obscurcie. Elle ferme les yeux pour en chasser le souvenir, mais la vision n'en devient que plus nette.

Lorsqu'elle a retrouvé ses esprits, Johan gisait à plat ventre sur le sol de la cuisine. Le visage démoli, le nez cassé à l'endroit où il avait heurté la barre de seuil.

L'arrière de son crâne en sang.

Marion a baissé les yeux. Elle tenait à la main l'attendrisseur de viande.

Il était trempé de sang. Ça gouttait lentement sur le sol. La cuisine était pleine d'éclaboussures rouges. Marion elle-même en était maculée.

Sans trop savoir comment, elle a réussi à traîner Johan dehors et à charger le corps à l'arrière de la fourgonnette. Il devait être mort, même s'il continuait à perdre beaucoup de sang. Pour faire bonne mesure, elle lui a lié les poignets avec un collier de serrage déniché dans le véhicule.

Elle a toujours été très sportive et plus forte que la moyenne mais, après en avoir terminé, tous ses muscles tremblaient d'épuisement. Elle a conduit la camionnette jusqu'à la route Klubbvägen, où elle l'a garée avant de rentrer à pied.

Revenue chez elle, elle a fait le ménage, frotté et astiqué la cuisine jusqu'à ce que toutes les traces aient disparu. Il n'était pas loin de minuit lorsqu'elle a pris conscience qu'elle ne pouvait pas laisser le véhicule là-bas, sur le bord de cette route. On risquait de le découvrir d'un moment à l'autre.

Elle a enfilé ses vêtements d'extérieur pour sortir. Il s'était mis à neiger ; d'épais flocons saturaient l'air. Elle savait ce qu'elle avait à faire : elle a sorti ses skis de fond, a skié jusqu'à la fourgonnette, pris le volant et conduit jusqu'à Tångböle. Là-bas, il y a peu d'habitants. La route est très isolée. Elle s'est arrêtée près d'un fourré, a traîné le corps de Johan et l'a caché dans la neige au milieu des branches.

La neige avait redoublé de force ; il serait bientôt entièrement recouvert. Personne ne le trouverait avant plusieurs mois.

Alors, personne ne la soupçonnerait.

C'était tellement difficile de lui faire ses adieux.

Elle s'est accroupie et a retiré un gant pour effleurer du bout des doigts le front de Johan. Sa peau était déjà froide, son corps d'une immobilité saisissante. Elle a essayé de faire abstraction de tout le sang.

Il n'allait plus jamais revenir. Tout cela semblait irréel.

« Adieu, mon amour », a-t-elle murmuré.

Les mots se sont noyés dans le vent. Le froid figeait ses larmes.

« Je t'aime. Du plus profond de mon cœur. Je t'aimerai toujours. »

Elle est restée assise là jusqu'à ce que ses jambes commencent à s'engourdir. Elle avait si froid qu'elle peinait à se relever. Elle est retournée à la fourgonnette et l'a conduite jusqu'au lac Gevsjön : elle savait qu'il y avait là une grange abandonnée, derrière laquelle elle pensait garer le véhicule. Elle a dissimulé la fourgonnette du mieux qu'elle a pu, puis elle a chaussé ses skis pour rentrer chez elle.

Sur tout le chemin, foulée après foulée, elle a pleuré de tout son être, inconsolable, en bravant les bourrasques de neige.

Bien qu'elle ait jeté le portable de Johan sur le bord de la route, elle a décidé de l'appeler plusieurs fois pendant la nuit pour donner l'impression qu'elle s'était inquiétée.

On n'est jamais trop prudent.

Quant à l'autre femme, elle ferait comme si elle n'avait pas existé – elle la rayerait de sa mémoire. Personne ne saurait que Johan avait eu une aventure. Ni qu'elle l'avait appris.

Des coups discrets à la porte l'arrachent à ses pensées. Elle est de retour dans la chambre à coucher, le fusil entre les jambes.

« Marion, l'interpelle Hanna devant la porte close. Je peux entrer ? On peut discuter ? »

Ses yeux s'emplissent de nouveau de larmes.

« Marion ? On va trouver une solution, je vous le promets. Je veux juste vous parler. »

Marion fait glisser son regard autour d'elle. Ses yeux s'arrêtent sur la photo de mariage posée sur la commode. Johan et elle, ensemble en haut de la montagne, juste après la cérémonie. La neige blanche scintille dans le soleil de l'après-midi ; on aperçoit en arrière-plan des sommets alpins dans un ciel sans nuages.

Johan a passé son bras autour de sa taille et elle se penche vers lui, pour être le plus près possible.

Il la regarde avec un amour sans bornes.

Ils étaient si heureux, si heureux ensemble.

Marion ouvre la bouche, la referme sur le canon du fusil. Le métal est froid contre ses dents ; elle sent un goût légèrement salé contre son palais.

Elle défait le cran de sûreté et se prépare. Elle va mourir maintenant, par l'ironie du destin… Comme Johan.

Et ce pauvre Linus.

Peut-être est-ce une punition méritée – après tout, elle a tout fait pour diriger les soupçons vers lui, le faire accuser pour mieux se tirer d'affaire.

« Je vais entrer, dit Hanna derrière la porte. Je veux juste échanger quelques mots, rien de plus. »

Marion voit la poignée s'abaisser lentement.

« Pardon », murmure-t-elle à la photo de Johan.

Ça n'aurait pas dû finir comme ça.

Puis elle appuie sur la détente.

91

Au moment où ils descendent de voiture devant le commissariat, Daniel et Hanna entendent résonner les rires joyeux d'un groupe de jeunes en route vers un bar après-ski.

L'air est froid, humide, brumeux. La tempête d'hier s'est calmée. Les températures avoisinent zéro et le temps est en train de se radoucir.

Daniel la précède, ouvre la porte d'entrée. Il jette un coup d'œil par-dessus son épaule. Hanna marche comme un robot derrière lui. Il est bientôt quinze heures. Il a fallu un temps fou pour sécuriser la zone et faire venir une ambulance pour évacuer le corps de Marion.

« Viens, lui dit-il en la conduisant dans la salle de repos où sont disposés deux fauteuils. Asseyons-nous quelques minutes pour discuter. »

Il va chercher deux chocolats chauds au distributeur et en tend un à Hanna.

« Comment tu te sens ? »

Elle a l'air d'une poupée de chiffon. Son regard est vide, comme si la scène sanglante était encore là, devant elle.

Si les gens voyaient le tableau d'apocalypse quand quelqu'un se tire une balle dans la bouche, personne ne choisirait cette manière de se donner la mort.

« Horriblement mal, pour être honnête. »

Elle étreint le gobelet entre ses deux mains.

« Si seulement j'étais entrée trois secondes plus tôt dans la chambre… Pourquoi elle n'a pas voulu m'écouter ? On aurait pu en parler. Elle n'était pas obligée de mourir. »

Avec des « si »… Combien de fois Daniel a-t-il raisonné de la sorte, éveillé dans son lit, à ressasser les détails d'une opération foirée.

« Ne culpabilise pas, répond-il d'une voix douce. C'était sa décision. Personne ne l'a forcée à appuyer sur la détente.

— Je sais… mais je ne peux pas m'en empêcher. J'aurais dû comprendre la situation beaucoup plus tôt. Ça ne m'a même pas effleuré l'esprit qu'elle ait pu être impliquée dans la mort de Johan.

— Moi non plus. »

Daniel prend une voix plus sèche pour bien faire passer son message.

« Ce n'est *pas* ta faute. Et quand bien même, je porte la même responsabilité que toi. J'étais là aussi, et je n'ai pas non plus réussi à l'arrêter. Ni toi ni moi n'avons compris qu'elle était suicidaire, ni que c'était elle qui avait tué Johan. »

Hanna ferme les yeux très fort, mais les larmes débordent.

Daniel se lève, s'avance vers elle, s'agenouille devant son fauteuil et la prend dans ses bras.

« Hanna, écoute… »

Elle sanglote doucement contre son épaule tandis qu'il la serre contre lui.

« Ça va aller, la console-t-il en la berçant comme une enfant. Allez, allez. »

Ses cheveux bruns viennent lui chatouiller le nez, son corps est chaud contre le sien.

Tout d'un coup, il ne veut plus la lâcher.

Dans un sanglot, Hanna pousse un long soupir et se redresse. Elle sourit de ses lèvres tremblantes en passant les deux index sous ses yeux humides de larmes. Son mascara a un peu coulé sur ses joues.

« Désolée, murmure-t-elle. D'habitude je ne craque pas comme ça.

— Tu n'as pas à t'excuser. »

Daniel est encore agenouillé devant elle. Leurs visages sont proches, séparés d'une dizaine de centimètres seulement. La bouche d'Hanna tressaille de pleurs retenus.

Daniel doit faire un effort pour se lever et retourner dans son fauteuil.

« Nous avons tous les deux besoin de quelques jours de congé, dit-il. De sommeil, surtout. »

Hanna pousse un nouveau soupir tremblant.

Daniel jette un coup d'œil à sa montre. Ils ont un brief avec Grip dans quelques minutes.

« Je m'occupe de la réunion, lance-t-il. Rentre te reposer.

— Tu es sûr ?

— T'en fais pas, je m'en charge. »

Hanna se lève. Elle est blême de fatigue ; ses yeux sont encore rougis.

« On s'appelle demain », lance-t-elle en disparaissant par la porte.

92

Lorsque Daniel entre dans la salle de réunion, Anton est déjà installé. Raffe s'occupe de la connexion avec Östersund.

« Où est Hanna ? s'enquiert Anton.

— Je lui ai dit de rentrer se reposer, répond Daniel avec une grimace. Elle était dans la pièce quand Marion Andersson s'est donné la mort. »

Nul besoin d'en dire davantage, Anton comprend. Quand on assiste à un suicide, la vision reste. Ça vous ronge de l'intérieur.

Anton semble aussi épuisé que lui. Ses mouvements sont lents, il a l'air à plat. Son collègue a passé la journée à Enafors avec les techniciens. Ils ont perquisitionné la maison des Nordhammar pour recueillir des preuves des violences qu'Ole a fait subir à sa femme pendant de longues années.

Ils sont tous au bout du rouleau, mais il va falloir tenir le coup. Dans quelques instants, ils vont passer en revue les événements de la journée et planifier les opérations de recherche. Même si Ole n'est pas coupable de l'homicide de Johan, il est sous le coup d'un mandat d'arrêt pour avoir tenté d'assassiner Rebecka.

Cette dernière a été brièvement entendue à l'hôpital d'Östersund et a fourni une série d'indications qui leur seront utiles.

Anton tend une feuille à Daniel. La photocopie d'une lettre manuscrite.

Une lettre d'adieu.

« C'est Linus Sundin qui l'a écrite, explique-t-il. Sa femme l'a trouvée il y a quelques heures. Elle avait glissé derrière la commode où il l'avait laissée, dans l'entrée. Il ne fait plus aucun doute que sa sortie de route était intentionnelle.

— Pauvre diable ! »

Daniel déchiffre le texte de ses yeux fatigués. Il est obligé de cligner plusieurs fois pour voir correctement. Le peu de mots qu'il a griffonnés portent le témoignage tragique d'un homme aux abois.

Il demande pardon pour toutes les dettes qu'il laisse derrière lui et les problèmes qu'il a causés. Il clame également son innocence pour le meurtre de Johan.

Et innocent, il l'était.

Si seulement Linus avait tenu quelques jours de plus, il aurait appris la vérité. Il ne se serait pas senti acculé au point de se donner la mort. Peut-être aurait-il pu trouver une solution à ses problèmes financiers.

Daniel est pris d'une tristesse infinie. Rétrospectivement, il se dit qu'ils n'auraient jamais dû le pousser de la sorte. Il y avait des preuves et il y avait un mobile. Daniel lui-même pensait Linus coupable. Et maintenant, Sandra a perdu son mari ; un garçon de sept ans a perdu son père. Les conséquences sont déchirantes, même s'ils ont agi de bonne foi dans l'espoir de faire la lumière sur la mort de Johan.

Le visage de Grip s'anime sur l'écran devant lui. Sa voix les ramène à la réalité.

Il est temps de commencer la réunion.

93

Le téléphone retentit alors même que Daniel vient de s'installer à son bureau après une demi-heure de visioconférence. Les discussions ont surtout été consacrées à l'attribution des ressources, puisqu'ils travaillent désormais sur deux dossiers distincts : l'homicide de Johan et la tentative d'homicide envers Rebecka.

Il ne reconnaît pas le numéro qui s'affiche à l'écran, mais prend l'appel tout en s'enfonçant dans son fauteuil.

« Jan-Peter Jonsäter à l'appareil », annonce une voix grave.

Ce faux-cul de pasteur n'a pas l'air tout à fait aussi méprisant que les fois précédentes.

« De quoi s'agit-il ? demande Daniel sèchement, trop éreinté pour feindre la politesse.

— Le fait est que… j'ai été en contact avec Ole Nordhammar. »

Daniel expire par le nez.

« Vous êtes au courant que votre pasteur est recherché dans toute la Scandinavie pour tentative d'homicide sur la personne de son épouse ? » lâche-t-il sans dissimuler son ton accusateur.

Après ce qui s'est passé, il n'a pas l'intention de faciliter la conversation pour Jonsäter.

« J'en suis bien conscient. La situation est… navrante. »

Jonsäter se racle la gorge.

« Ole a pris la décision de se rendre à la police. »

Daniel se demande ce qui l'a amené à céder. Jonsäter a-t-il exercé une pression sur lui ? Le chef de la congrégation a peut-être jugé qu'il valait mieux coopérer avec la police et sacrifier son collègue pour sauver la réputation de la communauté.

Si tant est que ce soit possible.

« Où se trouve Ole Nordhammar ? » demande Daniel.

Jonsäter hésite.

« Dites-moi où il est. Nous enverrons une patrouille pour l'interpeller.

— Il est chez moi. À Handöl.

— Entendu. Faites en sorte qu'il y reste, on envoie une voiture d'ici une demi-heure.

— Ole regrette profondément ses actes, renchérit Jonsäter. Il ne comprend pas ce qui a pu le pousser à de telles extrémités. »

Daniel n'en croit pas un traître mot. Ole Nordhammar a maltraité Rebecka pendant des années. Il l'a enfermée dans une maison isolée au milieu de nulle part avant de l'abandonner dans la neige à une mort certaine, alors même qu'il la savait enceinte.

Après tout cela, quel culot de sa part de faire acte de contrition ! L'affirmation de Jonsäter renvoie plutôt à son propre besoin de se justifier – et d'excuser sa croyance passée en l'innocence de Nordhammar.

Pour s'en tirer sans être lui-même inquiété.

« C'est un peu tard pour les regrets », assène Daniel avant de raccrocher.

Il reste figé dans son fauteuil de bureau, le téléphone à la main.

Dès son interpellation, Ole Nordhammar sera mis en garde à vue avec demande de placement en détention provisoire. Étant donné les éléments qui pèsent contre lui, la procureure Ullenius sollicitera sans doute une peine de réclusion criminelle à perpétuité pour tentative d'assassinat. À quoi s'ajouteront probablement les chefs d'accusation pour séquestration et actes de cruauté, qui ont laissé Rebecka profondément traumatisée, craignant pour sa vie et pour celle de son enfant.

La patrouille dépêchée chez Jonsäter interpellera aussi ce dernier pour soupçons de complicité et d'entrave à la justice. Ça, Daniel s'est bien gardé de le préciser au cours de la conversation. Rebecka a en effet dévoilé que Jonsäter était présent samedi, au moment de son enlèvement. Il connaissait donc la vérité depuis le début.

Daniel glisse son portable dans sa poche arrière. Cet homme lui inspire une aversion violente, épidermique. C'est peut-être pour ça qu'il a totalement perdu son sang-froid face à lui, au siège de la paroisse.

Ce n'est pas faute de s'être juré de ne plus s'emporter.

La honte de son tempérament sanguin l'envahit de nouveau, plus forte que jamais. Il a encore failli à tenir la plus importante de ses promesses : celle qu'il s'était faite à lui-même.

Daniel s'agrippe au bureau, respire profondément. Il ne veut pas être un de ces hommes incapables de se contrôler : avec un tel comportement, il risque de mettre en péril aussi bien son couple que son poste. Et surtout, il se déteste après coup.

Il ne peut plus vivre ainsi.

Tout à l'heure, il prendra sa voiture pour faire les vingt-cinq kilomètres qui le séparent de Järpen, où vit sa belle-mère. Il faut qu'il se rabiboche avec Ida, qu'il travaille sérieusement en vue de l'harmonie de leur foyer. Qu'il le fasse au moins pour le bien de leur fille.

Ils ne peuvent pas continuer comme ça.

Il se languit tellement d'Alice !

Avant de se lever de son bureau, il saisit la souris, oriente l'écran en s'assurant qu'on ne puisse pas le voir depuis le couloir, et ouvre la page d'accueil de Google.

Ses doigts tremblent légèrement quand il tape le mot dans la barre de recherche.

Psychothérapie.

94

Hanna s'est installée dans un recoin mal éclairé de La Véranda, un des bars après-ski les plus courus d'Åre. C'est bondé. Il règne une atmosphère étouffante dans ce lieu surchauffé – l'endroit idéal pour attraper ce fameux coronavirus dont tout le monde parle. Mais à cet instant, Hanna se fout éperdument de savoir si des clients autour d'elle en sont porteurs.

Elle écluse sa vodka. À l'autre bout de la pièce, un DJ balance à plein volume une piste aux basses assourdissantes. Elle était en route vers Sadeln lorsqu'elle a rebroussé chemin pour se garer dans le parking souterrain de la gare. L'idée de retourner chez Lydia et sa famille lui donnait des sueurs froides. Elle ne peut pas faire semblant que tout aille bien. Elle ne peut pas non plus leur relater les événements de la journée, expliquer que sa maladresse, son manque de discernement, ont contribué au suicide d'une femme.

Ce qu'elle a vu au moment où le coup est parti, à l'instant même où elle venait d'ouvrir la porte de la chambre de Marion, elle voudrait pouvoir en annihiler à jamais le souvenir.

Marion était là, accroupie, et l'instant d'après son visage avait… disparu.

Il ne restait rien d'elle, hormis du sang, des lambeaux de chair et un corps sans vie qui a basculé sur le côté.

Sous les cris horrifiés d'Hanna.

Elle a déjà vu des morts, des corps mutilés. Mais ça n'avait jamais eu lieu devant ses yeux.

Son verre de vodka s'est vidé sans qu'elle s'en aperçoive. Elle alpague une serveuse surmenée et en commande un deuxième.

L'alcool n'est pas une solution, mais à l'heure qu'il est, elle n'en trouve pas de meilleure pour anesthésier son cerveau. Elle doit faire disparaître ces images épouvantables.

Son portable vibre et elle l'extrait de sa poche. Un SMS de Daniel.

Comment tu te sens ?

Au fond du gouffre.

Mais elle ne lui dit pas.

Elle aimerait tant qu'il soit là, qu'il la serre fort contre lui. Elle brûle de lui demander de la rejoindre ici, qu'il murmure à son oreille que ça va passer, que tout va s'arranger, qu'elle n'a pas à avoir peur.

Elle veut se blottir dans ses bras.

C'est une pensée interdite qu'elle n'a même pas osé s'avouer à elle-même. Mais ici, dans la pénombre, elle en prend véritablement conscience. Elle sait pourtant qu'il est exclu qu'il se passe quoi que ce soit entre eux.

Ils sont collègues, ils travaillent ensemble. Il est sans doute en route vers Järpen pour se réconcilier avec Ida.

C'est bien. C'est dans l'ordre des choses.

Quand la serveuse revient avec sa deuxième vodka, elle la descend cul sec et en demande une troisième. Un grand groupe de jeunes d'une vingtaine d'années, en chaussures de ski et épais manteaux, vient d'entrer. Ils s'installent dans un canapé à quelques mètres d'Hanna. Un des garçons, dont les cheveux bruns ont été aplatis par le casque, se penche en avant et colle un baiser sur la bouche de la jeune fille qui l'accompagne avant de foncer vers le bar.

Le DJ monte le son. Les premières notes de « SOS », le morceau posthume d'Avicii, déferlent par les amplis.

Hanna ravale ses larmes.

Demain elle se ressaisira, redeviendra elle-même. Bientôt, elle appellera un taxi, rentrera chez Lydia et prétextera une migraine pour échapper à la famille. Elle se jettera dans son lit et tentera de chasser l'angoisse par le sommeil.

Mais elle peut rester encore quelques minutes à rêver de Daniel.

95

Ida est chez sa mère, à regarder la télévision dans le salon, quand on sonne à la porte.

Ça doit être Daniel, elle le sent.

Elle a passé la journée à ressasser. A-t-elle bien fait de venir se réfugier ici, alors que Daniel est aux prises avec une enquête éreintante ? Elle se sentait si déprimée, si frustrée. Quand sa mère lui a proposé de venir chez elle avec Alice, cela lui a semblé une bonne idée.

Il est vingt heures. Elle vient de coucher sa fille. Aux infos, on a parlé de la police d'Åre, de l'intervention dans l'affaire du pasteur qui a tenté de tuer sa femme en Norvège. Et de l'enquête sur la mort de Johan dont les conclusions viennent enfin de tomber : il s'agissait d'une terrible tragédie familiale.

« Je vais ouvrir », lance-t-elle en se hâtant vers la porte.

C'est Daniel. Il est pâle, l'air grave, les yeux cernés.

« Il faut qu'on parle », annonce-t-il sèchement.

Ida déglutit.

« Entre. »

Il passe le seuil et regarde autour de lui. Sans doute cherche-t-il Elisabeth.

« Ma mère regarde la télé, explique Ida. On peut se poser dans la cuisine. »

Daniel la suit et se laisse tomber sur une chaise.

« Tu veux quelque chose ? Un café ?

— Ça va aller, merci. »

Il y a un silence. Daniel semble au bout du rouleau. Ida est prise d'une irrésistible envie de le serrer dans ses bras pour que tout redevienne comme avant.

« Où est Alice ? demande-t-il.

— Elle dort. Tu veux la voir ?

— Plus tard. »

Ida s'assied en face de lui à la table. Des bribes de l'émission que regarde sa mère leur parviennent depuis le salon.

« J'ai entendu parler du pasteur, dit-elle en faisant tourner entre ses doigts la tresse qui pend sur son épaule. Celui qui a essayé de tuer sa femme. C'est toi qui… qui es intervenu ? »

Daniel hoche la tête.

La culpabilité la frappe de plein fouet. Hier, il a sauvé la vie d'une femme. Ida, de son côté, lui lançait un ultimatum s'il ne rentrait pas à l'heure. Elle s'apprête à lui dire à quel point elle regrette, mais Daniel la coupe dans son élan :

« Oui, moi et Hanna. Elle a été extraordinaire. »

Hanna.

Ida ne veut pas entendre parler d'elle. Encore moins maintenant.

« Je vois », répond-elle d'une voix mate.

Le sentiment d'amertume lui revient en pleine face. Ida n'y peut rien : l'impression de ne pas être à la hauteur l'envahit malgré elle. Elle n'arrive pas à la cheville de la collègue de son compagnon. Elle est une mauvaise compagne, une mauvaise mère.

Elle se déteste.

Daniel lui prend la main. Cela lui a tellement manqué. La sensation de sa peau contre la sienne. Pourtant elle retire ses doigts, les cache sous la table.

« On ne ferait pas mieux de rentrer ? fait-il d'une voix implorante. Avec Alice. »

Ida déglutit. Elle ne sait pas quoi lui répondre.

Sans la regarder, Daniel poursuit :

« J'ai pris rendez-vous chez un psy. Pour parler de mes… accès de colère. J'ai vraiment envie de travailler sur moi. »

Ida sent sa gorge se nouer. Elle aime Daniel, il est le père de son enfant, mais elle est partagée : elle aimerait de tout son cœur le croire, mais elle craint de se retrouver de nouveau le bec dans l'eau. Elle en a assez de passer pour une pleurnicharde, de se sentir comme une moins que rien.

Il cherche son regard ; elle voit tout l'épuisement et tout le chagrin qui se cachent au fond de ses prunelles.

« J'essaie d'être un homme bien et un bon père, dit-il à voix basse. J'essaie vraiment. »

C'est avec lui qu'elle veut vivre ; elle veut que leur histoire marche.

« Pour moi ? murmure-t-elle en reposant sa main sur la sienne.

— Pour nous. »

LUNDI 2 MARS

Rebecka

Rebecka a été placée dans une chambre d'hôpital individuelle pour échapper aux regards indiscrets.

L'histoire du pasteur qui a tenté de tuer sa femme enceinte en l'abandonnant dans la forêt, en pleine tempête de neige, fait la une de tous les médias.

Rebecka est allongée sur le dos dans son lit – elle n'en a pas bougé depuis plusieurs jours. Ses mains et ses pieds sont couverts de cloques dues aux engelures : sous ses plantes de pieds, les ampoules sont violacées, emplies de sang.

Ce n'est pas beau à voir. Les médecins disent pourtant que c'est bon signe.

Les ampoules montrent que les lésions dermatologiques sont certes profondes, mais qu'il n'y a pas de nécrose. Si ç'avait été le cas, sa peau aurait pris un aspect cireux, serait progressivement devenue dure et insensible. Si elle s'étend, la nécrose peut conduire dans le pire des cas à une amputation.

Même s'il est trop tôt pour l'assurer, le dernier médecin qu'a vu Rebecka s'est montré optimiste. Mais il faut encore attendre : n'y a-t-il pas un vieux proverbe qui dit « Engelure en janvier, amputation en juin » ?

Elle aurait préféré en ignorer l'existence.

La télévision est allumée et diffuse une comédie grand public. Mais Rebecka n'a pas la force d'en suivre l'intrigue. La plupart du temps, elle somnole, la main posée sur le ventre. C'est un miracle que le bébé ait survécu. Elle a dû passer plusieurs échographies et subir une quantité d'analyses sanguines. Heureusement, les résultats sont bons pour la plupart, même si sa grossesse devra être très suivie jusqu'au terme.

Dans sa vie d'avant, elle aurait remercié Dieu.

Mais elle ne se tournera plus jamais vers lui.

Si elle est en vie, c'est grâce à Johan. Il lui a offert le don le plus précieux au monde. Sans l'enfant qui grandit en elle, elle n'aurait jamais trouvé la force de survivre.

Mais son Johan adoré ne rencontrera jamais le fruit de leur amour…

Des larmes brûlantes naissent au coin des yeux de Rebecka. Il ne l'avait pas abandonnée comme elle le redoutait.

Au contraire, il est mort pour elle.

Il lui a tout sacrifié.

Il n'y a plus qu'elle et leur enfant désormais. Elle devra lui tenir lieu de père et de mère à la fois ; le pauvre petit n'a personne d'autre. Ses propres parents ne lui ont pas rendu visite à l'hôpital. Aucun membre de la congrégation ne l'a contactée. Pas même Lisen.

La seule personne à lui avoir rendu visite, c'est Maria.

Rebecka lui sera reconnaissante jusqu'à la fin de ses jours. Si sa collègue n'avait pas fait part de ses soupçons à la police, elle serait très probablement morte à l'heure qu'il est.

Un bruit lui fait tourner la tête.

Un homme et une femme d'une bonne soixantaine d'années se tiennent sur le pas de la porte. La femme s'avance et fond en larmes au moment où elle croise le regard de Rebecka.

La jeune femme ne les a jamais rencontrés, mais elle comprend immédiatement de qui il s'agit. Le père de Johan, Torsten, est comme une version plus âgée de son fils – une copie quasi conforme. Tarja s'approche du lit, se présente et se laisse tomber sur la chaise.

« Ma chère Rebecka, dit-elle d'une voix brisée. La police nous a tout expliqué ; nous savons ce que tu as traversé ! C'est inimaginable : comment peut-on être aussi cruel ? »

Elle force un sourire navré.

« Ils nous ont dit pour la grossesse. Que tu es enceinte de Johan. »

Rebecka hoche la tête.

« Nous voulions simplement te dire… »

Tarja cherche le regard de son mari, qui opine du chef en signe d'encouragement.

« Que nous… nous sommes là pour toi. Si tu souhaites que nous fassions partie de ta vie. »

La mère de Johan tend la main pour saisir celle de Rebecka, mais les cloques rendent le toucher impossible : elle se contente de lui tapoter gauchement le bras.

« Rien ne pourra nous rendre notre fils, ajoute Tarja. Mais si nous pouvons t'aider à traverser cette épreuve, te soutenir pendant ta grossesse – si tu en as envie, bien sûr –, cela nous ferait infiniment plaisir.

— Nous aimerions t'accueillir dans notre famille, si tu nous y autorises, ajoute Torsten. Tu peux même venir habiter chez nous, tout le temps qu'il faudra. »

Tarja pleure sans retenue ; Rebecka ne parvient pas non plus à réfréner ses sanglots. Elle qui se préparait à traverser une longue période de solitude.

Et voilà que les parents de Johan lui ouvrent grand les bras.

Elle a une nouvelle famille.

« Merci, merci beaucoup », murmure Rebecka en souriant à travers ses larmes.

96

Il fait si sombre dans le salon qu'Anton distingue à peine son saxophone. Qu'importe ! Il connaît la mélodie par cœur, il n'a pas besoin de partition pour jouer « If I Should Lose You ».

Si le morceau a été maintes fois repris, Anton a une nette préférence pour l'interprétation mélancolique de Nina Simone.

Les notes s'étirent, lancinantes, dans le silence. Ses doigts courent sur l'instrument. Il souffle et s'émerveille, comme il l'a fait tant de fois auparavant, qu'une simple bouffée d'air puisse produire quelque chose d'aussi beau.

Il revoit le visage de Carl.

Il n'a pas essayé de le recontacter, ne l'a pas appelé, ne lui a pas envoyé de SMS. Il a simplement cherché quels étaient ses liens avec l'Église. Il s'avère qu'il dirige un chœur – des plus ordinaires – à la paroisse d'Åre.

Rien de plus.

Hier soir, Anton est passé une fois encore devant l'immeuble rouge où vit Carl. Il est resté un long moment dans le froid à contempler les fenêtres éclairées de son appartement. S'il avait aperçu sa silhouette, il aurait peut-être trouvé le courage de lui passer un coup de fil.

Mais il ne l'a pas vu. C'est sans doute un signe.

Carl n'est plus intéressé. Pourquoi le serait-il ? Anton a tout fait pour le faire fuir. Il s'est montré sec et cassant à chacun de leurs échanges.

Voilà, c'est trop tard.

C'est sans doute mieux ainsi, tente-t-il de se convaincre. De toute manière, il n'assumerait jamais une relation sérieuse. Il ne sait pas comment il gérerait les conséquences d'un tel choix, tant sur le plan professionnel que personnel.

Il n'est pas prêt.

Anton ferme les yeux, tente de faire disparaître la sensation d'étau qui lui serre la poitrine. Du bout des doigts, il fait retentir les couplets de la chanson, dont les paroles trouvent en lui une résonance si particulière.

Si un jour je te perdais,
Les étoiles cesseraient de briller
Si un jour je te perdais,
Les feuilles flétriraient en été.

Les oiseaux du mois de mai
Chanteraient un triste refrain
Et j'irais par les sentiers
Haïssant la pluie du matin.

Quand tu es auprès de moi,
L'hiver n'a plus de vents moroses.
Quand tu es auprès de moi,
La neige voit fleurir les roses[1].

1. « If I Should Lose You », de Nina Simone, traduction Amanda Postel et Anna Postel.

REMERCIEMENTS

Il est impossible d'écrire un livre seule, et je peux vraiment m'estimer chanceuse d'avoir été aidée par tant de personnes aussi généreuses. La région d'Åre ne m'étant pas encore tout à fait familière, il a été d'autant plus important pour moi de pouvoir compter sur les connaissances de ses habitants.

Comme la fiction m'y autorise, j'ai pris la liberté d'opérer certaines transformations :

- La vallée du Snasadalen est un lieu fictif, imaginé pour cadrer avec le récit. Le massif montagneux des Snasahögarna existe en revanche bel et bien (et vaut le détour !).
- La plupart des noms de rues et de routes n'existent pas : ils ont été imaginés pour ne pas pointer du doigt des lieux particuliers.
- Ånn est un village minuscule, encore plus petit dans la réalité que dans le récit. À l'heure où ce roman paraît, le hameau ne compte ni jardin d'enfants ni café.
- Aucun Johan Andersson n'a remporté la médaille de bronze au super-G en 2009 ; ce n'est que pure fiction. C'est le Norvégien Aksel Lund Svindal qui a reçu ce titre à Val-d'Isère cette année-là. Rendons à César ce qui est à César.

- Il n'existe pas en Suède de communauté évangélique du nom de « Lumière de vie », en tout cas pas à ma connaissance.
- La déchetterie de Staa a été équipée aussi bien de caméras de vidéosurveillance que de bâtiments administratifs dignes de ce nom.

Si le livre présente d'autres discordances avec la réalité, je les assume entièrement.

Ulrika Bauman Edblad et Anders Edblad, habitants d'Åre, m'ont été d'une aide précieuse. Merci infiniment à vous deux. Je souhaiterais également remercier Victoria Norman, policière à Åre, qui a généreusement partagé son expertise et ses connaissances, ainsi que Mikael Nordqvist, de la jardinerie d'Ocke, pour qui la faune et la flore du Jämtland n'ont aucun secret. Merci à Rolf Hansson, commissaire de la police judiciaire, qui une fois de plus a répondu à toutes mes interrogations ayant trait au travail de la police. Mes chères amies Anette Brifalk, Helen Duphorn et Madeleine Lyrvall, ainsi que Gunilla Petersson ont toutes lu le manuscrit à mesure que je le rédigeais. Je les en remercie du fond du cœur.

Les Ombres de la vallée – Dalskuggan – sont sans conteste le résultat d'un excellent travail d'équipe. Merci mille fois à ma brillante éditrice Ebba Östberg ; et merci à John Häggblom, mon coach littéraire. Sans ma réviseuse passionnée Lisa Jonasdotter Nilsson, ce roman n'aurait jamais été aussi réussi. Je te remercie chaleureusement, Lisa !

Je me réjouis chaque jour de travailler avec Sofia Heurlin – merci pour ton professionnalisme à toute épreuve – et à vous tous chez Bokförlaget Forum.

Anna Frankl, tu es une super-agente, merci d'être toujours là pour moi !

Merci à Tommy Lundqvist, mon fidèle naprapathe, qui s'est occupé de moi à Sandhamn tout l'été lorsque je révisais mon texte jour et nuit pour tenir mes délais. Mes épaules et ma nuque seraient hors d'usage sans vos soins.

Pour dresser le portrait d'Anton, je me suis appuyée sur le livre de Jens Rennstam, *Mellan bögskämt och prideparader, exkludering och inkludering av homosexualitet i svensk polis*[1].

Et pour finir : merci, mon cher Lennart, pour ta lecture si fine. Merci de m'avoir redonné confiance en moi lorsque j'ai été assaillie par le doute en finissant de réviser le texte.

Camilla, Alexander et Leo – vous êtes mon plus grand bonheur.

Åre, le 1er septembre 2021
Viveca STEN

1. « Entre blagues homophobes et gay prides, exclusion et inclusion de l'homosexualité dans la police suédoise » (non traduit).

De la même autrice
aux Éditions Albin Michel :

La Reine de la Baltique, 2013.
Du sang sur la Baltique, 2014.
Les Nuits de la Saint-Jean, 2015.
Les Secrets de l'île, 2016.
Au cœur de l'été, 2017.
Retour sur l'île, 2018.
Dans l'ombre du Paradis, 2019.
Au nom de la vérité, 2020.
Sous protection, 2021.
Une écharpe dans la neige, 2022.
Chambre 505, 2024.

Découvrez le début du nouveau roman de Viveca Sten :

Chambre 505

ROMAN TRADUIT DU SUÉDOIS
PAR AMANDA POSTEL ET ANNA POSTEL

ALBIN MICHEL

Titre original :

BOTGÖRAREN
Publié chez Forum Bokförlag, Suède.

SAMEDI 27 MARS 2021

1

La silhouette sombre du bâtiment abandonné se dresse devant un décor de bouleaux noir et blanc. Les vitres sont couvertes d'une épaisse couche de crasse, la peinture s'écaille et des détritus s'amoncellent à sa base.

Une véritable scène de désolation.

Devant la ruine qu'est devenu l'hôtel de montagne de Storlien, Charlotte Wretlind sait qu'il y a de quoi être découragée. Pâques approche, mais le ciel est couvert, baignant le paysage d'une lumière grise de fin d'après-midi : le bâtiment est plongé dans une brume sinistre.

Charlotte saisit pourtant autre chose, dans ce paysage. Derrière le délabrement général du lieu, elle revoit l'hôtel dans la majesté de son âge d'or – avec les yeux de la petite fille, frémissante d'impatience, qui y passait jadis tous ses Noëls en famille.

Elle se remémore l'atmosphère solennelle qui régnait toujours le 23 décembre, à l'entrée en gare du train de nuit parti de Stockholm la veille au soir. On venait alors les chercher avec un traîneau tiré par un cheval ; un sapin de Noël monumental les accueillait dès leur arrivée dans l'élégant lobby, sous un dais de guirlandes scintillantes.

Elle se souvient parfaitement de la sensation qu'elle éprouvait chaque année, le soir du réveillon, en gravissant l'imposant escalier qui menait au restaurant. La longue robe de sa mère, dont les plis de velours frôlaient les marches à chacun de ses pas, le raffinement de ses lèvres carmin et de sa chevelure brune crêpée à la perfection.

Dans ses souvenirs, les Noëls passés à Storlien restent nimbés d'un halo magique. Cela fait des années qu'elle nourrit le projet de racheter le lieu pour y ouvrir un nouveau complexe hôtelier de haut standing – projet dont son père, avant elle, avait tant parlé.

Et voilà que ce rêve est sur le point de se réaliser.

Il lui aura fallu une force de persuasion considérable pour vaincre les résistances d'Henry, son associé, mais elle l'a finalement convaincu de la suivre et d'injecter le capital manquant. Pendant des décennies, elle a été celle qui aidait les autres à concrétiser leurs projets financiers et immobiliers ; l'heure est venue d'assouvir ses propres ambitions. À cinquante-six ans, elle veut bâtir quelque chose de pérenne, graver son nom dans les mémoires.

Son père aurait été si fier d'elle.

Elle imagine bien le complexe : ici, le bâtiment principal tout neuf ; là, l'aile réservée à un spa haut de gamme, le tout équipé de fenêtres panoramiques. La surface de l'hôtel sera plus que doublée, pour accueillir des suites exclusives ainsi que des restaurants à thème qui proposeront des expériences culinaires hors pair.

Il y aura de la vie, du monde, comme dans ses souvenirs d'enfant. À terme, Storlien deviendra une étape de montagne incontournable pour les clients étrangers les plus fortunés, les touristes saoudiens ou chinois. Elle a déjà esquissé un plan marketing extravagant qui ciblera tout particulièrement cette clientèle.

Avec un sourire, Charlotte retourne vers sa voiture pour rentrer à Åre. Elle a posé ses valises au Copperhill Mountain Lodge, à trois quarts d'heure de route de Storlien, pour toute la semaine de Pâques. L'hôtel est au pied des pistes : elle compte bien en profiter pour faire quelques descentes à ski entre deux rendez-vous de travail.

Ce moment, elle en a tant rêvé. Elle ne compte plus les heures passées en projections, pourparlers et réunions avec tous les notables du coin. Elle a dû tantôt les courtiser, tantôt agiter des menaces, pour obtenir tous les permis nécessaires. Le rendez-vous de lundi avec la municipalité sera déterminant : la ville doit alors donner officiellement le feu vert au projet. Une conférence de presse est prévue à dix-sept heures, au cours de laquelle Bengt Hedin, l'élu local en charge du dossier, s'exprimera. Henry fera aussi acte de présence – il a réservé un vol spécialement pour l'occasion. Charlotte fronce les sourcils : il faut qu'elle pense à lui passer un coup de fil ce soir, pour le caresser dans le sens du poil.

Avant de démarrer, elle ne peut s'empêcher de jeter un dernier regard au bâtiment à flanc de montagne, regrettant que son père ne soit pas là pour assister au triomphe de sa fille – elle qui a passé sa vie à tenter de lui prouver sa valeur… Il s'en sera fallu de quelques années, hélas ! Trop tard aussi pour sa mère, qui est désormais en maison de retraite, souffrant d'une démence sénile avancée.

Il lui tarde de montrer tous les plans à Filip, qui lui a promis de venir à Åre la semaine prochaine. Elle a hâte de retrouver son fils chéri, son unique enfant, qu'elle a élevé seule – il portait encore des couches quand elle a divorcé de son père. C'est aussi pour lui qu'elle se donne tant de mal…

Son rêve serait que Filip reprenne un jour l'œuvre de sa vie, qu'ils finissent par travailler main dans la main. Ces derniers temps, ils se sont pris le bec au sujet de ses études avortées, c'est vrai, mais Charlotte espère que ces journées passées ensemble à la montagne suffiront pour recoller les morceaux.

Il y a quelques semaines, son garçon a de nouveau renoncé à sa formation, cette fois à l'École royale polytechnique de Stockholm. En l'apprenant, elle n'a pas su cacher son agacement et sa profonde déception, et n'a pas mâché ses mots, ce qu'elle regrette amèrement.

Depuis, la plupart de ses SMS restent sans réponse.

Elle voudrait l'aider, mais il faudrait déjà qu'il le veuille. Elle ne supporte pas de voir Filip gâcher ainsi son potentiel. Il est vif et intelligent, et pourrait faire des merveilles si seulement il s'en donnait les moyens. Au lieu de ça, il passe tout son temps devant sa console. Elle ne pouvait pas rester sans rien dire !

La tension entre eux est difficile à vivre. Si Charlotte n'a jamais craint les situations conflictuelles, se brouiller avec son fils unique est une autre affaire. Filip est tout pour elle, et le silence distant qu'il lui impose est une véritable épreuve. Quand il viendra à Åre, elle tâchera de faire amende honorable. Il le faut. Elle a déjà essayé de se racheter en invitant également Emily, sa charmante petite amie, mais ce geste n'a guère suffi à apaiser sa mauvaise conscience.

Charlotte étouffe dans l'habitacle et baisse le chauffage. Le portable vibre sur le siège passager, l'écran s'éclaire dans la pénombre. Saisissant l'appareil, elle découvre un message de Bengt Hedin, le président de la commission municipale d'urbanisme d'Åre :

Il faut qu'on reparle de l'achat du terrain. L'opposition nous harcèle de questions, je ne sais pas si ça pourra se faire.

Charlotte parvient à peine à réprimer un cri de colère. Elle a payé généreusement pour s'assurer le soutien d'Hedin. Il est trop tard pour reculer, il ne va tout de même pas faire volte-face à quelques jours de l'annonce officielle !

Tout le projet d'agrandissement de Storlien repose justement sur l'achat d'une parcelle adjacente. Il n'a pas été simple de négocier la superficie qu'elle avait en tête, les élus ont fait de la résistance jusqu'au bout. Ils ont d'abord exigé qu'elle rénove le bâtiment délabré, puis ont refusé d'approuver les nouveaux plans des architectes. Ils ont eu le culot de prétendre que l'esthétique du projet portait atteinte à l'harmonie générale du site.

Après des discussions aussi interminables que stériles, d'où il est clairement ressorti que la municipalité ne partageait pas sa vision, elle a compris qu'il lui faudrait recourir à des méthodes un peu moins orthodoxes pour parvenir à ses fins.

Charlotte fixe l'écran de son téléphone. Il faut impérativement que tout soit signé lundi, avant la conférence de presse qui dévoilera le projet au grand public. Il est hors de question de laisser Hedin saboter son travail à la dernière minute. Elle a, bien entendu, pris la peine de documenter les sommes qu'il a perçues : ces traces écrites lui tiendront lieu d'assurance, si d'aventure il se dégonflait.

Lentement, elle tape sa réponse, prenant soin de choisir une formulation qui ne laisse aucune place au doute :

C'est votre problème, pas le mien. La conférence de presse a lieu lundi, pas question de l'annuler.

Charlotte appuie sur « Envoyer » et repose le téléphone. Ça fera l'affaire. Elle vient tout juste de passer la première quand une nouvelle vibration retentit. Qu'est-ce qu'il lui veut encore ?

Mais cette fois, elle découvre un SMS d'un numéro inconnu.

Foutez le camp d'ici, ou vous le regretterez.

Elle pousse un soupir las. Ce n'est pas le premier message de menace qu'elle reçoit depuis que ses projets ont commencé à s'ébruiter localement. Et ce ne sera probablement pas le dernier. Il y en a partout, de ces grincheux passéistes engoncés dans leur immobilisme, qui refusent obstinément le moindre changement. Il paraît que certains ont même créé un groupe Facebook pour y cracher leur bile sur elle et son projet d'hôtel.

Il faudra qu'elle appelle Stefan, ce week-end, pour lui demander de remettre un peu d'ordre dans tout ça. C'est l'un des lobbyistes les plus féroces de Suède, un ex-ministre de l'Agriculture au carnet d'adresses particulièrement fourni – l'un des avantages de s'être fait un nom en politique. Il suit le projet depuis le début et a contribué à le mettre sur les rails.

Et il a bien d'autres talents, avec ça.

Charlotte sourit au souvenir de leur dernière nuit ensemble.

Avec un haussement d'épaules, elle décide d'ignorer les anonymes qui cherchent à la déstabiliser, et s'engage sur la route couverte de neige à demi fondue. Son téléphone vibre à nouveau, mais Charlotte préfère ne pas réagir. Elle n'a pas l'intention de se laisser intimider par une poignée de révoltés.

PAPIER CERTIFIÉ

Composition réalisée par PCA

Achevé d'imprimer en septembre 2024 en Espagne par
BLACKPRINT
Dépôt légal 1re publication : octobre 2024
LIBRAIRIE GÉNÉRALE FRANÇAISE
21, rue du Montparnasse – 75298 Paris Cedex 06

88/4264/9